FOLIO POLICIER

Sébastien Le Jean

Minuit moins une

Gallimard

Bio à venir

À mes parents

Je ne crois pas à la fin du monde,
mais je crois à la fin de notre monde.

VIKTOR KIEFFER,
Se préparer à l'effondrement

TEOTWAWKI

PROLOGUE

Alors, c'était vrai.

Toby suivait des yeux l'avion qui était en train d'atterrir. Il saisit sa paire de jumelles pour identifier le modèle. Un Falcon 8X.

Encore un.

Il regarda sa montre. En trois heures, c'était le vingt-septième jet privé qui se posait sur le tarmac du petit aéroport de Queenstown. Les installations n'avaient pas été prévues pour un tel trafic et certains appareils avaient été contraints de stationner sur le parking des voitures.

Toby se redressa sur le siège défoncé de son véhicule. Il avait mal au dos à force d'être resté immobile tout l'après-midi, mais il avait eu la confirmation qu'il était venu chercher. Il se passait quelque chose à Queenstown. Ce qui n'était pas banal pour cette bourgade néo-zélandaise qui comptait sept fois plus de moutons que d'habitants.

Tout avait commencé par un coup de fil anonyme, une semaine auparavant.

— Vous êtes bien journaliste ?

— Oui.

— J'ai un scoop pour vous. Un truc énorme.

Toby travaillait au *Queenstown Journal.* Avec le propriétaire, ils étaient les deux seuls membres de la rédaction. Un numéro par semaine. Parfois, un par mois, quand ils manquaient de nouvelles locales à imprimer. Jusqu'ici, le papier le plus excitant que Toby avait écrit était une interview d'Hazel Walsh, la doyenne de la ville qui avait fêté ses cent-trois ans. Lui en avait vingt-neuf et n'avait pas l'intention de s'éterniser dans ce patelin. Alors, quand ce mystérieux informateur lui avait parlé d'un scoop, il l'avait écouté.

— Observez l'aéroport de Queenstown dans la semaine à venir. Je vous recontacterai.

C'était tout ce qu'avait dit l'homme. Plus que léger. Mais Toby était suffisamment désespéré pour sauter sur n'importe quelle occasion qui pourrait le conduire loin de ce trou. Les premiers jours, il avait douté, l'activité de l'aéroport n'avait rien que d'ordinaire, vols commerciaux, touristes, un peu de fret. Mais apparemment, la source savait quelque chose. Toby n'avait pas la moindre idée de ce qui se tramait. Avec un rassemblement pareil, c'était forcément important.

Son téléphone sonna. Un SMS. C'était sa source.

Convaincu ?

Toby répondit sans attendre.

Oui. Je suis prêt à vous rencontrer.

Quelques secondes plus tard, l'informateur envoya des coordonnées. Toby mit le contact, le vieux pick-up pétarada avant de se propulser. Il n'avait pas les moyens de s'acheter une voiture, alors son père lui prêtait la sienne. Elle puait le chien, était cabossée de toutes parts et la courroie de distribution hurlait à chaque changement de vitesse.

Il s'engagea sur le chemin de terre qui s'éloignait de la colline qui lui avait servi de poste d'observation. Une fois sur la route asphaltée, il prit vers le nord, dans la direction opposée à la ville. Sur sa droite, le lac Wakatipu scintillait sous la lumière oblique de la fin de journée, les montagnes en arrière-plan. La région était célèbre pour ses paysages fantastiques qui avaient servi de décor à la série de films adaptés du *Seigneur des anneaux*.

Toby roulait sur une route étroite qui serpentait au milieu des terres agricoles tandis que le jour tombait. Au bout d'une trentaine de minutes, une maison apparut au milieu des champs. C'était une construction moderne et rutilante qui semblait surgir de nulle part. Toby ne prit même pas la peine de vérifier sur son GPS. C'était forcément là.

Il se gara sur le bas-côté, descendit de la voiture et attendit devant le portail. La nuit était fraîche et pourtant il transpirait. Son T-shirt lui collait à la peau. Un mélange de peur et d'excitation.

Nouveau SMS.

Je suis là.

Quelques secondes plus tard, le portail s'ouvrit automatiquement. Toby s'avança.

La maison, à une centaine de mètres devant lui, brillait de tous ses feux. Au pied d'un monticule dont on devinait la naissance dans le halo lumineux, une sorte de hangar avait été creusé. Deux portes monumentales en gardaient l'entrée. Toby songea qu'il y avait de quoi abriter plusieurs bus à deux étages.

Qu'est-ce que vous planquez là-dessous ?

Une silhouette l'attendait sur le seuil de la maison, à contre-jour. Quand il fut suffisamment près pour voir discerner son visage, il découvrit avec surprise qu'il s'agissait d'une femme. Elle avait modifié sa voix au téléphone. Elle devait avoir une quarantaine d'années. Ses traits étaient doux et sa peau, brune. Sans doute des ancêtres polynésiens, comme cela était fréquent en Nouvelle-Zélande.

— Vous avez l'argent ? lui lança-t-elle alors qu'il était encore à une dizaine de mètres d'elle.

Toby sortit une liasse de billets froissés de la poche de son jean et la lui tendit. Il n'avait jamais eu autant d'argent sur lui. Il avait dû batailler ferme pour convaincre le propriétaire du journal de lâcher le fric. Celui-ci ne croyait pas vraiment à cette histoire, il ne lui avait donné que la moitié de la somme. Toby avait dû compléter de sa poche. Ça avait intérêt à valoir le coup.

La femme s'empara de l'argent sans vérifier le montant, comme si cela ne l'intéressait pas.

— Suivez-moi.

Dans la maison, Toby aperçut une enfilade de pièces luxueusement meublées.

La femme se dirigea vers la cuisine. La pièce faisait le double de la taille de son appartement. Et contrairement à sa piaule qui embaumait l'odeur de friture montant du *fish and, chips* au rez-de-chaussée, ici tout était neuf et étincelant.

Ils s'assirent autour d'une table en marbre noir.

— Où sommes-nous ? demanda Toby.

— Vous connaissez Wail Sariak ?

Toby tiqua. Les grands journaux de Nouvelle-Zélande étaient tous à la recherche du richissime homme d'affaires américain. Une rumeur persistante prétendait qu'il avait acquis un passeport néo-zélandais en un temps record, en échange d'un don philanthropique plus que généreux. Sariak redoutait une catastrophe de grande ampleur et cherchait un point de chute. Le pays avait acquis une certaine réputation dans ce domaine en raison de son isolement et de son autosuffisance en ressources de base. Si ça pétait, c'était ici qu'il fallait être.

Depuis quelques mois, l'activité favorite des enquêteurs néo-zélandais était de traquer ces milliardaires qui achetaient par morceaux leur pays pour y aménager leur tanière. Et aucun ne suscitait plus d'intérêt que Wail Sariak. Un des hommes les plus riches, à la tête d'une des entreprises les plus capitalisées au monde. Mais aussi l'un des plus discrets et mystérieux. Aucune preuve de sa présence en Nouvelle-Zélande n'avait jamais été découverte. Il se disait toutefois qu'il y avait acquis un bunker entièrement souterrain, localisable uniquement par GPS. Certains avaient arpenté la région en hélicoptère, espérant identifier depuis le ciel une piste d'atterrissage privée qui trahirait l'endroit. Si Toby se trouvait réellement dans sa maison, il tenait le scoop de l'année.

— Bien sûr que je connais Sariak.

— Qu'est-ce qui me prouve que vous dites vrai ?

— Vous êtes allé à l'aéroport ?

— Oui.

— Vous les avez vus ?

— Le ballet des jets privés ? Difficile de le rater.

— Vous savez qui *ils* sont ?

— C'est à vous de me le dire.

— Des grands patrons, essentiellement. Il y a aussi quelques dirigeants politiques.

— Sariak est-il parmi eux ?

— Oui, il les a invités.

Toby marqua un temps d'arrêt étonné. Que pouvait bien venir faire tout ce beau monde à Queenstown ?

— C'est le jour du conseil, ajouta-t-elle.

— De quoi parlez-vous ? Un conseil d'administration ?

— Pas vraiment.

— Quoi alors ?

— Tous les ans, un petit groupe composé des hommes les plus puissants de la planète se réunit pour préparer le monde d'après.

— Après quoi ?

La femme le regarda avec stupéfaction.

— Après l'effondrement, bien entendu.

Un blanc passa. L'effondrement. On en revenait toujours à ces histoires d'apocalypse. Sur le sujet, l'état d'esprit de Toby oscillait entre optimisme et terreur pure. Bref, comme la plupart des gens, il ne savait foutrement pas quoi en penser.

— Cette année, le conseil doit prendre la décision la plus importante de son histoire.

— C'est-à-dire ?

— Il y a une fracture au sein du groupe. Ils sont tous d'accord sur le constat : l'effondrement est inévitable et il est pour bientôt. En revanche, ils ne sont pas d'accord sur la solution. Ils ont établi plusieurs scénarios WROL.

— WROL ?

— *Without Rule of Law.* Quand il n'y aura plus d'État, ni de loi. Ces scénarios sont des plans de sauvetage de l'élite quand la Terre sera devenue inhabitable et que les populations lutteront pour leur survie.

— Je croyais qu'ils avaient déjà pris leurs précautions. Le jour où ça bardera, ils se planqueront sous terre, non ?

— C'est effectivement l'un des scénarios. Une partie du conseil estime que la seule solution sera de vivre dans des bunkers pendant plusieurs années, en attendant que la vie à la surface redevienne possible. Alors ils pourront ressortir et rebâtir le monde.

— Et les autres, ceux qui ne sont pas d'accord ?

— Les autres sont plus optimistes, imaginent une alternative qui éviterait cette phase désagréable et…

— Comment savez-vous tout ça ? la coupa Toby.

Il avait la sensation de se faire mener en bateau. Son attitude se durcit. La femme ne sembla pas s'en émouvoir.

— Sariak me l'a dit.

— Pourquoi vous dirait-il ça ? Vous êtes sa bonne ?

Il y était allé au bluff. Il avait déduit qu'elle devait être au service de Sariak. Elle ne le contredit pas.

— Vous n'avez pas idée de ce qu'est la solitude des puissants. Ici, Sariak se sent en sécurité. Il me parle. Je ne sais pas pourquoi il fait ça. Je crois qu'il a besoin… d'une confidente.

— Alors pourquoi trahissez-vous sa confiance ? Vous avez un job en or.

Une ombre passa sur le visage de la femme. Toby fixa son interlocutrice.

— Cette solution miracle, c'est quoi ? la relança-t-il.

— C'est Sariak lui-même qui l'a développée. Il l'a baptisée Rainmaker. Même ses plus proches collaborateurs ne savent pas tout de son projet.

Toby écouta la femme jusque tard dans la nuit. Au fur et à mesure qu'elle lui livrait des détails, il comprit pourquoi elle avait décidé de parler à un journaliste de seconde zone comme lui. Elle n'avait que faire de l'argent. Cette somme, elle l'avait sans doute demandée pour dissimuler sa motivation réelle. Elle était terrifiée par ce qu'elle savait. Elle n'était qu'une modeste employée de maison auprès de qui Sariak s'épanchait. Cette confiance s'était révélée être une malédiction.

Un peu avant 1 heure du matin, elle mit brusquement fin à leur échange, le chassant presque de la maison.

Toby regagna son pick-up et fonça chez lui. Là, il ouvrit son ordinateur et se mit à écrire, aussi vite qu'il put.

Son excitation était telle qu'il ne comprit pas qu'il était en train de rédiger son dernier article. Un article que personne ne lirait jamais.

PREMIÈRE PARTIE

LES COUPABLES PAIERONT

Lundi 15 novembre

> « Notre mode de vie n'est pas la norme. La majorité de la population mondiale vit dans une pauvreté extrême, dans la violence ou est soumise à un régime autoritaire. Nous avons connu ces heures sombres en Occident aussi. Cela s'est déjà produit et cela se produira encore. »
>
> Viktor Kieffer, *Se préparer à l'effondrement*

1

Quelque part, à l'ouest de Paris.

La route ondulait à travers la forêt, tel un serpent d'asphalte endormi. Du ciel d'un noir d'encre tombait une pluie glaciale qui détrempait le sol. De quoi décourager toute velléité de s'aventurer loin de la ville, peu avant minuit.

Les phares puissants trouèrent la nuit. La berline roulait à vive allure, soulevant un nuage de gouttelettes dans son sillage. L'homme conduisait, seul, l'œil rivé à l'écran de son GPS incrusté dans le tableau de bord en bois précieux. D'après le plan, il avait presque atteint sa destination. Il continua sur quelques centaines de mètres, puis ralentit au niveau d'un portail noir.

Rien ne laissait soupçonner que *cela* se trouvait ici, à moins d'une vingtaine de kilomètres de Paris, dans la paisible forêt de Fausses-Reposes. Seul indice du caractère inhabituel des lieux : le haut mur qui encerclait la propriété.

Le conducteur ouvrit la boîte à gants et en sortit une télécommande dotée d'un unique bouton qu'il pressa. Il se remémora les consignes qui lui avaient été données.

Lors de votre arrivée à la Résidence, une caméra scannera la plaque d'immatriculation de votre véhicule, ainsi que le visage de son conducteur. Veillez à ce que rien n'empêche votre identification.

L'homme s'avança sur son siège pour offrir son visage à la caméra invisible. Le lourd portail se mit à pivoter sans bruit.

Il engagea son véhicule dans l'allée rectiligne. Les phares repoussaient péniblement l'obscurité. Dans le rétroviseur, il ne distinguait que le rideau de pluie se refermant sur son passage. Après quelques centaines de mètres, il déboucha dans une clairière, parfaitement circulaire, comme si la forêt autour avait été découpée au laser. Des projecteurs fixés sur le toit d'un bâtiment en béton de forme triangulaire, grand comme un poste de garde, répandaient une lumière blanche presque aveuglante.

L'homme coupa le contact. Il observa un instant autour de lui. Trois voitures étaient garées sur le parking, en plus de la sienne. Sans doute d'autres acquéreurs qui, comme lui, n'avaient pas voulu attendre plus longtemps avant de découvrir la Résidence.

Avec un mélange d'excitation et d'appréhension, il se dirigea, sous la pluie battante, vers la porte blindée qui gardait l'entrée du bâtiment. Il remarqua qu'un cercle vert avait été peint sur le mur. La forme en était grossière, la peinture avait dégouliné, comme un tag exécuté à la va-vite.

Il reproduisit les gestes qu'il avait mémorisés : il se pencha devant le lecteur d'iris qui scanna le fond de son œil en une fraction de seconde, puis il composa son code personnel sur le clavier métallique avant de presser son index sur le capteur d'empreintes digitales. À l'issue de cette triple vérification, la porte se déclencha.

Le hall d'accueil rappelait les hôtels de luxe. Sol en marbre, banquettes profondes, bouquets de fleurs. Il se présenta devant une rangée d'ascenseurs. Une cabine l'attendait. La voix synthétique, étrangement enjouée, l'accueillit d'un « Bonsoir, monsieur Dampierre. Bienvenue à la Résidence ». Les portes se refermèrent derrière lui dans un chuintement, et l'appareil entama sa descente. Un écran indiquait l'étage et un autre la profondeur. Le niveau -6, où se trouvait son appartement, était situé 70 mètres sous terre. Plus que suffisant pour être tranquille si la situation dégénérait en surface.

La cabine ralentit avant de s'immobiliser totalement. Les portes s'ouvrirent sur une vision irréelle.

Dampierre s'avança avec une légère appréhension dans le vaste salon. Il était en tout point identique à celui du « Perce-Neige », son chalet à Chamonix, avec ses murs lambrissés, ses poutres apparentes, ses épais tapis crème qui répondaient aux moelleux rideaux encadrant les hautes fenêtres. Aux murs, les trophées de chasse, les piolets et autres vieux objets de la vie montagnarde qu'il affectionnait tant. Et à travers la fenêtre, il était là : le Mont-Blanc. Plus vrai que nature. Sa silhouette familière apparaissait au-dessus des conifères délicatement couverts d'une fine couche de neige. Dampierre s'approcha si près de la vitre qu'il y colla son nez. Il savait que les fenêtres étaient aveugles. Ce qu'il voyait était un film diffusé sur des écrans en ultra-haute définition. L'illusion était parfaite. Il songea qu'il avait eu raison de faire confiance à Plague.

Robert Plague. Le promoteur de la Résidence. Lorsque ce dernier lui avait proposé d'investir dans le projet, Dampierre avait d'abord refusé, mais Plague était un homme d'affaires habile, aux arguments affûtés. « Voyez cela comme une assurance vie », n'avait-il cessé de lui répéter avec son accent traînant, typique du sud des États-Unis.

Dampierre se dirigea vers le bar en bois blond pour constater que plusieurs caisses de son whisky préféré y étaient rangées. L'une des bouteilles était posée en évidence sur le meuble. L'heureux propriétaire s'empara du Yamazaki, s'en versa un verre et huma le nectar ambré avant de se laisser tomber sur l'une des banquettes.

Sous le regard des deux chamois au mur, le feu crépitait dans l'imposante cheminée en pierre. Il avait dû s'allumer automatiquement. Il n'y avait aucune bûche dans le foyer, simplement des becs de gaz et un ingénieux système de sonorisation. Rien qui pût laisser penser qu'on n'était pas dans un chalet savoyard raffiné, mais dans une cave. Un terrier pour milliardaires apeurés.

Dampierre saisit la télécommande sur la table basse.

« *Bienvenue à la Résidence, cher monsieur Dampierre.* »

Sur l'écran du téléviseur apparut le visage d'une pâleur spectrale de Plague.

Sa voix grave rappelait celle de Vincent Price, avec sa netteté dérangeante.

« *Félicitations, vous avez réalisé l'investissement le plus important de votre vie. Les travaux de construction sont désormais achevés et vous bénéficiez d'un accès illimité à votre appartement, ainsi qu'à la totalité des installations communes. En cas de situation dégradée, seuls vous-même et les membres autorisés de votre entourage pourrez pénétrer dans la Résidence. Tout a été pensé pour rendre votre séjour le plus agréable possible. Les membres autorisés de votre entourage…»*

Dampierre coupa le son. Les fines lèvres de Plague continuèrent à bouger en silence.

Le grand patron se demanda qui serait disposé à l'accompagner dans son refuge. Ses deux enfants vivaient aux États-Unis, leurs relations étaient maintenant réduites au strict minimum. Il n'y avait guère que sa femme qui pourrait l'y suivre. Sa pauvre femme. Supporterait-elle l'enfermement? Il en doutait. Il avait dû insister auprès de Plague pour que Marilyne puisse l'accompagner. Il savait pourtant qu'il ne l'aimait plus, mais la perspective d'un confinement solitaire l'effrayait plus encore.

Dampierre leva les yeux vers le téléviseur où Plague continuait à dérouler en silence son discours de bienvenue. Plague n'était-il pas aussi fou que ce monde dans lequel il fallait prévoir des bunkers?

Dampierre repensa à Queenstown. Les débats avaient été houleux. Sariak avait défendu le projet Rainmaker avec ardeur. Cependant, Dampierre, comme la plupart des membres du conseil, avait refusé de le suivre. Il détestait ces illuminés qui se prenaient pour Dieu et jouaient avec l'avenir du monde en développant des technologies qu'ils ne maîtrisaient pas. Son projet était insensé. Les bunkers étaient la seule option pour échapper à l'effondrement. Déplaisante mais efficace.

Nouvelle gorgée de single malt pour se réchauffer le cœur. Dampierre se remémora comment, des années auparavant, Robert Plague était venu à sa rencontre dans un restaurant huppé. À l'époque, il ne connaissait que de réputation l'Américain de La Nouvelle-Orléans. Issu d'une vieille famille aristocratique. De lointains ancêtres français et une éducation reçue dans les meilleures écoles privées suisses, ce qui expliquait sa parfaite connaissance de la langue de Molière. Traumatisé par l'ouragan Katrina et ses milliers de victimes, dont sa femme et sa fille faisaient partie, il avait décidé d'investir une partie de l'immense fortune familiale dans la construction de bunkers de luxe pour super-riches.

Ses premiers clients avaient été les patrons de la Silicon Valley. Mieux que les autres, ils savaient de quoi serait fait le monde de demain. Mieux que les autres, ils voyaient la catastrophe se profiler. Sur la grande horloge de l'apocalypse, il était minuit moins une. Nul ne savait quand, où et comment l'effondrement débuterait. Terrorisme ? Virus ? Révolte sociale ? Désastre écologique ? Mauvaises récoltes et famine ? Au fond, peu importait. Ce dont ils avaient conscience, c'était qu'il fallait préparer le moment – très proche – où il faudrait vivre en « situation dégradée ». C'était l'euphémisme utilisé par Plague.

Le premier projet avait été réalisé en Californie. Plague avait racheté pour une bouchée de pain un ancien silo à missiles dont l'armée n'avait plus l'usage. Son aménagement intérieur avait pris deux ans. Ses premiers clients avaient chaudement recommandé Plague à leurs amis partout dans le monde. Après les États-Unis, l'homme d'affaires s'était rendu en France, mais il n'avait pas l'intention de construire avant d'avoir des acheteurs. Il lui en fallait dix pour assurer la rentabilité de l'opération. Plague en avait déjà convaincu neuf lorsqu'il avait croisé Dampierre,

PDG du plus grand groupe automobile français. Il avait été un temps contesté suite au « scandale des tests truqués », mais le lancement d'un nouveau modèle électrique et un marketing habile avaient su apaiser les marchés et rétablir sa réputation.

Crrrr crrrrr

Un bruit étrange tira Dampierre de ses pensées. Comme un raclement au sol. Il se retourna et balaya le salon du regard. Vide.

Comme son verre.

Il se dirigea vers le bar et se versa une nouvelle rasade du liquide doré. Un dernier avant de reprendre la route, vers son manoir de Montfort-l'Amaury.

Crrrr crrrrr

Cette fois, il était certain de l'avoir entendu. Cela venait du salon. Tout près de lui.

Il traversa la pièce à la recherche de l'origine du bruit mystérieux. En vain. Il était seul. Il se dirigea vers le couloir qui distribuait les chambres à coucher. Ordre parfait. Les lits moelleux attendaient leurs occupants dans une lumière tamisée. À travers les fenêtres, les flocons numériques tombaient sur les sapins.

En entrant dans la chambre principale, il s'immobilisa. Il se souvint que c'était dans cette pièce que Plague l'avait placé. Le Sarcophage… Il devait être là, quelque part, habilement dissimulé. Un instant, il fut tenté d'en chercher l'ouverture, mais il réprima cette curiosité et retourna dans le salon. C'est alors qu'il remarqua une petite porte dérobée près de la cheminée. Sans doute un espace technique. La cheminée fonctionnait au gaz, les bonbonnes devaient y être entreposées.

Crrrr crrrrr

Dampierre se figea. Le bruit venait de l'autre côté du mur. Une coulée de sueur glissa dans son dos.

Les pensées se bousculaient dans son esprit. D'un côté, la rationalité. Personne ne pouvait avoir pénétré ici, c'était impossible. Autant ouvrir cette porte et en avoir le cœur net. Et de l'autre, une sensation irrépressible, une intuition animale, une alarme dans son cerveau reptilien : il y a quelqu'un derrière ce mur.

Soudain, l'idée jaillit. Les vigiles de la Résidence. Il devait les appeler.

Dampierre se dirigea vers le téléphone, le regard braqué vers le local technique. Il saisit le combiné d'une main tremblante. Des pictogrammes indiquaient les touches à presser pour joindre le service désiré. Bon Dieu, il y avait vraiment tous les services d'un palace : blanchisserie, restaurant, médecin, accueil…

Dampierre identifia la touche de la sécurité, mais avant qu'il ne puisse la presser, la porte du local s'entrebâilla dans un grincement. Extrêmement lentement.

Tétanisé, Dampierre s'attendait à voir un agresseur se ruer sur lui. Mais rien ne se passa. La sueur perlait à son front, son cœur battait à tout rompre. Devenait-il fou ?

Il s'appuya au mur. Il sentit ses forces le quitter. Il s'agenouilla. Son regard croisa le verre de whisky posé sur la table basse.

Et il comprit. Il avait été drogué.

Gorge sèche, sensation d'étouffer. Dampierre rouvrit brusquement les yeux, aspirant avidement l'air. Trop rapidement. Une quinte de toux le secoua. Il voulut porter ses mains à sa bouche, mais il sentit qu'elles étaient entravées dans son dos. Il se contorsionna pour tenter de se libérer, en vain. Il était allongé à même le sol, à plat ventre, sur le béton froid. La pièce était plongée dans la pénombre. Il devina la présence de trois grosses bonbonnes de gaz à côté de lui. Il avait été transporté dans le local technique.

— Vous revenez à vous.

L'homme se positionna au-dessus de lui. Entièrement vêtu de noir et cagoulé, il avait une silhouette athlétique.

— Qui êtes-vous ? balbutia Dampierre.

— Qui je suis n'a pas d'importance.

— Comment êtes-vous entré ?

— Le lieu n'est pas aussi impénétrable que vous le pensez. Vous avez mal investi votre argent.

Dampierre ne put s'empêcher de penser que l'homme avait raison. Plague allait l'entendre.

— Que voulez-vous ?

— Vous faire payer vos crimes.

Dampierre regarda l'homme avec une incompréhension non feinte. Certes, il n'était pas un enfant de chœur, mais il n'était coupable d'aucun crime.

— De quoi parlez-vous ?

— Vous le savez bien. De vos voitures, de leurs moteurs thermiques déréglés, de la pollution que vous avez générée, de vos dissimulations.

Le PDG resta un instant interdit. Alors, c'était donc ça. Encore un de ces militants écolos à la con qui lui pourrissaient la vie. Habituellement, ils se contentaient de jeter des œufs pourris sur sa voiture de fonction. Cette fois, il avait manifestement affaire à un élément radicalisé. Les mecs allaient décidément trop loin.

— Vous plaisantez ! s'écria Dampierre en reprenant du poil de la bête. Qu'y puis-je si les consommateurs veulent des bagnoles qui polluent ?

L'homme masqué ne répondit pas. Ses pupilles noires le fixaient d'un air mauvais.

— Détachez-moi et nous parlerons. C'est de l'argent que vous voulez ? Je vous en donnerai.

Le capitaine d'industrie avait recouvré sa lucidité, il en avait vu d'autres, on n'arrivait pas à son niveau de responsabilité sans rencontrer des ennemis coriaces sur son chemin.

— Ne m'insultez pas avec votre argent, finit par dire le type. Je suis au service de la Justice et d'elle seule.

— Vous ne pourrez pas ressortir d'ici, vociféra Dampierre.

L'autre était impassible.

— Mais enfin, ça n'a aucun sens ! Détachez-moi et je vous jure de vous laisser partir.

L'homme fourra violemment un morceau de tissu dans la bouche de Dampierre qui réprima un haut-le-cœur. Il tenta de recracher le bâillon. Il était enfoncé trop profondément.

L'agresseur posa son genou sur la nuque de Dampierre afin de l'immobiliser, face contre terre. Puis il sortit un petit objet d'une de ses poches. Sa lame aiguisée brilla dans l'obscurité.

Un cutter.

D'un geste assuré, il fendit la chemise de Dampierre, mettant son dos à nu.

— Je vais tâcher de faire vite, dit-il d'une voix douce.

Lorsque Dampierre sentit la lame s'enfoncer dans sa chair, son corps se cabra violemment avant de retomber sur le béton. Un râle étouffé tenta de s'échapper de sa gorge obstruée. Ses yeux se révulsèrent. L'homme lui entaillait la peau jusqu'à l'os.

— Je dois simplement écrire un message. N'y voyez rien de personnel. Au fond, vous n'êtes qu'un pantin. Il est temps de détruire le système. Restez tranquille.

Il poursuivit son travail d'écriture avec application. Dampierre faisait un effort surhumain pour contenir la souffrance insoutenable.

— Bien, bien, approuva l'homme quand il releva son stylet tranchant.

Dampierre baignait dans une mare de sang. Un flash l'aveugla. L'homme venait de prendre une photo. Il le retourna sur le dos.

— Vous allez pouvoir partir en paix.

L'agresseur se pencha vers l'une des bonbonnes de gaz, en ouvrit le robinet. Le flexible à la main, il s'approcha de Dampierre.

— Vous allez périr par là où vous avez péché, souffla-t-il en lui ôtant son bâillon.

Dampierre sentit son sang se figer. Cet homme n'était pas un militant écolo. C'était un meurtrier de sang-froid, probablement payé pour exécuter cette basse besogne.

— C'est Sariak qui vous envoie ? hasarda-t-il d'une voix étouffée, avant que la main gantée de cuir ne lui écarte la mâchoire.

Il sentit l'odeur d'œuf pourri du gaz.

Impossible, pensa-t-il. *Je ne peux pas mourir ainsi.*

Soudain, l'homme enfonça le tuyau profondément dans sa trachée, lui arrachant un spasme de douleur effroyable. Il voulut hurler, mais ne parvint qu'à émettre un cri étrangement aigu.

Dampierre suffoquait. Tout son esprit était concentré sur un seul objectif : ne pas inspirer. C'était son seul espoir. Ne pas remplir ses poumons de gaz. Mais son corps finit par le trahir après de longues secondes. Une inspiration réflexe. Profonde.

Se retenir à tout prix, ne pas inspirer une deuxième fois. C'était impossible.

Son corps lui refusa tout sursis. Il aspira l'air lourd. Il avait perdu la partie.

La sensation de suffocation se dissipa.

Elle laissa la place à un flottement.

Il était léger. Peut-être quelques regrets, mais il était trop tard.

Puis ce fut le noir.

Mardi 16 novembre

> « Il a fallu des siècles pour que l'homme, cet animal violent, cruel et égoïste, se pare d'un vernis de civilisation. Il ne faudra que quelques jours pour qu'il le perde. »
>
> Viktor Kieffer, *Se préparer à l'effondrement*

2

Le cri suraigu vrilla le tympan du commandant Ronan Sénéchal. Il détourna le regard, mais ne trouva à le poser que sur des tissus imbibés de sang. Jamais il n'aurait imaginé que cela fût aussi éprouvant. Il prit une profonde inspiration et plongea son regard dans celui de sa femme.

— Mon amour, dis-moi ce que je peux faire.

Une nouvelle contraction la plaqua contre la table de travail, les cheveux trempés de sueur formant comme une couronne sur l'appuie-tête.

Paniqué, il se tourna vers l'appareil de monitoring. Les constantes étaient normales. Autour d'eux, l'équipe médicale travaillait dans le calme. Tout se déroulait bien. Et pourtant il ne supportait pas de voir sa femme souffrir ainsi. Les encouragements qu'il lui adressait n'avaient aucun effet, elle ne l'entendait même pas. S'y prenait-il mal ? Lui, le super flic, se sentait impuissant.

— Nathalie, regarde-moi. Tu vas y arriver, essaya-t-il timidement.

Il avait été prévenu : accompagner sa femme pendant l'accouchement n'aurait rien d'une partie de plaisir. Le commandant à la brigade criminelle de Paris croyait pourtant avoir tout vu, tout vécu, les scènes de crime les plus sordides comme les autopsies les plus répugnantes. Pourtant c'était aujourd'hui qu'il se sentait près de défaillir.

— Je vois sa tête.

La sage-femme venait de prononcer la parole magique. Ronan serra la main de sa femme plus fort.

— Il arrive, mon amour. Il sera bientôt avec nous.

Les larmes lui montèrent aux yeux. *Pas maintenant, Ron, pas maintenant. Tu dois tenir.*

Au seuil de ce moment décisif, son esprit repartit des années en arrière.

Il se souvint de cette nuit fatale, quand il n'avait que dix ans, qui lui avait arraché son bonheur et avait déterminé toute la suite de son existence.

Il se souvint du jour, à dix-huit ans, où il avait annoncé qu'il deviendrait flic. À la Criminelle bien sûr, comme s'il n'y avait aucune autre option.

Il se souvint, jeune inspecteur, de sa première enquête au 36, quai des Orfèvres. Un crime sordide. Le cadavre avait séjourné trois semaines sous une verrière en plein mois d'août. Son chef de groupe qui se pavanait sur le chemin de l'institut médico-légal avait rendu son petit déjeuner quand, d'un geste à peine brusque, le légiste avait retourné la peau du visage. Ronan, lui, n'avait pas détourné les yeux. Pas une seconde. De retour au 36, ses collègues l'avaient applaudi. De mémoire de flic, personne avant lui n'avait assisté à sa première autopsie jusqu'au bout sans dégueuler ou prendre ses jambes à son cou.

Il se souvint de l'anniversaire de ses trente ans, en compagnie d'une prostituée dans son appartement vide au dernier étage d'une tour sans âme. Il s'interdisait alors toute vie sentimentale.

Il avait trouvé une forme d'équilibre. Le Mal pour compagne. Foutrement bancal, mais ça marchait.

Il se souvint du jour où il avait été promu chef de groupe. Son ascension avait été rapide, il se positionnait systématiquement sur les affaires les plus sordides. Comme si l'horreur était la seule chose qui avait du sens.

Il se souvint du jour où, pour la première fois, il était retourné sur une scène de crime. Pas pour les besoins de l'enquête, mais comme un junkie.

Il se souvint du jour où le poison de la violence avait commencé à couler dans ses veines et qu'il avait «cabossé» un suspect pour le faire parler plus vite.

Et du jour où ses collègues avaient tenté une «intervention» pour le remettre sur le droit chemin. Déni total. Non, il n'avait besoin de personne pour affronter la «charge mentale». Non, les crimes ignobles sur lesquels il enquêtait ne le bouffaient pas de l'intérieur. Non, la haine des flics qui grandissait ne le rendait pas dingue. Non, il n'avait pas le sentiment de ne servir à rien, d'être un fantoche bridé par une législation absurde.

Et du jour encore où il était tombé, quand il s'y attendait le moins, après vingt ans de maison, de violence et de perversions, à une moyenne de soixante heures par semaine. Il y trempait comme un alligator dans un marigot puant. Cela avait été la spirale classique. Dépression. Alcool. Jusqu'à ce qu'il tabasse un simple témoin, ivre, sous les yeux effarés de ses collègues.

Mais la police protège les siens. S'il acceptait de passer trois mois dans un centre de repos, il pourrait retrouver son poste. C'était alors qu'il avait rencontré Nathalie. Avec ses quinze ans de moins que lui, son énergie à revendre, ses projets à la pelle et surtout sa volonté farouche de l'aider à s'en sortir. Elle n'était pas médecin, elle était monitrice d'équitation. Le directeur du centre avait décrété que les canassons étaient un excellent « adjuvant thérapeutique ». Lui qui avait horreur des chevaux s'était inscrit à cette activité pour s'échapper de sa chambre. Elle lui avait appris à maîtriser sa monture. D'abord taiseux et renfermé, il avait fini par s'ouvrir à cette femme solaire. Il aimait partir à l'aube pour une promenade dans la forêt, encore nimbée de brume matinale. Sentir le froid lui mordre la peau. Sentir les muscles puissants du cheval. Se sentir vivre. Et désirer une femme. Désirer Nathalie.

C'était il y a deux ans.

Subitement, le bonheur avait refait irruption. Jusqu'ici, Ronan l'avait empêché d'approcher, comme une drogue bien trop dure, plus dangereuse que les criminels qu'il pourchassait. Avec Nathalie, il céda sans même se poser de question.

La guérison de Ronan avait été rapide. Un mois après sa sortie du centre, Nathalie emménageait chez lui.

Ronan se souvint du jour où elle lui avait annoncé qu'elle était enceinte. Ce jour où il avait compris qu'elle l'avait sauvé.

— Il est sorti ! s'exclama la sage-femme.

Son âme s'envola, explosa de bonheur. Père. Le mot avait le pouvoir de cicatriser toutes ses blessures.

La sage-femme coupa le cordon ombilical d'un geste professionnel et déposa délicatement l'enfant sur la poitrine de sa mère.

Ronan s'avança et se blottit contre eux, posant délicatement son oreille sur le petit torse qui aspirait la vie. La nuit passée à attendre le moment de la délivrance l'avait épuisé.

— Bienvenue, Gaspard, articula-t-il d'une voix qui défaillait de joie.

Il était 6 heures du matin. Nathalie venait de regagner sa chambre. Ronan la regardait dormir quand il sentit son téléphone vibrer. Il plongea la main dans sa poche et se renfrogna en découvrant le nom qui s'affichait sur l'écran. David Ortiz. Il fut tenté de ne pas décrocher, mais le devoir professionnel reprit le dessus. Il sortit dans le couloir.

— David, ce n'est pas vraiment le moment. Mon fils vient de naître.

Un blanc.

— C'est merveilleux, Ron. Toutes mes félicitations, finit par répondre son adjoint, visiblement mal à l'aise.

— Qu'est-ce qui se passe ? J'avais dit de ne pas me déranger.

— Je sais… Vraiment désolé. Mais il s'est passé un truc.

— Quel que soit le problème, le groupe de Mortier peut s'en charger.

— Non, Mortier et son équipe sont sur une émeute dans le Val-de-Marne. La nuit a été chaude, ils sont tous sur les dents.

— Ça n'en finit jamais, murmura Ronan, qui visualisait la scène, des jeunes attirant des policiers dans un guet-apens avant de les canarder au tir de feux d'artifice agrémentés de clous et de boulons.

— Le proc' a insisté pour que ce soit toi, ajouta David.

Ronan poussa un soupir. Il n'y couperait pas.
— Meurtre? interrogea-t-il mécaniquement.
— Oui.
— La victime?
— François Dampierre.
— Le PDG?
— Lui-même.
Ronan marqua une pause.
— Ce n'est pas tout, ajouta l'adjoint. La scène de crime... Je n'ai jamais rien vu de tel.
— Explique.
— Il faut que tu le voies de tes propres yeux.
— J'ai à peine eu le temps de tenir mon fils dans mes bras.
— Nous t'attendons.
Ronan raccrocha, résigné. En ce jour dédié à la vie, la main froide de la mort venait se rappeler à lui.

3

Jean progressait d'un pas vif sur le sentier bordé de chênes et de frênes. L'air pur lui donnait de l'énergie. Le retraité, en forme, avait bien l'intention de profiter de sa journée pour se livrer à sa passion, la pêche.

Devant lui, Pandora, son berger australien, courait entre les arbres. Au détour du sentier, l'étang de Boulard apparut. Il était à peine 8 heures et personne n'était encore venu troubler la tranquillité du lieu. Le jour se levait tout juste.

Jean choisit l'emplacement qui lui permettrait de profiter du soleil plusieurs heures durant. La météo était épouvantable depuis plusieurs semaines. Il avait plu presque sans discontinuer pendant deux mois et les températures avaient été inhabituellement basses. Cette matinée ensoleillée relevait du miracle.

Son siège pliable installé, il déposa sur la petite table son poste de radio et un thermos de café. Pandora vint se frotter contre lui en jappant.

— Voilà ma fille, dit Jean en lui lançant un bâton.

Il déploya sa canne, mit la ligne à l'eau, alluma la radio et se versa un grand bol de café fumant. Enfin, il s'assit sur son siège pliant en poussant un soupir d'aise.

— Un peu moins d'arthrose et un peu plus de poissons, c'est tout ce que je demande.

Dans le ciel, d'un bleu uniforme comme une toile tendue, un avion laissait derrière lui une traînée blanche. Pourquoi l'humanité ressentait-elle tant le besoin de voyager? Il était si simple de trouver son bonheur à quelques minutes de chez soi.

En attendant une touche, Jean regardait Pandora gambader et écoutait les plaisanteries des chroniqueurs de l'émission. La matinée serait absolument parfaite. À midi, sa femme l'attendrait avec l'un de ses bons petits plats dont elle avait le secret, dans leur nouveau pavillon, en banlieue de Lyon.

Soudain, le flotteur frémit légèrement, le tirant de ses pensées. Déjà? Le flotteur tressauta de nouveau sous l'eau. Il fallait ferrer le poisson. Jean tira fermement sur la ligne. Etrangement, il ne ressentit aucune résistance. Peut-être n'était-ce pas un poisson, mais un objet jeté au fond de l'étang. Il actionna le moulinet avec vivacité. C'était lourd. Le flotteur remonta, puis les plombs.

Jean eut un moment d'arrêt. Il ne pouvait pas croire à ce qu'il voyait. Pourtant à cette heure, il était encore à jeun.

— Bon Dieu, murmura-t-il.

L'ultime tour de moulinet fit voltiger au bout de la ligne une main couverte de vase.

S'agissait-il d'une fausse main ? Un de ces accessoires de cinéma ou un morceau de mannequin ?

Il l'approcha pour mieux l'observer. Attirée par la prise, Pandora vint se glisser contre son maître. La main gisait à terre. Elle avait pris une couleur verdâtre parcourue de stries noires sous l'effet de l'eau.

Jean prit le bâton que Pandora tenait dans sa gueule pour appliquer une légère pression sur sa découverte. Le bois s'enfonça dans le corps mou. Ce bref contact indirect lui avait fait ressentir sa texture spongieuse.

Aucun doute, sa journée était gâchée.

4

La nuit défendait encore son territoire, mais plus pour longtemps. Une lumière blanchâtre pointait à l'horizon, annonçant le lever du soleil. Le ciel se déchirait en deux.

Ronan Sénéchal engagea son véhicule de fonction, une Peugeot 508, dans l'allée qui menait à la Résidence après avoir montré patte blanche aux deux plantons qui en gardaient l'accès. Il avait effectué le trajet depuis la maternité en un temps record. Il n'avait même pas eu besoin d'user de son deux-tons dans les rues désertes.

Les lieux avaient une drôle de configuration, avec ce bâtiment en béton de forme triangulaire.

Le commandant se gara sur le parking, au milieu des véhicules de police, juste à côté de la camionnette de la scientifique. Un vrai déploiement de forces. Le rouleau compresseur de la police judiciaire était en marche.

Ronan soupira. Cette affaire tombait au pire moment. Il allait manquer les premiers jours de son fils. Il sortit son téléphone et afficha la photo qu'il avait prise à la maternité avant de partir. Nathalie tenait Gaspard dans ses bras et le regardait avec tendresse. Elle n'avait rien dit quand il avait dû les quitter. Elle savait qu'elle avait épousé un flic.

Mais pourquoi aujourd'hui ?

Ronan vit David Ortiz émerger du bâtiment et lui adresser un signe de la tête. Regard rapide dans le miroir du pare-soleil avant d'entrer en scène. Il avait pris le temps de mettre le costume qu'il laissait toujours dans la voiture, en cas d'urgence, histoire d'avoir un peu de prestance. Ça contrebalancerait ses cernes et sa barbe naissante.

C'était l'heure du lever de rideau. Ronan sortit de son véhicule. L'enquête commençait.

Son adjoint, de dix ans son cadet, semblait, lui, parfaitement frais et dispos. Blouson de cuir ajusté, silhouette élancée et belle gueule qui faisaient se retourner les équipières sur son passage, dans les couloirs du Bastion, le nouveau siège de la DRPJ.

— Merci d'avoir fait si vite. Et… félicitations malgré tout, ajouta l'adjoint avec un sourire gêné. Encore désolé, c'est le procureur qui…

— Ne te fatigue pas, David, je sais, le rassura Ronan. On fêtera ça plus tard, comme il se doit. Pour le moment, explique-moi. C'est quoi ce site ? On dirait un terrain militaire.

— Seulement en apparence. Bienvenue à la Résidence. Un bien joli nom pour un bunker d'ultrariches.

— Un bunker de milliardaires ? répéta Ronan.

— Apparemment. L'élite mondiale a une nouvelle marotte : échapper à l'apocalypse. Le lieu est conçu pour y vivre en autonomie, coupé de la surface, à l'abri des guerres, des attaques terroristes, des accidents industriels et autres réjouissances cataclysmiques.

Ronan maugréa en passant le sas du hall d'accueil.

— Question bunker, j'imaginais quelque chose de plus… Spartiate. C'est le Ritz ici !

Un homme habillé en treillis s'avança vers eux. David fit les présentations.

— Monsieur Gomez, voici le commandant Sénéchal dont je vous ai parlé.

L'homme se mit instantanément au garde-à-vous. Tout dans son attitude trahissait l'ancien militaire. La cicatrice qui parcourait sa joue droite témoignait de ses états de service. Ronan lui serra la main.

— Je suis le responsable de la sécurité. Le lieutenant Ortiz m'a demandé de vous faire visiter les lieux.

Les trois hommes s'engouffrèrent dans un ascenseur.

— Combien de niveaux y a-t-il dans le bâtiment ? s'enquit David.

— Quinze en tout. Les cinq premiers niveaux sont occupés par les installations communes, les suivants par les appartements privés.

Il avait le ton monocorde du guide lassé de faire visiter les lieux.

— Les appartements sont vides actuellement ?

— Quelques-uns sont occupés, précisa Gomez.

— Pourquoi venir ici s'il n'y a aucune nécessité ? s'étonna Ronan.

— L'installation est pleinement opérationnelle depuis hier. Plusieurs acheteurs ont souhaité immédiatement découvrir les lieux.

— Ces acheteurs, combien sont-ils ?

— La Résidence compte dix appartements qui peuvent accueillir jusqu'à cinq personnes, le propriétaire et ses proches, sans compter le personnel en charge de la sécurité et de la gestion des installations.

— Combien de temps peut-on tenir ici ? demanda Ronan.

— Des années s'il le faut, dit fièrement Gomez comme si le mérite lui en revenait.

La question était sans lien avec l'enquête, mais le policier voulait en savoir plus.

— Comment est-ce possible ? rétorqua David. Sans mourir de soif ? de faim ?

Gomez dévisagea le policier un instant, avant de débiter :

— Chaque résident est doté de cinq ans de nourriture lyophilisée. Mais ce n'est qu'une sécurité. Nous garantissons à nos occupants trois repas quotidiens d'une qualité égale à ce qu'ils pourraient trouver à la surface. Nous avons des bassins pour élever des poissons, des serres hors sol et un réservoir de 300 000 litres d'eau.

— Et si quelqu'un tombe malade ? insista David.

Comme en réponse à la question, les portes de l'ascenseur s'ouvrirent sur une vaste salle divisée en plusieurs blocs délimités par des parois en plexiglas. D'un côté, des lits médicalisés. De l'autre, un plateau technique dernier cri et une salle de consultation. Dans les armoires vitrées, des boîtes de médicaments et des fournitures en grande quantité.

Ces obsédés de l'apocalypse ont un hôpital qui ferait pâlir d'envie le personnel de l'Assistance publique, pensa Ronan.

— Il y a donc un médecin parmi les occupants ?

— Chaque Résidence compte au moins un médecin, par ailleurs connecté par satellite aux autres Résidences dans le monde, ce qui permet de mutualiser les compétences, consulter et même d'opérer à distance.

— OK pour la grippe ou une jambe cassée, mais vos pensionnaires ne finiront-ils pas tous dépressifs ?

David semblait prendre un malin plaisir à chercher la faille.

— L'éclairage dans la Résidence reproduit la lumière naturelle afin de ne pas perturber l'organisme. Et ce n'est pas tout.

L'ascenseur transporta les trois hommes vers le niveau inférieur, l'« espace de loisirs », où les policiers découvrirent un lagon bleu turquoise digne de la Polynésie. En réalité, une grande piscine derrière laquelle était projeté un panorama paradisiaque sous un dôme bleu clair.

— Chaque occupant a droit à un animal de compagnie, poursuivit Gomez. Nous avons un parc pour promener les chiens au niveau inférieur. Tout a été prévu pour lutter contre les effets psychologiques de l'enfermement. Et bien sûr, nous avons une salle de VR.

— VR ?

— Réalité virtuelle. Les résidents peuvent se déplacer dans le métavers. Le monde entier a été modélisé, avec tous les services possibles…

Chaque besoin humain avait été analysé, disséqué, et une réponse avait été prévue. Cette logique d'hyper-rationnalisation glaça Ronan.

— Vous ne craignez pas les conflits liés à l'enfermement, à l'espace restreint, les luttes de clans ?

— En cas de crise, chaque occupant s'engage à travailler quatre heures par jour pour la communauté. L'interdépendance crée de la solidarité.

— Et si quelqu'un devient menaçant ?
— Il y a une cellule, en cas de besoin.
— Vous pensiez que rien n'avait été laissé au hasard, n'est-ce pas ?
David toisa Gomez, qui n'était après tout qu'un simple factotum.
— La Résidence protège de tout... sauf d'un assassin, ironisa le policier.
— La direction a d'ores et déjà ouvert une enquête interne pour comprendre ce dysfonctionnement, répliqua le responsable de la sécurité d'un air pincé.
— Laissez tomber l'enquête, l'interrompit David. Contentez— vous de nous aider. Qui était présent la nuit dernière et comment une personne étrangère a-t-elle pu s'introduire ici ?
Gomez perdit de son assurance.
— J'étais sur le site. La Résidence est inviolable. Je ne vois qu'une seule explication, le tueur a dû pénétrer dans le bâtiment il y a quelques jours, avant la fin des travaux. Les systèmes de sécurité n'étaient pas encore tous opérationnels puisque la Résidence était inoccupée.
— Et désormais, tous vos systèmes de sécurité sont actifs ?
— Oui.
— Alors, comment le tueur est-il sorti ? Sa présence a dû être décelée, non ? lança Ronan.
L'homme se racla la gorge.
— Eh bien, non. Nous n'avons rien détecté.
— L'homme a contourné vos systèmes de sécurité. Nous allons saisir les enregistrements des caméras de surveillance, conclut Ronan.
— Je regrette. Les vidéos sont stockées sur des serveurs aux États-Unis. Vous ne pouvez que les

consulter, il n'est techniquement pas possible de les copier.

— Alors nous les visionnerons sur place.

L'homme se rebiffa.

— Je n'ai pas l'autorisation de vous laisser accéder à notre salle de surveillance. Ces enregistrements sont confidentiels.

La réponse avait fusé, cinglante.

— Nous sommes des officiers de police judiciaire, lui rétorqua David, que le responsable de la sécurité irritait. Nous agissons sur ordre du procureur. C'est une réquisition, pas une demande.

— Je dois en référer à M. Plague.

— Qui c'est, lui ?

Ronan s'impatientait.

— M. Plague est le fondateur et directeur de la Résidence.

— Ah oui, votre syndic de copropriété, se moqua David.

Ronan coupa son adjoint d'un geste de la main.

— Appelez donc votre directeur, reprit-il d'un ton calme mais déterminé. S'il ne coopère pas, je reviendrai avec une dizaine d'hommes qui se feront un plaisir de retourner toutes vos belles installations.

Gomez resta interdit, outré qu'on ose lui parler ainsi.

— Et maintenant, je veux voir la scène de crime.

5

La Peugeot monta sur le trottoir et se rangea au bout du chemin, derrière une file de 306 sérigraphiées « Police nationale ».

La vitre côté conducteur descendit de quelques centimètres. Le bruit d'un briquet résonna dans l'habitacle. Des volutes de fumée s'échappèrent à l'extérieur. Après quelques instants, une cigarette à moitié consumée voltigea avant de s'écraser sur le bitume, et Irina Kowalski ouvrit la portière.

« Il a été torturé avant d'être tué. C'est une vraie boucherie. »

Les paroles de son adjoint résonnaient dans la tête du capitaine de police. Elle remonta le col de sa parka. La météo avait tourné et un ciel bas et noir écrasait toute la région lyonnaise sous une bruine glaciale. La policière détestait ce temps, pourtant relativement clément en comparaison des épisodes climatiques extrêmes de ces derniers mois.

À travers le feuillage des arbres, Irina aperçut les silhouettes détrempées de ses collègues qui s'agitaient. Elle emprunta le chemin balisé pour ne pas contaminer la scène de crime, tout en fredonnant les paroles de *November Rain* des Guns N'Roses.

It's hard to hold a candle

In the cold November rain.

Ses chaussures — elle avait heureusement opté pour une paire de Timberland — s'enfonçaient dans la terre gorgée d'eau, produisant un désagréable bruit de succion. Cela sentait l'humus et le bois humide. Des eaux grises de l'étang, au-dessus desquelles flottaient des nappes de brume, émergèrent deux plongeurs dans leur combinaison noire. Elle observa un instant le ballet des techniciens qui s'affairaient à relever des indices sur le bord. Mécanique parfaitement huilée, les hommes n'avaient pas besoin de se parler. Seuls le bruit des pas et le froissement des feuilles trempées troublaient le calme qui régnait. De puissantes lampes halogènes éclairaient la scène, lui donnant un air de tournage de film.

Un barnum avait été installé. Sous la tente, un homme d'une trentaine d'années en combinaison de protection blanche était penché sur le cadavre, le visage grave.

— Bonjour, Alexandre.

Le lieutenant se redressa et salua sa patronne qui était restée derrière la rubalise. Comme souvent, Irina fut troublée par la beauté de son adjoint. Pas vraiment le physique classique du fonctionnaire de police. Des traits délicats mais virils, de grands yeux clairs et mélancoliques. Il dégageait une sensibilité que l'on aurait pu prendre, à tort, pour de la fragilité.

— Je reste ici, et tu me dis tout ?

Irina n'avait pas l'intention de franchir le ruban « police scientifique », ce qui l'aurait obligée à passer une combinaison. Une forte odeur de décomposition émanait de la tente.

— Pour commencer, la météo est vraiment de plus en plus pourrie.

— À m'en faire regretter la Pologne de mes ancêtres, approuva Irina en haussant les épaules.

— Ça va nous ralentir. La pluie aura forcément détruit des indices.

Alexandre prit un air contrarié.

— Voilà ce que nous savons, reprit-il. Ce matin, vers 8 heures, un pêcheur a remonté une main avec sa ligne.

Il désigna l'homme, interrogé par un policier un peu plus loin. Il était blanc comme un linge.

— Il a composé le 17. Etant donné la nature de sa « découverte », on nous a remonté l'affaire. Les plongeurs ont exploré l'étang et ils ont retrouvé le reste du corps. Il était emballé dans une bâche et lesté. On ne l'aurait pas découvert avant des semaines si cette main ne s'était pas fait la malle.

— Il est entier ?

— Pas beau à voir, mais entier.

Irina se pencha par-dessus la rubalise. Au sol, l'homme nu était posé sur une housse mortuaire, sous la lumière crue des halogènes. L'odeur de décomposition, de plus en plus puissante, la prenait à la gorge. Elle ne savait pas si elle provenait du cadavre ou de la vase. Les tissus du mort étaient gonflés, surtout son visage et son cou. Des plaies profondes entaillaient son torse, ses bras et ses jambes. On devinait qu'il était jeune. Tout juste sorti de l'adolescence. À peine vingt ans.

— Tes premières impressions ? interrogea Irina.

— Il a été torturé avant d'être tué. Aucune partie du corps n'a été épargnée. Il a dû souffrir le martyre. Le légiste le dira, mais je pense que la cause du décès est la strangulation. On distingue nettement des marques autour du cou. Une impression, comme ça : il devait connaître son agresseur.

Irina acquiesça. Un tel acharnement indiquait une dimension personnelle.

Un technicien équipé d'un appareil photo les interrompit en s'excusant. Alexandre en profita pour se servir un café.

— Tu en veux un ? proposa-t-il en désignant le thermos à sa supérieure.

— Tu sais que je ne dis jamais non.

Il lui tendit un gobelet et ils reprirent leur discussion, alors que le flash crépitait derrière eux.

— Tu penses à un règlement de comptes ? reprit Irina.

— C'est une hypothèse. En tout cas, on a affaire à un malade qui n'y est pas allé de main morte.

— Des pistes sur l'identité de la victime ?

— Il n'avait rien sur lui qui permette de l'identifier. On va relever les empreintes et les passer au fichier. Je vais aussi vérifier la liste des personnes disparues.

— Et les relevés d'indices ?

— La Scientifique passe les berges au peigne fin. Rien pour le moment. Pas d'empreintes de pas, avec toutes ces feuilles au sol. Pas de trace de sang non plus. Peu probable qu'il ait été tué ici.

Alexandre se retourna vers le barnum, intrigué par le silence soudain. Le technicien fixait le cadavre.

— Eh bien Trottier, qu'est-ce qu'il se passe ? lui lança Alexandre.

— La victime… je crois que je la reconnais.

Les regards d'Irina et Alexandre se braquèrent aussitôt sur le jeune homme.

— Qui c'est ?

— Je ne suis pas certain… Il ressemble beaucoup à Nicolas Marlot. C'est… Je suis abonné à sa chaîne YouTube.

— Il est connu ? demanda Alexandre, qui n'avait jamais entendu ce nom.

— Oui, enfin dans notre milieu.

— Votre milieu ? De quoi tu parles ?

Le technicien était manifestement gêné.

— Ça restera entre nous, le rassura Alexandre.

— Ben, le *bushcraft*.

Les deux policiers secouèrent la tête.

— L'art de vivre dans les bois, expliqua Trottier. De plus en plus de gens le pratiquent, comme moi. On veut réapprendre à vivre en harmonie avec la nature.

— Ah oui, l'autre nom du camping… ironisa Alexandre.

— Non, le coupa Irina qui voulait éviter de vexer leur témoin inattendu. J'en ai entendu parler. C'est plus un art de vie, loin de la civilisation, n'est-ce pas ?

Trottier acquiesça.

— La chaîne YouTube de Marlot est très suivie. Surtout à Lyon. Il poste des vidéos, des conseils sur le matériel, les techniques, ce genre de choses… Je suis pratiquement certain que c'est lui.

— Bien, on va vérifier. Merci de votre aide.

Le technicien hocha la tête et s'éloigna. Irina se tourna vers son adjoint.

— Fais-le transporter à l'IML pour procéder à l'autopsie au plus tôt. On dirait qu'on a de la chance pour une fois.

— Pour l'identité de la victime, peut-être, mais aucun indice côté bourreau.

Irina marqua une pause.

— Nous avons une première certitude. Nicolas Marlot, si c'est bien lui, a vécu l'enfer avant de rendre l'âme.

6

Ronan jeta un œil à sa montre pendant que la cabine de l'ascenseur s'enfonçait sous terre. Déjà 10 heures. Dans ce lieu confiné, il avait perdu la notion du temps.

Il savait que ces bunkers poussaient comme des champignons aux États-Unis, mais il n'aurait pas imaginé que la France ait succombé à son tour à cette tendance malsaine. Et encore moins qu'il mènerait une enquête dans ce cadre hors norme.

Il se figea lorsque les portes s'ouvrirent sur un décor de chalet savoyard, avec vue sur le Mont-Blanc. *Bon Dieu, on se croirait à Disneyland.*

— Chaque appartement occupe un niveau entier et a été décoré à la demande de son propriétaire, précisa Gomez.

Les policiers observèrent un instant le vaste salon grouillant d'activité, reconnurent le procureur parmi les combinaisons blanches des techniciens judiciaires et quelques pompiers. Seul détail inhabituel : l'absence de grésillement des radios, si caractéristique d'une scène de crime. Les ondes ne passaient pas sous terre.

Ronan aperçut la silhouette ronde de Serge Esposito, le médecin légiste, et se dirigea vers lui, suivi de près par le responsable de la sécurité.

— Nous vous appellerons si nous avons besoin de vous, le freina-t-il.

Une expression de contrariété creusa une ride profonde sur le front de Gomez qui s'éloigna sans un mot.

Ronan salua Esposito.

— Bonjour Ronan. Mes félicitations à toi et à Nathalie. David m'a appris la bonne nouvelle. J'espère faire la connaissance de ton fils rapidement.

— Merci. Dès que Nathalie sera d'attaque, tu seras le bienvenu chez nous. Bon, parle-moi plutôt de la victime, enchaîna Ronan, pressé d'en venir au sujet qui l'avait contraint à quitter sa femme et son fils.

— Par ici.

Esposito désigna l'emplacement du local près de la cheminée. Un technicien de l'Identité judiciaire s'écarta pour les laisser passer. Le corps de Dampierre reposait sur le béton, un tuyau flexible enfoncé dans la trachée. Les yeux du mort étaient si exorbités qu'ils paraissaient sur le point d'exploser. Son visage avait pris une teinte cireuse violacée.

— Ton verdict ?

— Intoxication au gaz. L'autopsie le confirmera.

— Impossible qu'il s'agisse d'un suicide ?

— Non, c'est un meurtre. Il y a des traces de lutte.

— L'heure du décès ?

— La température du corps est de 30 °C. La rigidité est avancée mais pas achevée. Je dirais que la mort remonte à huit ou dix heures, ce qui nous amène à peu près entre minuit et 2 heures du matin.

— Le corps a été déplacé ?

— Les lividités cadavériques sont fixées. Notre homme est mort ici même, dans cette position, sans que la bouteille de gaz et le tuyau n'aient bougé.

Ronan laissa Esposito penché au-dessus du corps pour s'approcher à nouveau de David Ortiz, dépêché sur les lieux avant lui.

— Qui a découvert le corps, m'as-tu dit ?

— La femme de Dampierre a donné l'alerte. Il a quitté son domicile hier dans la soirée. Il voulait découvrir les lieux sans délai. Il était censé n'y rester qu'une heure ou deux. Comme il ne revenait pas, sa femme a fini par appeler Gomez qui a découvert le corps.

Ronan acquiesça.

— Ça coïncide avec les éléments que vient de me donner Esposito. Des traces du tueur ?

— Rien pour l'instant. Les scientifiques vont passer l'appartement au polilight. Mais on a manifestement affaire à une personne organisée et méticuleuse.

La discussion fut interrompue par une voix féminine.

— Si ce fichu bunker avait été situé quelques

centaines de mètres plus loin, c'est le SRPJ de Versailles qui aurait récolté l'affaire. Pas de bol.

Ronan se retourna. Même dans un endroit aussi glauque, Samia Mansouri était rayonnante. Elle était la n° 3 de son groupe, autrement dit le procédurier. Un mètre soixante-dix d'énergie pure, le dynamisme d'une grande sportive. Judoka accomplie, elle avait obtenu une médaille olympique en 2016. Ses collègues l'avaient surnommée « Teddy ».

— Salut, Samia.

— Salut, boss. Je sais que ce n'est pas le moment, mais félici…

— En effet, ce n'est pas le moment, la coupa Ronan. Est-ce qu'on peut éviter de parler de mon fils devant un cadavre ?

— Désolée.

— Je compte sur toi pour nous faire un PV en béton. Vu la victime, on ne doit pas se rater, insista Ronan en désignant les feuillets qu'elle tenait à la main, où elle enregistrait les informations concernant la scène de crime, les indices trouvés, la liste des scellés et les photographies prises.

— Je te fais ça aux petits oignons. Le procureur m'a déjà mis la pression. Bon, je continue. On se verra au Bastion plus tard.

Ronan reprit sa discussion avec David au milieu des techniciens qui commençaient à faire parler la poudre.

— Il faut plus d'une personne pour réussir un coup pareil.

— Je ne pense pas. La mort de Dampierre a été mise en scène de façon spectaculaire, mais un groupe n'aurait pas pu s'introduire ici sans être repéré.

Ronan approuva d'un hochement de tête.

— Alors on a affaire à un grand pervers avec une imagination criminelle hors norme. Un homme, très probablement.

— Dampierre était en bonne santé et sportif. Donc oui, un homme.

— Autre chose ?

— Un détail, peut-être hors sujet, avança David. Avant que tu n'arrives, j'ai discuté dehors avec Gomez. Il a remarqué un cercle vert qui a été peint à l'extérieur du bâtiment il y a quelques jours. Pour lui, c'est l'œuvre du tueur.

— Pourquoi le tueur aurait-il peint un cercle vert ?

— Je n'en sais rien. Gomez est persuadé que c'est une signature. Bon, je te l'accorde, ça paraît sans importance.

— C'est maigre. Vous avez interrogé les voisins ? plaisanta Ronan pour détendre l'atmosphère.

— Très drôle, Ron…

— Allons voir où en est Esposito de ses constatations.

Ronan et David revinrent en quelques pas devant le local. L'Identité judiciaire venait juste de terminer ses prélèvements, Esposito avait dégagé le tuyau de la bouche de Dampierre. Deux techniciens s'apprêtaient à basculer légèrement le mort pour le soulever et le déposer dans la housse mortuaire.

— Attendez ! s'exclama Ronan. Là, dans son dos, qu'est-ce que c'est ?

Les deux hommes reposèrent le corps et le retournèrent complètement. La chemise était empesée par le sang, un petit morceau de tissu pendait. Ronan enfila des gants en latex, se mit à genoux et souleva la chemise fendue. Des marques, comme une inscription. Son geste se figea de surprise.

— On lui a gravé un texte à même la peau, au cutter apparemment, constata Serge Esposito.

Ronan lut à haute voix les lettres de sang devant l'équipe des techniciens, médusés.

7

ACAB.

All Cops Are Bastards.

Le slogan anti-flics connaissait un regain de popularité depuis quelque temps.

Irina eut juste le temps de lire les quatre lettres sur la façade de l'hôtel de police de Lyon avant que l'équipe de nettoyage n'efface le graffiti. Elle pénétra dans le bâtiment qu'elle détestait. Avec son architecture années 1960, son mobilier vieillissant, sa moquette grise et un peu sale. Voilà tout ce que méritait la police pour mener à bien sa mission.

Elle sortit de l'ascenseur à l'étage de la police judiciaire et passa devant plusieurs portes. SRDC, SRITT, SRIJ. La police technique. C'était elle désormais qui faisait les enquêtes avec ses preuves irréfutables. La police avait opéré sa mue et Irina ignorait si les flics à l'ancienne comme elle y avaient encore leur place.

Elle franchit la porte de la brigade criminelle et chassa ses mauvaises pensées en retrouvant son antre. Une véritable cellule de moine. Une table en bois, deux chaises et une armoire en métal. Une fenêtre sale avec vue sur la rue Marius-Berliet pour tout horizon. Elle accrocha son manteau mouillé près du radiateur et s'assit devant son ordinateur. Son bureau jouxtait l'open space où l'attendaient les membres de son groupe. Elle voulait vérifier quelque chose avant de les rejoindre.

Elle se connecta à sa boîte mail. Son adjoint lui avait envoyé un message avec un simple lien. Irina cliqua et se retrouva sur une chaîne YouTube. La photo d'un jeune homme occupait l'écran. Torse nu, muscles saillants, il était en train de s'entraîner avec un sac de boxe. Irina parcourut le texte de présentation.

> Salut à tous ! Bienvenue sur ma chaîne ;)
> Je fais des vidéos sur le bushcraft, le survivalisme et l'écologie.
> Abonne-toi !

Aucun doute, ce jeune homme qui pétait la forme était bien le cadavre repêché le matin même au fond de l'étang. Nicolas Marlot était leur victime. Et il avait suffi d'un simple clic pour l'identifier. Encore une preuve que le métier était en train de changer.

La chaîne comptabilisait 350 000 abonnés et des dizaines de vidéos sur la vie en pleine nature.

Irina lança au hasard l'une des vidéos classées parmi les plus populaires, intitulée : « J'ai tout quitté ».

La vidéo commença par des images de villes bruyantes et sales. Des habitants aux allures de zombies. Puis Marlot apparut de dos et une voix off commenta.

Cet homme qui marche seul dans la ville, c'est moi. Je peux paraître semblable aux autres. Mais le monde moderne ne me correspond pas. Je ne changerai pas de personnalité pour devenir comme les autres. Je ne souhaite vivre au rythme ni des réseaux sociaux, ni de la consommation effrénée. Pendant que mes congénères s'agitent, je me prépare. C'est vivre en autonomie que je désire. Avec comme uniques ressources mes mains et ma tête, pour ne plus être dépendant de ce monde empoisonné.

Suivait un montage qui montrait comment le jeune homme avait appris à faire du feu, construire un abri ou encore chasser.

La vidéo terminée, Irina parcourut les commentaires enthousiastes.

« La société moderne me dégoûte autant que toi ! »

« Magnifique, bientôt je m'échapperai moi aussi. »

« Je n'imagine pas ma vie future autrement qu'avec Mère-Nature. »

Étrangement, Irina s'identifia à ce gamin. Elle aussi doutait d'avoir sa place dans le monde d'aujourd'hui et particulièrement dans la police. Elle songea à ses anciens collègues, avec qui elle avait appris le métier, retraités ou morts. Elle se sentait plus proche d'eux, ces fantômes, que de ses collègues en chair et en os.

Dans ses mauvais jours – et aujourd'hui en était incontestablement un –, Irina se demandait pourquoi elle continuait. Le poids de la nostalgie lui comprima la poitrine. Une époque était sur le point de mourir, elle le savait. Et ça lui foutait un coup au moral.

Tu ne sers plus à rien ma vieille. Bonne pour la casse.

Une profonde lassitude l'accabla. Elle n'était pas prête pour cette nouvelle enquête. Elle ne pouvait plus.

Ses yeux se posèrent à nouveau sur la vidéo. « J'ai tout quitté ». Et si c'était un signe ? Et si le moment était venu pour elle aussi de tout plaquer ?

Elle déverrouilla le caisson métallique sous son bureau et en sortit une enveloppe marron qui contenait une unique feuille. Elle lut le document, attentivement, puis s'empara d'un stylo.

— Tu as jeté un coup d'œil à ce que je t'ai envoyé ?

Alexandre se tenait devant elle. Elle replaça précipitamment l'enveloppe et la feuille dans le tiroir tout en essayant de masquer sa gêne.

— C'est bien notre victime, répondit-elle sur un ton qui se voulait naturel. Qu'est-ce qu'on sait sur lui ?

Il s'assit en face d'elle, son carnet à la main. Ses cheveux blonds étaient encore humides. Il avait troqué sa combinaison de protection pour un jean noir et une chemise grise de bonne coupe.

— Nicolas Marlot, 19 ans. Étudiant en BTS gestion et protection de la nature. Il habitait avec sa mère, Sylvie Marlot. Veuve et retraitée. J'ai une adresse au sud de Lyon, à Feyzin.

Irina sourit. Alexandre ferait un bon chef de groupe quand elle ne serait plus là. Elle l'avait formé quand il avait intégré la brigade criminelle. Excellent flic, perfectionniste attentif aux moindres détails, peut-être un peu trop sage.

— Quelqu'un a-t-il signalé sa disparition ? reprit-elle.

— Personne.

— Des nouvelles du légiste ?

— Il a un planning bien rempli, deux macchabées avant le nôtre. Il s'en charge demain matin. Ça permettra d'estimer le moment du décès.

— Autre chose ? Il était connu de nos services ?

— J'ai jeté un coup d'œil au TAJ, il n'avait pas de casier.

Irina réfléchit un instant.

— Quelque chose ne colle pas. Si c'était un gamin

sans histoires, pourquoi a-t-il été massacré comme un mafieux à qui on règle son compte?

— Une affaire de drogue peut-être? Ça pourrait coller avec le mode opératoire de quelques dealers de notre connaissance, non?

— La drogue? Ça paraît contradictoire avec ce qu'on sait de lui.

— Ce n'est pas parce qu'il joue les trappeurs sur les réseaux sociaux que cela correspond à la réalité.

— Merci de ton aide. Je pensais que sur Internet tout était vrai.

— Pardon Irina, je me suis mal exprimé.

Alexandre passa derrière le bureau et relança la vidéo sans mettre le son.

— Regarde, continua-t-il, il joue les durs à cuire. Il se surexpose. Il publie une vidéo presque tous les jours. Il prétend qu'il déteste la société moderne, mais ne se sépare jamais de son smartphone. Un pur produit de l'époque. De beaux discours pour la façade.

Irina lui concéda que l'anticonformisme de leur victime était sujet à caution.

— En attendant, il faut que nous rendions visite à sa mère. Elle réprima un frisson. Annoncer la mort d'un proche, elle détestait. Encore une raison de tout arrêter.

— Laisse-moi dix minutes, lui demanda-t-elle. Je te rejoins. Elle attendit qu'Alexandre disparaisse de son champ de vision pour ressortir la feuille. Le document était bref. Elle l'avait rédigé plusieurs mois auparavant, mais ne l'avait pas signé, ni daté. Elle attendait le bon moment.

Et c'était aujourd'hui.

Elle revérifia l'absence de coquilles et apposa sa signature.

L'objet, en caractères gras, barrait tout le haut de la feuille.

« Lettre de démission »

8

— Allez, on y va !

Le commandant Sénéchal pénétra dans la salle de réunion où son groupe était rassemblé. La salle vibrait de discussions et d'excitation. Il aimait cette sensation qui dominait à chaque début d'affaire.

Il salua Martin Nedelec et Cécile Josse, ses deux lieutenants restés au Bastion. Ils n'avaient eu connaissance du meurtre de Dampierre que par leur lecture du PV de constatations en début d'après-midi. Il s'assit en bout de table de façon à être vu de tous. David se plaça à sa droite et Samia à sa gauche, l'un en face de l'autre. Ronan s'empara de la télécommande du projecteur et afficha derrière lui une première photo de la scène de crime.

— Pour se mettre dans l'ambiance, commença-t-il. Le corps de François Dampierre, découvert ce matin aux alentours de 6 heures par le responsable de la sécurité du site. Il a lui-même été alerté par la femme de Dampierre qui s'inquiétait de sa disparition.

— C'est une sorte de bunker si j'ai bien compris ? interrogea Cécile.

— Oui, acquiesça Ronan. La « Résidence », c'est le nom du projet. J'ai déniché une vidéo de présentation.

— Ils ont un site ? s'étonna Cécile.

— Il n'y a aucune info récente en ligne. Un peu de publicité avait été faite au lancement de l'entreprise, il y a dix ans. C'est ce que je vais vous montrer.

Ronan lança la vidéo. Dans un montage frénétique, appuyé par une musique de film d'horreur, se succédèrent des images de défilés militaires en Corée du Nord, de missiles balistiques pointés vers le ciel, d'attaques terroristes, d'émeutes de la faim, de panique dans les rues, d'ouragans dévastateurs aux États— Unis... Un vrai catalogue des menaces planant sur l'humanité. Un texte en anglais ponctua enfin la séquence : « *We are warned. The end is near.* »

— Pas très subtil, commenta Martin.

— Mais efficace, ajouta Cécile.

Un homme, d'une pâleur maladive, apparut à l'écran. Il débitait sur le ton énergique propre à tout entrepreneur digne de sa mission un discours rationnel et persuasif :

« *Je ne crois pas à la fin du monde, mais je crois qu'il se produira une série d'événements qui conduira à une gigantesque désorganisation et à une réduction brutale de la population. Nous ne savons pas où, ni quand la catastrophe va arriver.* »

Un bandeau indiquait qu'il s'agissait de Robert Plague, président de la société The Residence. La qualité de l'image, le caractère rudimentaire de la prise de vue, en plein air, devant un silo dans le désert américain, laissait penser que l'enregistrement avait déjà quelques années.

« *Ce n'est donc qu'une question de temps. Une fois la catastrophe survenue, des millions de nos concitoyens périront ou lutteront pour survivre. Quel sera alors votre plan* ? »

Après une pause dramatisée, l'homme à la mine cireuse reprit dans une langue rassurante :

« Aujourd'hui, la Résidence vous offre une assurance vie pour vous et votre famille. Elle combinera des

appartements dotés du plus haut standard de confort à une infrastructure qui vous garantit un niveau de protection optimal. Le bâtiment est conçu pour résister à toutes les menaces les plus sévères : explosion nucléaire, crash aérien, attaque chimique ou biologique, tremblement de terre, tsunami, attaque année. La Résidence est l'Arche de Noé moderne. Sans doute l'investissement le plus important de votre vie. Posez-vous la question : lorsque l'effondrement surviendra, serai-je prêt ? »

Les dernières images montraient l'intérieur de la Résidence. Exit les images anxiogènes, on était maintenant dans une publicité pour un programme immobilier de prestige. Puis le logo de la Résidence sur un fond noir. Fin.

Un brouhaha s'éleva aussitôt. Chacun y alla de sa petite phrase de commentaire, son mouvement d'humeur, sa réprobation. Ronan finit par profiter d'un blanc, après un très constructif « Ce type est un malade mental », pour y mettre fin.

— Cécile, tu as des éléments intéressants sur Dampierre ? recadra-t-il.

— Côté vie personnelle, rien à signaler, à première vue. Côté vie professionnelle, a priori peu de contestation en interne, mais comme tout grand patron, il était très exposé médiatiquement et critiqué, surtout depuis le scandale des tests truqués. Pas mal d'associations écolos l'ont qualifié de pollueur, quelques-unes de criminel. D'habitude, il était escorté par son garde du corps, sauf pour certains déplacements privés, comme lorsqu'il s'est rendu à la Résidence. Son assistante va me transmettre son emploi du temps.

— Parfait, tu épluches ses fadettes, ses fréquentations, ses comptes en banque, ses déclarations, son emploi du temps. Tout. On ne peut pas se permettre de laisser le moindre angle mort.

— On a vérifié l'itinéraire sur le GPS de sa voiture, compléta Samia. Il venait directement de chez lui. Il est arrivé à la Résidence à 23 h 30. On n'a pas retrouvé son portable, on suppose que Ballmeyer l'a emporté. Je ferai une demande aux opérateurs.

Ronan interrogea Samia du regard.

— Ballmeyer ?!

— Eh bien oui… Comme dans *Le Mystère de la chambre jaune*. La situation est la même, vous ne trouvez pas ? Un corps retrouvé dans un bunker inviolable et aucune trace d'effraction. Comment le tueur est-il entré et sorti ?

— Justement, répliqua David. Je l'appellerais plutôt Einstein. Ce type est d'une intelligence redoutable. Et ça, c'est pas bon pour nous.

— Ou alors il avait un complice à l'intérieur, asséna Samia.

— Possible, approuva Ronan. David, envoie à Martin la liste du personnel de la Résidence. Tu me les passes tous au crible, en commençant par Gomez, leur responsable de la sécurité. La priorité est effectivement de comprendre comment le tueur, Ballmeyer ou Einstein, a pu s'introduire dans un lieu a priori ultrasécurisé. Pour ça, il faut que nous mettions la main sur les vidéos de surveillance. Nous avons l'accord du proc' évidemment, mais ce matin, Gomez ne s'est pas montré très coopératif. Plague l'a bien dressé, il fait barrage. Ou alors il a quelque chose à cacher.

— J'ai contacté le bureau de Plague à Seattle, intervint David. La secrétaire ne voulait rien lâcher. Mais elle a changé de ton quand je lui ai appris pour le meurtre. Je lui ai suggéré de contacter Gomez. Dix minutes plus tard, elle m'a rappelé pour me proposer un rendez-vous avec son patron. Il est justement à Paris pour l'inauguration de la Résidence. Il est descendu au Meurice, rue de Rivoli, je vais le contacter.

— Je m'en charge, tempéra Ronan. Ne le brusquons pas. On va lui laisser entendre que l'affaire pourrait s'ébruiter dans la presse, ça devrait motiver sa coopération.

— Justement, qu'est-ce qu'on dit aux journalistes? interrogea Martin.

— Rien pour le moment. C'est le conseil d'administration de sa boîte qui se charge d'annoncer la mort de Dampierre. Par un court communiqué, factuel, qui dira qu'il a été assassiné à son domicile, sans autre précision. David, tu as eu sa veuve?

— Elle est en état de choc, mais elle accepte de répondre à nos questions. Elle nous recevra demain matin.

— Parfait, approuva Ronan.

Il scruta les visages devant lui.

— Inutile de vous dire que nous avons la pression sur cette affaire. Là-haut, on m'a fait savoir qu'on voulait des résultats. Et vite. Je compte sur votre engagement total. Tout est hors norme sur ce coup.

— Justement, enchaîna Cécile. Vous ne trouvez pas qu'il y a quelque chose d'exagéré… Pourquoi Dampierre, qui n'est pas le pire des patrons du CAC 40? Pourquoi dans ce lieu?

— Parce que c'est symbolique, affirma David.

— OK, mais le tueur aurait tout de même pu s'y prendre plus simplement, non?

— Sans doute, intervint David, mais la mise en scène n'aurait pas été aussi parfaite. Il ne s'est pas contenté de tuer Dampierre, il l'a asphyxié. Avec du gaz. Tout comme Dampierre asphyxie la planète avec ses bagnoles. Le tueur s'en prend à ce qu'il représente.

— Oui, il y a clairement une dimension symbolique dans ce crime, approuva Ronan, en projetant une nouvelle photo. C'est le sens du message du tueur.

Les rats quittent le navire
Les coupables paieront
La Terre sera purifiée
Le déluge arrive

La photo du dos martyrisé de la victime était difficilement soutenable.

— Qu'est-ce que vous en pensez ? questionna Ronan. Lâchez-vous, toutes les idées sont bonnes à prendre.

— Ça paraît assez transparent, répondit David sans hésiter. « La Terre sera purifiée » de la pollution automobile. Et « les coupables paieront », comme Dampierre a payé de sa vie pour avoir…

Samia lui coupa la parole.

— Et la première ligne est très claire aussi : « Les rats quittent le navire. » Dampierre a acheté cet appartement comme un canot de sauvetage.

— Et alors ? répliqua David, mécontent d'avoir été interrompu dans sa démonstration.

— Dampierre n'est pas le seul. La tendance fait fureur chez les grands patrons et les milliardaires de tous bords. Ce sont eux les « rats ». Ils sont prêts à quitter le navire les premiers. Ils laisseront les autres crever. Tu as mieux, David ?

Ronan souriait intérieurement. Ces deux-là aimaient se chamailler. Samia avait tout pour elle, la beauté, l'intelligence, les capacités d'enquêtrice, c'était une policière de premier ordre. Il était évident que David se sentait menacé. Tout comme il était évident qu'ils se plaisaient, mais leur orgueil les empêchait de faire la moindre concession.

— Si je comprends bien ton raisonnement, relança Ronan, le tueur verrait la construction de ces bunkers comme une forme de traîtrise de la part des riches ?

Il s'adressait à Samia, mais ce fut Cécile qui répondit du tac au tac.

— Logique, oui, surtout si tu considères que ce sont eux qui ont coulé le bateau… D'ailleurs, c'est une idée répandue : il y a des collapsologues qui parlent de « sécession des riches ».

— Des collapsologues ? interrogea Ronan.

— Ceux qui étudient les phénomènes d'effondrement des sociétés anciennes… et prédisent le nôtre pour bientôt, précisa Cécile. De plus en plus de riches se font construire leur bunker ou appartement dans ce genre de complexe où ils se retrouvent entre eux. Il y a plein de projets. Même un bateau qui pourrait rester des mois entiers en mer.

— Conneries, railla David.

— Pas pour Dampierre et quelques milliardaires, répliqua Cécile. Même Bill Gates a un bunker sous sa propriété.

— Oui, un délire propre aux États-Unis, mais pas en France, asséna David.

— Tu te trompes, le mouvement est parti de là-bas, mais il est désormais mondial. Le top, c'est la Nouvelle-Zélande. Si tu cherches où faire construire ton abri, c'est là-bas qu'il faut aller.

— J'y songerai si je gagne à l'Euromillions.

Décidément, songea Ronan, ce déballage les

emmenait loin du premier cadre à poser pour l'enquête. Ça virait à nouveau au débat du café du commerce.

— Bon admettons : la fin du monde, tout ça, c'est le trip de Dampierre, résuma Ronan. Cécile, tu penses que c'est un mobile plausible de l'assassinat. On l'a tué parce qu'il allait faire… sécession ?

— En tout cas, le message du tueur le laisse penser.

— Pour toi, la piste pourrait être politique, se lamenta Ronan. Dampierre a été tué, car il avait l'intention de se planquer dans un bunker. De prime abord, cela paraît assez absurde.

— Ce n'est pas si absurde, lança Cécile avec une pointe d'irritation qui n'échappa pas aux autres membres du groupe.

Les regards se tournèrent vers la jeune femme.

— Ne me dis que tu crois à ces discours de Cassandre ? s'exclama David sur un ton de reproche.

— C'est un sujet, non ? Je m'interroge, affirma la policière avec aplomb. Pourquoi les riches font-ils cela ? Que savent-ils que nous ne savons pas ? Nous sommes entrés dans une nouvelle ère, où l'homme a acquis le pouvoir de détruire la Terre. Alors pourquoi est-ce que ce ne serait pas l'effondrement qui nous attend tous ?

— Une épidémie est vite arrivée, renchérit sérieusement Samia. Heureusement que le Covid-19 n'était qu'une grosse grippe. Vous imaginez ce que ça aurait donné si ça avait été plus grave ? Si les gens étaient vraiment tombés comme des mouches ?

Ronan écarquilla les yeux.

— Toi aussi, Samia ? Tu penses à ce genre de choses ?

La jeune femme planta son regard dans le sien.

— Je ne m'en préoccupais pas avant. Mais depuis que Raphaël est né et que Paul est parti, c'est différent.

À force d'entendre parler de réchauffement climatique, de terrorisme et de crise économique, j'ai fini par écouter la petite voix dans ma tête. Peut-être que tout ça ne se produira jamais, mais comment en être certaine ? Si quelque chose arrivait à mon fils, je ne me le pardonnerais jamais.

Elle inspira et lui jeta la phrase qu'elle allait immédiatement regretter.

— Tu es papa maintenant, tu devrais comprendre.

C'en fut trop pour Ronan qui bondit et attrapa son manteau. Bon dieu, il venait de découvrir que deux de ses lieutenants voyaient d'un bon œil les survivalistes. Pire, elles lui reprochaient de ne pas l'être. Il ne voulait pas entendre ça. Pas aujourd'hui, pas le jour de la naissance de son fils.

— Vous m'excuserez, Nathalie m'attend à la maternité. On refait un point demain. Et priorité des priorités : dégotez-moi ces vidéos !

Il quitta la pièce sans leur laisser le temps de répondre.

— Mais quelle conne ! s'exclama Samia. Pourquoi il a fallu que je lui parle de ça ? Vous auriez dû me dire de me taire.

David haussa les épaules.

— J'ai essayé de te faire signe, mais tu étais tellement passionnée…

— Il va me détester.

— Mais non, il a d'autres choses à penser.

9

Des cathédrales de métal. Des cuves gigantesques. Des torchères à perte de vue. Irina regardait le paysage défiler. La vallée de la chimie, le long de l'autoroute A7, au sud de Lyon, était connue dans toute la vallée pour ses sites Seveso concentrés en zone urbaine. Autant de volcans prêts à entrer en éruption. Au volant du véhicule de police, Alexandre mit le clignotant et prit la sortie pour Feyzin. Le nom de la ville était lié pour toujours à l'explosion de la raffinerie en 1966. Toujours en service, il s'en échappait des fumées sombres qui montaient se fondre dans les nuages avant de retomber en une pellicule noire. Un tapis de particules toxiques écrasant les habitations. La misère suintait des maisons grises et tristes. Rien n'avait changé depuis l'accident. L'explosion pouvait survenir à tout moment.

Irina descendit de la voiture qu'Alexandre venait de garer devant une minuscule maison de ville. Les deux policiers montèrent une volée de marches et se trouvèrent devant la porte du domicile de la mère de Nicolas Marlot.

— Tu as pensé à couper ton portable? vérifia Irina.

Alexandre acquiesça. Elle pressa la sonnette. La porte s'ouvrit sur une petite femme d'une soixante d'années au visage marqué.

— Bonjour madame. Je suis le capitaine Kowalski. Et voici le lieutenant Roche. Nous sommes de la police judiciaire de Lyon. Vous êtes bien Sylvie Marlot?

La femme hocha mollement la tête en signe d'approbation. Elle avait l'air épuisée.

— Pouvons-nous entrer un moment?

La femme s'écarta sans poser de question, invitant les policiers dans une petite pièce aux murs couverts d'un papier peint fleuri dont le motif s'effaçait. À travers les deux fenêtres, des cheminées d'usine. Même à l'intérieur, une odeur âcre attaquait la gorge que les effluves de cuisine masquaient à peine.

Irina lui tendit une photo de Nicolas qu'elle avait récupérée de son compte Facebook et imprimée.

— Pouvez-vous me confirmer qu'il s'agit bien de votre fils ?

La femme acquiesça, sans manifester d'émotion particulière.

Elle ne semblait rien pressentir du drame qu'Irina s'apprêtait à lui annoncer.

— Oui, c'est Nicolas.

— Quand l'avez-vous vu pour la dernière fois ?

— La semaine dernière.

Elle réfléchit un instant avant de préciser.

— Vendredi matin.

— Il habite avec vous ?

— Oui. Sa chambre est à l'étage.

— Cela ne vous a pas inquiétée de ne pas le voir durant plusieurs jours ?

La mère soupira avec fatalité.

— Nicolas est très libre, un peu sauvage même. Il lui arrive de disparaître, de passer plusieurs jours dans les bois. Je le laisse faire. C'est un adulte maintenant… Pourquoi me posez-vous toutes ces questions ?

Irina détestait ces moments. Rien n'y faisait, les années passaient, elles ne rendaient pas plus facile d'annoncer la mort d'un proche. C'était le genre de chose qui la broyait petit à petit.

— Madame Marlot, quelque chose de grave s'est produit.

Irina lui laissa un instant pour la préparer à la suite. *Y aller progressivement, ne pas être trop brutale.* C'est ce que recommandait la procédure. Même si ses paroles allaient avoir l'effet d'une déflagration.

— Nous avons découvert un corps qui correspond à la description de votre fils.

La vieille femme ne réagit pas. Après quelques secondes, Irina posa délicatement la main sur son bras et l'invita à s'asseoir dans le fauteuil. *Établir un contact pour la ramener à la réalité.*

— Avez-vous compris, madame Marlot ? Votre fils, Nicolas, est mort.

La vieille femme resta interdite.

— Non c'est impossible, murmura-t-elle après quelques instants. Pas mon Nicolas, il est tout ce que j'ai au monde. Il n'a que dix-neuf ans…

— Je suis profondément désolée, répondit Irina avec compassion. Nous sommes là pour vous aider. Vous assister.

Irina garda le silence pour laisser le temps à la mère d'assimiler la nouvelle. Le bruit de l'autoroute voisine emplissait la pièce.

Irina sentait à côté d'elle la présence d'Alexandre, physique et muette, comme un arc-boutant.

— Que s'est-il passé ? Un accident ? reprit la femme difficilement.

Irina se tourna vers son adjoint pour lui passer le relais.

— L'enquête est encore en cours. Mais nous avons des raisons de croire que Nicolas a été assassiné.

Sylvie Marlot accusa le coup. Des larmes perlèrent au coin de ses yeux et glissèrent sur son visage. Elle prit un mouchoir dissimulé dans la manche de son pull. Visiblement, elle faisait un effort surhumain pour ne pas craquer.

— Il a souffert ? balbutia-t-elle.

— Non, le médecin légiste nous l'a assuré, mentit Alexandre.

— Je veux le voir. Où est-il ?

— Pour le moment, il est à l'institut médico-légal. Nous devons procéder à des analyses. Ensuite, nous pourrons vous restituer le corps pour les funérailles, dès que le juge donnera le permis d'inhumer, lui expliqua Alexandre. Vous allez devoir identifier Nicolas. Un agent va vous conduire.

Irina reprit la parole.

— Nous ferons tout notre possible pour arrêter le coupable. Vous pouvez nous y aider. Si vous le permettez, j'aimerais vous poser quelques questions.

Elle déroulait la procédure qu'elle connaissait par cœur. Ramener les familles des victimes à la réalité avec des questions précises, après le choc de la nouvelle.

— Connaissez-vous des personnes qui auraient pu en vouloir à Nicolas ?

— Non, tout le monde aime Nicolas, c'est un bon garçon, généreux et attentif aux autres.

— Vous connaissiez ses fréquentations ?

— Pas vraiment. Il est rarement à la maison et jamais personne ne passe le voir. Il déteste cet endroit.

La mère de Nicolas Marlot marqua une pause. Elle venait de se rendre compte qu'elle parlait de lui au présent.

— Jamais personne ne passait… reprit-elle. En dehors de ses amis d'enfance. Il restait pour s'occuper de moi. Sinon, il serait parti depuis longtemps.

Irina comprit qu'elle ne tirerait rien de Sylvie Marlot. Elle décida de ne pas prolonger la discussion inutilement et demanda à voir la chambre du fils. La femme les conduisit à l'étage où se trouvaient deux chambres et une petite salle d'eau.

C'était une chambre d'adolescent quelconque, à quelques détails près. Les affiches de films ou les posters de footballeurs stars avaient été remplacés par de grandes photos de paysages naturels. Un drapeau jaune était accroché au-dessus du lit. Il représentait un serpent qui semblait prêt à fondre sur sa proie. Sous le dessin, le slogan des survivalistes : «*Liberty or Death*».

Une grande quantité de matériel s'entassait dans le peu d'espace disponible : sac à dos, matériel de camping, couteaux, appareils de musculation et même une arbalète. Une penderie regorgeait de vêtements de sport et de randonnée. Irina s'approcha du bureau sur lequel trônaient deux ordinateurs dernier cri, ainsi que du matériel de captation vidéo et sonore.

— C'est ce qu'il devait utiliser pour les vidéos de sa chaîne YouTube, constata Irina.

— C'est du matériel de pro, releva Alexandre. Je me demande comment il a pu se le payer.

— Il va falloir jeter un œil dans ses comptes. Et envoyer une équipe fouiller dans les disques durs.

Ils passèrent encore quelques minutes dans la chambre, sans rien découvrir de réellement significatif, puis redescendirent au rez-de-chaussée où la mère les attendait, prostrée sur son canapé au cuir râpé, le regard perdu dans le vide. Irina porta son regard dans la même direction : elle surveillait la torchère la plus élevée de la raffinerie.

— La flamme est haute. Trop haute… Trop haute…

Irina crut tout d'abord qu'elle s'adressait à elle, mais non, elle se parlait à elle-même.

— Madame Marlot?

La femme tressaillit légèrement et sembla revenir brusquement à la réalité.

— Pardonnez-moi, je ne vous avais pas vue.

Elle semblait gênée.

— On a l'habitude de surveiller la flamme, se sentit-elle obligée d'expliquer. Quand elle est trop haute… Vous savez…

Irina lui adressa un sourire triste.

— Il y a beaucoup de matériel dans la chambre de votre fils.

— Oui, il était passionné.

— Vous pouvez nous en dire plus sur cette « passion » ?

— Vous parlez du survivalisme ?

Irina hocha la tête.

— Quand on vit ici, c'est difficile de ne pas y penser, expliqua-t-elle.

— Que voulez-vous dire ?

Sylvie Marlot poussa un soupir résigné.

— Quand il était petit, Nicolas faisait des crises d'asthme les jours où la raffinerie dégazait et que son horrible fumée envahissait tout le secteur. Les enfants ont presque tous des problèmes respiratoires.

— Pourquoi ne pas être partie ?

— Je l'aurais fait si j'avais eu les moyens. Mais les maisons ne valent plus rien. Personne n'en veut.

— Et c'est de vivre ici qui a fait naître cette « vocation » chez Nicolas ?

— Je suppose. Il a toujours eu comme une sorte d'instinct qui le poussait vers la nature. « Retourner à l'état sauvage », c'était l'expression qu'il utilisait. Je crois que c'était la seule chose qui l'intéressait vraiment. Nicolas avait des difficultés à l'école. Il ne s'est jamais investi dans les études. Et il avait du mal à se lier avec les autres, des « robots sans humanité »… c'étaient ses mots.

— Il subissait des moqueries ? des agressions ?

— Oui, parce qu'il était différent, timide. À partir

de ses dix ans, il a commencé à passer son temps libre en forêt, seul. À treize ans, il dormait dans les bois. Il dévorait des livres sur les plantes, les courses d'orientation, la chasse, comment faire du feu… ce genre de choses. La forêt comblait tous ses besoins.

— Vous n'aviez pas peur ?

— Si, bien sûr. Mais Nicolas me répétait sans cesse que la nature n'est pas dangereuse. Le seul risque, c'est l'homme.

Irina commençait à comprendre le cheminement de Nicolas Marlot. Mais elle trouvait la description de sa mère trop édulcorée.

— Pardonnez-moi de vous poser cette question, intervint-elle. N'avez-vous jamais eu le sentiment qu'il y avait quelque chose de malsain dans la passion de votre fils ?

Sylvie Marlot haussa les épaules.

— À l'adolescence, les choses se sont envenimées. À la sortie du lycée, des élèves l'attendaient pour le moquer ou le frapper parfois. Il est devenu encore plus solitaire. Je crois que c'est à cette époque qu'il a développé une conscience politique.

— Qu'est-ce qui a alors changé ?

— Jusque-là, la nature était un refuge. Puis c'est devenu autre chose, de plus profond. De plus sombre aussi. Nicolas a développé la conviction que l'humanité s'est trop éloignée de sa vraie nature. Qu'elle est en quelque sorte coupable. C'est vrai que ça m'a inquiétée parfois.

— Donc c'est à l'adolescence qu'il est devenu vraiment survivaliste ?

— Oui. Vers quinze ans. Vous pensez que cela pourrait avoir un lien avec…

Elle ne pouvait pas prononcer le mot « assassinat ».

— À ce stade, nous explorons toutes les pistes, confirma sobrement Alexandre.

Sylvie Marlot acquiesça avant de se recroqueviller sur son siège.

— Madame Marlot, nous allons vous laisser. Une équipe viendra demain matin collecter quelques objets dans la chambre de Nicolas afin de les analyser. Nous vous les rendrons dès que possible.

La femme se leva pour accompagner les policiers à la porte. Au moment de les quitter, elle agrippa la main d'Irina avec une force étonnante.

— Pitié, trouvez qui a fait ça à mon Nicolas.

Irina plongea la main dans sa poche et en sortit un carré de papier.

— Voici ma carte. Appelez-moi si quelque chose vous revient. À n'importe quelle heure.

L'église du village sonnait 18 heures. La nuit était tombée. Les cheminées continuaient de cracher leurs panaches de fumée qui prenaient une teinte rouge sang sous l'effet des lumières clignotantes qui signalaient la zone industrielle.

Tandis que la voiture s'éloignait, Irina surveilla Sylvie Marlot dans le rétroviseur. Celle-ci resta comme figée sur le seuil de sa maison, le regard dans le vide.

Irina comprit qu'elle ne se relèverait jamais.

10

Ronan poussa la porte de la chambre. Il y trouva Nathalie en compagnie d'une infirmière qui prenait sa tension. Il salua la soignante et embrassa sa femme. Puis il se pencha sur le berceau.

Salut toi. Comment ça va ?

Il prit le bébé dans ses bras et déposa un baiser sur son front. La douceur de sa peau et la chaleur du petit corps le bouleversèrent. Un instant, il oublia le monde qui l'entourait, fasciné par le visage paisible de son fils et par sa poitrine qui se soulevait au rythme des battements de son cœur tout neuf.

Ronan ressentit une joie profonde, mâtinée d'un autre sentiment ambigu. Il tenait au creux de ses bras la plus belle des promesses pour l'avenir. Une promesse minuscule, fragile. Et cette fragilité le terrifiait. Avec une infinie délicatesse, il reposa l'enfant dans son berceau et se tourna vers sa femme.

— Le super flic est enfin au repos ?

— Pour aujourd'hui. Comment te sens-tu ?

— Fatiguée et moche. J'ai l'impression que je pourrais dormir trois jours de suite et que j'ai le sex-appeal d'un marsouin.

Comme toujours, sa femme avait réussi à le faire rire.

— Comment va-t-elle ? demanda-t-il à l'infirmière en se tournant vers elle.

— Elle est en pleine forme. Elle pourra quitter là maternité demain.

— Et Gaspard ?

— Parfaitement bien. Vous avez un bébé magnifique.

Ronan s'assit sur le bord du lit et enlaça sa femme. Elle avait les traits tirés, mais rayonnait. Il passa une mèche de ses longs cheveux derrière son oreille. Ils sentaient bon la noix de coco.

— Tu n'as jamais été aussi belle.

Il attendit que l'infirmière ait quitté la pièce pour poursuivre.

— Un mot de toi, et je lâche tout. Je prends mon congé, j'y ai droit.

— J'adorerais t'avoir avec moi… Mais je croyais que le procureur te voulait sur cette affaire. D'ailleurs, de quoi s'agit-il ? Tu veux en parler ?

— Pas ici, pas maintenant. Mais merci.

— Tu es sûr ? Tu parais ailleurs.

Sa femme avait raison. Ces histoires de riches qui organisaient leur dérobade en toute discrétion écœuraient Ronan.

— Disons que c'est une enquête particulière, se contenta-t-il de répondre.

— Dans quel sens ? le relança Nathalie qui voulait en savoir plus.

Ronan soupira. Il détestait l'idée de faire entrer son job ici, dans un lieu où débutait la vie. Mais il avait besoin d'en parler. Alors il se confia.

— Tu savais que les riches se barricadent dans des bunkers en attendant l'apocalypse ?

— Waouh, la fin du monde, c'est ça ton enquête ? J'espère que vous allez avoir du renfort !

— Je suis sérieux, Nathalie. Je ne peux pas te donner tous les détails, mais j'ai visité un de ces bunkers ce matin. Et c'est dingue ! Le pire c'est que Samia et Cécile ont l'air de trouver ça normal. Le monde est fou. L'immense majorité de la population s'abrutit sur son smartphone en attendant la fin pendant que les riches tentent de s'en tirer de leur côté. C'est ça, la civilisation ?

— Tu exagères, Ron.

— J'aimerais exagérer…

— Oui, le monde est fou, mon amour, mais il l'a toujours été. Tu ne dois pas te laisser affecter.

Ronan baissa les yeux.

— Samia m'a dit quelque chose tout à l'heure… Je n'arrête pas d'y repenser. Selon elle, quand tu as un enfant, tu dois tout faire pour le protéger au cas où les choses tourneraient mal.

Il regarda Nathalie fixement. Ses yeux brillaient de colère.

— Mais qu'est-ce qu'on peut faire ? On ne va quand même pas partir vivre dans une ferme isolée à la montagne !

— Non. Bien sûr que non. C'est normal de vouloir protéger notre fils des dangers du monde extérieur. Nous y arriverons, tous les deux. Et sans s'installer au Larzac.

Nathalie laissa passer un silence.

— Tu penses à tes parents, c'est ça ?

Ronan détourna les yeux un instant. Il était à fleur de peau.

— Oui, enfin non. Le bonheur ne tient qu'à un fil. Et ça me fout une trouille pas possible. Regarde Gaspard, il est si fragile.

— Il ne faut pas imaginer le pire. C'est comme ça qu'il finit par se produire.

Il enlaça sa femme.

— Je vais demander un lit à l'infirmière. Je reste avec vous cette nuit.

— Tu n'es pas obligé.

— J'y tiens, je veille sur vous.

— C'est une maternité. Que crois-tu qu'il puisse m'arriver ?

— Justement, tu savais qu'il y a un gène de la criminalité ? Je ne peux pas vous laisser seuls avec toutes ces graines de délinquants dans les couloirs.

— Tu as raison, j'ai entendu dire que le bébé de

la chambre d'à côté avait des comportements anti-sociaux.

Ils rirent tous les deux.

— J'ai une surprise pour toi, enchaîna Ronan en sortant deux boîtes de sushis de son sac.

— J'en rêve depuis des mois !

Ronan s'assit sur le bord du lit et tendit un des deux plateaux à sa femme. Ils dînèrent tout en étudiant les candidatures de plusieurs nounous qu'ils souhaitaient rencontrer dès que possible. Puis ils évoquèrent le futur professionnel de Nathalie. Après son installation avec Ronan, elle avait décidé de quitter la maison de repos de la police. Vivre avec un flic et travailler avec des flics, c'était trop. Elle avait donné sa démission du jour au lendemain, sur un coup de tête. Elle ne savait pas encore ce qu'elle ferait désormais. Seule certitude : son futur travail aurait un lien avec les chevaux. Ses parents lui avaient transmis le virus dès son plus jeune âge.

À 22 heures, Nathalie montra des signes de fatigue après la tétée. L'enfant dormait, elle s'assoupit à son tour.

Ronan n'avait pas sommeil. Il ne trouvait pas la position confortable dans le petit lit que l'infirmière lui avait fourni. Il finit par se placer en chien de fusil, seule façon de faire entrer son mètre quatre-vingt-dix dans les limites du matelas. Une colère tenace ne l'avait pas quitté depuis la réunion avec son équipe.

Arrête de ressasser, Ron.

Il se concentra sur la respiration apaisante de sa femme, mais les événements de la journée refusaient de le lâcher. Soudain une décharge électrique. L'image de deux corps sans vie, ceux de ses parents, jaillit dans son esprit. Il les revit, gisant dans leur sang, dans l'entrée de la maison. Les événements de la journée avaient planté en lui une graine empoisonnée. Au moment même où son fils naissait, un homme était assassiné sauvagement.

Devait-il y voir un signe ? Et si tout recommençait ? Et si on lui arrachait à nouveau son bonheur ?

Son cœur explosa à cette idée. Une attaque de panique, brutale, irrésistible, le saisit. Ses muscles se tétanisèrent. Bordel, il avait l'impression de crever.

Il connaissait les symptômes. Il devait faire refluer la vague. Il fouilla machinalement la poche de sa veste, en sortit une plaquette, hésita une seconde et goba un cachet. Il n'aimait pas recourir aux anxiolytiques, ça lui rappelait sa vie d'avant.

Mercredi 17 novembre

« Repérez les issues de secours sur votre lieu de travail et dans votre immeuble. »

Viktor Kieffer, *Se préparer à l'effondrement*

11

Alexandre avait décidé de faire le trajet à pied, l'institut médico-légal de Lyon était à quelques minutes de l'hôtel de police. Son estomac vide le faisait souffrir. Il était près de 10 heures déjà. Il n'avait rien avalé au petit déjeuner. Plus prudent.

Le procureur avait ordonné que l'autopsie de Nicolas Marlot soit pratiquée en priorité. Le policier préférait obtenir les informations en direct plutôt que d'attendre le rapport écrit du légiste. Au même moment, plusieurs membres du groupe devaient être en train d'analyser le matériel informatique saisi très tôt au domicile de la victime. Appels téléphoniques, mails, SMS et autres traces numériques, rien ne serait laissé au hasard.

Devant l'entrée de la faculté de médecine de Lyon, des étudiants bavardaient. Il les dépassa, prit l'allée centrale, contourna un bâtiment et poussa la lourde porte de l'institut.

À l'accueil, il salua Marine. Avec son piercing dans la narine et ses tatouages colorés qui couraient de sa nuque au col de sa blouse, elle détonnait dans cet environnement neutre et impersonnel.

— Bonjour Alexandre, lui dit-elle d'un air enjoué en reposant son mug barré de l'inscription « C'est pas que je vous écoute pas, c'est juste que je m'en fous ». C'est gentil de me rendre visite.

— Désolé, mais j'ai rendez-vous avec un macchabée.

— Toujours la même excuse… À qui l'honneur ?

— Marlot, Nicolas.

Elle effectua une rapide recherche par ordinateur.

— Salle 2. Avec Meslier !

— Je suppose qu'il y aura sa nuée habituelle d'admiratrices ?

— C'est à craindre. Tu vas devoir jouer des coudes pour avoir une place au premier rang !

Alexandre la remercia et lui adressa un signe de la main en s'éloignant.

En descendant l'escalier qui menait aux salles d'autopsie, il se reprocha de n'avoir pas pris le temps de discuter plus longtemps avec la jeune femme. Elle en pinçait pour lui, c'était manifeste. Elle ne le laissait pas tout à fait indifférent. Et c'était déjà quelque chose, dans ce no man's land peuplé de gens avec qui l'émotion ne passait pas. Était-ce lui qui ne savait pas aimer ?

Il poussa la porte de la salle 2. Dans la vaste pièce carrelée, l'assistance était groupée autour de la table en métal dans la même tenue – blouse bleue, tablier blanc et bottes –, et portait toute son attention au professeur Meslier. L'autopsie avait dû débuter depuis un moment déjà. Alexandre compta six étudiantes buvant les paroles de l'expert. Alexandre aperçut d'abord uniquement l'étiquette accrochée au pied du cadavre, l'identifiant avec un code-barres. Comme à chaque fois, il fut saisi par la puissance des odeurs. Il goba un bonbon à la menthe et trouva la meilleure place, à l'écart, au bout de la double rangée des auditeurs.

Meslier décrivait et commentait chacun de ses actes au fur et à mesure de son exploration, aussi bien pour instruire ses étudiants que pour s'enregistrer, ce qui lui permettrait d'établir son rapport. Il était en plein dans l'examen interne, incisant et éviscérant avec énergie. Il avait extrait un organe, ce devait être le foie, qu'il passa à l'un des techniciens qui l'assistait. Celui-ci le pesait déjà et préparait le prélèvement.

Meslier formula une synthèse.

— L'examen externe montre que l'homme a subi des blessures nombreuses, en de multiples parties du corps – ce qui peut laisser penser qu'il a été frappé, voire torturé, et ligoté. Nous avons vu : en matière de contusions, cloison nasale écrasée, pommette gauche fracturée, ecchymoses sur les avant-bras. Par ailleurs, on note des traces de liens aux chevilles et des ongles arrachés. Et bien sûr, amputation de la main droite. Une amputation grossière, probablement réalisée avec un instrument de type machette, peu tranchant. *Ante mortem.*

Alexandre profita d'une pause dans son discours pour le saluer de loin. Le professeur Meslier lui fit signe de s'approcher de lui et de la table en aluminium pour qu'il puisse voir le corps.

— Inspecteur Alexandre Roche, du SRPJ, dit-il à l'attention de son auditoire.

Une vision d'horreur souleva l'estomac d'Alexandre. Il fit volte-face et se plia en deux, la nausée au bord des lèvres.

— Pardonnez-moi, j'aurais dû vous prévenir, s'excusa Meslier. J'ai déjà fait prélever les yeux pour le dosage du potassium. Nous en aurons besoin pour essayer de préciser la datation du décès.

Alexandre acquiesça tacitement. Il lui fallut quelques instants pour reprendre ses esprits, s'habituer à la vue des deux cavités oculaires vides. Il n'entendait plus ce que le professeur disait.

Lorsqu'il avait vu le cadavre pour la première fois, alors qu'il venait d'être repêché, la vase et le limon dissimulaient en partie les blessures. Sous la lumière crue des lampes scialytiques, il ne pouvait rien ignorer des plaies sur la poitrine, les bras, les cuisses. On s'était acharné sur Nicolas Marlot.

— Son agresseur n'y est pas allé de main morte, finit par dire tout haut le policier.

— Oui, mais ce n'est pas la cause du décès, précisa Meslier.

— Strangulation ?

— Tout juste.

Alexandre porta le regard sur le cou, lui aussi marqué. Il visualisa la scène. Le meurtrier l'avait gardé en vie le plus longtemps possible. La victime connaissait son bourreau. Avec un tel acharnement, c'était évident.

— Le corps a été déplacé ? demanda Alexandre.

— Oui. Il n'a pas été tué à proximité de l'étang. Les lividités n'auraient pas été aussi marquées sur un sol meuble. Il a été tué dans un premier endroit où le corps est resté plusieurs heures, avant d'être déplacé et immergé dans l'étang où il a été retrouvé.

— Datation du décès ?

Meslier soupira.

— Rien de pire que les corps qui ont séjourné dans l'eau, lança-t-il à ses étudiants pour attirer leur attention sur ce cas d'école. La marge d'erreur est très importante. Dans le cas de notre homme, les lividités sont fixées et la rigidité cadavérique est rompue. On peut donc dire qu'il est mort depuis plus de trente-six heures. Par ailleurs, le phénomène de putréfaction a commencé. L'épiderme commence à se décoller. On a les premiers signes visibles de la décomposition des tissus.

Meslier indiqua une tache verdâtre sur le bas-ventre.

— Il est mort depuis au moins quatre jours. Pas plus de six. Je dirais que ça amène grosso modo autour de vendredi dernier, mais je n'en mettrais pas ma main à couper, ajouta-t-il en jetant un œil à la main posée à côté du cadavre. Désolé de ne pas pouvoir être plus précis pour le moment. Il va falloir attendre le dosage du potassium dans l'humeur vitrée de l'œil. Ça nous permettra d'affiner.

— Je m'en contenterai pour le moment. Autre chose d'intéressant ?

Meslier désigna le tatouage sur la poitrine. Un serpent enroulé sur lui-même et dont seule la tête dépassait, prêt à attaquer. Même dessin que sur le poster dans la chambre de Marlot. Un symbole survivaliste. Il ne se souvenait pas avoir vu ce signe sur le torse de la victime parmi les nombreuses photos postées sur les réseaux sociaux. Il était donc récent.

— Et ça ? demanda Alexandre en pointant une plaie située à côté du tatouage.

— Scarification, déclara Meslier. Rien à voir avec les circonstances de la mort. Elle est récente. Quelques mois tout au plus.

Il s'agissait d'un trait vertical long d'environ trois centimètres. Une sorte de barre, comme s'il avait commence a compter quelque chose. C'était l'intuition d'Alexandre.

— Une dernière chose, ajouta le légiste. Il avait subi une vasectomie.

— Volontairement ?

— La cicatrice est propre. Il n'y a aucune raison de penser qu'il aurait pu y être contraint.

Meslier sentait l'impatience d'Alexandre, à côté de lui.

— Je dois encore procéder à des prélèvements et analyses histologiques. Je vous fais parvenir mon rapport demain matin.

Alexandre le remercia et prit congé sans s'attarder, laissant le légiste terminer son cours.

L'autopsie l'avait secoué, il avait besoin d'air frais. Une fois dehors, il respira un grand coup pour chasser l'odeur de mort et de putréfaction.

Sur l'esplanade, une jeune fille le frôla. Sans doute une étudiante. Elle se retourna et fixa Alexandre intensément quelques secondes. Elle était séduisante et n'avait manifestement pas froid aux yeux. Alexandre sentit l'érection monter. Sans doute la revanche de la pulsion de vie. Il se sentit durcir. Cela en devenait presque douloureux. Il lui fallait un exutoire.

Il se vit entièrement nu, immobilisé par de fines cordelettes de chanvre, dans une position de *shibari* appelée *hog-tie* qui rendait tout mouvement impossible. C'est de cette position dont il avait envie. Une dominatrice professionnelle l'avait initié au shibari. La sexualité traditionnelle le laissait indifférent. Il n'y avait jamais pris de plaisir. Quand il s'était retrouvé ligoté pour la première fois, totalement vulnérable, il avait ressenti la profonde puissance érotique de la douleur et de la soumission. Il sortit son téléphone. Il avait besoin de la voir.

Ce soir à 22 heures.

La confirmation vint rapidement. La perspective de la rencontre à venir le soulagea. Il parvint à se concentrer de nouveau sur l'enquête.

Tout en marchant, les pièces du puzzle commencèrent à se mettre en ordre dans son esprit.

La victime avait toutes les apparences d'un post-ado normal. Et pour sa mère, il était le fils parfait. Peut-être un peu asocial, mais est-ce exceptionnel ?

Alexandre avait maintenant la conviction que tout cela, ses virées de boy-scout solitaire dormant à la belle étoile, n'était qu'une façade, pour donner le change. D'abord, il y avait cette passion pour le survivalisme. Ce tatouage et cette scarification, récents, indiquaient une radicalisation certaine. Et bien sûr, les conditions horribles dans lesquelles il avait été exécuté. Pourquoi l'avait-on torturé ? Pour le punir ou pour le faire parler ?

Alexandre penchait pour la deuxième hypothèse. Cet assassinat n'était pas un règlement de comptes. Dans ce cas, Marlot aurait été exécuté proprement d'une balle dans la tête. Non, le meurtrier avait ses raisons. Il avait voulu obtenir quelque chose.

Son téléphone vibra. C'était Irina. Il décrocha.

— Les gars de l'informatique ont trouvé un fichier crypté sur l'ordinateur de Marlot, attaqua-t-elle.

— Ils ont pu en tirer quelque chose ? Je sors de l'autopsie, je serai au bureau dans dix minutes, réussit-il à placer.

— Non, pas vraiment. Pour le moment, on a juste le nom du fichier. Impossible d'accéder au contenu.

— Et il s'appelle comment ce fichier ? ajouta Alexandre.

— Rainmaker.

— Rainmaker ?

— Oui, faiseur de pluie. C'est le sens en anglais.

— Qu'est-ce que c'est ?

— Je n'en sais rien. Mais ça doit être important pour que Marlot ait pris la peine de crypter le fichier.

— À creuser.

Il raccrocha.

Rainmaker. Il n'avait pas la moindre idée de ce dont il s'agissait. Mais il était désormais certain d'une chose. Nicolas Marlot détenait une information. Quelque chose de suffisamment important pour qu'on le tue.

12

Ronan franchit le vestibule de l'hôtel Meurice à la vitesse d'une balle, interpellant l'employé le plus proche pour lui demander le chemin du bar tout en agitant sa carte de police sous son nez. Il suivit les indications et surgit dans une pièce aux murs parés de bois sombre et de fresques. Un magnifique comptoir en marbre de Carrare trônait au milieu.

Indifférent à l'étalage du luxe, Ronan balaya la salle du regard et identifia Robert Plague sans difficulté. L'homme ne passait pas inaperçu dans son costume noir. De près, son visage était si pâle et impavide qu'il semblait être un masque.

Une vraie gueule de reptilien.

— Bonjour monsieur Plague. Je suis le commandant Sénéchal.

Il s'assit d'autorité dans le fauteuil en face de lui sans attendre d'y être invité.

— Bonjour, commandant. Je vous suis reconnaissant d'avoir bien voulu me rejoindre.

Sénéchal hocha la tête sans rendre son sourire à son interlocuteur.

— J'aurais été ravi de visiter votre mythique 36 quai des Orfèvres, mais mon emploi du temps est extrêmement serré, continua Plague.

Il s'exprimait dans un français parfait, toutefois teinté d'un accent tramant qui irrita immédiatement Ronan.

— Désolé de vous décevoir, mais nous avons déménagé.

Plague leva à peine la main et un serveur apparut aussitôt.

— Vous joindrez-vous à moi pour un thé ?

— Sans façon.

Plague adressa un signe discret au serveur.

— François Dampierre a été assassiné dans votre Résidence, lança Ronan. Que pouvez-vous me dire du système de sécurité ? Comment expliquez-vous que le tueur ait pu le déjouer ?

— Je l'ignore. Je déplore ce tragique événement. François Dampierre était un grand capitaine d'industrie, un visionnaire.

Bonjour la langue de bois, ça commence mal.

— Nous menons actuellement des investigations et…

— C'est à la police française d'enquêter, le coupa Sénéchal.

Il avait haussé le ton, ce qui fit aussitôt converger quelques regards dans leur direction. Il se fichait bien d'être dans un palace et de respecter la sérénité des lieux.

— Le responsable du site, un dénommé Gomez, a refusé de nous fournir les enregistrements de la vidéosurveillance. Il aurait besoin de votre autorisation. Il prétend qu'ils ne sont pas stockés sur place.

— C'est le cas, tous nos fichiers sont sur nos serveurs à Seattle.

— Je veux que ces enregistrements soient remis aujourd'hui à nos hommes sur place.

Plague ne semblait aucunement impressionné, ni contrarié par le tour que prenait la conversation. Il ne se départit pas de son insupportable calme.

— L'avocat de notre société est informé et mobilisé. Il attend l'autorisation préalable du procureur et votre mandat.

— Pour repousser l'échéance ?

— Votre demande sera traitée avec la plus extrême diligence, j'y veillerai personnellement.

Plague lui adressa un grand sourire. Ronan se retint de lui mettre son poing dans la ligure. Il se pencha vers lui, un air mauvais sur le visage.

— Je crois que je vais plutôt me rendre dans vos locaux avec une dizaine d'hommes pour perquisitionner et prendre ce que nous souhaitons.

— Je crois utile de vous avertir que les enregistrements pourraient malencontreusement disparaître si nous ne parvenons pas à trouver un terrain d'entente.

Ronan bouillonnait. S'il faisait disparaître les enregistrements, Plague se rendrait coupable de destruction de preuves. Mais Ronan avait besoin d'informations maintenant et Plague le savait.

— Vous m'avez fait venir uniquement pour me narguer ?

— Jamais je n'oserais, répliqua Plague avec une

expression faussement outrée. Je souhaite sincèrement collaborer à l'enquête, commandant.

— Arrêtez votre baratin. Vous voulez quoi ?

Plague fixa Sénéchal.

— Un accord. Je vous permets d'accéder aux enregistrements et vous vous engagez à ce que rien ne fuite dans les médias.

— Vous avez ma parole.

Sénéchal avait dit cela spontanément, sans penser à ce que cela impliquait. C'était tout bonnement impossible, inimaginable.

Et déjà Plague renchérissait.

— J'exige un accord écrit du procureur. C'est non négociable.

— Vous avez la trouille pour votre réputation ?

— Inutile d'être grossier, commandant. Ma proposition est-elle acceptable ?

— C'est d'accord, répondit Sénéchal en songeant à l'irrecevabilité de la demande de l'Américain. Mais je vous préviens, si vous ne remplissez pas votre part du marché, je vous convoque au Bastion. De gré ou de force. Et là, il y aura une conférence de presse dont vous garderez un souvenir impérissable.

Le serveur s'approcha de leur table et déposa une théière et sa tasse sur la table basse.

Ronan se détendit. Il avait rétabli l'équilibre avec son adversaire.

— Me permettez-vous un conseil personnel, commandant ?

Plague avait posé sa question rhétorique avec un ton sirupeux que Ronan trouva presque effrayant.

— Je crois savoir que vous êtes père depuis peu, continua-t-il.

Ronan tressaillit. L'angoisse revint aussitôt.

— Vous êtes bien informé, articula Sénéchal, la mâchoire serrée.

— Si j'ai réussi dans les affaires, c'est que je suis en général le mieux informé.

— Ah, vous connaissez la date de la fin du monde? ne put s'empêcher d'ironiser le policier.

Plague se dérida et partit d'un rire mélodieux tout à fait inattendu. La saillie de Sénéchal semblait l'amuser véritablement.

— Il faut se préparer, continua-t-il. Et je voudrais vous y inciter. En tant que père de famille, je suis certain que vous avez à cœur de protéger les vôtres.

Ronan laissa échapper un rire sardonique.

— Je fais confiance aux institutions de mon pays. Pas aux marchands qui prospèrent sur la peur.

Plague reprit son ton doucereux, celui de la confidence bienveillante.

— En cas de menace effective, votre gouvernement, comme tous les autres, ne dira rien. Vous ne pourrez compter que sur vous-même.

— Décidément, vous ne manquez jamais une occasion d'instiller la peur.

— Une seconde nature, je le crains. Et il ne s'agit pas de peur, mais de prévision. Savez-vous, commandant, que des modélisations avaient été effectuées dans les années 1970? Parmi les scénarios imaginés à l'époque, c'est le pire qui est en train de se réaliser.

— Ce genre d'argument marche peut-être avec vos clients paranoïaques, mais pas avec moi.

Plague sembla s'amuser du qualificatif.

— Mes clients, des paranoïaques? Si vous saviez qui ils sont, vous vous demanderiez : que savent-ils…

Sénéchal coupa court au discours trop rodé de Plague.

— Oui, oui : « Que savent-ils que j'ignore ? », c'est votre credo.

Il ne pouvait dissimuler son irritation.

— Il ne pleuvait pas encore lorsque Noé a construit son arche, laissa tomber Plague.

Il fit suivre sa sentence d'un long silence.

— Je me suis fait opérer des yeux. Une opération au laser, très efficace. Il ne faudrait pas que je sois handicapé quand nous vivrons en situation dégradée. J'ai appris à tirer. Et j'ai fait l'acquisition d'une petite île dans le Pacifique. Un endroit charmant, boisé. J'y ai tout le nécessaire : des générateurs électriques, des panneaux solaires et des armes.

Sénéchal balaya les propos de Plague d'un revers méprisant de la main.

— Vous ne faites donc aucune confiance aux gens ? À l'entraide ?

Plague regarda Ronan avec l'air à la fois consterné et bienveillant de celui qui sait face à celui qui ignore tout.

— Savez-vous qu'il y a près de 300 millions d'armes à feu aux États-Unis ? Une par habitant, femme et enfant compris, ou presque. Ça, c'est pour la moyenne. Mais, proportionnellement, elles sont plutôt réparties dans les couches les plus faibles économiquement. Elles sont entre les mains des pauvres. Comment croyez-vous que ceux-ci vont réagir en cas de crise majeure ?

— Vos bunkers ne sont pas la solution. Votre vision du monde est si… bizarre.

Plague se leva pour signifier qu'il était temps de mettre fin à l'entretien. Il tendit la main à Sénéchal, tout en lâchant une ultime prophétie.

— Ce qui est bizarre, comme vous dites, c'est de

ne pas être préparé. N'oubliez pas mon conseil, commandant.

Il posa une dernière fois son regard sur le policier et s'éloigna. Comme un serpent qui s'enroulait sur lui-même, après une dernière intimidation.

Ronan resta immobile un moment, perdu dans ses pensées, avant de se lever brusquement. Il quitta l'hôtel, ignorant le portier qui le saluait.

Quelques minutes plus tard, il filait sur le périphérique en direction du Bastion. La moto zigzaguait entre les véhicules, pare-chocs contre pare-chocs, immobilisés dans les vapeurs de pots d'échappement. Ronan dévisageait les conducteurs, teint blafard dans leur boîte en ferraille. Une certaine vision de l'enfer sur Terre.

Ce qui est bizarre, c'est de ne pas être préparé.

Les paroles de Plague refusaient de le quitter.

Comme avec Samia.

Putain, ça recommence.

La pluie se mit à tambouriner sur son casque, comme une pulsation. Il eut l'impression que son crâne implosait. Impossible de se calmer. L'angoisse le submergeait comme un torrent en crue. Il accéléra brusquement en mordant sur la bande d'arrêt d'urgence et frôla une voiture qui le klaxonna abondamment.

Calme-toi, Ron. Ce n'est pas le moment d'avoir un accident.

Absurde, tout cela aurait dû lui paraître absurde.

Il essayait de rejeter ce discours empoisonné de toutes ses forces. De le récuser en bloc. Cette idée de fin du monde n'était le délire que d'une poignée d'exaltés en mal de mission et de sensations fortes. Le genre à passer ses journées sur Internet à regarder des vidéos complotistes.

Mais le blindage mental de Ronan s'était effrité. Et depuis deux jours, il avait l'impression d'être soumis à un véritable pilonnage. Une brèche s'était ouverte. Il ne pouvait pas le nier. Et si jamais *ces gens-là* avaient raison ? Même un tout petit peu ?

13

Alexandre observa un instant la jeune fille à travers la vitre de la salle de réunion où elle l'attendait. Elle était pâle et maigre.

En épluchant les fadettes de Marlot, le policier avait relevé un numéro de téléphone qui revenait souvent. L'opérateur lui avait précisé que la ligne était au nom de Camille Morin.

Lorsqu'il entra dans la pièce, il tendit un café à la petite amie de Nicolas Marlot.

— Je ne vous promets pas que ce soit le meilleur de votre vie, mais il se boit.

— Merci, répondit timidement la jeune fille.

Elle ne toucha pas au gobelet et resta immobile, tendue. Alexandre s'assit en face d'elle.

Elle avait une mine tendue, pressentant qu'un malheur était arrivé.

— Est-ce que vous pouvez me dire pourquoi je suis là ? Ma mère est morte d'inquiétude.

— Je comprends, Camille. Vous êtes ici en tant que simple témoin, vous n'avez aucune inquiétude à avoir. Comme je vous l'ai dit, vous êtes majeure, il n'est pas prévu que vous puissiez être accompagnée par vos parents.

Elle acquiesça mollement, le regard inquiet. Alexandre allait devoir la rassurer pour la faire parler.

— J'ai quelques questions à vous poser au sujet de Nicolas Marlot, reprit-il. Vos réponses nous seront précieuses dans le cadre d'une enquête. Vous êtes d'accord pour nous aider ?

— Vous vous intéressez à Nicolas ?

— Racontez-moi d'abord comment vous vous êtes rencontrés.

Camille détourna le regard. Aborder ce sujet lui était visiblement pénible.

— C'était il y a un an environ, commença-t-elle après un long silence. On s'était rencontrés pendant une grève scolaire. Vous savez, Greta Thunberg, ses grèves du vendredi… On faisait ça pour obliger les gouvernements à réduire les émissions de dioxyde de carbone. J'étais vegan, j'avais décidé de ne plus prendre l'avion… Et je cherchais à rencontrer des gens qui pensaient comme moi. Avec Nicolas, ça a collé tout de suite. Je suis tombée amoureuse de lui. Voilà, c'est tout.

— Et aujourd'hui ?

— On est séparés depuis cinq mois.

— Depuis combien de temps vous ne l'avez pas vu ?

— Depuis notre rupture, en mai.

Sa voix s'étrangla. La jeune fille réfrénait mal son émotion.

— Qu'est-ce qui a motivé cette séparation ?

— Nicolas a changé…

— C'est-à-dire ?

Elle réfléchit un instant, et retrouva une voix claire.

— Au début, je trouvais qu'il avait un côté écolo, rêveur, idéaliste. Un peu comme moi. Mais il est devenu de plus en plus pessimiste. Froid aussi.

— Avez-vous une idée sur ce qui a provoqué son changement d'humeur ?

— C'est ce… type.

Elle chercha un bref instant son nom, et se décida à le prononcer, avec fermeté.

— Viktor Kieffer.

— C'est qui ? Un copain, une connaissance ?

— C'est la référence du survivalisme en Europe. Nicolas est fasciné par lui depuis qu'il l'a découvert. Il a lu tous ses bouquins, assisté à ses conférences. C'est comme un coup de foudre malsain. Je sais que ça a l'air débile de croire que quelqu'un connaît la date de la fin du monde… Mais ses conférences sont tellement bien faites. Il vous flingue le moral à coups de chiffres insupportables, de preuves incontestables. Il arrive à vous convaincre que la Terre est foutue. Un vrai gourou. Après avoir découvert Kieffer, Nicolas n'avait plus qu'une idée en tête : se préparer.

— Concrètement, ça s'est traduit comment ?

La jeune fille tirait nerveusement sur les manches de son pull.

— Il a rejoint un groupe.

— Un groupe ?

Alexandre l'encouragea d'un regard bienveillant.

— Une sorte d'école. Pour apprendre la méthode. Pour se préparer, pour le jour de l'effondrement. La mise en application des idées de Viktor Kieffer. Ça s'appelle Agogé. Nicolas s'est inscrit aux stages, il y allait plusieurs fois par semaine, et il a voulu que j'y aille aussi.

— Vous avez accepté d'en être ?

— Oui. Je l'aimais. J'étais prête à le suivre. Et puis ce camp est réservé aux jeunes. Il n'y a pas de place pour les adultes. Ce sont eux qui ont créé le système, tous les problèmes, ce sont eux qui ne font rien. Je ne leur fais plus confiance, moi non plus.

— Pas d'adultes. Même pour l'encadrement ?

— Non… enfin si. Il y avait ce type qui dirige l'association. Je ne me rappelle plus son nom. On ne le voyait quasiment jamais. Il avait choisi des « officiers ». C'étaient eux qui nous encadraient.

— Qu'est-ce que vous faisiez exactement ?

— Beaucoup d'entraînement physique. Réveil à l'aube, course dans le froid du matin. Techniques de base : construction d'abri, cueillette de végétaux comestibles… On a appris à manier des armes aussi.

— Des armes ?

— Des répliques, pas des vraies…

— Vous aimiez ça ?

— Non, c'était trop dur. Il fallait repousser sans cesse nos limites. Et si on n'était pas assez bon, on se faisait hurler dessus. Esprit parcours du combattant, sans le droit de contester les ordres. Et sans le droit d'avoir nos téléphones. On mangeait à peine.

— Combien de temps êtes-vous restée dans le groupe ?

— À peu près trois mois.

— Pourquoi en êtes-vous partie ?

Camille Morin s'agita un peu sur sa chaise. Les questions et les réponses s'enchaînaient trop vite.

Alexandre sentit sa réticence, mais il avait fait mouche. Elle parlait, elle évoquait peut-être pour l'une des premières fois l'épreuve que ces stages de combat avaient été. Il pouvait obtenir beaucoup d'elle.

— Je n'ai pas eu le choix, fit-elle après un silence. Je suis tombée enceinte.

Elle baissa le regard.

— C'était un accident.

— Vous en avez parlé à Nicolas ?
— Oui.
— Comment a-t-il réagi ?
Camille s'assombrit. La lueur dans ses yeux s'était éteinte.
— Il était fou de rage.
— Pourquoi ? Il n'était pas prêt à être père ?
— Non, c'était autre chose. Il n'arrêtait pas de s'en prendre à moi. Il m'a menacée. Il m'a rejetée. C'est là que j'ai compris qu'il n'était plus le même.
Il y avait trop d'incompréhension dans le regard du policier. Elle avait pourtant tout dit. Alors elle ajouta :
— Il a refusé que je garde le bébé. J'aurais dû avoir honte. Ce foutu *barnskam,* par lequel jurait Nicolas !
Alexandre ouvrit la bouche, mais n'eut pas le temps de poser sa question.
— Il n'arrêtait pas, tout était bon pour m'attaquer, enchaîna-t-elle.
Cette fois, elle se mit à pleurer.
Alexandre se leva, fit couler un verre d'eau à la fontaine et le déposa sur la table.
— Camille, c'est important. Est-ce que vous pouvez me dire les reproches et les gestes que Nicolas a eus contre vous ?
Elle prit une profonde inspiration.
— Il disait que j'aurais dû avoir honte. Pour lui, un bébé, c'est un facteur de pollution. Vouloir un enfant, ou vouloir le garder, c'est de la trahison. Il n'avait cessé de me répéter que les femmes, il faudrait les stériliser. Et que l'avortement devrait être obligatoire. Je me souviens de ses phrases : « Il y a trop de monde sur Terre. Cette prolifération d'enfants est le cancer de la planète, elle la ronge petit à petit. Si

tu fais cet enfant, tu es complice de la destruction du futur. »

Alexandre afficha un regard empreint de compassion.

— Je suis désolé, lui dit-il sobrement pour clore cette pénible expérience.

Elle lui adressa l'ombre d'un sourire.

— Merci, balbutia-t-elle en séchant ses larmes.

— Qu'avez-vous fait ?

— Je ne voulais plus voir Nicolas. Je lui ai dit que tout était fini entre nous. Il m'a hurlé dessus. Il m'a frappée… J'ai tenu bon.

— Vous n'avez pas porté plainte ?

— Non, je n'y ai même pas pensé. La seule chose qui comptait, c'était que je puisse prendre la bonne décision. J'en ai parlé à ma mère. Elle m'a dit que si je décidais de le garder, elle m'aiderait. Mais je n'avais pas la force. Je ne voulais pas d'un enfant sans père. Pas si jeune. Alors j'ai fait ce que Nicolas voulait.

Camille releva soudain la tête, rejeta ses cheveux en arrière. De toute évidence, elle était encore sous l'emprise mentale de son ex-petit ami.

— C'est pour ça que vous enquêtez sur Nicolas ? Il s'en est pris à une autre fille ?

Le policier décida qu'il était temps de lui dire la vérité.

— Non. Je suis désolé de vous l'annoncer. Nicolas Marlot est mort. Il a été assassiné.

La jeune femme se figea, le souffle coupé. Avant qu'Alexandre ne comprenne ce qui allait se passer, elle glissait de sa chaise, évanouie. Il se précipita pour la relever. Elle reprit aussitôt ses esprits, mais était très faible.

— Je vais appeler un médecin, lui dit-il pour l'apaiser.

— Non, pas de médecin, le coupa-t-elle. Laissez-moi juste un moment.

Alexandre décida de faire comme elle le souhaitait.

Elle inspira plusieurs fois, chercha à maîtriser son tremblement. Et lui posa sa première question sur la mort de Nicolas. Elle peinait à admettre ce qui lui était arrivé.

Alexandre mit fin à l'entretien. La jeune fille était chancelante. Au moment de quitter la salle de réunion, dans un dernier sursaut, elle se tourna vers lui.

— Vous devriez regarder du côté de Kieffer. Nicolas l'adorait… mais il le terrifiait tout autant.

Il la raccompagna jusqu'à la sortie et se dit qu'il aimerait bien avoir d'elle une ultime réaction.

— Juste une dernière question, Camille. Avez-vous déjà entendu Nicolas mentionner le mot « Rainmaker » ?

— Non, ça ne me dit rien.

— Ce n'est pas grave. Merci encore pour votre témoignage.

Alexandre regagna l'open space, déserté par ses collègues partis déjeuner. Il était impatient de se renseigner sur le mot qui l'intriguait depuis trente minutes. Il alluma son ordinateur et le saisit dans sa barre de recherche, qui en rectifia l'orthographe.

Barnskam.

La justification par Marlot de son refus catégorique d'engendrer.

Le mot, du suédois, était composé de *barn,* « enfant », et de *skam,* « honte ». Il servait à dire la culpabilité, mais aussi la réprobation de toute personne ayant un enfant ou un désir d'enfant. Il était calqué sur *flygskam,* la honte de prendre l'avion, promu à la suite de la résolution prise par Greta Thunberg.

Alexandre comprenait maintenant l'enchaînement des faits : après l'« incident » avec Camille Morin, Marlot avait immédiatement décidé de réaliser une vasectomie pour être certain de ne plus jamais avoir ce problème. Il avait fait preuve d'une détermination étonnante.

Cet aguerrissement, il le tenait sûrement de l'organisation où Camille et lui s'étaient entraînés.

Agogé

Le nom renvoyait à la Grèce ancienne, à l'éducation des garçons à Sparte. À sept ans, ils étaient enlevés à leur mère pour que débute leur instruction, collective et en plein air. Voilà ce que disait Wikipédia, mais ce n'était pas ce qu'il cherchait.

Il tapa « Agogé école Lyon ». Google le renvoya vers un site au graphisme sommaire. Des jeunes souriants semblaient bien s'amuser. Mis à part les tenues, des treillis militaires, les stages avaient toutes les apparences de bivouacs et de camps de vacances. Pas vraiment le profil d'un nid d'extrémistes.

Il se connecta au *Journal, officiel* en ligne et saisit à nouveau le nom de l'association. Dans le bulletin, un nom avait été déclaré pour le président : Ludovic Hoffmann. Le siège était situé en périphérie de Lyon, sans doute le domicile d'Hoffmann.

Alexandre saisit ce nom dans le moteur de recherche. En haut de la page de résultats, un lien Linkedln. Le CV de Ludovic Hoffmann indiquait que l'homme était actuellement en poste, responsable de la sécurité de Prometheus, société qui n'évoquait rien à Alexandre. Mais ce fut sa fonction précédente qui l'interpella.

Hoffmann avait passé quinze ans au RAID. *Un ancien, policier d'élite.*

Alexandre était dans la bonne direction, son instinct de flic le lui disait.

14

David Ortiz parcourait les ruelles pavées de la cité médiévale de Montfort-l'Amaury au volant du véhicule de service.

— C'est chicos par ici, lâcha Samia qui occupait le siège passager.

— Tu t'attendais à ce que Dampierre vive dans un trou ?

— Non, mais ça nous change des quartiers en bordure du périphérique.

David sourit intérieurement. Il faisait habituellement équipe avec Martin ou Cécile. Cette fois, Samia avait tenu à l'accompagner pour interroger la veuve de François Dampierre. Ils avaient eu une longue conversation la veille, après le départ précipité de Ronan. Samia avait été maladroite et s'en voulait. Peu encline à baisser la garde, elle avait fini par se confier à David. Non, elle n'était pas folle, simplement prudente. Une mère qui prenait ses responsabilités. Pour la première fois, elle avait abandonné la posture de la policière dure à cuire et avait esquissé un rapprochement avec son collègue.

Suivant les indications que donnait le GPS, David quitta le centre pour se diriger vers la périphérie de la ville, en lisière de la forêt de Rambouillet. Les habitations se firent plus rares. De belles demeures entourées de parcs. Après quelques minutes, il stoppa devant la grille d'une vaste propriété. L'interphone avait été placé à la portée du conducteur.

— Lieutenants Ortiz et Mansouri. Nous avons rendez-vous avec Mme Dampierre.

Le portail monumental s'ouvrit et la voiture avança dans la cour d'honneur d'un superbe château XVIIe. Une jeune femme les attendait sur le perron. Elle s'efforçait de sourire.

— Suivez-moi, je vous prie. Mme Dampierre vous attend.

David et Samia emboîtèrent le pas de la domestique et traversèrent plusieurs pièces en enfilade décorées de toiles de maître et de cheminées en marbre. Ils aperçurent par les hautes fenêtres un jardin à la française. La demeure était plongée dans un silence total, comme si personne n'y vivait. Les grandes pièces vides ne résonnaient que des craquements du parquet en point de Hongrie.

Enfin un petit salon aux tentures vertes. Assise dans un fauteuil ancien, Marilyne Dampierre les salua et leur désigna une banquette.

David avait gardé en tête que Dampierre était marié à une ancienne mannequin. La beauté de la veuve s'était envolée. Elle n'était plus que le souvenir de la belle femme qu'elle avait sans doute été. Ses traits avaient épaissi au fil des opérations de chirurgie esthétique.

— Je vous remercie de nous recevoir dans ces circonstances difficiles, commença David. Nous avons quelques questions à vous poser, si vous le permettez.

Elle hocha la tête, tout en allumant une cigarette.

— Quand avez-vous vu votre mari pour la dernière fois ?

— Lundi soir, comme je vous l'ai dit au téléphone. Avant qu'il ne parte pour la Résidence.

— Il vous avait dit où il se rendait ?

— Oui, parfaitement.

— Était-il soucieux dernièrement ? Vous paraissait-il inquiet ?

— François n'était pas le genre d'homme à étaler ses états d'âme.

— Vous avait-il fait part de menaces qu'il aurait reçues ?

— Non. Mais il arrivait fréquemment qu'il y ait des tensions, dans le cadre de son travail.

— Il avait des ennemis, à votre connaissance ?

— Quelques-uns. Le monde des affaires n'est pas tendre.

— Est-ce que vous auriez une idée de qui pouvait en vouloir à sa vie ?

— Aucune.

Elle se ravisa.

— J'ai une question à vous poser moi aussi. Comment mon mari est-il mort ?

Elle avait pris un ton neutre, comme si l'information qu'elle sollicitait était anodine.

— Je peux vous faire envoyer le rapport du légiste.

— Je préférerais l'entendre de votre bouche.

David hésita un instant, réfléchissant à la façon la moins violente de formuler les faits.

— Il a succombé à une intoxication au gaz.

Marilyne Dampierre saisit le verre sur le guéridon, à côté d'elle, et vida d'un trait le liquide doré qu'il contenait.

— Je suis sincèrement désolé, ajouta David comme pour atténuer la violence de l'annonce.

— Vous n'avez pas à vous excuser.

David devait reconnaître qu'elle encaissait la nouvelle avec stoïcisme. À moins qu'il ne s'agisse d'indifférence.

— Je dois aussi vous préciser que le tueur a laissé un message.

Il se retint de préciser qu'il avait été gravé au cutter dans sa chair.

— Allez-y.

— Le voici : « Les rats quittent le navire. Les coupables paieront. La Terre sera purifiée. Le déluge arrive. » Ça vous évoque quelque chose ?

Marilyne Dampierre hocha la tête et se resservit un verre de whisky.

— J'y vois une mise en accusation. De ceux qui gouvernent réellement. Pas ceux qui sont à la tête des États. Ils ne contrôlent plus rien.

Elle s'exprimait avec condescendance, des inflexions dures dans la voix. Elle donnait à David et Samia une drôle d'impression, entre la maîtrise complète d'elle-même et l'exaltation.

— Ce sont les grands dirigeants qui œuvrent en secret. Pour préparer le monde d'après, continua-t-elle. Tout est déjà en place. C'est cela que met en cause le message.

— Qu'est-ce que vous voulez dire par là ? demanda Samia qui était restée silencieuse jusqu'ici. Qu'est-ce qu'ils manigancent ?

— *Ils* construisent des bunkers, partout dans le monde, comme la Résidence. En prévision de l'effondrement.

— C'est assez égoïste, non ? dit Samia avec une pointe de provocation dans la voix. Se sauver, avec quelques milliers de personnes, et laisser mourir le reste de l'humanité.

La veuve de Dampierre détailla la policière avec mépris. Comme à l'accoutumée, Samia portait des vêtements de sport qui détonnaient dans ce cadre luxueux.

— Si des hommes comme mon mari n'avaient pas décidé la construction de ces bunkers, il ne resterait très bientôt plus rien de l'humanité. C'est la préservation de l'espèce humaine qui est enjeu. Cela vous dépasse sans doute.

David se raidit. Les propos de Marilyne Dampierre étaient à la fois ridicules et effrayants.

— Madame Dampierre, quelles étaient vos relations avec votre mari?

Il avait posé la question sans réfléchir, simplement pour changer de sujet.

— Je l'ai aimé, au début. Jusqu'à ce que je comprenne que notre mariage était une parodie. Je lui ai beaucoup servi de faire-valoir. Il n'a jamais voulu me faire un enfant. Seule sa précédente épouse a eu le privilège d'être la mère des enfants du grand François Dampierre.

À la fin de sa phrase, sa voix manqua de se briser.

— Nous avions passé un marché : il m'assurait le luxe, un train de vie, je tenais le rôle de l'épouse comblée.

Elle regarda David fixement.

Il ne dit rien, attendant qu'elle continue de s'épancher. Elle alluma une nouvelle cigarette. Se versa un autre verre.

— Je peux vous assurer que ma vie n'a rien d'enviable. Je suis totalement dépendante de lui. De son argent et de sa protection.

— Pourquoi sa protection? Vous étiez menacée?

— Non, pas menacée. Mais je ne veux pas être seule quand… *ça* se produira.

— De quoi parlez-vous ?

Marilyne Dampierre laissa échapper un rire froid.

— Évidemment, lieutenant, vous ne pouvez pas être au courant.

— Au courant de quoi ?

Elle leva un doigt de façon théâtrale vers le ciel.

— Rainmaker, chuchota-t-elle.

— De quoi parlez-vous ?

— Du déluge !

David échangea un regard avec Samia. L'entretien commençait à basculer.

— Nous devons nous mettre à l'abri. *Il* ira jusqu'au bout ! *Il* a le pouvoir d'un Dieu !

Il était temps de mettre fin à l'entretien. Marilyne Dampierre était totalement ivre.

— Merci pour votre temps, nous allons vous laisser.

Elle ignora les propos de David et continua.

— J'avais juré à Robert Plague de ne rien dire… mais tant pis.

Les deux policiers se regardèrent, interloqués.

— Avez-vous une information à nous communiquer ? demanda Samia.

Marilyne Dampierre hésita un instant, puis deux mots finirent par sortir de ses lèvres boursouflées.

— Le Sarcophage.

— Qu'est-ce que c'est ?

Elle secoua la tête.

— Demandez à Plague.

David hésita.

— Qu'est-ce que ça veut dire ?

Elle ne répondit pas.

David fixa Marilyne Dampierre, comme pour

sonder ce qui se tramait dans l'esprit de cette femme dérangée. Il renonça à la relancer, lui adressa un signe de la tête en guise de remerciement, se leva et la salua. Samia bredouilla quelques mots qu'elle voulut chaleureux.

Ils regagnèrent la voiture d'un pas pressé. Sans prononcer un mot, David mit le contact et roula jusqu'à la grille, perdu dans ses pensées.

— Tu crois qu'il y a quelque chose à tirer de cette histoire de Sarcophage? interrogea Samia.

— Je ne saurais pas dire pourquoi, mais oui.

David ressentait confusément que c'était le seul élément intéressant dans tout ce qu'ils venaient d'entendre. Soudain, il eut une intuition. Une illumination. Ce qui expliquerait comment le tueur avait pu s'échapper du bunker sans que personne ne s'aperçoive de sa présence. Il hésita un instant à formuler à haute voix son hypothèse. Cela paraissait si invraisemblable.

La grille s'ouvrit enfin. Trop absorbé par ses pensées, il ne remarqua pas, dans le rétroviseur, le cercle vert peint sur le mur d'enceinte de la propriété. Un cercle vert strictement identique à celui tracé sur la porte de la Résidence. Celui-là même que Gomez avait signalé à David et qu'il croyait être la signature du tueur.

15

Le bâtiment abritant les locaux de Prometheus était un paquebot de verre et d'acier qui surplombait la Saône. Il émergeait de la nuit, comme un récif indistinct et menaçant.

Dans l'atrium au design moderne et rutilant, une affiche gigantesque, suspendue à la verrière, une vingtaine de mètres au-dessus d'eux, lançait le slogan de la boîte qui s'enroulait autour de la Terre : « Notre planète sera ce que nous en ferons. »

— Capitaine Kowalski et lieutenant Roche. Nous sommes attendus par Ludovic Hoffmann, précisa Irina à l'hôtesse d'accueil.

Hoffmann était le responsable de la sécurité de Prometheus, mais aussi et surtout le président de l'association Agogé. Le témoignage de Camille Morin avait laissé voir que Marlot s'était radicalisé quelques mois avant son assassinat. Ceux qui l'avaient connu à cette période avaient pu être témoins d'événements utiles à l'enquête. Hoffmann était peu présent au sein de l'association, mais l'homme était aussi un ancien policier du RAID.

La jeune femme décrocha son téléphone pour prévenir de leur arrivée, puis leur remit deux badges en désignant les ascenseurs.

— Cinquième étage. M. Hoffmann vous attend.

La cabine toute en verre s'éleva rapidement, et quelques secondes plus tard, les portes s'ouvrirent sur l'homme qui les attendait.

Ludovic Hoffmann avait tout de l'ancien policier d'élite. Regard bleu glacial, cheveux coupés très courts et physique athlétique, dans un costume hors de prix. Un ancien mercenaire habillé en Dior. Tandis qu'elle l'observait, un petit quelque chose intrigua Irina, mais elle ne parvint pas à l'identifier immédiatement.

Ils se saluèrent et passèrent dans un bureau impeccablement rangé qui offrait une vue plongeante sur la Saône. À l'extérieur, l'orage avait éclaté. Irina ne pouvait empêcher son regard d'être happé par le spectacle de l'immense réseau d'éclairs qui striait le ciel noir.

— Que puis-je pour vous ? demanda Hoffmann en s'asseyant derrière le bureau.

— Nous avons quelques questions à vous poser au sujet d'Agogé, commença Alexandre. Vous en êtes bien le responsable ?

Irina et Alexandre s'étaient mis d'accord, ils n'évoqueraient pas d'emblée Nicolas Marlot. Ils voulaient d'abord sonder Hoffmann.

— En quelque sorte. Je suis le président de l'association, mais c'est une structure autogérée par ses membres. Je m'appuie sur une dizaine d'officiers. Ce sont eux qui encadrent les jeunes. Je choisis les plus mûrs et les plus responsables.

— Comment l'association fonctionne-t-elle ?

— Nous nous adressons aux jeunes de seize à vingt ans. Aux filles comme aux garçons. Ils peuvent s'inscrire à l'année et venir tous les soirs après leurs cours et le week-end. Nous proposons aussi des stages pendant les vacances.

— Qu'est-ce que vous leur apprenez ?

— Nous leur enseignons le goût de l'effort et du courage, la vie en groupe et des techniques de survie. C'est un programme à la fois moral et physique.

Irina observait attentivement Hoffmann tandis qu'il parlait. Après quelques instants, elle réussit à définir ce qui l'avait interpellée. Son œil droit. C'était une prothèse. Un œil de verre. L'absence de mobilité trahissait son caractère factice. Et il était légèrement plus bleu que l'œil gauche, ce qui rendait le regard d'Hoffmann hypnotisant, presque irréel.

— Je sais que nous avons des détracteurs, continuait

Hoffmann. Certains s'imaginent que nous apprenons aux jeunes à manier des armes à feu. C'est ridicule. Nous leur apprenons la liberté. Croyez-moi, les ados sont profondément fiers le soir, autour du feu de camp.

Alexandre songea que cette présentation d'Agogé n'avait rien à voir avec la secte décrite par Camille Morin.

— Vous savez sans doute que je suis un ancien de la Maison ? ajouta Hoffmann en souriant.

— Oui. Le RAID, n'est-ce pas ? répondit Alexandre sur un ton complice.

Hoffmann hocha la tête.

— Pendant quinze ans.

Irina se décida à intervenir dans la discussion.

— Pourquoi avoir quitté la police ?

— Je souhaitais avoir plus de temps libre. Mon expérience me permettait une reconversion dans le privé. Et Prometheus m'a fait une offre intéressante. Je m'occupe de tout ce qui concerne la sécurisation des affaires. Ma mission principale est de prévenir les tentatives d'espionnage industriel.

— Et cette entreprise, que fait-elle ?

— De la géo-ingénierie. J'imagine que ce mot ne vous est pas familier.

— Pas vraiment.

— Ce sont des technologies qui servent à orienter et déterminer le climat localement ou plus globalement, précisa Hoffmann.

— Je pensais que c'était de la science-fiction, fit Alexandre, surpris.

— Détrompez-vous, le corrigea Hoffmann. Plusieurs pays mènent des expérimentations. La Chine, par exemple, pratique depuis longtemps l'ensemencement des nuages pour déclencher la pluie.

À cet instant, la lumière bleue d'un éclair figea la pièce dans une clarté absolue. Le roulement du tonnerre suivit immédiatement. L'orage était sur eux.

— Le dérèglement climatique est une réalité, continua calmement Hoffmann. Et nous ne pouvons pas compter sur les décideurs politiques pour y remédier. C'est ce que nous faisons chez Prometheus, imaginer des solutions viables. Autant dire que nos savoir-faire attisent la convoitise… Mon rôle est de faire en sorte que Prometheus conserve ses secrets.

Il s'exprimait doucement, comme emporté par la mélodie qu'il devait avoir l'habitude de jouer devant des investisseurs et hommes d'affaires. Pourtant, son œil valide avait un éclat particulièrement dur.

— Je suppose que ce n'est pas ce qui vous amène, hasarda-t-il.

— Parlez-nous de Nicolas Marlot, lâcha Irina en scrutant son visage.

— Nicolas était l'un de mes officiers, répondit Hoffmann sans hésitation.

— Quand l'avez-vous vu pour la dernière fois ?

— Il y a plusieurs mois, avant l'été. Pourquoi ?

— Nous avons retrouvé son corps hier. Il a été assassiné.

Cette fois, Irina remarqua qu'Hoffmann tressaillit. Un mouvement de la lèvre inférieure qu'il n'avait pas pu réprimer.

— Que s'est-il passé ?

Un fond d'inquiétude perçait dans sa voix.

— L'enquête est en cours. Que pouvez-vous me dire sur Marlot ?

— C'était un officier remarquable. Un jeune homme d'une grande maturité, aguerri aux techniques de survie.

Hoffmann hésita, chercha ses mots et dit enfin :

— Malheureusement, j'avais dû me séparer de lui.

— Pour quelles raisons ?

— Nous prônons une vie saine, physiquement et moralement, continua Hoffmann. Nicolas était un idéologue. Il déviait de notre ligne, qui n'est jamais que la mise en pratique des vieux principes de l'éducation spartiate. Lui, il partait sur autre chose, il estimait que la société courait à sa perte et devait changer en profondeur, se purifier en quelque sorte.

— D'après vous, qu'est-ce qui a causé cette radicalisation ?

— Kieffer, évidemment. Vous connaissez ?

— Oui, confirma Alexandre.

— Ce type prétend donner des conseils de survie, mais tout ça n'est qu'un prétexte, continua Hoffmann. Il est dangereux.

— Qu'est-ce qui vous fait dire qu'il aurait été sous son influence ?

— Je peux vous raconter une scène qui s'est passée à l'école sous mes yeux et en présence d'autres élèves. C'était en mai, je crois. Après ça, il a pris ses distances avec Agogé. Je l'avais poussé vers la sortie.

— Pourquoi ?

— Une fille de l'école venait de tomber enceinte. Nicolas l'a su. Il lui a reproché violemment son état. Il l'a sermonnée et presque molestée. Ses convictions sont apparues au grand jour : il est irresponsable de faire des enfants ; un enfant, c'est trop polluant… Bref, il l'a frappée. Devant tout le monde. Pour faire un exemple.

— Il y a eu une plainte ?

— Non. J'ai demandé à Nicolas de s'éloigner un temps.

— Et c'était votre dernier contact avec Nicolas Marlot ?

— Je ne l'ai pas revu depuis.

— Et vous n'avez pas pensé qu'il était de votre devoir d'avertir la police ?

Hoffmann s'enfonça dans son siège en dévisageant Irina.

— Capitaine Kowalski. Est-ce vraiment la question ?

Hoffmann marqua une pause en regardant fixement Irina.

— La radicalisation est partout. Des territoires de plus en plus grands sont aux mains de bandes surarmées. Alors, je n'allais pas importuner mes anciens collègues pour des cris et des insultes.

— Vous auriez dû nous prévenir, répliqua Irina, insensible au plaidoyer d'Hoffmann. Vous auriez peut-être évité une mort.

— J'en doute.

Irina s'apprêtait à poursuivre lorsqu'un violent mal de crâne la prit. Des disques noirs se mirent à danser devant ses yeux, sa vue se brouilla.

— Irina, ça va ?

Les deux hommes la regardaient, intrigués par son silence soudain.

— Un moment… parvint-elle à articuler.

Putain de migraine.

Ça la prenait de façon inattendue. Il n'y avait rien à faire, mis à part attendre que ça passe. Les crises se rapprochaient et devenaient de plus en plus brutales. Elle savait qu'il devenait urgent de s'en inquiéter. Pourtant, elle laissait traîner.

Parce qu'au fond, je n'en ai rien à foutre.

La sonnerie du téléphone d'Hoffmann mit fin au silence gêné qui s'était installé.

— Excusez-moi.

Il décrocha, puis s'entretint brièvement avec son interlocuteur.

— Je suis attendu. Nous avons terminé ?

— Oui, je vous remercie, répondit Alexandre qui s'inquiétait pour sa supérieure.

Il lui tendit sa carte.

— Appelez-moi si quelque chose vous revient.

Hoffmann l'assura de sa collaboration, puis raccompagna les deux policiers à l'ascenseur. Ils repassèrent par l'accueil pour rendre leurs badges.

La pluie tombait encore. Ils coururent à la voiture.

— Ça va mieux ? demanda Alexandre une fois à l'abri dans l'habitacle.

— Un peu. Il me faut une aspirine. On rentre.

Alexandre démarra.

— Tu penses la même chose que moi ? demanda-t-il en conduisant.

— Il faut en savoir plus sur ce Kieffer. Hoffmann a confirmé le témoignage de Camille Morin. Apparemment le mec est louche.

— Je m'en occupe dès qu'on arrive au bureau.

Le policier vérifia son téléphone.

— J'ai reçu un message de Vincent. Il a appelé l'organisme privé où Marlot était inscrit en BTS. Il ne va pas en cours depuis des semaines.

Irina intégra l'information. Un début de scénario s'esquissait dans son esprit. À l'origine, Marlot était un bon gars, peut-être un peu misanthrope. Jusqu'au jour où, subitement, il avait changé. Quelqu'un l'avait littéralement hypnotisé. Au point de le bousiller.

Un coup de tonnerre assourdissant vint confirmer son hypothèse.

16

— C'est le mystère de la chambre jaune, votre affaire. Comment le meurtrier a-t-il pu s'échapper d'un bâtiment aux issues closes et surveillées ?

Joseph Brunner, le patron de la Crim' parisienne, arpentait son bureau en fulminant. L'échange était tendu. Brunner se dirigea vers la fenêtre et observa la rue, les immeubles et les toits zingués au loin tout en continuant à sermonner son subordonné.

— Sénéchal, je n'ai pas besoin de vous rappeler que cette enquête est de première importance, reprit-il le dos tourné. Nos moindres faits et gestes vont être scrutés à la loupe. Le ministre de l'Intérieur m'a appelé ce matin. Il s'impatiente.

Il se retourna et fixa Ronan.

— Il est hors de question de nous couvrir de ridicule avec cette histoire de… « Sarcophage ». S'il y avait une pièce secrète dans l'appartement de Dampierre, la police scientifique l'aurait trouvée.

Ronan n'en menait pas large. Il devait bien reconnaître que l'hypothèse émise par son adjoint, à la suite de son entretien avec Marilyne Dampierre, paraissait farfelue. Avait-il d'ailleurs bien compris ce qu'avait voulu dire par ce mot une femme sous le choc de la disparition de son mari ?

— C'est une piste. Elle paraît improbable, mais c'est tout ce que nous avons pour le moment.

Brunner répondit par une moue désapprobatrice.

— Vous n'avez toujours pas les enregistrements des caméras de surveillance?

— Plague refuse de nous y donner accès tant que nous ne lui fournissons pas une garantie écrite, signée par le procureur, que nous ne dévoilerons rien dans les médias concernant son complexe immobilier. Et si nous tentons de passer en force, il détruira les enregistrements.

Brunner réfléchit un instant.

— Pardonnez mon langage, commandant, mais il nous tient par les couilles. Il va être difficile de lui forcer la main dans le temps dont nous disposons. Dites-lui que vous lui accordez ce qu'il demande.

— Je n'aime pas me laisser dicter ma conduite. Et je suis convaincu que, pour lui, c'est une façon de gagner du temps. Je doute qu'il nous remette les enregistrements. Le secret est ce qu'il vend à ses résidents. Ils sont paranos. Leurs histoires de fin du monde leur montent à la tête.

Il fut interrompu par des coups frappés à la porte. David Ortiz fit irruption dans le bureau.

— Désolé, mais il se passe quelque chose.

Le lieutenant était blême. Ronan comprit immédiatement que c'était grave.

— L'assassin de Dampierre… Il a contacté les médias!

— Quoi? s'exclama Ronan.

— Mettez BFM, souffla David.

Brunner alluma le téléviseur de son bureau et sélectionna la chaîne d'info en continu. Un bandeau «édition spéciale» barrait le haut de l'écran. Le présentateur rappelait les faits.

François Dampierre a été assassiné dans la nuit de lundi à mardi. Le communiqué conjoint de l'entreprise qu'il dirigeait et de la police indiquait qu'il avait été tué à son domicile. Mais de nouvelles informations viennent contester cette version officielle. Un message a été adressé à plusieurs rédactions, dont la nôtre. Il est signé d'un homme prétendant être l'auteur des faits. Des détails extrêmement précis semblent attester la véracité de ses dires.

— Ces imbéciles vont compromettre l'enquête, rugit Ronan.

Le présentateur continuait à dérouler son scoop.

Nous avons la preuve que la police a cherché à dissimuler des éléments capitaux de cette enquête, à commencer par le lieu du meurtre. François Dampierre n'a pas été assassiné chez lui, mais dans un lieu appelé la « Résidence ». Un lieu hors norme, comme vous allez le voir. Nous retrouvons tout de suite Joanne Lévy qui se trouve sur place.

Le visage de la journaliste apparut à l'écran. Elle se trouvait devant le portail noir de la Résidence. L'image ne présentait aucun intérêt, le mur n'était guère reconnaissable, mais il y avait plusieurs véhicules de police. C'était la preuve que les journalistes détenaient des informations avérées.

Je me trouve à quelques kilomètres à l'ouest, de Paris dans la forêt de Fausses-Reposes. Derrière moi, vous pouvez apercevoir l'entrée d'un lieu mystérieux appelé la « Résidence ». C'est ici que François Dampierre a été assassiné dans la nuit de lundi à mardi.

— Que pouvez-vous nous dire sur cet endroit, Joanne ?

Il s'agit d'une sorte de bunker de luxe. François Dampierre y possédait un appartement. L'identité des autres occupants est tenue secrète, mais, d'après nos informations, on trouve parmi eux plusieurs personnalités du monde des affaires, de la politique et du sport.

Les appartements se monnayeraient plusieurs millions d'euros. Les promoteurs de la Résidence vendent aux copropriétaires une sécurité totale en cas d'événements graves, quelle qu'en soit leur nature. Dans ce refuge, il serait possible de vivre des mois, voire des années, en autarcie.

— Nous allons maintenant vous dévoiler en exclusivité des photos de l'appartement de François Dampierre.

Une voix commentait les clichés pris dans l'appartement, pièce par pièce, comme en feuilletant un magazine de décoration intérieure.

— Mais faites-les taire ! hurla Ronan à l'écran.

Nous avons également reçu une photo du corps de Dampierre, selon toute vraisemblance, présentant des marques de torture. Une inscription a été faite dans son dos.

Dans la lettre qui nous est parvenue, l'assassin présumé explique son geste. Et surtout, il insiste sur le lieu du crime : François Dampierre a été tué au cœur de la Résidence, le lieu même qui devait le protéger de toutes les menaces.

Le journaliste s'engagea avec prudence dans l'évocation du contenu du texte.

Selon l'expéditeur de la lettre de revendication, François Dampierre était l'un des plus grands pollueurs de notre pays. À ce titre aussi, il serait l'un des principaux responsables de l'« effondrement » qui nous menace. C'est le mot employé par l'auteur de la lettre. Et comme tant d'autres, il était prêt à fuir en se réfugiant dans ce bunker. Le message se termine sur ces phrases mystérieuses. « Les coupables paieront. Partout, les Sentinelles veillent. »

Le visage du présentateur réapparut. Il arborait une expression grave.

Brunner coupa le son.

— Putain, Sénéchal, ces journalistes en savent plus que nous ! Comment est-ce possible ?

Ronan se prit la tête entre les mains.

— Ça tend à confirmer que c'est un crime idéologique. Le tueur a mis en scène la mort de Dampierre dans un but bien précis. Il voulait que le monde entier le sache. Et comme l'information n'a pas filtré assez vite selon son plan, il s'en est chargé.

David saisit son téléphone qui vibrait dans sa poche. Il s'entretint brièvement avec son interlocuteur, puis raccrocha.

— Samia a appelé BFM. La lettre a été déposée à l'accueil il y a deux heures par un gamin que l'assassin a dû payer pour l'occasion. Une équipe est en route pour la récupérer et l'analyser.

Ronan se leva et se mit à arpenter la pièce. Marcher l'aidait à réfléchir.

— On doit reprendre la main, finit-il par asséner.

— Vous voyez ça comment, Sénéchal ? interrogea Brunner.

— Maintenant que les médias ont révélé le lieu et la revendication, on ne pourra plus passer un marché avec Plague. Alors, foutu pour foutu, on y va en force. On retourne à la Résidence, on consulte les enregistrements et on ausculte l'appartement de Dampierre jusqu'à ce qu'on trouve ce foutu Sarcophage, quoi que ça puisse être. On joue sur l'effet de nombre et de surprise. On aura besoin de l'appui de la BRI.

Brunner réfléchit un instant. La solution ne lui plaisait guère, mais il n'avait pas le choix.

— Je vois avec la direction pour vous mettre une équipe en soutien.

Ronan acquiesça.

— Nous interviendrons demain matin à la première heure.

Il s'apprêtait à quitter le bureau quand la voix de son supérieur le rattrapa.

— Sénéchal, ne merdez pas. Sinon, je vous décharge de l'enquête.

17

Un éclair aux multiples ramifications zébra le ciel qui s'embrasa. Puis le craquement sourd du tonnerre.

Au pied de l'hôtel de police, la rue Marius-Berliet était totalement bouchée. Les rafales de vent et la pluie avaient créé de gigantesques embouteillages à l'heure de la sortie des bureaux. Depuis leurs voitures à l'arrêt, les automobilistes pouvaient apercevoir dans les bureaux illuminés les silhouettes des fonctionnaires de police. Mais au milieu de la façade et de ses rectangles de lumière jaune, une fenêtre était noire. Le bureau d'Irina Kowalski.

— Ça pète drôlement.

Alexandre contemplait l'orage à travers la fenêtre du bureau de sa patronne.

— La météo est vraiment de plus en plus pourrie, continua-t-il.

Irina regardait les bulles qui dansaient dans son verre d'eau, attendant que le comprimé effervescent finisse de se dissoudre.

— Ça va mieux ta migraine ?

— Un peu. Ça ne t'ennuie pas si on laisse la lumière éteinte ?

Elle avala son verre d'un trait et entreprit de faire un point sur leur enquête.

— Sylvie Marlot a identifié le corps de son fils ?

— Oui, elle s'est rendue à l'IML cet après-midi.

— Le légiste a affiné la datation du décès ?

— Le dosage du potassium dans les yeux a confirmé son intuition : il est mort vendredi dernier. Et il a été immergé dans les huit heures qui ont suivi. En revanche, rien du côté des analyses toxico et histologiques. Il n'était ni drogué, ni malade.

Irina acquiesça.

— OK, on récapitule. Nicolas Marlot a été torturé, puis tué vendredi dans un lieu inconnu. Ensuite son corps a été déplacé et immergé dans l'étang de Boulard, à une vingtaine de kilomètres de Lyon, vraisemblablement durant la nuit de vendredi à samedi. Maintenant qu'on sait approximativement quand le meurtrier était sur les lieux, on peut visionner les enregistrements des caméras de surveillance placées sur les routes environnantes.

— J'ai déjà vérifié. Le lieu est isolé. On n'y accède que par une petite route sans surveillance. Pas de témoins, pas de caméra. Et aucune trace sur la scène de crime ou sur le cadavre. C'est du travail de pro. Sans erreur.

Irina grimaça.

— Les techniciens en ont fini avec l'ordinateur de Marlot ?

Alexandre secoua la tête.

— Rien de neuf. Le cryptage qu'il a utilisé n'est pas un truc d'amateur. On n'en tirera rien, seulement le nom du fichier : Rainmaker.

— Ça ne nous avance pas beaucoup.

— Ils ont aussi cherché à restaurer le contenu des cartes mémoire des caméras, elles sont désespérément vides. Il n'y a que son historique Internet qui n'ait pas été effacé.

— Et alors ?

— Marlot consultait pas mal de sites en lien avec la *deep ecology*. Tu sais, ceux qui s'intéressent à l'ensemble du vivant et pensent que l'homme n'a pas plus de valeur qu'un moustique. De ce point de vue, nous sommes des nuisibles.

— Quel genre de sites il visitait ?

— Il y en a deux qui l'intéressaient particulièrement : *Human Voluntary Extinction Movement* et *Church of Euthanasia*.

— L'Église de l'Euthanasie ? Ça existe ?

— Malheureusement oui, et ce n'est pas une communauté isolée. Marlot avait l'air de naviguer dans cette mouvance, des sectes essentiellement américaines qui en appellent à l'extinction de l'humanité pour réduire à zéro son empreinte écologique. Par exemple, la devise de la *Church of Euthanasia* est : « *Save the Planet. Kill yourself.* » Ils ont un seul commandement : « Tu ne procréeras point », et quatre piliers : le suicide, l'avortement, la sodomie et le cannibalisme.

Irina écarquilla les yeux.

— Le cannibalisme ?

— Ouais, enfin, ils font une exception pour leurs membres végétariens…

— Tu déconnes ?

— Même pas.

— OK, on arrête. Ça me fout la gerbe.

— Et encore, tu n'as pas passé autant de temps

que moi sur les sites de ces malades. Marlot avait clairement vrillé.

— Ces sectes, elles sont implantées en France ?

— Non, je n'ai pas l'impression, elles ont certainement fait des émules chez nous, mais rien d'organisé.

— Donc, on ne trouvera rien de ce côté… Manifestement, la mise à mort de Marlot ne cadre pas avec les préconisations d'euthanasie de ces dingues. Tu as eu un retour de l'opérateur pour son téléphone ?

— Vincent a épluché les fadettes. Rien de particulier à signaler. Il utilisait peu son téléphone. Trop peu si tu veux mon avis. Il devait en avoir un autre à carte prépayée, donc intraçable. Et on ne l'a pas encore trouvé.

Irina se prit la tête dans les mains, dépitée.

— Et je suppose que son compte bancaire n'a rien révélé non plus ?

— Non, il était pratiquement vide. Il gagnait un peu d'argent avec sa chaîne YouTube, par la publicité. Mais pas de quoi se payer tout le matériel qu'il avait chez lui. S'il avait d'autres revenus, ils sont passés sous les radars.

Irina soupira. Les vérifications d'usage n'avaient rien donné.

— Ça ressemble au coup parfait.

— Pas tant que ça, corrigea Alexandre. On n'aurait pas retrouvé le corps de Marlot avant des semaines si ce pêcheur n'était pas tombé sur la main. Et on l'a identifié rapidement. Ça joue en notre faveur. À l'heure qu'il est, le meurtrier ne se doute pas qu'on en sait autant.

— Et on arrive à ce Kieffer qui est notre seule piste valable, conclut Irina. Tu as quelque chose sur lui ?

Alexandre hocha la tête.

— C'est une star dans son domaine… Il y a des centaines de sites qui parlent de lui.

— Je te donne cinq minutes, mon mal de tête ne me permettra pas de me concentrer plus longtemps. Il est allemand ?

— Non, il est originaire de Suisse alémanique, il vit près de Genève. À travaillé dans une banque d'affaires pendant près de vingt ans. Belle carrière, beaux succès. Un expert de la fusion— acquisition. Mais un beau jour, il a été viré.

— Pourquoi ?

— Son employeur a découvert que Viktor était proche de milieux d'extrême droite. Il a dû estimer que ça pouvait entacher la respectabilité de l'établissement. Dans une vidéo YouTube, Kieffer prônait le suprématisme blanc, vantait l'idéal du surhomme, la race purifiée, en ne sauvant pas les malades, les handicapés… Ce genre de théories.

— De l'eugénisme en bonne et due forme. Charmant.

— Kieffer n'a pas tardé à rebondir. Quelques semaines après son licenciement, il a autoédité un bouquin : *Se préparer à l'effondrement.*

— Et ça a marché ?

— Il a fait un carton en Suisse. Dans plusieurs pays, son livre a été traduit. Son bouquin se serait écoulé à plus de 500 000 exemplaires. Depuis, bien que marginal, c'est une star de l'édition internationale. Il a une chaîne YouTube qui cumule des dizaines de millions de vues. Et il multiplie les conférences partout en Europe. Une vraie PME à lui tout seul.

Irina tapa le nom de l'homme sur son moteur de recherche. Le premier résultat était une photo qui le montrait tout sourire, armé d'un fusil à pompe en plein alpage, sous des sommets enneigés. La cinquantaine. Crâne rasé, visage anguleux et torse puissant.

— Que disent nos collègues helvètes ? demanda Irina.

— J'ai eu mon contact à l'Office fédéral. Il m'a donné quelques infos en off. Si on veut en savoir plus, il faudra une demande officielle.

— Dis-moi déjà ce que tu as.

— Ils gardent un œil sur lui. Et la brigade financière s'intéresse aussi au joli pactole qu'il amasse. Personnalité sulfureuse, mais casier vierge. Si tu veux mon avis, c'est avant tout un petit entrepreneur. Il a trouvé le bon filon qu'il exploite autant qu'il peut.

Irina resta pensive un instant avant de lâcher :

— Il faut l'interroger.

— Dans ce cas, il va falloir faire une demande à l'Office fédéral.

Irina hocha la tête.

— On va s'arrêter là, conclut-elle. Je suis claquée. On refait un point demain. Merci, Alex.

Alexandre salua sa patronne et regagna l'open space.

Une fois seule, Irina attendit quelques secondes avant d'ouvrir le caisson sous son bureau. Elle s'empara de sa lettre de démission. Avec cette nouvelle enquête qui débutait, elle n'avait pas eu l'occasion d'aller la remettre aux ressources humaines.

Elle hésita un moment.

Puis elle se leva, la lettre à la main.

18

Irina franchit le porche de l'hôtel de police. La pluie avait enfin cessé. Elle décida de regagner son appartement à pied. Aucune envie d'affronter le métro bondé. Elle s'engageait dans la Grande-Rue-de-la-Guillotière, dont les trottoirs étaient encore humides, quand son téléphone vibra. Rapide coup d'œil à l'écran.

Merde… le docteur Baudouin. Elle l'avait totalement oublié. Elle décrocha, gênée.

— Madame Kowalski ? Nous avions rendez-vous pour votre gonioscopie aujourd'hui. Nous vous avons attendue.

L'irritation était perceptible dans la voix du médecin.

— Désolée, docteur. Une enquête importante, j'ai été retenue.

— C'est la troisième fois… Je sais que votre métier est contraignant, mais c'est important. Pour vous.

— J'en suis consciente.

Le médecin poussa un soupir résigné, comme s'il ne croyait pas un mot de ce qu'elle disait.

— Avez-vous eu de nouvelles manifestations ? reprit-il.

— Oui, encore aujourd'hui. Des maux de tête et la vue floue, le topo habituel.

— Nous devons procéder à cet examen au plus vite, vous le savez. Pour vous donner le traitement approprié et ralentir la maladie. Vous appellerez ma secrétaire demain pour prendre rendez-vous.

— À la première heure. Bonne soirée, docteur.

Elle tourna dans l'avenue Hoffmann-de-Saxe. À dire vrai, elle n'avait pas oublié ce rendez-vous. Elle avait plutôt fait en sorte de ne pas pouvoir s'y rendre. Elle savait qu'après l'examen il y aurait un mot pour nommer la maladie. Un mot qui changerait tout, car, avec lui, il n'y aurait plus d'espoir. Elle voulait reculer l'échéance, elle n'était pas prête.

Elle se sentit soudain profondément lasse. Malgré tous ses efforts, sa vie était un échec. Plus jeune, elle se sentait invincible. Elle ne laissait jamais rien au hasard, elle gardait toujours le contrôle. Pourtant, rien ne s'était passé comme prévu.

Elle repensa à Kieffer. Et si ce prophète de malheur avait raison ? Et si l'effondrement était vraiment pour bientôt ? Ce ne serait pas si grave. C'était sans doute la seule chose que méritait cette société pourrie.

Cette enquête serait la dernière. Elle souhaitait malgré tout la mener jusqu'au bout. Quelques instants plus tôt, elle avait renoncé à remettre sa lettre de démission à la dernière minute. Alors qu'elle allait pousser la porte du service des ressources humaines, quelque chose l'avait arrêtée. Le profil de la victime l'intriguait. Suffisamment pour qu'elle ait envie de jouer les prolongations, au moins quelques jours. Le temps de finir proprement le travail. Puis elle quitterait tout.

Au niveau de la station de métro Foch, le paysage urbain changea. Elle marchait désormais le long d'artères rectilignes bordées d'immeubles cossus. Elle dépassa un restaurant japonais où elle avait ses habitudes et entra dans un bel immeuble de style haussmannien au hall clinquant.

Ascenseur. Dernier étage. Elle circula dans l'appartement sans allumer la lumière. À travers les hautes fenêtres du salon, la vue sur les berges du Rhône était imprenable. Les lampadaires de la rue diffusaient leur lumière jaunâtre à l'intérieur, sur le mobilier cossu, le parquet Versailles et les moulures en feuilles d'astragale.

L'héritage de ses parents. Son père avait été un chirurgien réputé. Il était venu de sa Pologne natale pour faire des études de médecine à Paris et n'avait plus jamais quitté la France. À quarante ans, il avait ouvert sa propre clinique qui l'avait rendu riche et lui avait permis d'acheter cet appartement, ainsi que plusieurs biens immobiliers disséminés dans la ville. Enfant, Irina adorait l'appartement familial. La proximité avec le parc de la Tête d'or y était pour beaucoup.

Son père était décédé depuis cinq ans. Il avait suivi sa mère, fauchée par un cancer. Irina avait alors décidé de s'installer dans leur appartement. Aujourd'hui, elle le détestait. Trop bourgeois. Trop froid.

Elle avait pourtant cru à la possibilité du bonheur ici. Elle y avait même connu des jours heureux.

Isabelle.

Quand Irina avait hérité du bien, elles avaient décidé d'emménager ensemble. Cinq années de bonheur, les plus belles de sa vie.

Puis, tout était parti en fumée quand Isabelle avait décidé qu'elle voulait un enfant. Un violent désaccord les avait opposées. Isabelle voulait le porter, mais hors de question de recourir à la PMA. Elle voulait le faire de façon naturelle. Irina n'avait pas pu l'accepter. Des disputes avaient éclaté. Isabelle était devenue plus distante, s'était mise à rentrer tard. Irina avait soupçonné une infidélité. Puis un jour, l'annonce était tombée. Elle la quittait. Pour un homme. Le jour de l'annonce fatidique, Irina avait remarqué que le ventre d'Isabelle commençait à s'arrondir.

Enceinte de trois mois… Tu as vraiment attendu jusqu'à la dernière minute pour me planter un couteau dans le dos.

Ce jour-là, une rage brûlante s'était installée dans

le cœur d'Irina pour ne plus en sortir. Elle avait tout imaginé pour faire taire cette douleur. Y compris coller le canon de son arme de service dans sa bouche.

Seul son boulot l'avait sauvée. Elle avait redoublé d'ardeur. Mais une profonde tristesse l'accompagnait au quotidien. Un précipice dans lequel cette trahison l'avait jetée et duquel personne ne pouvait la sortir.

Je dois penser à autre chose.

Elle alluma la chaîne hi-fi Bang & Olufsen ridiculement hors de prix dont elle ne pouvait pas se séparer. Elle refusait de passer au tout-numérique qui envahissait la planète. Elle avait besoin d'être entourée des objets qu'elle aimait. Comment faisaient ses contemporains pour vivre dans ce monde virtuel où même l'être humain avait été réduit à l'état d'avatar sur les réseaux sociaux ?

Elle lança un disque. Pink Floyd. *Shine On You Crazy Diamond.* Nappes de synthétiseur, puis la voix de Roger Waters dans l'appartement.

Remember when you were young,

You shone like the sun.

Irina se rendit dans la cuisine, qui faisait à elle seule la taille de l'appartement de certains de ses collègues. Elle se saisit d'une bouteille de vin blanc et s'en versa un large verre. Un Puligny-Montrachet. Voilà à quoi lui servait le fric de son père. Ce n'était pas raisonnable, mais elle balaya toute tentative de se raisonner. Pas l'énergie pour lutter.

Elle s'installa dans le canapé et contempla les berges du Rhône. Son chat vint se blottir contre elle, seule source de chaleur dans cet appartement qui puait les regrets.

Elle sentit les larmes monter.

Non, elle n'allait pas craquer. Pas ce soir.

Si tout était foutu, alors elle allait en profiter une dernière fois.

Elle éprouva une soudaine envie de sexe. Elle sortit son smartphone et se connecta à une application soigneusement dissimulée dans son dossier sécurisé. Elle fit défiler les profils. Elle voulait un homme ce soir.

Une photo attira son regard. Vingt ans. Gueule carrée. Soi— disant pompier. Un coup d'œil au tarif, même si l'argent ne lui importait guère. Le principe de payer ne la choquait pas. Elle n'aimait pas mettre les formes, indispensables dans une relation, même brève. Elle n'avait pas envie de parler, seulement de jouir, sentir cette chaleur dans son bas-ventre. Rendez-vous confirmé en quelques clics. C'était peut-être sa seule concession à la modernité.

Elle se dirigea vers la salle de bains que ses parents avaient aménagée à la façon d'un hammam oriental. Dans la cabine de douche, suffisamment grande pour quatre personnes, elle se laissa envelopper par la vapeur brûlante tandis que les spots incrustés dans les parois diffusaient une lumière bleue apaisante. Ses mains couvertes de mousse parcoururent son corps sculpté par l'entraînement.

En sortant, elle examina sans concession son reflet. Elle était une belle femme. Grande, racée. Un corps presque masculin, aux reliefs secs, dus à ses muscles nerveux. Des biceps et des abdominaux d'acier. Elle aurait pu être une séductrice, mais son regard dur agissait comme un avertissement. Gardez vos distances.

Une sonnerie discrète retentit.

Irina passa un peignoir et ouvrit la porte. L'homme entra dans l'appartement en lui souriant. Physique d'athlète. Elle lui fit signe de se taire et l'entraîna dans la chambre. Là, elle laissa glisser son peignoir, lui offrant son corps. L'homme ôta son T-shirt. Leurs peaux tièdes se rencontrèrent. Les mains d'Irina parcoururent le corps de l'homme. Son torse, son ventre, son nombril. Ses doigts butèrent sur le pantalon. Elle le déboutonna, le faisant tomber sur le sol.

Ils roulèrent sur le lit. Elle gémit en sentant le sexe de l'homme pénétrer en elle.

Vivante, elle se sentait vivante. La douleur, le désespoir s'estompèrent, submergés par la volupté dans laquelle elle aurait voulu disparaître.

Prends, ma vieille. Tout ce que tu peux pendant qu'il est encore temps.

Elle s'abandonna tout entière, se perdit dans ce paysage de chair, sombrant dans un séisme de plaisir. Elle jouit rapidement, agitée d'un long tremblement.

Elle s'allongea, haletante, encore sous l'emprise de l'orgasme. Le sang puisait dans ses veines.

Elle voulait être seule désormais.

— L'argent est sur la table dans l'entrée. Claque la porte en sortant.

L'homme se rhabilla et disparut sans bruit.

Irina resta étendue sur le lit quelques minutes avant de retourner dans le salon. Son mal de crâne avait totalement disparu. Elle s'installa dans le canapé et attrapa le livre qu'elle avait acheté sur le chemin un peu plus tôt. Un titre en lettres capitales barrait la couverture : *Se préparer à l'effondrement.*

Elle voulait mieux connaître Viktor Kieffer, le responsable, probablement, de la radicalisation de Marlot, d'après plusieurs témoins. Le livre était épais. Elle jeta un coup d'œil à son téléphone. Il était 22 heures lorsqu'elle se plongea dans la lecture de l'introduction.

Ce livre vous sauvera peut-être. Les défis que nous allons devoir affronter dans les prochaines années sont effroyables : pénurie de nombreuses ressources, dérèglement climatique, explosion de la population mondiale, crise financière… La convergence de ces problèmes entraînera inévitablement un effondrement économique, politique et social. Personne n'en sortira indemne, riche ou pauvre. Beaucoup mourront. Quelques-uns s'en sortiront. Si vous lisez ces lignes, vous en ferez partie.

Irina reposa le livre et se servit un grand verre de vin. La bouteille allait devoir y passer si elle voulait arriver au bout du bouquin.

Elle s'installa confortablement.

C'est parti pour 400 pages de délires de collapso à la con.

Au fur et à mesure qu'elle avançait, son incrédulité initiale s'estompa pour céder la place à de la curiosité. Les arguments de Kieffer faisaient mouche. Difficile de rester indifférente au déferlement d'éléments qu'il mettait en avant. Tout n'était pas étayé, loin de là, et sa démonstration n'avait pas une rigueur scientifique. Mais quand il s'agit d'annoncer un effondrement global, on ne s'adresse pas au cerveau du lecteur. C'est le genre de choses qu'on ressent dans ses tripes, et Kieffer l'avait bien compris.

Le mec est doué, il faut le reconnaître.

Irina ne put se résoudre à refermer le livre lorsque le sommeil commença à s'emparer d'elle. Elle se resservit un verre et constata que la bouteille était vide.

Merde, c'est encore mieux qu'un polar.

Ce n'est qu'au milieu de la nuit qu'elle s'endormit, dans une position inconfortable, sur le canapé, le livre encore ouvert posé sur sa poitrine.

Un mal de crâne carabiné. Quand elle se réveilla, ce fut sa première sensation. Trop de vin. Elle se traîna jusqu'à la salle de bains pour constater les dégâts. La fatigue marquait ses traits. Sale gueule. Elle avait cependant l'esprit étonnamment clair.

Elle enfila sa tenue habituelle. Un jean slim, un T-shirt, un gros pull gris en cachemire et ses Timberland. Puis elle positionna son holster le long de son flanc.

Dans la rue, le froid la mordit et acheva de la réveiller.

Elle savait exactement ce qu'elle devait faire. Sa hiérarchie n'apprécierait pas, mais cela n'avait plus d'importance maintenant.

Si c'était sa dernière enquête, elle tirerait sa révérence en beauté.

Jeudi 18 novembre

> « Les historiens du futur identifieront la période que nous vivons comme le moment où l'humanité a pris conscience que l'idéologie du Progrès était totalement fausse. »
>
> Viktor Kieffer, *Se préparer à l'effondrement*

19

À 5 heures du matin, le convoi quitta le Bastion. Deux véhicules blindés de la BRI ouvraient la voie, suivis par l'équipe de Sénéchal et le fourgon de la police scientifique.

Le directeur de la PJ avait mis le paquet. Trente hommes au total. Ils filaient, deux-tons hurlants, vers la Résidence.

Le plan était simple : neutraliser l'équipe de sécurité du site si elle opposait la moindre résistance, découvrir le Sarcophage et mettre la main sur les vidéos de surveillance.

Les propos de son supérieur résonnaient encore dans l'esprit de Ronan. « Ne merdez pas. Sinon je vous décharge de l'enquête. » Il savait que cette perquisition allait être un coup de poker. Et il espérait ne pas tout perdre.

Comme il l'avait prévu, un comité d'accueil les attendait sur place. Une dizaine de gardes barraient l'entrée, Gomez en tête. Sénéchal descendit de son véhicule et se dirigea vers le responsable de la sécurité, tandis que les hommes de la BRI se déployaient avec leurs béliers, leurs grenades lacrymo et leurs boucliers de protection.

— Écartez-vous, Gomez, lança Sénéchal.

— Avez-vous une commission rogatoire ?

— Je n'en ai pas besoin. Je suis un OPJ, dans le cadre d'une enquête de flagrance. J'ai le droit de mener cette perquisition.

— Sans commission, vous ne passerez pas.

Ronan fit signe à David qui s'approcha de Gomez avec une paire de menottes.

— Je ne me répéterai pas. Écartez-vous ou je vous traîne au Bastion. Vous avez dix secondes pour obtempérer.

Le chef de la sécurité resta immobile, visiblement stressé. Une grosse veine palpitait au milieu de son front. Ses hommes étaient tout autant impressionnés par le déploiement de force.

— Monsieur Gomez, reprit Ronan à la fin du délai imparti, nous sommes aujourd'hui le jeudi 18 novembre, il est 6 h 12. Je vous informe de votre placement sous le régime de la garde à vue dans le cadre de l'enquête sur l'homicide de M. François Dampierre pour une durée minimum de vingt-quatre heures. Cette durée pourra être prolongée. Au-delà de cette durée, le procureur de la République décidera de renouveler ou non la garde à vue en fonction des charges retenues contre vous. Vous avez Ie droit à la présence d'un avocat…

Outré, Gomez recula devant Ortiz.

— Je vous conseille de vous laisser passer les menottes sans faire d'histoires. Sinon, je peux demander aux gars, mais vous risquez de le sentir passer. Ce ne sont pas des tendres.

Gomez obtempéra de mauvaise grâce. David Ortiz

lui passa les menottes et Sénéchal reprit là où il s'était interrompu.

— Vous avez le droit à la présence d'un avocat et si vous ne pouvez en avoir un, il pourra vous en être commis un « d'office. Vous avez la possibilité de vous faire examiner par un médecin si vous en ressentez le besoin et de prévenir quelqu'un de votre entourage. Avez-vous bien compris ce que je viens de vous expliquer ?

— Espèce d'enculé.

— Vous perdez votre sang-froid, Gomez. Sans doute parce que vous nous avez dissimulé des informations capitales. Il est temps de passer à table : le Sarcophage, c'est quoi ?

Gomez avait à peine tressailli, mais Ronan avait perçu son trouble. Il avait vu juste.

— Je n'en sais rien.

— N'aggravez pas votre cas. Si vous coopérez, dans vingt-quatre heures vous serez libre. Sinon, je vous fais tomber pour obstruction.

— Je dois d'abord parler avec M. Plague.

— Bordel, Gomez ! Arrêtez votre numéro de bon petit soldat ! C'est vous qui risquez de payer à sa place.

L'homme hésita, et se ravisa.

— Je vais vous montrer. Mais retirez-moi ces menottes.

Sénéchal lui accorda cette faveur. Un instant plus tard, avec son groupe et Gomez, il s'enfonçait dans les entrailles de la Résidence.

Gomez les guida dans la chambre principale et se positionna devant l'un des écrans qui diffusaient l'image du Mont-Blanc. Les policiers qui n'avaient jamais vu les lieux affichaient des visages effarés.

Gomez pressa son doigt dans un angle de l'écran.

— Il y a un lecteur d'empreintes digitales dissimulé ici, expliqua-t-il.

Deux écrans pivotèrent, libérant l'accès à une petite pièce qui s'éclaira automatiquement.

C'était un espace cubique d'environ trois mètres de côté, entièrement blanc, aux murs molletonnés. La pièce était équipée d'un fauteuil en plastique transparent et d'un lit, tous deux fixés au sol, ainsi que d'un petit lavabo et de toilettes en métal.

— Voici le Sarcophage, dit Gomez.

Ronan fit signe aux techniciens de l'Identité judiciaire qui investirent la petite pièce avec leur équipement.

— Quelle est sa fonction ? demanda Ronan qui avait déjà une idée de la réponse.

— C'est une *panic room.* En cas d'intrusion dans la Résidence.

— Un bunker dans un bunker ? Vous avez vraiment un problème.

— Nos résidents recherchent la sécurité absolue.

Ronan ignora sa justification et examina chaque coin de la pièce.

— Votre *panic room* ressemble étrangement à une cellule d'hôpital psychiatrique.

Le responsable de la sécurité déglutit.

— Qui alliez-vous enfermer ici ? insista Ronan. Ne vous foutez pas de moi, je sais reconnaître une prison quand j'en vois une.

— Le Sarcophage est destiné à accueillir les résidents qui ne supporteraient pas l'enfermement, finit par lâcher Gomez.

— Qui deviendraient *fous,* vous voulez dire ?

— Oui.

— Chaque appartement est équipé d'une pièce comme celle-ci ?

— Non, pas tous. Cela dépend de l'évaluation psychologique des résidents.

— Dampierre n'était pourtant pas instable.

— Pas M. Dampierre. Sa femme… Ses résultats à l'évaluation psychologique étaient… inquiétants.

— Pourquoi ne pas nous en avoir parlé dès le début ?

— J'avais interdiction de mentionner l'existence du Sarcophage.

— Vous avez entravé une enquête judiciaire !

Gomez planta son regard dans celui de Sénéchal.

— Ces informations ne devaient pas fui ter dans les médias.

Ronan allait lui répondre qu'il se fichait bien de la réputation de la Résidence quand il sentit son téléphone vibrer. Il décrocha, étonné de capter à soixante-dix mètres sous terre.

— Avez-vous perdu la tête, commandant Sénéchal ?

C'était Plague. Départi de son habituel flegme.

— Je vais en référer aux plus hautes autorités. Je connais personnellement le ministre de…

— Inutile, Plague, le coupa Ronan. Nous connaissons l'existence du Sarcophage. J'y suis en ce moment même. Vous ne menez plus le jeu. Je viens de placer votre chef de la sécurité en garde à vue.

— Quoi ? s'étrangla Plague, au bord de l'apoplexie.

— Et vous allez nous donner accès à la vidéosurveillance, sinon je vous assure que tous les médias seront au courant que vous entravez une enquête pour meurtre.

Plague resta muet de saisissement. Ronan songea que son visage devait être encore plus blême que d'habitude.

— Je dois y réfléchir, finit-il par lâcher d'une voix rauque.

— Obéissez, Plague, sinon vous le regretterez.

Ronan raccrocha tandis qu'un technicien s'approchait de lui en brandissant un sachet plastique.

— On a trouvé ça.

Le sachet contenait des cheveux.

— Ce sont ceux de Dampierre ?

— Impossible, ils ne sont pas de la même couleur.

— Alors ce sont peut-être ceux du meurtrier. Faites-les analyser au plus vite.

Ronan soupira de soulagement. Il avait joué gros. L'opération aurait pu tourner au fiasco, mais son intuition ne l'avait pas trompé.

Enfin, ils avaient une piste.

20

Irina filait sur l'autoroute A42 en direction de Genève. Un coup d'œil au GPS lui indiqua qu'elle y serait avant 9 heures.

Elle n'avait prévenu personne. Elle aurait dû passer par ses collègues suisses, mais elle avait décidé d'ignorer les canaux officiels. Ras le bol des procédures qui ne faisaient que la ralentir. La hiérarchie pouvait aller se faire foutre.

Elle connecta son smartphone à l'autoradio et lança une playlist. La voix d'Axl Rose remplit l'habitacle.

She's got a smile that it seems to me
Reminds me of childhood memories
Where everything was as fresh as the bright blue sky

La musique aida Irina à se concentrer. Elle n'avait

pas à proprement parler de plan, mais elle n'était jamais meilleure que dans l'improvisation.

Viktor Kieffer était sa seule piste. Depuis sa lecture nocturne, elle n'avait plus aucun doute sur la capacité du type à fanatiser les esprits fragiles. Et d'après l'ex de la victime, quelque chose avait mal tourné entre Marlot et Kieffer.

Elle voulait le prendre par surprise. Kieffer risquait de refuser de lui répondre, mais elle devait tenter sa chance. Et même si elle revenait bredouille, elle aurait exploré cette piste, aussi ténue fût-elle. Elle serait de retour à Lyon dans la journée.

Peu après Druillat, elle prit l'embranchement vers l'A40.

Un timide soleil pointa à l'horizon. Irina s'arrêta dans une station-service pour faire le plein. En allant payer à l'intérieur, elle acheta un café et deux croissants qu'elle engloutit coup sur coup. Puis elle sortit fumer une cigarette en consultant son smartphone. Un rappel était affiché sur son écran : «Prendre RV avec le docteur Baudouin». Elle l'effaça sans hésiter.

Pas maintenant. Après cette enquête.

Il était temps d'appeler Alexandre. Elle n'avait pas voulu faire le déplacement avec lui pour ne pas le compromettre, mais elle avait tout de même besoin de son aide.

— Où es-tu? lui dit-il en guise de bonjour.

— Je suis en route pour Genève. Je vais rencontrer Kieffer. J'ai besoin que tu fasses quelque chose pour moi.

— Seule? Irina, ce n'est pas raisonnable. Tu devrais faire gaffe.

— Stop. Nous n'avons pas le temps pour ça. Je suis

presque à la frontière et je vais y aller de toute façon, avec ou sans ton assistance.

— C'est toi qui vois… De quoi tu as besoin ?

— Son adresse personnelle.

— Je ne l'ai pas.

— Eh bien, obtiens-la.

— Je vais devoir me justifier, ils ne vont pas me la donner comme ça.

— Sois convaincant ! Tu as bien un contact au fisc suisse ?

Alexandre ne répondit pas. Par expérience, il savait qu'il

était inutile d'essayer de faire changer Irina d'avis. Elle voulait cette information, elle l'obtiendrait. Alors autant l'aider.

— Laisse-moi un quart d'heure.

— Merci, Alex. Et ne dis à personne où je suis. Je veux rester sous les radars tant que je n'ai pas de certitude.

— Je te couvre, mais promets-moi de ne rien faire que tu pourrais regretter.

— Je vais juste lui parler. S'il y a quelque chose à creuser, on fera tout par la voie réglementaire. Promis.

Alexandre n'en crut pas un mot.

— Sois prudente.

Ils raccrochèrent.

Irina tira une dernière bouffée sur sa cigarette, écrasa le mégot au sol et remonta dans sa voiture. Quelques minutes plus tard, un tintement lui indiqua la réception d'un SMS. L'adresse de Kieffer. Commune de Cologny, sur la rive sud du lac Léman.

Elle entra l'adresse dans le GPS et mit le cap sur Annemasse. Une vingtaine de minutes plus tard, elle était au poste-frontière où une file de voitures patientait. Le douanier lui fit signe de circuler.

Sa destination n'était plus qu'à une quinzaine de minutes. Elle traversa des quartiers résidentiels paisibles, de plus en plus cossus au fur et à mesure qu'elle s'approchait du lac.

Elle ralentit à l'abord de la rue où résidait Kieffer. La voie était bordée de maisons luxueuses. À travers la végétation des jardins, elle apercevait le Léman tout proche. Elle stoppa au niveau de la rue indiqué par le GPS. Devant une villa contemporaine d'inspiration japonaise. L'architecture de la maison était étonnante. Entièrement transparente, elle semblait ne tenir que par de grandes baies vitrées.

Irina repéra une BMW bleu nuit garée sous une dalle en béton. Kieffer devait être chez lui.

Le lieu ne correspondait pas vraiment à l'idée qu'Irina s'était faite du personnage. Elle aurait plutôt imaginé une maison retranchée dans un petit hameau perdu en montagne. La banlieue chic de Genève ne cadrait pas avec le discours qu'il vendait.

Irina se dirigea vers la maison et sonna. Tout allait se jouer maintenant, elle devrait se montrer convaincante. Y aller à l'instinct, aux tripes. La porte s'ouvrit. Kieffer lui-même se tenait devant elle. Vêtu d'un kimono aux couleurs chatoyantes, il la salua d'une voix douce. Irina resta interdite un instant. Sur le seuil de cette maison aux lignes épurées, dans cet accoutrement, il avait l'air d'un bouddha zen. Rien à voir avec le survivaliste surarmé qu'elle avait imaginé.

La policière sortit sa carte tricolore.

— Capitaine Kowalski, police judiciaire de Lyon.

— La police française ? s'étonna Kieffer. Vous êtes hors de votre juridiction, capitaine.

— Monsieur Kieffer, je vais être honnête avec vous. Je ne suis pas ici officiellement. Je mène actuellement une enquête dans laquelle votre témoignage pourrait être de première importance. Et nous n'avons guère de temps. Je sais que ma démarche peut vous paraître irrégulière. J'apprécierais beaucoup que vous acceptiez de répondre à quelques questions.

Kieffer gardait tout son calme.

— Entrez, je vous en prie.

Irina suivit l'homme. Ils traversèrent une vaste pièce au mobilier minimaliste avant de ressortir dans le jardin. Une pelouse impeccablement tondue descendait jusqu'au lac qui scintillait sous la lumière matinale. Un bateau à moteur était amarré au ponton privé. La vue était éblouissante. Et la météo exceptionnelle. Irina ne se souvenait pas de la dernière fois où il avait fait aussi beau à Lyon.

Ils prirent place autour d'une table en bois. L'employée de maison s'empressa de leur proposer du thé.

— Que puis-je faire pour vous, capitaine ?

Irina sortit une photo de sa poche qu'elle fit glisser sur la table devant son interlocuteur.

— Connaissez-vous cet homme ?

Kieffer regarda attentivement la photo.

— En effet. Il s'agit de Nicolas Marlot.

— Comment l'avez-vous connu ?

— Par sa chaîne YouTube.

— Comment qualifieriez-vous votre relation ?

— Nicolas a lu mes livres et assisté à plusieurs de mes conférences. Il m'a écrit comme de nombreux lecteurs le font. Ce jeune homme a attiré mon attention. Il a une passion et un engagement peu communs. Nous nous sommes rencontrés une fois ou deux.

— Rien de plus ?

— Non.

— Vos échanges, sur quoi portaient-ils ?

— Sur les techniques de vie en autonomie. Ce sont les sujets que j'aborde dans mes livres.

— Vous parliez de cabanes dans les arbres ? C'est tout ?

Kieffer la dévisagea.

— Il n'est pas utile de faire preuve de mépris, capitaine. J'ai accepté de vous recevoir. Je peux mettre fin à cet entretien.

Du calme, Irina, ne te le mets pas à dos.

— Je veux dire, vous n'avez pas eu d'autres sujets de conversation plus… orientés ?

— À quoi pensez-vous ?

— Peut-être aviez-vous des discussions de nature plus engagée ? Politiques ?

Kieffer secoua doucement la tête.

— Non.

— Avez-vous eu des différends ?

— Bien entendu, nous avions des divergences de point de vue.

— Des conflits ?

— Jamais. Encore une fois, nous ne nous connaissions que très peu.

— Quand l'avez-vous vu pour la dernière fois ?

— Je ne saurais pas le dire exactement. Il y a plusieurs mois.

— Vous n'avez eu aucun contact récent ? Par téléphone ? Par mail ?

— Non, aucun. Capitaine, si vous souhaitez que je continue à répondre à vos questions, vous allez devoir me dire quelque chose à votre tour. Que s'est-il passé ?

— Nicolas Marlot a été assassiné.

Irina guetta la réaction de Kieffer, qui parut réellement surpris. Il détourna un instant le regard.

— Quelle tragédie… un si jeune homme, reprit-il après un long silence. Mais quel rapport avec moi ?

— Selon nos informations, Marlot se serait radicalisé récemment. Je cherche à déterminer qui a pu l'influencer.

— Et vous pensez que j'y suis pour quelque chose.

— Vos théories sont assez radicales, non ?

Kieffer sourit discrètement.

— Je sais que je n'ai pas bonne presse en France, capitaine. Votre hostilité à mon égard est éloquente.

— Un proche de la victime nous a déclaré que vous seriez à l'origine de sa radicalisation.

Kieffer la regarda intensément.

— Je suis un essayiste et un lanceur d'alerte. Pas un idéologue.

— J'ai du mal à vous croire.

Irina provoquait Kieffer volontairement. L'homme n'était pas idiot, il comprit immédiatement l'intention de la policière, mais personne ne résiste à la nécessité de défendre ses convictions, et Irina le savait bien.

— Le monde moderne nous a ramollis, commença Kieffer. Pouvez-vous soutenir le contraire ? Qui saurait survivre de nos jours sans carte de crédit ? sans supermarchés ? Nous sommes des assistés incapables de nous défendre, or ce n'est pas notre nature profonde. Nous avons été des chasseurs-cueilleurs pendant des dizaines de milliers d'années. Survivre en ces temps reculés nécessitait des facultés mentales exceptionnelles. L'urbanisation, le développement de l'agriculture et de l'industrie nous ont rendus débiles. Tout indique que la taille moyenne du cerveau a diminué. Et les maladies comme les cancers explosent. Que vous le vouliez ou non, l'humanité dégénère, c'est un fait. Désormais, ce sont des structures artificielles qui nous maintiennent en vie, des structures vulnérables, sur le point de s'effondrer. Alors, nous devons nous préparer. La capacité à se défendre et à assurer sa survie devrait être la première des libertés du citoyen : c'est ma seule conviction. Et c'est ce que j'explique dans mes livres, rien de plus.

— C'est un prétexte pour légitimer la violence, répliqua Irina sans se laisser impressionner par ce discours rodé.

Kieffer sourit à cette nouvelle pique.

— Voulez-vous que je vous montre quelque chose qui vous fera changer d'avis ?

— De quoi s'agit-il ?

— De la preuve que vous vous trompez.

— Où est cette preuve ?

— Toute proche d'ici. Si vous m'accordez un instant pour m'habiller, je vous y conduis.

Intriguée, Irina accepta. Son témoin se montrait beaucoup plus enclin à collaborer qu'elle ne s'y était attendue. Kieffer retourna dans la maison, monta à l'étage et disparut quelques instants avant de réapparaître habillé d'un simple jean et d'un pull noir.

— C'est à quelques minutes en voiture. Je vais vous montrer le chemin, restez derrière moi.

Ils quittèrent la maison. Irina attendit que la BMW de Kieffer prenne la route pour le suivre. Ils montèrent sur les hauteurs de la ville où les habitations se faisaient plus rares. Kieffer sortit de la route principale et bifurqua sur un petit chemin de terre qui s'arrêtait devant un bâtiment austère en béton. Des véhicules étaient stationnés là. Irina se gara et rejoignit Kieffer.

— Où sommes-nous ?

Avant que son interlocuteur n'ait pu répondre, une détonation nette et puissante déchira le silence. Irina tressaillit. Elle regarda en direction de Kieffer qui restait parfaitement calme.

— N'ayez crainte, capitaine. C'est un stand de tir.

Irina resta interdite un instant.

— Pourquoi m'emmener ici ?

— Vous allez comprendre.

Ils pénétrèrent dans le bâtiment. Une odeur de poudre prit Irina à la gorge. Plusieurs galeries de tir se succédaient, toutes occupées. Des hommes et des femmes s'y entraînaient. Soudain, Irina se figea en apercevant une petite tête blonde. Un garçon d'à peine dix ans tirait, accompagné par son père qui le surveillait avec bienveillance. Plus loin, une fillette du même âge.

— Des enfants ! s'étonna-t-elle.

— Oui, capitaine. Comme vous le voyez, en Suisse, on aime le tir. Et on commence jeune.

Il désigna un panneau accroché à l'entrée du bâtiment.

À partir de 8 ans : carabine et pistolet à air comprimé
À partir de 10 ans : carabine de petit calibre
À partir de 14 ans : pistolet de petit calibre
À partir de 15 ans : fusil d'assaut

Un homme au physique impressionnant, couvert de tatouages et de piercings, se dirigea vers eux. Il salua Kieffer et posa un regard interrogateur sur Irina.

— Le capitaine Kowalski nous vient de Lyon, expliqua Kieffer tandis que cela continuait de tirer autour d'eux. Je tentais de l'éclairer sur les différences de point de vue entre nos deux pays concernant l'autodéfense.

Le géant acquiesça.

— Cela fait partie de la tradition suisse de savoir se défendre, confirma-t-il.

— Au point de commencer à tirer à huit ans ? C'est tout de même un peu jeune, vous ne trouvez pas ? rétorqua Irina.

— Non, affirma le gérant des lieux avec aplomb. Les armes sont la garantie de l'indépendance. Tout le monde doit savoir tirer. Les gens viennent s'entraîner au stand plusieurs fois par semaine, c'est normal. En France, vous préférez aller dans vos salles de sport. Chacun son truc.

— En France, le port d'armes est interdit et heureusement, répliqua Irina.

— Comme on dit ici, un citoyen sans arme n'est qu'un contribuable, asséna le propriétaire, fier de son trait d'esprit.

— La Suisse est un pays montagnard, ajouta Kieffer. Si être survivaliste, c'est maîtriser les techniques d'autonomie et avoir conscience des dangers, alors tous les Suisses sont survivalistes. D'ailleurs, vous connaissez la plaisanterie. Qui survivra en cas d'attaque nucléaire ?

Irina resta silencieuse.

— Les cafards… et les Suisses, compléta Kieffer.

Irina en eut marre du numéro de duettiste de Kieffer et de son acolyte.

— J'en ai assez vu. On peut sortir ?

Ils quittèrent le stand de tir et poursuivirent la discussion sur le parking.

— Votre petite démonstration n'était vraiment pas utile, monsieur Kieffer.

— Je crois que si, capitaine. Vous me soupçonnez d'avoir eu une mauvaise influence sur ce jeune homme. Peut-être même pire encore. Je voulais simplement vous montrer que pour beaucoup de gens, ce que je pense est normal. Et ce que vous pensez est absurde.

Kieffer marqua une pause.

— Je vis en Suisse, et j'y étais tout le mois dernier. Si vous aviez quelque chose contre moi, vous ne seriez pas ici de votre propre initiative. Et je suppose que vous ne souhaitez pas que je fasse part de votre démarche aux autorités fédérales.

Il défiait Irina du regard. Il l'avait coincée et il le savait.

— Je ne suis pas votre ennemi, capitaine, reprit-il. Nous nous ressemblons plus que vous ne le pensez. Nous avons un point commun. Nous luttons pour sauver notre monde, chacun à notre manière.

Irina alluma une cigarette et fixa Kieffer un moment en expulsant la fumée dans sa direction.

— Nous n'avons rien en commun, lâcha-t-elle dans un souffle.

Kieffer ne releva pas.

— Au revoir, capitaine Kowalski.

Il remonta dans sa voiture et effectua un demi-tour.

Irina le regarda s'éloigner en terminant sa cigarette. Puis elle écrasa son mégot par terre.

Elle poussa un grand soupir et se glissa derrière le volant, la mine chiffonnée. Elle referma sa portière, mit le contact et s'engagea sur le petit chemin de terre, laissant derrière elle un nuage de poussière qui retomba lentement.

Kieffer n'avait rien laissé paraître. Soit il n'avait rien à voir avec cette affaire, soit c'était un habile manipulateur. Elle penchait pour la deuxième hypothèse. Si elle voulait le faire parler, elle allait avoir besoin de preuves.

21

La nuit tombait sur la ville quand une moto surgit du parking du Bastion en faisant rugir son moteur. L'engin s'engagea sur le boulevard Berthier, puis rejoignit le périphérique en slalomant entre les voitures à grand renfort d'accélérations nerveuses.

Sous son casque, Ronan serrait les mâchoires. La pression de l'enquête refusait de retomber. L'euphorie à la suite de la découverte du Sarcophage avait été de très courte durée. Plague avait certes cédé et déverrouillé l'accès à la vidéosurveillance. Avec son groupe, ils venaient de passer la journée à visionner les enregistrements. La Résidence était équipée de dizaines de caméras, situées uniquement dans les parties communes. Les appartements n'en possédaient pas. Il n'existait aucun enregistrement du meurtre de François Dampierre.

Seule certitude : le tueur avait nécessairement été filmé quand il s'était introduit dans la Résidence et quand il en était ressorti. Mais quand avait-il pénétré dans les lieux ?

La police n'en avait aucune idée. Quant à la façon dont il s'y était pris pour quitter la Résidence, c'était un mystère. Était-il seul ? Bénéficiait-il d'un complice ?

Toutes ces questions restaient sans réponse. Il y avait des centaines d'heures d'enregistrement. Les policiers en avaient visionné un maximum, jusqu'à en avoir les yeux rouges et la tête qui tournait. Les vidéos n'avaient rien révélé jusqu'alors.

Restaient les cheveux découverts dans le Sarcophage. L'analyse de l'échantillon était ultra-prioritaire. Si leur propriétaire était fiché, tout s'accélérerait. Dans le cas contraire, ce serait le retour à la case départ.

Ronan atteignit la sortie Porte de Saint-Cloud où il prit la direction de Sèvres. À force d'économies, et d'un crédit sur vingt ans, il avait pu acquérir une maison dans cette banlieue tranquille. Le grade de commandant avait aidé. La dépense n'était pas raisonnable, mais elle était nécessaire. Le prix de sa nouvelle vie. Le prix du bonheur.

Il gara sa moto dans la rue bordée de jardins fleuris. Un charme bucolique, presque campagnard, se dégageait de la petite ville, protégée de l'agitation de la capitale pourtant toute proche. Le cadre parfait pour fonder une famille. Impression de s'immiscer dans une parenthèse.

Il ouvrit le portail et ramassa le courrier. Un pli, barré du large sourire d'un célèbre site de vente en ligne, l'y attendait. Il monta les quelques marches qui menaient à la maison, une petite meulière pleine de charme comme on en trouvait beaucoup aux alentours.

Il déposa le courrier et son casque sur la console dans l'entrée et explora rapidement le rez-de-chaussée, salon, salle à manger et cuisine sur le jardin. Personne. Ronan sentit instantanément les battements de son cœur ralentir.

À l'étage, il passa une tête dans la future chambre de Gaspard. Quantité de jouets et de matériel de puériculture s'y entassaient déjà. Leur fils ne l'occuperait que dans quelques mois. En attendant, son berceau avait été installé dans la chambre parentale.

De mauvaises nuits en perspective…

Il trouva Nathalie dans leur chambre, assoupie à côté de Gaspard. Ses parents l'avaient raccompagnée chez eux plus tôt dans la journée.

Ronan regarda sa femme et son fils un long moment, en silence, figé contre le chambranle. Il avait sous les yeux une image qu'il n'aurait jamais crue possible.

Sa propre famille, sous son propre toit.

Il sentit une vague d'endorphines qui le soulevait.

Un vrai shoot de bonheur qui lui fit aussitôt oublier son enquête.

Après ces instants de contemplation silencieuse, il redescendit dans la cuisine pour préparer le dîner. Il n'était pas un cordon bleu, mais réussissait honorablement la blanquette de veau. En tout cas, c'est ce que Nathalie avait la bienveillance de lui faire croire. Et, ce soir, il voulait lui faire plaisir pour son premier dîner chez eux après l'accouchement.

Il rassembla les ingrédients : la viande, la crème, les légumes. Puis se mit à la tâche, en essayant de se concentrer sur le moment présent. Mais, rapidement, l'inquiétude revint l'assaillir. À cause de cette enquête, il partirait tôt et rentrerait tard, dans une maison endormie et silencieuse. Nathalie et Gaspard pourraient se débrouiller sans lui. Mais lui, pourrait-il avancer sans eux ?

Des bruits de pas dans l'escalier interrompirent ses pensées. Il vit le visage de sa femme dans l'encadrement de la porte de la cuisine. Elle s'approcha de son homme et le prit longuement dans ses bras. De nouveau, Ronan sentit ses tensions s'apaiser.

— Comment te sens-tu ? demanda-t-il.

— Encore fatiguée. Mais je suis contente d'être chez nous.

— Et tu n'as pas tout vu. Je suis en train de te préparer une blanquette.

La pièce s'emplissait effectivement d'une odeur alléchante.

— Chouette, de la vraie nourriture. Ça va me changer de la maternité.

Nathalie s'assit sur l'un des tabourets hauts où ils prenaient leur petit déjeuner.

— Et toi, ta journée ?

— Mitigée. On a enfin des éléments concrets, mais des informations cruciales nous manquent encore, résuma Ronan qui ne voulait pas entrer dans les détails. Les prochains jours vont être déterminants.

— Je ne te verrai pas beaucoup, n'est-ce pas ?

Ronan plongea son regard dans celui de sa femme.

— Seulement pour quelques jours, je te le jure. Le ministre lui-même nous met la pression. On est au tout début de cette enquête, c'est maintenant qu'il faut mettre le paquet. Dès que cette affaire est finie, je prends mon congé.

Nathalie lui renvoya un sourire.

— Ne t'inquiète pas. Mes parents sont là, je vais m'en sortir.

Ronan appréciait la compréhension dont sa femme faisait preuve. Elle ne le bousculait pas. Elle respectait ses contraintes, ses absences.

Nathalie faisait partie de ces êtres humains qui semblaient nés pour donner aux autres. Sa simple présence apportait à Ronan plus qu'elle ne pourrait jamais l'imaginer. Mais lui, que lui apportait-il ? Il avait conscience de l'effet que leur couple produisait dans le regard des autres. Pourquoi cette femme, si jeune, si belle, si solaire avait-elle choisi ce vieux flic désabusé ? Méritait-il son amour ?

Ronan dut lutter pendant le dîner pour refouler ses doutes. Nathalie remarqua son trouble, mais elle n'en fit pas mention. Elle avait l'habitude des silences de Ronan.

Après quelques minutes, Gaspard se réveilla en pleurant, ce qui mit fin à leur tête-à-tête.

Ronan resta seul au rez-de-chaussée. Il n'avait aucune envie de dormir.

Mais cette fois, ce n'était plus l'enquête qui occupait ses pensées.

Il récupéra le pli qu'il avait déposé sur la console dans l'entrée et s'installa dans le canapé du salon. Il ouvrit l'emballage cartonné et en sortit un livre. La couverture représentait une ville en ruine, comme si les bâtiments avaient été soufflés par une explosion. Le titre en lettres capitales barrait la couverture. *Se préparer à l'effondrement.* De Viktor Kieffer.

Il avait passé la commande après avoir compris qu'il avait été ébranlé par… comment ça au juste, le survivalisme ?

Il avait effectué des recherches sur Internet pour s'immerger dans cette mouvance.

Il avait été étonné du nombre de sites consacrés au sujet. Le survivalisme était partout. Si ça se trouve, son voisin stockait des boîtes de conserve par dizaines dans sa cave.

Des résultats par milliers sur YouTube. Il s'était abonné à des chaînes qui semblaient avoir du succès. Bertrand le prudent. Éric le viking. Certaines vidéos étaient très pragmatiques. D'autres étaient avant tout prétexte à des discours extrémistes et prenaient volontiers des accents complotistes.

À force de faire un grand nombre de requêtes sur le survivalisme, les fenêtres publicitaires avaient pollué son écran, notamment celle d'une plateforme qui lui avait préconisé un livre. Avec son titre accrocheur.

C'était ainsi qu'il avait découvert Viktor Kieffer. Quitte à se documenter, autant le faire avec la référence dans le domaine. Ensuite, il prendrait les décisions qui s'imposent.

Il parcourut le sommaire. L'auteur dressait la liste de tout le nécessaire pour équiper sa base en vue d'une crise : eau, nourriture, médicaments, sécurité…

Ronan entama la lecture du premier chapitre.

Nous vivons dans un monde de plus en plus dangereux. Nous ne nous en rendons pas compte, car dans les pays riches nous bénéficions d'un relatif confort procuré par un système économique et politique qui fonctionne encore. Mais ce système est fragile. Le point de bascule est proche et, une fois dépassé, il n'y aura pas de retour en arrière.

Dans les années à venir, nous allons vivre des changements rapides et violents. Ce ne sera pas la fin du monde. Ce sera la fin de notre *monde.*

Comment s'y préparer ? Comment survivre ?

Serez-vous prêt ? Comment aurez-vous accès à l'eau si rien ne sort du robinet ? Comment aurez-vous accès à la nourriture si les supermarchés sont vides ? Comment défendrez-vous votre famille si la police a. disparu ? Comment vous soignerez-vous sans hôpital ?

J'ai commencé à me poser toutes ces questions à l'arrivée de mon premier enfant. Je me suis documenté, discrètement dans un premier temps. Sans en parler à ma femme, ni à mes amis. Je ne voulais pas passer pour un fou.

Petit à petit, j'ai accumulé un savoir-faire et des idées. J'ai acheté une ferme en montagne que j'ai équipée et. sécurisée. J'ai gagné en confiance. J'ai commencé à parler de mes projets à mon entourage. Je m'attendais à un accueil hostile.

Je me trompais.

C'est ainsi que j'ai découvert qu'autour de moi, même s'ils n'en parlent pas, les gens ont peur de l'avenir. Si vous lisez ce livre, c'est que vous faites partie de ceux-là.

Ronan leva les yeux du livre un instant. Il sentit une boule se former dans son estomac. Un mélange de stress et d'excitation. Il avait beau essayer de se convaincre que le survivalisme n'était qu'une forme de paranoïa, il ne pouvait pas nier que l'idée touchait une corde sensible chez lui.

Oui, tout peut s'effondrer.

Il regarda autour de lui. Cette maison, ce salon décoré comme dans les magazines, cette petite banlieue tranquille : à quoi cela tenait ? Il suffisait de si peu pour que tout disparaisse. Et que dire de son fils, cet être fragile ?

Le bonheur n'était pas fait pour durer. Il dépendait de trop de facteurs extérieurs impossibles à maîtriser. Il était au mieux une courte pause entre deux drames ignobles.

Mais le bonheur était une drogue puissante. Il l'avait su à la seconde où il avait pris son fils dans ses bras. Une seule dose suffisait.

Vendredi 19 novembre

« L'effondrement se produira précisément car on n'y croit pas. »

Viktor Kieffer, *Se préparer à l'effondrement*

22

Samia regarda l'heure pour la dixième fois en cinq minutes. Dix heures. Elle aurait déjà dû recevoir les résultats.

Qu'est-ce qu'ils branlent ?

Elle s'apprêtait à aller chercher un café pour faire passer le temps quand la sonnerie libératrice retentit. La policière vérifia que l'appel émanait bien du service central de la police technique et scientifique et décrocha.

— Mansouri.

— C'est Jean-Michel, à Ecully. On a terminé l'analyse ADN des cheveux retrouvés dans le… euh… Sarcophage.

— J'ai failli attendre. Dis-moi que tu as un nom.

— Nous avons une correspondance dans le FNAEG.

La nouvelle électrisa la policière. Elle aimait ces moments où tout s'accélérait, ces points de bascule dans une enquête.

— Mais ne t'emballe pas trop, tempéra immédiatement le technicien.

— Pourquoi ?

— J'ai un nom. Nicolas Marlot. Il a été enregistré dans le fichier cette semaine.

— Il est lié à une affaire en cours ?

— Oui, dans le rôle de la victime. Il est mort.

Samia en resta bouche bée. Leur principal suspect était mort.

— Je n'en sais pas plus, continua le technicien. Le fichier ne donne pas de détails. Je t'ai envoyé ce que j'ai par mail. Bonne chance.

Samia raccrocha. Elle ne parvenait pas à donner du sens à l'information qu'elle venait d'avoir. Brusquement, son poing droit s'écrasa sur le bureau.

— Fait chier !

Elle avait besoin de se défouler. Elle jeta un coup d'œil à son sac de sport posé au pied de sa chaise. L'entraînement de ce soir lui ferait le plus grand bien. Son partenaire allait passer un sale quart d'heure, elle avait les nerfs en pelote. Elle allait le massacrer.

Elle cliqua sur le mail qu'elle venait de recevoir d'Ecully. L'empreinte génétique de Nicolas Marlot avait été enregistrée à la demande de la DRPJ de Lyon, trois jours auparavant.

Samia s'arrêta sur la date de naissance. Marlot n'avait que dix-neuf ans. Incompréhensible.

Ses yeux filèrent à la ligne qui indiquait la nature de l'affaire. Meurtre.

Elle nota la référence de la procédure et appela aussitôt la DRPJ de Lyon pour savoir qui était en charge de l'affaire. Dix minutes plus tard, elle avait un nom. Le capitaine Irina Kowalski. Et un numéro qu'elle appela sans tarder.

Répondeur.

Samia laissa un message demandant de la rappeler

au plus vite. Au moment où elle raccrochait, David et Ronan firent leur entrée dans l'open space.

— Des nouvelles de l'ADN ? l'interrogea immédiatement Ronan.

Samia dévisagea son patron. Il avait une tête à faire peur. Chemise froissée et cheveux en bataille. Des cernes noirs creusaient ses yeux. On aurait pu croire qu'il venait de se battre.

— Mal dormi ?

— Gaspard a fait une mauvaise nuit, éluda Ronan qui ne tenait pas à s'étendre sur le sujet.

Il n'avait pas fermé l'œil de la nuit. Son fils n'y était pour rien. La lecture du livre de Kieffer l'avait plongé dans une angoisse qui lui tordait les tripes, mais hors de question d'en parler à son équipe. Ils allaient croire qu'il pétait une durite et c'était la dernière chose dont il avait besoin.

— On a reçu les résultats, enchaîna Samia.

— Une correspondance dans le FNAEG ?

— Un certain Nicolas Marlot.

— Il faut le localiser immédiatement.

— C'est déjà fait.

Ronan leva un sourcil interrogateur.

Trop beau pour être vrai.

— Où est-il ?

— À la morgue de Lyon.

Ronan s'assit sur le rebord d'un bureau en se massant le visage.

— Il est mort… se contenta-t-il de répéter, comme si le dire à haute voix pouvait l'aider à y voir plus clair.

— J'ai laissé un message à l'enquêteur en charge, précisa Samia. Le capitaine Kowalski à la PJ de Lyon.

— Quand a-t-il été tué ? demanda David.

— Le FNAEG ne le dit pas, mais c'est très récent. La fiche a été ajoutée mardi.

David réfléchit un instant.

— Et Dampierre a été tué lundi soir. Ce qui voudrait dire que les deux affaires sont liées, continua-t-il. Le meurtre de Marlot pourrait être la conséquence du meurtre de Dampierre. Comme un règlement de comptes ?

— Possible… Ou alors Marlot n'était qu'un exécutant que les commanditaires du meurtre de Dampierre ont éliminé une fois qu'ils n'avaient plus besoin de lui.

Un silence emplit la pièce tandis que chacun envisageait les diverses hypothèses possibles.

— La seule chose qui est certaine, c'est que cette affaire est de plus en plus tordue, conclut Sénéchal.

23

— Savez-vous qu'en 2050, en Europe, on sera en stress hydrique ? Plus d'eau potable ! Alors, mieux vaut se former…

Irina ignora la prédiction funeste et continua à arpenter les allées bondées de Survival Expo. Le salon était un grand bazar. Il y en avait pour tous les goûts. Des fabricants d'arcs, de vêtements, d'équipements « tactiques », de groupes électrogènes, d'abris antiatomiques, de gilets pare-balles, de nourriture lyophilisée, de couteaux, de haches… Elle jeta un coup d'œil au plan. Elle cherchait l'auditorium.

Sur son Instagram, Marlot avait annoncé dix jours auparavant sa participation à une conférence consacrée au *bushcraft.* Deux de ses amis animeraient la table ronde. Avec un peu de chance, ils ne seraient pas au courant de sa mort.

La policière voulait les interroger, les faire parler en particulier de Viktor Kieffer, qui demeurait le principal suspect. Elle espérait découvrir des éléments qui puissent incriminer le Suisse.

La salle de l'auditorium était pleine à craquer. Sur l'estrade, deux jeunes hommes étaient en train de conclure.

Irina identifia Florian Bressac et Gatien Roux, les deux amis de Nicolas Marlot.

— On espère que vous aussi, vous aurez envie de vous mettre au *bushcraft.* Et n'oubliez pas de vous inscrire sur notre compte Instagram pour retrouver tous nos conseils.

Après des applaudissements nourris, les deux jeunes prirent place dans la salle. Irina se dirigea vers eux, tandis qu'un vieil homme au visage buriné montait sur la scène, salué par une véritable ovation.

Dos à la rampe, Irina se planta devant eux.

— Florian Bressac ? Gatien Roux ?

— Chut… firent-ils en chœur en désignant l'orateur qui entamait un discours sur la biodynamie.

Irina sortit sa carte.

— Capitaine Kowalski, police judiciaire de Lyon. Désolée de gâcher la conférence, mais j'ai quelques questions à vous poser. Veuillez me suivre à l'extérieur.

Les deux hommes se levèrent à contrecœur.

— C'est au sujet de Nicolas ?

Bressac avait pris spontanément la parole. Une grande tige qui devait atteindre le mètre quatre-vingt-dix et qui pétait la santé. Comme son copain d'ailleurs. Tous deux semblaient sortis du même moule, avec leurs chaussures de randonnée, leur pantalon à poches multiples et leur chemise de bûcheron.

— Qu'est-ce qui vous fait penser ça? répliqua Irina.

— On devait animer la conférence avec lui. Il n'est pas venu. Ça fait plusieurs jours qu'il est injoignable. Alors…

— Vous n'avez pas contacté la police? s'étonna Irina.

— Non, Nicolas a l'habitude de disparaître. Il est comme ça…

— On pensait qu'il allait finir par arriver, cinq minutes avant le début de la conférence. C'est son style, renchérit Gatien.

— Nous enquêtons sur Nicolas Marlot, confirma Irina.

— Il lui est arrivé quelque chose?

— C'est moi qui pose les questions, messieurs.

Irina préférait ne pas leur révéler tout de suite sa mort.

— Vous le connaissez bien? commença-t-elle.

— Depuis l'enfance. On est tous les trois de Feyzin, expliqua Florian. On a fait notre *reboot* ensemble.

Irina lui lança un regard interrogateur.

— Un redémarrage, si vous voulez. Pour une nouvelle version de nous-mêmes. Loin de ce que la société veut faire de nous.

— Vivre à Feyzin, c'était l'enfer, enchaîna Gatien. Alors évidemment, on a été sensibilisé à l'écologie, à la préservation de l'environnement. Au collège, on a commencé à apprendre à s'orienter, à repérer les plantes comestibles, construire un abri, purifier l'eau… Toutes ces connaissances que la vie moderne nous a retirées!

— Vous saviez que Nicolas a arrêté ses études?

Les deux amis se regardèrent, visiblement surpris.

— Non, il n'a rien dit… répondit Gatien. Mais je ne suis pas vraiment étonné. Il a changé ces derniers temps.

— Depuis quand ?

— Je ne sais pas trop. À l'hiver dernier…

— Changé dans quel sens ?

Gatien soupira, hésitant.

— Il nous parle moins, on le voit de plus en plus rarement. Il disparaît pendant des jours sans qu'on sache où il est.

— Qu'est-ce qui pourrait être à l'origine de ce changement ?

— Je crois qu'il s'est… radicalisé en quelque sorte.

— Qu'est-ce que vous voulez dire ?

— C'est difficile à expliquer…

Florian vint à l'aide de son ami.

— Regardez autour de vous. Ici, la plupart des gens sont comme nous. Ils veulent renouer avec la nature, vivre sainement. Et puis, il y a une frange radicale… Des personnes qui croient à l'apocalypse, et qui sont convaincues qu'elle va se produire dans peu de temps. On les appelle les *doomers.*

Il désigna un stand qui vendait des abris antiatomiques.

— Ceux qui achètent ce genre de chose, par exemple.

— Et c'est le cas de Nicolas ?

— C'est son obsession, il ne pense plus qu'à ça. Il croit que tout est foutu, qu'il ne reste que quelques années à l'humanité, qu'on ne peut plus rien faire. Mais il n'a pas toujours été comme ça.

— Vous connaissez Viktor Kieffer ? demanda Irina.

— Bien sûr.

— Vous pensez qu'il est lié à la radicalisation de Nicolas ?

Les deux amis se sondèrent mutuellement.

— Je ne pense pas, finit par dire Gatien. Dans le milieu, on lit tous Kieffer, c'est un classique.

— C'est quand il est entré à Agogé que ça a basculé, compléta Florian.

— Que s'est-il passé ? demanda Irina, étonnée que Kieffer ait été écarté spontanément par les deux jeunes hommes.

— Il a été complètement endoctriné en quelques semaines. Nicolas n'a jamais été un grand déconneur. Mais là, il est devenu carrément flippant. Il disait que l'homme n'est qu'un virus qu'il faut éliminer pour sauver la planète.

— Vous n'avez pas essayé de le raisonner ?

— J'ai essayé de le secouer, de le faire parler, expliqua Florian. Je suis même allé jusqu'à m'inscrire aussi pour voir ce que c'était. Les mecs sont barjos. Ils ne pensent qu'à l'effondrement toute la journée. Ils sont violents. Une vraie secte. Je l'ai dit à Nico. Il m'a envoyé chier.

— Vous pensez qu'il a pu s'attirer des problèmes ?

— Probable… On ne sait pas trop ce qu'il fait de ses journées. Il joue au grand mystérieux, ça m'énerve. Il fréquente des mecs louches, ça c'est sûr.

— Que peuvent-ils faire de leurs journées s'ils pensent que tout est foutu ?

— Je ne sais pas précisément… Et c'est ce qui me fait peur.

Florian s'interrompit et fixa Irina d'un air triste. Il avait compris que la présence de la policière augurait une mauvaise nouvelle.

— Alors, vous allez nous dire ? Il lui est arrivé quelque chose ?

Irina sut qu'il était temps de leur dire la vérité.

— Oui, quelque chose de grave. Il a été assassiné.

Les deux amis se regardèrent, abasourdis.

— Vous devriez définitivement regarder du côté d'Agogé, affirma Florian. Il se passe des choses pas nettes, j'en suis certain.

— Même si Nico ne nous disait quasiment rien, je sais qu'il avait peur, compléta Gatien. Peur de ne pas être à la hauteur, de décevoir.

Gatien était devenu blanc comme un linge. Il était sur le point de dire quelque chose qui le rongeait depuis le début de leur conversation.

— Aidez-moi, Gatien. J'ai besoin de tout ce que vous pourrez me dire, glissa Irina.

— Il y a une semaine, Nico m'a appelé. Un soir très tard… à 2 heures du matin, je crois. Il était complètement paniqué. Il tenait des propos incohérents. J'ai même pensé qu'il était drogué.

— Que vous a-t-il dit ?

— Qu'il avait découvert des choses horribles sur Agogé. Que l'association n'était qu'une couverture. Il n'a rien dit de précis. Il répétait juste qu'il était sur un gros coup. Du lourd…

— Vous ne lui avez pas demandé des précisions ?

— Si, mais il n'a presque rien voulu dire. Il publierait tout sur sa chaîne YouTube, je n'aurais qu'à me connecter pour savoir.

— Ça ne vous a pas inquiété ?

— Bien sûr, mais il était devenu tellement étrange depuis quelques semaines. Et puis, je n'ai plus eu de nouvelles et il n'a rien publié. J'ai pensé qu'il avait fait un mauvais trip.

— Aucune idée de ce dont il pourrait s'agir ?

Gatien baissa la tête.

— Non. Enfin si… Il y a une phrase qu'il a dite…

— Laquelle ?

— « Je sais qui sont les Sentinelles. »

— Les Sentinelles ? Vous savez de quoi il parlait ?

— Ses propos étaient confus. Il a parlé d'un groupe secret, c'est tout.

— Est-ce que vous avez pensé que Nicolas en faisait partie ?

— Non. Il a aussi prononcé un mot dont je me souviens : Rainmaker.

Irina tressaillit. Encore ce terme mystérieux.

— Qu'est-ce que c'est ?

Gatien secoua la tête.

— Je ne sais pas. Il y a juste une chose dont je suis certain. Je n'avais jamais entendu quelqu'un d'aussi terrifié.

En sortant du hall d'exposition, Irina vérifia son téléphone et constata qu'elle avait un message. Elle l'écouta tout en engloutissant le sandwich qu'elle avait acheté à l'intérieur. Une voix qu'elle ne connaissait pas et qui se présentait comme le lieutenant Mansouri de la brigade criminelle de Paris.

Elle écouta le message jusqu'au bout. Son visage pâlit dès qu'elle comprit les implications de ce qu'elle apprenait. Elle rappela immédiatement.

— Ici le capitaine Kowalski, vous m'avez laissé un message au sujet de Nicolas Marlot.

Son interlocutrice semblait se préoccuper aussi peu qu'elle des formalités. Pas un bonjour, seulement les faits.

— J'ai constaté que son profil ADN avait été entré

cette semaine dans le FNAEG à votre demande. Je voudrais en savoir plus, dit Samia.

— Il a été assassiné. L'enquête est en cours. Nous n'avons pas grand-chose pour le moment.

Irina laissa passer un silence pour inciter son interlocutrice à dévoiler ce qu'elle savait. En vain.

— Vous dites que son ADN a été trouvé sur une scène de crime à Paris ? la relança Irina.

— Oui. Je suppose que vous avez entendu parler du meurtre de François Dampierre.

Comme la France entière, Irina était au courant. Elle avait vu les images du bunker.

— Il y avait un message sur Dampierre, non ? « La Terre sera purifiée », quelque chose comme ça ?

Samia lui remémora le texte exact.

— Ça vous dit quelque chose ?

— Possible, confirma Irina. Nicolas Marlot était lié à ce qui semble être une secte survivaliste violente. Les Sentinelles. Ça pourrait coller avec le type de délire de votre tueur.

— Les Sentinelles ? Où avez-vous entendu ça ?

— Des amis de Marlot que je viens d'interroger à l'instant. Mais ils ne savent pas grand-chose.

— Le meurtrier de Dampierre a diffusé un message sur BFM, vous ne l'avez pas entendu ?

— Je ne regarde jamais la télé.

— Vous auriez dû. Dans son message, il parle des « sentinelles » qui partout « veillent ».

— Merde, marmonna Irina. Nos deux affaires sont liées, sans aucun doute.

Elle réfléchit un instant avant d'ajouter.

— Il y a juste un souci.

— Lequel ?

— Les dates. Selon notre légiste, Marlot a été tué

autour de vendredi, la semaine dernière. Alors que Dampierre a été tué lundi soir.

— Votre légiste est sûr de son coup ? insista Samia qui refusait de voir cette piste se refermer.

— Le corps de Marlot a été retrouvé dans un étang. Ça complique la datation. On ne peut être sûr de rien.

— Quand avez-vous découvert le corps ?

— Mardi matin.

Samia s'engouffra aussitôt dans la brèche.

— Donc c'est possible. Marlot tue Dampierre lundi soir, retourne à Lyon et est assassiné immédiatement après.

Irina fit une moue dubitative.

— Je n'y crois pas trop. Même en tenant compte de la marge d'erreur, il est certain que le corps est resté dans l'eau un temps bien plus long. Dans votre hypothèse, il n'y aurait séjourné que quelques heures. Ce n'est pas crédible au vu de son état. Je vais demander à notre légiste d'affiner son estimation au maximum. Mais c'est une impasse.

— Si Marlot était déjà mort quand Dampierre a été tué, ça veut dire que quelqu'un a déposé ses cheveux volontairement sur la scène de crime. Ce serait… une mise en scène ?

— Possible… approuva Irina. Le véritable meurtrier de Dampierre aurait laissé volontairement cet indice pour désigner Marlot et vous mettre sur une fausse piste.

— Mais ça n'a pas de sens puisque nous savons que Marlot est mort.

— Sauf que vous ne devriez pas le savoir, ajouta Irina. On a retrouvé son corps au fond d'un étang. Lesté. On a eu de la chance. C'est un pêcheur qui a remonté par hasard la main du cadavre qui avait été sectionnée. Sinon, on ne saurait pas qu'il est mort. Et vous seriez en train de courir après un fantôme.

Samia sentit les battements de son cœur s'accélérer. Cette dernière information changeait tout.

— Quelqu'un cherche à brouiller les pistes, souffla-t-elle.

— C'est mon avis.

— Alors c'est raté. Nous avons percé à jour son stratagème.

24

— Retour à la case départ, soupira Samia en garant la voiture de police sur le parking de la Résidence.

— Il y a des jours où je déteste ce job, approuva David.

Les deux policiers étaient de corvée pour visionner une nouvelle fois les enregistrements de la vidéosurveillance de la Résidence, dans l'espoir d'y découvrir les éléments qui leur auraient échappé la première fois. La piste de Nicolas Marlot s'était refermée aussi vite qu'elle s'était ouverte. Le véritable meurtrier avait brouillé les pistes.

Samia s'apprêtait à ouvrir sa portière quand elle fut rattrapée par la voix de David.

— Attends.

Elle se retourna vers son collègue qui affichait un air gêné.

— Pour ce qui s'est passé hier soir…

Les mots avaient du mal à sortir.

— Je préfère que ça reste entre nous, finit-il par lâcher.

— Alors, c'est ça qui t'inquiète depuis tout à

l'heure? s'amusa Samia. Je me demandais pourquoi tu étais resté silencieux pendant tout le trajet.

— Je ne savais pas comment le dire.

— Dis-moi franchement ce que tu as sur le cœur. Tu regrettes?

— Non, pas du tout. Mais tu sais comment c'est... Si les collègues apprennent pour nous, on ne va plus parler que de ça. Deux flics ensemble, c'est du pain béni pour les commères du 36.

— Alors on est «ensemble»?

David rougit malgré lui. Cette fille lui faisait perdre ses moyens.

— À toi de me le dire. Tu sais que tu me plais. Depuis longtemps.

Samia prit son temps pour répondre, s'amusant de son malaise avec une pointe de cruauté :

— On s'est embrassés et ça m'a plu. Mais je ne sais pas si on est «ensemble».

— Alors on fait quoi maintenant?

— J'ai fait le premier pas, c'est à ton tour. Je ne vais pas faire tout le boulot.

Cette fois, David ne résista pas à l'invitation. Il se pencha vers sa collègue et posa ses lèvres sur les siennes. Ses sens étaient en ébullition. Il désirait Samia depuis des mois. Alors peu importaient l'heure et l'endroit. Mais sa collègue refréna ses ardeurs en lui attrapant les mains avec plus de force qu'elle ne l'aurait voulu.

— Tu me fais mal! s'exclama David.

Samia relâcha sa prise.

— Excuse-moi. Mais on a quelque chose à faire d'abord.

David recula.

— Alors, c'est ça, avoir une vie sentimentale dans la police? Un pelotage avorté sur un parking?

— Un peu de patience. Tout vient à point à qui sait attendre.

Samia vérifia son reflet dans le miroir du pare-soleil et remit un peu d'ordre dans ses cheveux.

— La semaine prochaine, ma mère garde Raphaël pour les vacances, continua-t-elle. J'aurai des soirées libres. Et j'ai une bouteille de tequila au frais.

— Alors c'est officiel ?

Samia fixa David un long moment. Elle savait qu'il avait raison : si les autres apprenaient pour eux, ça allait faire jaser. Sans compter que ce n'était pas précisément le genre de couple fait pour durer. Deux flics de la Criminelle ensemble, c'était la garantie de baigner vingt-quatre heures sur vingt— quatre dans le jus glauque dont était fait leur quotidien. Elle aurait aimé pouvoir lui dire qu'ils seraient l'exception, mais elle ne voulait pas lui faire une promesse qu'elle ne pourrait pas tenir.

— Allez, on y va, éluda-t-elle finalement en embrassant David du bout des lèvres.

Ils quittèrent la voiture et entrèrent dans la Résidence après avoir montré patte blanche aux deux plantons. Puis ils se dirigèrent directement vers la salle de contrôle au premier niveau.

C'était une petite pièce aveugle, baignée par la lumière bleutée des écrans qui couvraient les murs. De là, on pouvait surveiller l'ensemble des parties communes, ainsi que les escaliers et les ascenseurs.

— On commence par quoi ? lança Samia sur un ton las.

— On reprend depuis le début, lui répondit David, sans plus d'enthousiasme. C'est ce que Ron a demandé.

— Merci du cadeau.

— On a forcément raté quelque chose lors du

premier visionnage hier. Il faut être méthodique. On va commencer avec ce qu'on a entre le meurtre de Dampierre et notre arrivée sur les lieux. Le tueur s'est nécessairement échappé à ce moment-là. Ça limite les investigations à un créneau de quelques heures. Et on va se concentrer sur les endroits stratégiques : les ascenseurs et les escaliers. Il n'a pas pu passer ailleurs.

David se tourna vers Gomez. Le responsable de la sécurité, fraîchement libéré, était déjà de retour à son poste et nettement plus coopératif. Sa garde à vue, la veille, lui avait remis les idées en place.

— Vous avez déjà vu ces séquences, répondit Gomez. Il n'y a rien. Et nous n'avons détecté aucun mouvement après l'arrivée de Dampierre.

— Le tueur a bien réussi à quitter les lieux.

— Oui, mais pas quand vous le pensez. Il est resté caché dans le Sarcophage en attendant que les choses se calment et il a pris la fuite plus tard.

David regarda Gomez, interloqué.

— Vous pensez qu'il était encore caché dans le Sarcophage quand nous étions sur place ?

— C'est la seule explication logique.

David balaya l'hypothèse d'un revers de la main.

— Impossible. La Résidence est bouclée depuis la découverte du corps. Personne n'entre et personne ne sort en dehors de la police. Le tueur n'a pas pu s'échapper.

David fit une pause.

— À moins d'avoir bénéficié d'une complicité en interne, ajouta-t-il en fixant Gomez.

Le responsable de la sécurité se rembrunit.

— J'ai toute confiance en mes hommes, lieutenant. Et surtout, il est impossible de trafiquer les données.

Elles sont enregistrées sur des serveurs externes que nous ne pouvons que consulter, comme vous le savez. Si le tueur avait eu un complice en interne, nous le saurions désormais.

David savait que Gomez avait raison. La police avait mené son enquête sur le personnel de sécurité de la Résidence. Rien de suspect n'avait été relevé dans leurs appels, leur localisation au cours des derniers jours. Même s'il était tentant de croire que l'assassin avait bénéficié d'une complicité, aucune preuve ne venait étayer cette hypothèse.

— Ce tueur ne s'est tout de même pas volatilisé ! s'exclama Samia. Si on ne sait pas comment il est sorti, alors découvrons comment il est entré. Montrez-nous les vidéos des ascenseurs avant l'arrivée de Dampierre. Je veux voir chaque personne qui est entrée dans l'appartement.

— Je remonte jusqu'à quand ? demanda Gomez.

— Quarante-huit heures avant la découverte du corps pour commencer.

Gomez s'exécuta. Les policiers virent défiler en accéléré toutes les personnes qui avaient emprunté l'ascenseur pour descendre dans l'appartement avant le meurtre. Les passages avaient été nombreux dans les deux jours qui avaient précédé l'ouverture de la Résidence. Une vraie fourmilière.

Sur les moniteurs, on voyait des techniciens équipés d'outils divers qui venaient procéder à d'ultimes réglages. Les gardes effectuaient des rondes régulières. Puis ce fut au tour des équipes de ménage d'apparaître, lourdement équipées d'aspirateurs industriels. Puis la vidéo sembla se figer.

David regarda l'horodatage en bas de l'écran. Les images avaient été enregistrées le lundi matin, une dizaine d'heures avant le meurtre de Dampierre. Gomez accéléra le défilement jusqu'à ce qu'une silhouette apparaisse dans le champ. C'était leur victime. On était désormais lundi soir.

Gomez fit défiler de nouveau en accéléré l'enregistrement jusqu'à ce que lui-même apparaisse à l'écran.

— Ça, c'est mardi matin. La femme de Dampierre venait de me téléphoner pour signaler la disparition de son mari. Je suis allé vérifier immédiatement.

Quelques instants plus tard, Gomez à l'image dans la cabine de l'ascenseur.

— Je suis remonté au PC pour appeler la police, commenta-t-il.

Puis David et Samia se virent eux-mêmes arrivant sur le lieu du meurtre, accompagnés par les OPJ, le médecin légiste et les techniciens de l'IJ.

— OK stop, lâcha David dépité.

— Il va falloir des heures pour analyser tout ça, déplora Samia. C'est un vrai casse-tête, il y a des dizaines de personnes.

— Et sans tenir compte du fait que le tueur aurait pu arriver avant les deux jours précédant le meurtre, ajouta David.

Gomez secoua la tête pour réfuter l'hypothèse.

— C'est peu probable. La Résidence était sous très haute surveillance pendant la construction. La configuration de nos installations et de nos systèmes est secrète. Nos ouvriers sont venus directement des États-Unis pour le chantier. Ils sont tous repartis plusieurs jours avant le meurtre. La seule période de vulnérabilité a été lors de ces quarante-huit heures pendant lesquelles nous avons accueilli du personnel extérieur pour les derniers préparatifs.

David se prit la tête entre les mains. Son pied frappait nerveusement le sol.

— Admettons. Ça voudrait dire qu'un des hommes sur ces images s'est enfermé volontairement dans le Sarcophage à l'insu des autres. Puis il a attendu l'arrivée de Dampierre et il l'a tué.

— Ça tient la route, approuva Samia avant de se tourner vers Gomez. Vous dites qu'il a été fait appel à du personnel extérieur durant ces quarante-huit heures ?

— Oui, l'équipe de ménage et celle des techniciens qui intervenaient sur des systèmes secondaires non confidentiels, comme la climatisation.

— Vous avez les noms ?

— Bien sûr. Je vais vous donner la liste. Mais nous avons effectué des vérifications au préalable. Ils sont tous clean.

Le responsable de la sécurité rechercha dans son ordinateur les listes en question qu'il imprima et tendit à Samia. Deux feuilles, une pour les techniciens et une pour l'entreprise de ménage. La policière commença par parcourir cette dernière. Le nom de la société apparaissait en haut à gauche. V Propreté. Basée à Aubervilliers. Suivaient les noms des quinze opérateurs de ménage.

— On va vérifier ça. Si le tueur est parmi eux, il se sera forcément absenté plusieurs jours de son poste. On va demander leurs emplois du temps à l'employeur.

Samia se tourna vers David.

— On fait quoi en attendant ?

— On revoit les enregistrements encore une fois. Quelque chose nous a échappé. Le tueur est forcément caché quelque part dans ces images.

Gomez se leva et se dirigea vers la machine à café entreposée dans un coin de la pièce.

— On va avoir besoin de carburant si on repart pour un tour.

Les deux policiers approuvèrent le shoot de caféine avant de se replonger dans le visionnage. Il était à peine 17 heures, mais ils avaient l'impression d'être au beau milieu de la nuit.

Cette nouvelle session ne leur apprit rien de plus. David refusait de renoncer. Ils se mirent de nouveau à visionner les mêmes séquences, encore et encore, comme si la vérité allait soudain leur surgir. Ils ne parvenaient qu'à se brûler les yeux.

Au bout de trois heures, leur attention finit par se relâcher. Lorsqu'ils en arrivèrent pour la huitième fois à la séquence de l'arrivée de la police, Samia pensait carrément à autre chose. En regardant le défilé en accéléré des techniciens de l'IJ, elle ne put s'empêcher de plaisanter pour détendre l'atmosphère.

— Tiens, voilà Cyril. Tu sais qu'il m'a encore invitée à dîner? Je ne sais pas ce qu'il s'imagine...

David leva mollement un sourcil.

— Sauf que ce n'est pas Cyril, c'est Axel.

Samia regarda l'écran de plus près.

— Dans la combinaison, ils se ressemblent tous.

David acquiesça d'un sourire morne tandis que la vidéo continuait. Soudain, il se figea.

— Bon Dieu, c'est ça!

— Quoi? demanda Samia.

— Repassez-moi l'arrivée des opérateurs de ménage, demanda David à Gomez, ignorant la question de Samia.

Le responsable de la sécurité s'exécuta. David se

leva et se mit à compter les hommes directement sur l'écran.

— Et maintenant, passez le moment où ils quittent l'appartement.

Sur l'écran, les hommes en blouse reprenaient l'ascenseur dans l'autre sens.

— Bordel ! s'exclama David sans plus d'explication. Montrez— moi l'arrivée des techniciens de la police scientifique.

Gomez avança jusqu'au timecode demandé et David reprit son comptage.

— David, tu vas me dire ce qui se passe ? réitéra Samia.

Il ne sembla même pas entendre la question.

— Et maintenant leur départ, continua-t-il.

De nouveau, il compta les hommes qui apparaissaient à l'image.

— Putain, c'est pas vrai ! lâcha-t-il quand il eut fini. On l'avait sous le nez !

Il se rassit et se renversa dans sa chaise, accablé. Samia revint à la charge.

— Quoi ? Qu'est-ce qu'on avait sous le nez ?

— Il y a quinze opérateurs de ménage qui sont entrés et seulement quatorze qui sont ressortis. Le quinzième est notre tueur. Et dix techniciens de la police scientifique sont entrés… Tu devines la suite.

Samia blêmit.

— Ils étaient onze en sortant, compléta-t-elle.

David acquiesça.

— Le tueur est sorti sous notre nez. Comme s'il était l'un des nôtres. Il a profité de l'agitation. Les opérateurs de ménage portaient une tenue identique à celle de nos techniciens : blouse, masque, charlotte.

— Et il est presque impossible d'identifier quelqu'un

dans cette combinaison, même si on le connaît bien, compléta Samia. Je viens de me faire avoir.

Un silence pesant s'installa.

— C'est pas vrai ! explosa Samia en tapant du poing contre le mur. Il est sorti sous nos yeux, dans une pièce infestée de flics. On va passer pour des tocards.

— On ne pouvait pas savoir, tempéra David. Il s'est dissimulé dans le Sarcophage et on ignorait son existence.

Samia se tourna vers Gomez, le visage déformé par la colère.

— C'est votre faute. Vous auriez dû nous parler du Sarcophage tout de suite. Vous avez dissimulé des informations capitales. Vous en répondrez devant la justice.

David s'interposa.

— Il répondra de ses actes, Samia. Mais en attendant, on doit identifier le tueur. Repassez le départ des gars de la police scientifique, intima-t-il à Gomez sur un ton glacial.

L'opération était délicate. Il leur fallait identifier un à un chaque technicien de la Scientifique malgré le masque et combinaison. Samia dut appeler le Bastion pour demander les photos d'identité des fonctionnaires concernés.

Ils se concentrèrent sur leur taille. Patiemment, ils éliminèrent un par un les suspects jusqu'à ce qu'il n'en reste plus que trois.

Soudain, David pointa son doigt vers l'écran.

— C'est lui ! Je ne le reconnais pas. Regarde, il n'a pas de mallette. Et il a pris l'ascenseur seul.

Gomez zooma sur le visage de l'homme, dissimulé par un masque chirurgical. Seuls deux yeux d'un bleu intense tranchaient avec le blanc de sa tenue. David le contempla fixement.

— Salut, enfoiré.

25

Le téléphone sonnait dans le vide. Ronan le regarda sans décrocher. La sonnerie s'arrêta après quelques secondes. Puis retentit de nouveau.

Merde, il insiste.

Ronan hésita encore un moment avant de prendre l'appel à contrecœur.

— Je t'avais dit que je ne voulais pas être dérangé.

— On a un visuel de l'assassin de Dampierre, répondit David, surpris par la froideur de son patron. Désolé, mais ça ne pouvait pas attendre.

— La vidéosurveillance de la Résidence ?

— Oui, on a fini par trouver l'aiguille dans la botte de foin.

— Bon boulot. On en parlera demain matin.

Silence sur la ligne.

— Et c'est tout ? ajouta David. Tu ne me poses pas d'autres questions ?

— Tu n'as pas son identité, je suppose ? Sinon tu aurais commencé par là.

— Non, admit David sans comprendre ce qui mettait Ronan dans cet état. Son visage est presque entièrement dissimulé. Il mesure environ 1 m 85, ce qui exclut Nicolas Marlot qui mesurait 1 m 70. Il est mince et blanc, c'est tout ce qu'on peut dire. Et la vidéo confirme qu'il était seul.

— Donc on cherche un mec d'1 m 85, ça va beaucoup nous aider.

La pique acheva de doucher l'optimisme de David.

— Ça va, Ron ? Tu as l'air ailleurs.

— Je suis pressé.

— J'ai autre chose à te dire, ajouta David.

— Alors fais vite.

— J'aurais préféré te l'expliquer en face.

— Je ne peux pas venir au Bastion maintenant. On en parlera demain.

David hésita avant de poser la question qui lui brûlait les lèvres.

— Où es-tu ?

— À l'extérieur.

— Je vois bien que tu n'es pas au bureau. Tout le monde te cherche… On a besoin de toi, on est dans une phase critique. Et tu as disparu ce matin après notre réunion sans rien nous dire.

— Je suis le chef de groupe. Je n'ai pas de comptes à rendre.

Ronan avait haussé la voix plus qu'il ne l'aurait voulu.

— Je suis parti interroger un témoin, ajouta-t-il en se radoucissant.

— Quel témoin ? Tu ne m'as rien dit. Merde, je suis ton adjoint !

Cette fois, c'était David qui avait presque crié.

— Parce que je n'ai aucune certitude, tenta de l'apaiser Ronan. Juste une intuition… David, dis ce que tu as à dire et finissons-en.

— Accroche-toi parce que c'est sidérant. L'assassin de Dampierre… il était encore dans l'appartement quand on a débarqué, planqué dans le Sarcophage. Il est ressorti en passant devant nous.

Un silence.

— Putain David, qu'est-ce que tu racontes ?

À présent, Ronan s'intéressait réellement à ses propos.

— Il est entré dans le bunker avec les équipes de ménage. En tenue. Combinaison blanche, charlotte, masque… Ça te rappelle quelque chose ?

— Merde ! Il était habillé comme les gars de la scientifique.

— Affirmatif. Ce salopard avait même prévu un brassard « police judiciaire ». Personne n'a fait attention à lui. Il faut dire que c'était une vraie fourmilière là-dedans, mardi matin.

— Comment l'as-tu identifié ?

— C'était assez simple une fois qu'on avait compris comment il s'y était pris. Il y avait dix techniciens de la scientifique sur la scène de crime. Et en examinant un par un tous ceux qui ont quitté l'appartement de Dampierre par l'ascenseur, j'en ai compté onze. Il ne restait qu'à éliminer les gars de chez nous pour trouver le tueur.

Ronan était totalement sorti de sa léthargie.

— Ce connard a réussi un coup parfait !

— Un vrai fantôme. Il s'est probablement échappé par la forêt. La Scientifique est revenue, elle la passe au peigne fin. Il avait dû laisser une voiture planquée quelque part.

— Et l'entreprise de ménage ?

— On les a contactés. Ils sont sans nouvelle d'un de leurs gars depuis le meurtre. Un certain Bilal Talbi.

— Ça pourrait être lui ?

— Je ne crois pas. L'assassin a dû voler son badge d'accès à la Résidence. Une fois sur place, il s'est fait passer pour lui. Pas très compliqué dans ce genre de boîte qui tourne avec des intérimaires qui ne se connaissent pas entre eux. Une équipe est en route pour le domicile de Talbi. Mais je doute qu'on trouve quoi que ce soit. À part son cadavre.

— Bordel, David, dis-moi qu'on a une piste. Quelque chose de concret.

— Samia appelle notre contact à Lyon. Le capitaine Kowalski qui est sur le meurtre de Nicolas Marlot, le type dont on a retrouvé des traces ADN dans le Sarcophage.

— Le mec de la vidéo, ça pourrait être lui ?

— Peu probable. Ça ne colle pas avec la date du décès. Mais on va quand même vérifier.

Ronan poussa un soupir.

— En attendant d'en savoir plus, c'est notre seule piste, ajouta Ronan. Alors on va se triturer les méninges pour expliquer l'impossible : comment un type mort le vendredi a-t-il pu commettre un meurtre trois jours plus tard ?

— C'est une impasse, Ron.

— C est moi qui décide ce qui est une impasse ou non ! s'emporta Ronan. Si on ne sort pas un putain de miracle très vite, Brunner va me crucifier.

— On va y travailler, approuva David. Ronan, une dernière chose. Je vais t'envoyer un article d'aujourd'hui. Lis-le.

Ronan bredouilla une réponse, puis raccrocha sans saluer son adjoint. Il s'assit sur une chaise et se massa les tempes. Cette conversation lui avait filé un sacré mal de crâne.

Il allait devoir appeler son supérieur pour le tenir au courant des derniers développements. Brunner allait lui passer le savon du siècle. Et le pire, c'est qu'il aurait raison. Laisser s'échapper le tueur au milieu d'une meute de flics. On allait se foutre de sa gueule dans tous les commissariats de France. Et si les médias venaient à l'apprendre, il n'avait plus qu'à demander sa mutation le plus loin possible.

Un tintement le tira de ses pensées. David venait de lui envoyer un mail avec un lien vers un article du *Parisien*. Le titre le fit frémir.

« Le mystère des cercles verts. »

Il en lut les premières lignes fébrilement.

Mais qui diable peint des cercles verts dans toute la France ? Depuis quelques jours, d'étranges anneaux sont apparus sur de nombreux bâtiments, aussi bien des habitations privées que des bâtiments publics. Le phénomène est observé essentiellement en région parisienne et en région lyonnaise. Ces cercles verts sont tracés pendant la nuit. On ignore qui les peint, la raison de leur existence et leur signification. Ils ne sont accompagnés d'aucune inscription, ni d'aucun slogan. Auraient-ils un lien avec l'écologie, comme le laisse penser leur couleur ? Sont-ils l'œuvre d'un artiste ? Est-ce une sorte de challenge ? Plusieurs enquêtes ont été ouvertes dans l'Hexagone pour dégradations volontaires sur les façades. À ce jour, aucune interpellation n'a été réalisée.

L'article était illustré par une photo. Un cercle vert similaire à celui qui avait été peint sur le mur de la Résidence.

L'article ne lui apprit rien de plus. Ce dessin en apparence anodin l'avait intrigué, puis cela lui était sorti de la tête. Et voilà qu'il en apparaissait un peu partout. Ça ne pouvait pas être une coïncidence. Il y avait forcément une explication.

Je n'ai pas le temps pour ça maintenant.

Ronan éteignit son téléphone pour ne plus être

dérangé et le posa sur une étagère. Il devait oublier l'enquête pendant un temps.

Il avait un autre projet dans l'immédiat. Quelque chose de beaucoup plus important. Il avait menti à son adjoint en prétendant interroger un témoin. Il ne pouvait tout de même pas lui révéler ce qu'il était réellement en train de faire.

Il regarda autour de lui. Il se trouvait dans sa cave. Un sous-sol total qui occupait un plateau d'environ $50 m^2$.

Parfait pour en faire un abri.

La lecture du livre de Kieffer l'avait convaincu. Il l'avait dévoré dans la nuit. L'ouvrage était riche, mais Ronan en avait retenu deux choses simples. L'effondrement était peut-être pour bientôt. Et il n'était pas prêt. *Pas du tout prêt.* Impossible de savoir ce qui causerait l'effondrement, ni la forme qu'il prendrait exactement. Mais au fond, peu importait que ce fût un virus ou une catastrophe climatique. Le jour venu, il lui faudrait protéger sa femme et son fils. C'était la seule chose qui comptait.

Il habitait dans une zone urbaine dense. En cas de problème, les routes seraient vite saturées. Ronan ne voulait pas se retrouver pris au piège. Il devait disposer d'un endroit où se réfugier rapidement.

Il avait passé l'après-midi à prendre des mesures et à prévoir les travaux nécessaires. Il fallait renforcer les murs et le plafond avec du béton armé. Il avait soigneusement consigné les achats à réaliser. Parpaings, béton, sable, ferraillage…

Une putain de liste de courses survivalistes.

La porte de bois, bien trop fine, devrait aussi être remplacée par une porte blindée et coupe-feu. Il faudrait également prévoir des sacs de sable.

Ronan avait décidé de réaliser les travaux lui-même. Il ne voulait pas faire appel à une entreprise. Il imaginait la gueule de l'artisan à qui il aurait à expliquer qu'il avait besoin de murs qui résistent à une explosion ou à des impacts de balle.

Il n'avait pas encore chiffré le montant des travaux, mais ça allait faire mal. Il allait devoir prélever dans ses économies. Il s'était résolu à vendre la Rolex Submariner héritée de son père. D'après ses recherches, il pouvait en tirer 8 000 euros. Et c'était plus prudent que de piocher dans le compte commun, Nathalie ne s'apercevrait de rien.

Évidemment, il ne pourrait pas lui cacher son projet éternellement. Il pouvait mentir à ses collègues, ça ne lui posait aucun problème. En tant que chef de groupe, il lui était facile de couper le sifflet à ceux qui posaient trop de questions. Mais Nathalie, c'était différent. Elle s'était étonnée de le voir rentrer tôt, ce soir. Il avait marmonné une vague explication, une histoire de dossiers qu'il préférait lire à la maison. Elle ne l'avait pas cru. Sa femme lisait en lui comme dans un livre ouvert. Comment allait-elle réagir s'il lui disait la vérité ?

À ce moment-là, elle passa justement une tête par la porte du sous-sol.

— Le dîner est prêt.

— J'ai encore du travail. Je dois impérativement lire ces dossiers ce soir. Je suis désolé.

Elle n'insista pas et quitta la pièce sans un mot. La honte envahit Ronan. Il n'avait pas encore posé la première pierre de son abri et il se sentait déjà comme un gamin pris en flagrant délit de mensonge.

Il regarda autour de lui, hagard. L'absurdité de la

situation lui apparut soudainement avec une clarté douloureuse.

Je suis en train de transformer ma cave en bunker et je le cache à ma femme. Je mens à mon adjoint. Je me désintéresse d'une enquête de première importance.

Il se redressa brutalement comme s'il venait de se réveiller d'un mauvais rêve. Il n'en revenait pas lui-même de la vitesse à laquelle il était passé du déni à l'obsession de l'effondrement.

Depuis trois jours, depuis la naissance de son fils, il allait mal. Il s'enfonçait et il en avait conscience. Il pourrait bien craquer. Il était à deux doigts de commettre l'irréparable.

Il s'en voulut. De tout. De ses crises de panique. De sa connerie. De sa lâcheté.

Il éteignit la lumière et remonta les marches. Il saisit son reflet dans un vieux miroir qui avait été entreposé là. Il se fit presque peur.

Un fou. J'ai l'air d'un fou.

Il ne voulait pas rester une seconde de plus dans cet endroit. Il referma la porte en espérant que ses démons ne puissent pas la franchir.

Il songea qu'il ferait mieux de se débarrasser du livre de Kieffer. Et d'effacer son historique de recherches Internet. Il devait mettre le plus de distance possible entre lui et ces idées folles.

Nathalie dînait seule sur le canapé.

— Finalement, tu me rejoins ?

Elle lui lança un sourire qui arrangea tout.

Sans prononcer un mot, il l'embrassa.

Il n'avait pas touché sa femme depuis une éternité. Depuis le cinquième mois de la grossesse exactement. Mais le corps avait une mémoire. Et c'était exactement ce dont il avait besoin. Un plongeon dans l'explosion chimique des sens. Un voyage vers le passé.

Nathalie se pressa contre Ronan. Leurs corps s'entremêlèrent.

La magie était toujours là. Intacte. Indestructible. Comme lorsqu'ils avaient fait l'amour pour la première fois dans la forêt. L'image de cette matinée traversa son esprit pendant qu'il redécouvrait les seins de sa femme.

Nathalie s'allongea sur le canapé. Elle regarda son mari avec tendresse.

Baisers. Caresses. Alchimie.

Ronan fit l'amour à sa femme trois fois ce soir-là.

Comme porté par une peur qu'il devait faire taire à tout prix.

26

— C'est glauque, lâcha Vincent Laporte.

Irina acquiesça à la remarque de son lieutenant. Ils se trouvaient au beau milieu d'une zone industrielle sinistre de Vénissieux. Coincée entre un entrepôt de bus et une voie ferrée.

C'était Florian Bressac qui leur avait donné cette adresse. La *vraie* adresse d'Agogé. L'école disposait d'une domiciliation officielle à la maison des associations de la ville. Un local administratif vide et sans intérêt. S'il y avait quelque chose à trouver, c'était plutôt ici.

Le témoignage des amis de Marlot avait incité Irina à oublier Viktor Kieffer et à s'intéresser de plus près à Agogé. D'après eux, c'était au sein de l'association qu'il aurait fait de mauvaises rencontres. Il y serait entré en contact avec ces mystérieuses Sentinelles, qui semblaient être le trait d'union entre le meurtre de Marlot et celui de Dampierre.

Les deux policiers sortirent de leur voiture. La pluie les trempa instantanément. Ils se dirigèrent vers un ancien entrepôt à moitié délabré. Les fenêtres avaient été peintes en blanc. Rien n'indiquait la nature du lieu.

Une allée boueuse contournait le bâtiment et débouchait sur une cour. Des éclats de voix résonnaient. Des hommes se trouvaient derrière le bâtiment. Sur le côté, Irina repéra une porte entrouverte. Elle s'approcha et jeta un coup d'œil furtif à l'intérieur. Personne.

— Ils sont tous dehors. On va en profiter pour faire un tour.

L'intérieur du bâtiment avait été rénové récemment et contrastait avec l'apparence extérieure. Le long des murs, des armoires grillagées contenaient toutes sortes d'équipements. Des gilets pare-balles, des vêtements de camouflage, des casques, des systèmes de communication. Des armes blanches aussi. Et des répliques d'armes à feu. Tout du moins, Irina espéra qu'il s'agissait bien de répliques.

— Il y en a pour une petite fortune, commenta Vincent. Tout est neuf. D'où peut leur venir tout ce pognon ?

Les fenêtres qui donnaient sur l'arrière du bâtiment n'avaient pas été obturées. Irina regarda discrètement au travers. Elle aperçut une vaste cour couverte d'une pelouse maladive, éclairée par plusieurs projecteurs à la lumière blanche. Un groupe de jeunes hommes était en plein entraînement. Certains rampaient au sol, tandis que d'autres s'exerçaient au combat au corps-à-corps. La plupart étaient torse nu malgré la pluie battante, le froid, la nuit tombante. Ambiance crâne rasé et gros muscles.

Irina repéra un tatouage rouge écarlate qui recouvrait le dos et la nuque de l'un d'entre eux. Il représentait une épée, entourée de flammes. Ça sentait le facho à plein nez.

Un des membres du groupe observait les autres qui s'entraînaient en leur criant des ordres. Irina le détailla. Il devait mesurer près de deux mètres et avait un physique impressionnant. Il n'était pas plus âgé que les autres, vingt ans maximum, mais dégageait un charisme qui le positionnait comme le leader.

— Qui êtes-vous ?

Irina tourna brusquement la tête. L'homme, qui venait d'entrer dans le bâtiment, poussa un cri pour ameuter les autres qui rappliquèrent aussitôt, le colosse en tête. D'un geste assuré, Irina se dirigea vers lui en brandissant sa carte.

— Capitaine Kowalski. Police judiciaire de Lyon.

— Vous êtes dans une propriété privée.

Il avait une voix grave et posée.

— Nous devons vous poser quelques questions dans le cadre d'une enquête criminelle.

— Vous avez une autorisation ?

— Ce n'est pas une perquisition. Je suis juste venue vous interroger. Vous êtes le responsable ici ?

L'homme hocha la tête. Son cou de taureau jaillissait d'un marcel trop étroit qu'il venait d'enfiler.

— Là, on est un peu occupés. Il faudra revenir.

Irina planta son regard dans celui de son interlocuteur. Un halo de brutalité émanait de lui, d'autant plus effrayant qu'il restait parfaitement calme. Irina songea qu'elle avait eu raison de faire équipe avec

Vincent Laporte. Sa carrure de rugbyman était utile quand ils n'étaient pas les bienvenus.

— Si tu m'obliges à revenir, ce sera une perquisition cette fois, rétorqua Irina. On va tout retourner. Et qui sait ce qu'on va trouver ?

Elle jeta un regard vers les armoires débordant d'armes.

— Je doute que tout soit en règle ici.

Le bouledogue était surpris par le changement de ton et le tutoiement.

— Mais nous ne sommes pas obligés d'en arriver là. Si vous voulez jouer aux petits soldats aryens, c'est votre problème. Je veux juste que vous me parliez de Nicolas Marlot.

Elle sortit une photo du cadavre sur la berge de l'étang qu'elle lui mit sous le nez. Aucune réaction.

— Connais pas.

— Ça m'étonnerait, il faisait partie de votre groupe.

— On est nombreux. On ne se connaît pas tous.

— Me prends pas pour une conne, tu pourrais le regretter. Je répète la question : que sais-tu sur Nicolas Marlot ?

— Rien du tout.

— Si tu me réponds « non » encore une fois, je t'embarque.

L'homme se contenta de bomber le torse en signe de défi.

Irina sentait l'hostilité du groupe. Les hommes avaient formé un cercle autour des deux policiers. Leurs yeux brillaient d'une lueur malsaine. De l'envie de violence. L'odeur de testostérone était presque palpable.

Un type s'approcha d'elle. Elle croisa son regard.

Et elle la vit. La haine, dans ses yeux noirs qui perçaient un visage juvénile, à la peau laiteuse.

— Barre-toi, salope !

Les insultes commencèrent à pleuvoir autour d'elle, tandis que le type continuait à s'approcher.

— Je suis officier de police. Surveille ton langage. Et recule d'un mètre.

Le jeune ricana.

— Ce n'est pas prudent de venir ici juste à deux. Vous jouez avec le feu. Un coup de couteau est vite parti…

Irina regretta son initiative.

— Plus vite vous me donnez ce que je veux, plus vite je repars, lança-t-elle afin que tous puissent l'entendre.

Le type ne l'avait pas écoutée. Il serrait le poing, menaçant. Si fort qu'Irina vit ses phalanges qui blanchissaient. Elle avait pratiqué les sports de combat pendant longtemps, elle se savait à même de riposter, mais espérait ne pas avoir à en arriver là.

— Ferme ta sale gueule de flic.

Irina s'apprêtait à dégainer son arme de service quand elle vit Vincent se jeter sur l'homme avec une rapidité surprenante. En moins de cinq secondes, il l'avait mis à terre et le maintenait d'une clef de bras. Le type poussa un cri de surprise et gémit de douleur.

— Lâche-moi, sale nègre ! éructa-t-il en tentant de se dégager.

Vincent accentua la pression, lui arrachant un nouveau cri.

— Excuse-toi si tu ne veux pas que je t'embarque pour outrage à agent.

Le reste du groupe assistait à la scène avec délectation. Un mec poussa un hurlement bref. Une sorte d'aboiement. Tous étaient attirés par la promesse de la violence.

— Reculez ! cria Irina, ou mon collègue lui casse le bras. Il n'hésitera pas.

Elle fixa le colosse droit dans les yeux. Il jaugea la situation, puis fit un signe d'apaisement à ses hommes qui reculèrent à regret.

— Alors merdeux, ces excuses, ça vient ? insista Vincent.

Humilié, à genoux, le jeune mec finit par grommeler de vagues excuses. Vincent le relâcha. Il s'écroula en frottant son bras tordu.

C'était le moment d'agir.

Irina se dirigea vers le leader. Elle lui glissa quelques mots à l'oreille.

— Reste calme. On a juste quelques questions à te poser. Si tu coopères, tu seras sorti ce soir. Et tu as ma parole qu'on ne mettra pas notre nez dans vos petites affaires. C'est gagnant-gagnant.

Le colosse considéra la policière un instant, tandis que ses hommes attendaient ses ordres.

— C'est bon les gars, finit-il par lâcher. J'ai trouvé un arrangement avec nos amis.

Irina le poussa vers l'avant, pressée d'en finir.

— On y va.

Tous trois quittèrent l'entrepôt sous les regards mauvais.

Ce n'est qu'une fois dans la voiture qu'Irina se rendit compte que son cœur battait à tout rompre.

Ces mecs étaient capables de tuer, elle l'avait vu dans leurs yeux. Pire, ils en avaient envie.

Elle avait pris un risque inconsidéré. Mais elle ne regrettait rien.

Car l'espace de quelques minutes, elle s'était sentie vivante.

27

Irina avait à peine franchi le seuil de son bureau que son téléphone sonna. C'était Samia Mansouri.

— Je vous ai envoyé un mail, vous ne l'avez pas vu ?

Irina sentit le stress de son interlocutrice. Sa voix tremblait presque.

— Non, j'étais sur le terrain, je viens de rentrer.

— Désolée de vous presser, mais pourriez-vous regarder tout de suite ?

— De quoi s'agit-il ?

— On a un visuel de l'assassin de François Dampierre. Il est masqué. Je voudrais avoir votre avis.

Irina se connecta à sa boîte mail et ouvrit le message de Samia. Elle cliqua sur la pièce jointe. Une vidéo s'afficha. Elle montrait un homme dans un ascenseur. Il portait une combinaison de la police scientifique avec masque et charlotte. Elle mit la vidéo sur pause et zooma au maximum. Pour essayer de voir ses yeux.

— Merde, lâcha-t-elle.

— Vous le reconnaissez ?

Ce regard… Un œil mort et l'autre qui brillait d'un éclat métallique. Elle l'avait immédiatement reconnu.

— Oui.

— Qui est-ce ?

Irina répondit sans hésiter, toutefois étonnée du nom qu'elle prononça.

— Ludovic Hoffmann.

— Vous êtes certaine ?

— Oui, j'étais en face de lui il y a quelques jours.
— Qu'est-ce que vous savez sur lui ?
Irina ne répondit pas, perdue dans ses pensées.
— Vous êtes toujours là ? la relança Samia.
— Oui.
— Alors, que savez-vous sur Hoffmann ?
— Qu'il nous a bien baisés. Je vous rappelle.

Irina avait raccroché. Elle enrageait. Elle avait fait fausse route depuis le début avec Viktor Kieffer. Le gourou suisse n'avait rien à voir avec cette affaire. Irina avait écarté Hoffmann de la liste des suspects. Sans fondement, simplement par instinct. Et son instinct l'avait trompée.

Heureusement, elle avait pris la précaution de le mettre sous surveillance. Elle appela immédiatement les deux policiers chargés de filer Hoffmann. Ils étaient en planque devant Prometheus.

Irina leur ordonna de foncer jusqu'au bureau du suspect.

Quelques minutes plus tard, comme elle s'y attendait, la mauvaise nouvelle tomba. Hoffmann avait disparu. Même sa secrétaire était bien incapable d'expliquer où il était passé.

— Putain les mecs, vous avez pioncé, ou quoi ! s'emporta Irina avant de raccrocher.

C'était un fiasco total.

Elle se leva, légèrement chancelante, et gagna le bureau d'Alexandre à qui elle résuma la situation.

— Alors, on a eu le coupable entre les mains, conclut-il après avoir écouté sa supérieure.

— Et on l'a laissé filer, ajouta Irina avec amertume. Si seulement on avait reçu ce coup de fil des collègues parisiens plus tôt, Hoffmann serait au fond d'une cellule.

— On ne pouvait pas savoir. Hoffmann avait trop bien préparé son coup.

— J'ai merdé, Alex. J'ai commis une grave erreur en l'interrogeant comme un simple témoin. Avant notre visite, Hoffmann devait croire que Marlot était porté disparu, que la police n'avait pas découvert son corps et qu'on ne remonterait jamais jusqu'à lui. Je lui ai livré l'information sur un plateau.

— Au moins, on sait que Marlot n'a rien à voir avec le meurtre de Dampierre.

— Oui, c'est Hoffmann qui l'a tué et a laissé les cheveux de Marlot pour le faire accuser.

— Pourquoi a-t-il fait ça, d'après toi ?

— Pour brouiller les pistes… mais pas seulement. Il voulait vraisemblablement se venger de Marlot, lui faire porter le chapeau.

— Tu penses qu'Hoffmann a aussi tué Marlot ?

— Je ne sais pas s'il l'a tué de ses propres mains. Mais il est responsable de ce qui est arrivé au gamin. Quand Marlot a rejoint Agogé, Hoffmann a dû l'observer discrètement, tester son engagement à la cause. Il lui a sûrement sorti des boniments minutieusement préparés. Jusqu'à faire de lui un fanatique : Marlot arrête ses études, s'éloigne de sa famille et de ses amis.

— Le processus classique de radicalisation.

— Oui. Et quand Marlot est prêt, Hoffmann lui propose de rejoindre un groupe bien particulier. Les Sentinelles.

— Jusqu'au jour où quelque chose se grippe, compléta Alexandre. Marlot comprend que tout ça va trop loin. Il a peur. Il veut partir.

— Mais il est trop tard. Il en sait trop. Alors il est éliminé.

Irina et Alexandre se regardèrent un instant, les yeux brillant d'excitation. Ils avaient commis une erreur, mais les pièces du puzzle commençaient à s'assembler

28

Alexandre se gara à quelques mètres de sa destination. Les deux brigadiers et le serrurier qui l'avaient suivi dans une autre voiture le rejoignirent. Un pavillon sans charme de la proche banlieue lyonnaise se dressait devant eux. Le domicile de Ludovic Hoffmann.

Au vu des preuves accablantes, le procureur avait donné son accord pour une perquisition immédiate.

Alexandre observa la maison. C'était une construction banale et récente. Seuls les épais barreaux posés aux fenêtres la différenciaient des habitations environnantes.

— J'ai nos deux témoins.

Alexandre se retourna. Un couple âgé se tenait devant lui, encadré par les policiers. Les deux témoins indispensables en l'absence du propriétaire des lieux. Alexandre les salua et leur expliqua leur rôle. Déboussolés, les vieux protestèrent mollement en rappelant à quel point leur voisin était un homme discret et poli. Alexandre se retint de leur dire que les tueurs en série étaient toujours des voisins charmants.

— On se dépêche, répondit-il simplement.

Il était presque 21 heures, l'heure limite pour une perquisition.

Alexandre sonna. Pas de réponse. Aucun mouvement perceptible à travers les fenêtres. Il fit signe au serrurier qui ouvrit le portail rapidement.

Le groupe remonta l'allée qui débouchait derrière la maison, dans un petit jardin avec potager, groupe électrogène et cuve de récupération des eaux de pluie. En levant les yeux, Alexandre aperçut sur le toit des panneaux solaires et des antennes radio.

— C'est quoi ce bordel ? fit l'un des policiers.

— Notre homme se prépare pour la fin du monde, répondit Alexandre laconiquement.

Le serrurier examina la porte d'entrée, puis secoua la tête.

— Elle est blindée. J'en ai pour une heure. Vous feriez mieux d'y aller au bélier.

Les deux brigadiers allèrent chercher l'instrument dans leur voiture. La porte céda rapidement sous les coups de boutoir. Alexandre entra le premier, arme au poing.

— Police, il y a quelqu'un ?

Il se trouvait dans un salon au papier peint jauni d'un autre temps. Une ampoule nue pendouillait au plafond. La pièce était vide, à l'exception d'un canapé et d'un téléviseur, neufs tous les deux.

Le groupe s'engagea dans un couloir qui donnait sur la cuisine. Carrelage des années 1970, mais propreté impeccable et rangée au cordeau, comme si elle n'avait jamais sera. On sentait encore l'odeur du Cif.

— On fait l'étage.

Alexandre s'engagea dans l'escalier, brandissant son Sig Sauer devant lui.

Un couloir. Deux portes. À gauche, une salle de bains. À droite, une chambre. Alexandre inspecta rapidement la pièce. Elle ne contenait rien en dehors de quelques vêtements dans une armoire.

— Il nous reste le sous-sol.

Retour au rez-de-chaussée. La porte de la cave se trouvait dans le couloir qui menait du salon à la cuisine. Alexandre l'ouvrit et sentit un courant d'air glacial qui lui fouetta le visage. Il descendit l'étroit escalier en se courbant. En bas, les ténèbres régnaient. Il tâtonna à la recherche de l'interrupteur qu'il finit par trouver.

Des rangées de néons fixés au plafond s'allumèrent. Alexandre se figea de surprise.

La pièce occupait la totalité de la surface de la maison. D'un côté, des étagères pleines à craquer de réserves en tout genre. Des produits alimentaires de base dans des seaux de vingt litres : du riz, de la farine, des haricots secs… Il y avait également des repas lyophilisés, des boîtes de conserve et des ustensiles de cuisine. Plus loin étaient stockés des médicaments, des masques chirurgicaux, des bougies, des jerricans d'essence. Sur une autre étagère, Hoffmann avait entreposé du matériel de communication, des radios et talkies-walkies. Des modèles militaires. Et dans un coin de la pièce, il y avait des cartons de vêtements, des gants, sacs à dos et autres accessoires. L'ensemble était impeccablement rangé, emballé, étiqueté.

Alexandre se demanda combien de temps il était possible de tenir avec de pareilles réserves. Six mois ? Un an ?

L'autre moitié de la cave avait été aménagée comme un studio. Des meubles sur des tapis épais : une table, quatre chaises, un canapé, un téléviseur. Une petite cuisine avait été installée le long du mur, ainsi qu'une cabine de douche.

Les soupiraux avaient été occultés et des filtres à air, installés. La lourde porte blindée ne se fermait que de l'intérieur.

Alexandre comprit pourquoi Hoffmann vivait dans cette banlieue populaire, qui ne cadrait pas avec son statut de cadre dirigeant. Il ne recherchait pas le confort, mais un certain éloignement du centre-ville. De quoi être en sécurité si la situation dégénérait.

Un ronronnement mécanique attira son attention. Il provenait d'un imposant congélateur qui trônait dans un coin de la pièce. Sans doute d'autres réserves de nourriture. Un brigadier s'en approcha. Alexandre le regarda en ouvrir la porte, puis bondir brusquement en arrière.

— C'est… immonde.

Son collègue était blême, il haletait. Comme s'il avait vu le diable en personne.

À son tour, Alexandre ouvrit la porte du congélateur.

Et il vit.

L'horreur à l'état pur.

Une image qui resterait gravée à jamais dans sa mémoire.

29

— Qu'avez-vous découvert chez Hoffmann ?

Le visage d'Alexandre était fermé, il était encore sous le choc.

— L'horreur.

Il lui fallut quelques secondes avant de continuer.

— On a fouillé la maison. Elle est pratiquement

vide. Sauf la cave. Hoffmann l'a aménagée en bunker. Il y a un congélateur.

Une flamme brillait dans le regard d'Alexandre. Irina comprit qu'elle devait s'attendre au pire.

— Il y a des corps à l'intérieur. Des bébés.

Un frisson parcourut Irina. Elle resta sidérée.

— Combien ? finit-elle par lâcher.

— Huit.

Un silence pesant s'abattit.

Des images éclataient dans l'esprit d'Irina. Elle n'avait pas peur de la mort, mais là, c'était différent. C'était une manifestation du mal à l'état pur.

— J'ai informé le procureur, ajouta Alexandre. Il ouvre une information judiciaire.

Irina acquiesça d'un hochement de tête sans même s'en rendre compte.

— Camille Morin avait parlé du refus de Marlot de faire des enfants, se souvint-elle.

— Il doit y avoir un lien. En attendant, il faut demander des autopsies et des analyses ADN. Pour déterminer les causes de la mort et leur âge exact. Et savoir s'ils sont tous de parents différents.

— Mais dans l'immédiat, la priorité, c'est Hoffmann. Obtenir des infos sur celui qui détient la clef de tout ça. On va essayer de faire parler notre client. Il sera plus bavard sans ses petits copains.

— Tout est prêt pour l'interrogatoire.

Elle plongea son regard dans celui de son adjoint.

— On ne peut plus commettre d'erreur, Alex. On y passe le temps qu'il faut, on lui pose les mêmes questions indéfiniment, de plus en plus fort. On le pousse à bout, on le brise. On lui promet l'enfer s'il ne parle pas. Tu t'en sens capable ?

Alexandre voyait la détermination dans les yeux de

sa patronne. Il ignorait qu'elle avait songé à démissionner, quelques jours avant. En cet instant, il avait en face de lui une femme déterminée.

— Tu peux compter sur moi.

Devant la salle d'interrogatoire, Vincent Laporte les attendait. Irina observa un instant son client à travers la vitre. Il avait les cheveux coupés à ras et un visage brun aux traits fins au milieu duquel brillaient des yeux d'un vert émeraude. Hugo Celik. Dix-huit ans. Le meneur arrêté dans les locaux d'Agogé et qu'ils venaient de ramener faisait plus que son âge.

Il était tard. Les traits tirés des deux policiers trahissaient la fatigue, mais il était hors de question qu'ils rentrent chez eux avant d'avoir quelque chose à se mettre sous la dent.

Ils pénétrèrent dans la petite pièce. Le spectacle commençait.

Irina, Alexandre et Vincent s'assirent calmement en face de Celik.

— Tu sais pourquoi t'es là ? commença Irina en déclenchant l'enregistreur numérique.

— Pourquoi tu m'as mis en cellule ? répondit Celik sur un ton glacial. T'avais dit qu'on allait juste discuter.

— La situation a changé, figure-toi.

— Tu m'as menti.

Celik regardait fixement la policière. Son attitude s'était durcie. Irina vit la rage qui brûlait au fond de ses yeux.

— Je veux un avocat, ajouta-t-il.

Irina ne releva pas.

— On a beaucoup de sujets à aborder avec toi. Nicolas Marlot. Ludovic Hoffmann. Et ce que vous faites exactement dans votre amicale de fachos.

Celik se dressa sur sa chaise.

— Je veux un avocat. T'es sourde ?

Vincent se leva, l'empoigna et l'écrasa sur sa chaise.

— Ferme ta gueule. Tu vas d'abord nous parler un peu, après on appellera ton avocat.

Celik adressa un sourire sardonique au policier avant de lui cracher au visage.

Vincent se leva brutalement, renversant sa chaise. Il était prêt à cogner. Irina le fusilla du regard. Laporte se rassit en jurant.

— Tu es ici dans le cadre d'une enquête pour homicide volontaire sur la personne de Nicolas Marlot, reprit Irina. Les indices pointent vers Ludovic Hoffmann et les membres d'Agogé. Et toi et tes gars, vous avez tenté de nous agresser il y a moins de six heures. Ça ne plaide pas vraiment en ta faveur.

Pas de réaction.

— Je vais te réexpliquer, parce qu'apparemment t'as pas bien compris. T'es dans la merde. Alors parle, et on dira au juge d'être indulgent. Je ne pense pas que tu sois coupable. C'est Hoffmann qui nous intéresse. Tu sais forcément des choses. Alors, tu vas tout nous dire, bien gentiment.

Le jeune homme gardait toujours le silence.

Irina lui mit sous le nez les photos des bébés congelés sans ménagement. Un spasme presque invisible agita la lèvre supérieure du colosse. Il repoussa les photos vers Kowalski.

— On a trouvé ça chez Hoffmann. T'étais au courant ? Toi aussi, tu penses que faire des enfants est un crime ? Qu'il faut les jeter aux ordures ou les congeler ?

Cette fois, elle glissa la photo du cadavre de Marlot sur la table d'autopsie.

— Tu le reconnais ? Il était dans un sale état quand on l'a retrouvé, ton pote.

Nouveau silence.

— Oh, réveille-toi ! C'est très grave. Les coupables vont passer des années derrière les barreaux. On parle d'assassinat, bordel !

Irina avait frappé la table avec une violence inattendue qui fit sursauter Alexandre.

— Si tu ne te mets pas à parler, je te jure qu'on fera tout ce qui est en notre pouvoir pour te faire tomber. Et on trouvera. Réfléchis bien. Tu as seulement dix-huit ans. Tu risques vingt ans de prison.

Elle exagérait sciemment. Elle connaissait les fanatiques dans son genre. Ces enfoirés gardaient leur calme devant les pires horreurs, tellement convaincus d'être des sages face aux mécréants.

Tu n'es qu'un petit con ignorant, j'en ai fait parler des plus coriaces.

— Si tu protèges quelqu'un, tu vas payer à sa place. Qui a tué Marlot ? Qui a congelé ces bébés ? C'est Hoffmann ?

Nouveau silence.

Irina se leva brutalement.

— OK, j'en ai marre. Vincent, tu me le remets en cage. Je demande la prolongation de sa garde à vue.

Elle se pencha vers Hugo Celik.

— On a une cellule pour les durs à cuire dans ton genre. Tu vas adorer. Elle est si petite que tu ne peux pas t'allonger, à moins de faire 1m60. Tu ne pourras pas dormir. Et le radiateur est poussé à fond. Tu vas transpirer comme une pute à l'église.

Elle tourna les talons tandis que Vincent l'empoignait par le bras pour le ramener en cellule.

— J'y suis pour rien.

Enfin, il avait parlé.

— Et c'est parce que vous n'avez rien fait que vous avez essayé de nous agresser tout à l'heure ?

— Vous avez débarqué sans prévenir…

— Et tout n'est pas en règle dans votre petit camp, je me trompe ?

Irina se rassit.

— Je vais être claire. La seule chose qui m'intéresse, c'est ce que tu sais sur Marlot, sur Hoffmann et sur ces bébés congelés. Pour le reste, on fera comme si on n'avait rien vu.

Le jeune homme baissa la tête. La vanne s'était ouverte. Il était mûr.

— Je ne sais pas grand-chose, d'accord ?

— Parle, on se débrouillera.

— Agogé… Hoffmann s'en sert pour recruter. Je ne sais pas qui ils sont.

— Les Sentinelles ?

— Ouais. Nicolas, il en faisait partie. Enfin, je crois.

— Comment peux-tu ne pas savoir alors que tu fais partie d'Agogé ?

— Hoffmann, il cloisonne tout. Les mecs qui font partie du clan, on ne les voit presque plus. Ils sont à part.

— Que faut-il faire pour appartenir au clan ?

— J'ai essayé d'en être, mais Hoffmann est ultra méfiant, il choisit ses têtes. Il a commencé par me dire que ça n'existait pas, que je me faisais des idées, mais je sais bien.

— Quel est son objectif ?

— Poursuivre la lutte par d'autres moyens. Faire payer les coupables. C'est ce que j'en ai compris.

— Un groupe de tueurs ?

Pas de réponse. À peine un hochement de tête.

— Un jour, Hoffmann a fini par me faire assez confiance. Il m'a dit que le clan existe. Avant d'en faire partie, il y a des étapes à franchir.

Un cercle initiatique. Typique des sectes, songea Irina.

— Il m'a dit que c'était le moyen de s'assurer de la fidélité de l'élu.

— Que t'a-t-il demandé ?

— De prendre une vie.

— De commettre un meurtre ?

— Oui. Mais pas n'importe lequel. Un nouveau-né.

Un frisson glaça Irina.

— Alors ces bébés congelés, ce sont…

— Le rituel initiatique du clan. Quand on l'a fait, on se scarifie la poitrine, devant lui. Une barre, au couteau de chasse, pour chaque vie épargnée à la Terre. Une vie enlevée pour empêcher le chaos.

Irina repensa à la cicatrice sur la poitrine de Marlot. Il avait donc lui aussi pris une vie. Elle commençait à entrevoir un nouveau scénario.

— Soulève ton T-shirt, intima Irina à Celik.

— Non.

— Joue pas avec mes nerfs.

Irina adressa un regard à Vincent qui se leva, l'air menaçant.

— OK, c'est bon.

Celik souleva son T-shirt, dévoilant sa peau abondamment tatouée. Sans aucune scarification.

— Tu ne l'as pas fait.

Le jeune homme hésita un moment avant de répondre.

— Je croyais que je pouvais…

Il ne finit pas sa phrase.

— Puis tu t'es rendu compte que tu n'étais pas un meurtrier, compléta Irina. Ça arrive à tout le monde.

Il la défia du regard.

— Je ne l'ai pas fait, mais je suis d'accord avec eux. On doit empêcher la lie de l'humanité de se reproduire. Seule une génération d'êtres supérieurs pourra sauver l'humanité.

— Tu t'enfonces là, le coupa Vincent.

— Je vais faire comme si je n'avais pas entendu, reprit Irina. Donc, si tu dis la vérité, les vrais méchants, ce sont Hoffmann et ses Sentinelles. Et les autres membres d'Agogé, vous êtes de gentils innocents.

— Ouais, on peut dire ça.

— Et sur Nicolas, tu sais quoi ?

— Pas grand-chose.

— Accouche.

— Hoffmann avait l'air de l'adorer. Puis on l'a moins vu. Je pense qu'il menait des missions pour le boss.

— Quel genre de mission ?

— J'en sais rien. Je ne sais pas quelles sont les finalités exactes de tout ça. Je sais juste que ça remonte loin. Beaucoup plus loin que vous ne pouvez imaginer.

— Pourquoi tu dis ça ?

Celik se pencha vers elle. Il ne prononça qu'un seul mot.

— Prometheus.

— L'entreprise d'Hoffmann ? Que vient-elle faire là-dedans ?

— Je ne sais pas. Mais l'argent pleuvait à flots sur Agogé. Ce fric, il ne pouvait venir que de là. Et je vois mal un financement par charité. Agogé, les

Sentinelles, je me suis dit que tout ça a été créé à la demande de Prometheus.

Irina était dubitative.

— Admettons. Et qui peut en avoir voulu à Nicolas au point de le tuer ? Tu as dit qu'Hoffmann l'adorait.

— Ouais, mais il a pu changer d'avis sur Nicolas.

— Pourquoi ?

— Je ne sais pas… Je ne l'ai jamais senti, ce mec. Marlot était louche. Peut-être que c'était un traître et qu'Hoffmann l'a découvert.

Irina resta silencieuse. Son esprit tournait à cent à l'heure. Une trahison. Cela expliquerait tout, notamment la violence inouïe avec laquelle Marlot avait été exécuté. Elle observa à nouveau la photo du jeune homme posée sur la table devant eux.

Raconte-moi ton histoire.

Elle ferma les yeux et imagina.

Le gamin élevé dans un cadre de vie ultra pollué. Hanté par la catastrophe depuis l'enfance. En grandissant, tu transformes le traumatisme en engagement. Tu crées cette chaîne YouTube. Ça te monte un peu à la tête, mais tu restes un ado normal avec des préoccupations de ton âge.

Puis tu commences à lire les bouquins de Kieffer. Et tu bascules. Jusque-là, c'était une passion. Les choses prennent une nouvelle dimension. L'effondrement. L'apocalypse. C'est ton trip. C'est le nouveau sens de ta vie. Tu ne penses plus qu'à ça. Tu es obsédé, possédé.

Tu veux te préparer. Tu effectues des recherches et tu découvres l'existence d'Agogé. Le processus de radicalisation commence. Tu t'éloignes de tes amis, de ta mère. Tu arrêtes tes études. Ça te monte tellement au ciboulot que tu finis par éprouver une véritable haine envers ceux qui ne pensent pas comme toi. À tes yeux, ce sont tous des coupables. Tu gagnes la confiance du boss. Il te propose de faire partie des Sentinelles. Il t'explique le rituel. Et tu le fais. Tu as pris une vie. As-tu hésité ? Ta main a-t-elle tremblé quand tu es passé à l'acte ? Et si Camille n'avait pas avorté, serais-tu à nouveau passé à l'acte ?

Maintenant, tu fais partie du clan. Là, tu… tu quoi ? Est-ce que tu as eu peur en découvrant le véritable objectif des Sentinelles ? Est-ce que tu t'es dit que tout ça allait trop loin ? Est-ce que tu étais une taupe depuis le début ? Est-ce que ça a un lien avec le dossier « Rainmaker » dans ton ordinateur ?

Quoi qu'il en soit, les relations avec Hoffmann changent du tout au tout. Il ne te fait plus confiance. Pire, tu es devenu l'ennemi à abattre. Tu as peur. C'est lui qui te terrifie. Au point qu'une nuit, tu appelles ton ancien ami pour le prévenir. Mais c'est trop tard. Hoffmann te capture et te torture, sans doute pour te faire dire à qui tu as parlé de ce que tu savais. Puis il te tue et te balance au fond du lac, lesté pour qu'on ne te retrouve jamais.

Ensuite, Hoffmann met son plan à exécution. Il tue Dampierre, laisse des indices pointant vers toi pour brouiller les pistes, et il balance son message à la télévision. Il veut que le monde entier sache que les coupables vont payer. Il se croit tout-puissant, intouchable. Jusqu'à ce qu'il comprenne que ton corps a été découvert et qu'on ne va pas tarder à reconstituer des bribes de l'histoire. Il prend la fuite. Où est-il maintenant ? Et que prépare-t-il ?

Irina rouvrit les yeux. Elle savait que son scénario était bon. Des zones d'ombre demeuraient, mais les grandes lignes étaient claires. Elles recoupaient tous les indices et éléments.

Elle se tourna vers Celik.

— Où est Hoffmann maintenant?

— J'en sais rien. Mais vous allez très vite entendre parler de lui. Je ne sais pas ce qu'il prévoit, mais il ne va pas en rester là. Maintenant qu'il sait que vous êtes après lui, il va passer à la vitesse supérieure.

DEUXIÈME PARTIE

LE DÉLUGE ARRIVE

Samedi 20 novembre

« Si vous croyez en la bonté naturelle de l'homme, vous serez la proie idéale des prédateurs. »

Viktor Kieffer, *Se préparer à l'effondrement*

30

Ronan se réveilla brusquement.

La pièce était plongée dans le noir. Il ne distinguait que le halo lumineux du réveil posé sur la table de chevet.

Quatre heures du matin.

Un bruit dans la rue avait dû le réveiller. Il ne dormait que d'un œil. Le point de la veille qu'il avait fait avec le capitaine Kowalski l'avait mis sur les nerfs. Elle avait raconté avec émotion à son groupe la découverte macabre au domicile d'Hoffmann. Elle leur avait montré des photos du monstre. Ronan n'avait pas vu l'horreur de ses propres yeux, mais la scène le hantait et le visage d'Hoffmann s'était imprimé profondément dans son esprit. Même pour des flics endurcis, il y avait un niveau d'abomination auquel on ne s'habituait jamais. C'était néanmoins une avancée majeure de l'enquête. Hoffmann était l'assassin de Dampierre et probablement celui de Marlot. Les groupes lyonnais et parisien recherchaient le même homme et leurs hiérarchies étaient convenues qu'ils mèneraient désormais l'enquête en commun.

Ronan se retourna dans le lit et tenta de retrouver le sommeil. Soudain, il entendit un bruit. Le même qui l'avait réveillé. Cette fois, il l'identifia parfaitement. Un craquement du parquet. Cela venait du rez-de-chaussée.

Il y avait quelqu'un dans la maison.

Ronan se dressa, quitta le lit sans faire de bruit et se dirigea vers le couloir. En passant devant le berceau de Gaspard, il crut que son cœur allait lâcher. Il était vide.

Il chancela et s'appuya contre le mur. Il lui fallut quelques secondes pour reprendre ses esprits. Quelqu'un était chez eux. Quelqu'un menaçait sa famille.

Il s'empara de son arme de service qu'il cachait tout en haut de l'armoire et enleva la sécurité.

Dans le couloir, il tendit l'oreille. Des bruits de pas provenaient de la cuisine, en bas. Le cœur battant, il descendit les marches sur la pointe des pieds. Les bruits se firent plus nets. Une ombre s'étalait au sol. Il y avait un homme.

Ronan prit une profonde inspiration et bondit dans la cuisine en allumant la lumière pour aveugler l'intrus.

— Ne bougez pas ! Je suis armé !

L'homme se figea. Il était de dos.

— Retournez-vous. Lentement.

L'homme s'exécuta. Dévoilant la face grimaçante de Ludovic Hoffmann.

Une attaque de panique brutale paralysa Ronan quand il vit ce qu'il tenait entre ses mains.

— Lâchez votre arme, Sénéchal, dit posément Hoffmann. Il ne me faudra qu'une seconde pour étrangler votre fils.

Hoffmann serrait l'enfant des deux mains par le cou. Gaspard agitait ses petits bras. Il peinait à respirer. Son visage était rouge, sa respiration sifflante. Il paraissait sur le point d'étouffer.

Saisi de stupeur, Ronan était incapable de détacher ses yeux de son fils en détresse. Gaspard aussi le regardait. Un regard qui n'avait rien de celui d'un nouveau-né. Fixe et dérangeant. Puis sa bouche s'ouvrit. Et il articula distinctement, d'une étrange petite voix : « Sauve-moi, papa. »

Ronan se réveilla en sursaut, haletant et transpirant.

Il regarda autour de lui. Tout était silencieux dans la maison. À son côté, Nathalie dormait paisiblement.

Putain de cauchemar !

Il était en nage. Il se dirigea vers la salle de bains, vérifiant au passage que Gaspard était bien dans son berceau.

Giclée d'eau froide sur le visage pour reprendre ses esprits. Cette histoire de bébés congelés l'avait mis dans tous ses états. Elle le poursuivait jusque dans ses rêves.

De retour dans la chambre, Ronan observa son fils une longue minute. Un sentiment étrange succéda à sa sérénité initiale. Quelque chose clochait. L'enfant était totalement immobile. Son visage avait une pâleur anormale. Ronan sentit son cœur s'emballer. Un pressentiment terrible lui comprima la poitrine. Et si ce cauchemar était un avertissement ?

Il se pencha pour écouter la respiration de son fils.

Rien.

Il toucha son front. Il était glacé.

Un frisson parcourut Ronan.

Il se mit à remuer le petit corps. Il était flasque,

comme une marionnette désarticulée. Ronan lui tapota les joues. Doucement d'abord, puis plus fort. Toujours rien.

L'angoisse lui tordit les tripes.

— Gaspard, mon ange, réveille-toi.

Cette fois, il le saisit par les épaules et le secoua sans ménagement.

— C'est trop fort, arrête !

Ronan se retourna. Nathalie était derrière lui. L'agitation l'avait réveillée. Elle lui prit son fils des mains.

— Il ne respire plus, lui expliqua-t-il.

À cet instant, Gaspard se réveilla en hurlant.

— Il va bien ! Qu'est-ce qui t'a pris ? s'exclama Nathalie en le calmant.

Ronan recula de quelques pas, sonné.

— Je… je ne sais pas. J'ai fait un cauchemar horrible. J'ai cru que Gaspard s'étouffait.

Les mots lui manquaient pour expliquer sa terrible méprise.

Nathalie ne répondit pas. Mais ses deux pupilles noires le fixaient. Elle était en colère. Une colère profonde, puissante.

— Je vais marcher un peu, murmura Ronan.

— Tu ne crois pas qu'on devrait plutôt avoir une discussion. Qu'est-ce qui se passe ? Qu'est-ce que tu prépares ?

— De quoi tu parles ? Je ne prépare rien.

— Ne me mens pas. Depuis la naissance de Gaspard, quelque chose ne va pas.

— Je suis sous pression, à cause de cette enquête.

— Non, c'est autre chose.

— Tu te fais des idées.

Nathalie déposa Gaspard qui avait cessé de pleurer

dans son berceau. Puis elle sortit un livre de sa table de chevet.

— Et là, je me fais toujours des idées ?

Elle brandissait sous le nez de Ronan son exemplaire de *Se préparer à l'effondrement.*

— Ce bouquin a l'air de drôlement t'intéresser.

Ronan se maudit. Il avait prévu de jeter le livre de Kieffer, mais il avait oublié de le faire. Il l'avait laissé traîner à la cave.

Il ne pouvait pas nier l'évidence. Il avait corné la moitié de ses pages. Il l'avait annoté en plusieurs endroits. En particulier, il avait souligné ce qui concernait la construction d'un abri personnel. Il n'était pas très difficile de deviner ce qu'il mijotait.

Paradoxalement, il ressentit une forme de soulagement. Il n'avait pas eu le courage d'ouvrir la discussion avec Nathalie, mais, maintenant qu'elle s'imposait à lui, il s'en réjouissait.

— Tu devrais le lire, osa-t-il.

— Certainement pas. Pourquoi tu te remplis la tête avec ces horreurs ?

— Ce ne sont pas des horreurs. Et si tu tiens à le savoir, je le lis parce que je veux vous protéger. Toi et Gaspard.

— En transformant la cave en bunker ?

Ronan se raidit. Sa femme avait tout compris. C'était comme si elle avait voulu le confondre, le prendre en flagrant délit. Voir jusqu'où il irait dans son délire.

— Nathalie, je t'en prie. Laisse-moi t'expliquer.

— Il n'y a rien à expliquer. Tu oublies tout de suite ces idées folles.

Ronan sentit l'émotion le gagner.

— Je vais mal, Nathalie. Je ne sais pas ce que j'ai…

Putain, j'ai l'impression qu'il va falloir m'attacher à une chaise pour que je ne fasse pas de connerie. Je voudrais vous protéger et… ça m'est monté à la tête. Evidemment que je ne vais pas transformer la cave en bunker. Je reconnais que l'idée m'a traversé l'esprit. J'ai compris que c'était dingue. J'avais prévu de jeter ce livre.

— Mais tu ne l'as pas fait. Et tu viens de me recommander de le lire.

Ronan hésita un moment. Il se contredisait, sa femme avait raison. Il aurait voulu oublier ce bouquin de malheur, le brûler. Pourtant quelque chose l'en empêchait, comme une force invisible.

— Je ne dis pas qu'il faut faire tout ce qui est écrit dedans, finit-il par expliquer. Mais il y a de bons conseils.

— Tu es en train de me dire que tu es devenu survivaliste ?

— C'est plus compliqué que ça.

— C'est un aveu, conclut Nathalie avec fatalisme. Pourtant, tu ne comprenais pas l'attitude de Samia. Comment tu as pu changer d'avis si vite ?

— Merde, Nathalie, je ne suis pas survivaliste. Je me pose des questions, c'est tout. Je me suis peut-être un peu emballé, mais je ne suis pas taré. Et je crois qu'on devrait en parler tous les deux.

Elle garda le silence. Les questions se bousculaient dans son esprit. Et si elle s'était trompée sur l'homme qui vivait avec elle ? Et si Ronan était… malade ? La dépression laissait des traces. Cette maladie ne disparaît jamais totalement. Elle reste tapie dans l'ombre, comme la mauvaise herbe qui repousse sans cesse au milieu de la forêt de neurones. Et cette idée la terrifia.

— Je suis épuisée, je vais me recoucher, éluda-t-elle pour mettre fin à la conversation.

Ronan n'insista pas. Sa femme n'entendrait plus rien ce soir, inutile de se fatiguer.

Il quitta doucement la chambre, descendit dans le salon puis dans la cave. Là, il s'assit au milieu des cartons. Il se repassa le film des événements.

Il avait vraiment voulu oublier, de toutes ses forces. L'effondrement. Le survivalisme. Viktor Kieffer. Et Ludovic Hoffmann. Ça résistait cependant en lui. Ça le poursuivait jusque dans ses rêves pour lui rappeler que son bonheur ne tenait qu'à un fil. Que le fil pouvait être cassé à tout moment.

Alors Ronan sut qu'il ne pouvait pas simplement tourner la page. Il devait désormais faire un choix.

Soit il faisait le nécessaire pour protéger son fils, au risque de perdre sa femme. Soit il ne faisait rien. Au risque d'en crever d'angoisse.

Dimanche 21 novembre

> « La société actuelle est comme un adolescent, uniquement préoccupée de son bon plaisir. Le temps de l'âge adulte est venu. »
>
> Viktor Kieffer, *Se préparer à l'effondrement*

31

Steven Lafargue mit le contact et la voiture démarra dans un crachat de fumée noire. Il descendit l'allée de son garage et le puissant SUV s'engagea sur la route. Il savait que son pot d'échappement était encrassé, mais il s'en foutait. Un vrai gouffre à diesel. Sa femme avait bien essayé de le convaincre d'en changer pour une hybride. Trop gros, trop polluant, disait-elle. Mais il adorait le regard de jalousie dans les yeux de ses collègues quand il arrivait au bureau au volant de sa bagnole.

Il ne comprenait pas ces imbéciles qui achetaient des modèles électriques qu'ils ne pouvaient pas recharger. Ou pire, des vélos. Ils se croyaient les rois du bitume depuis que des maires bobos les mettaient sur un piédestal.

Connards d'écolos.

L'écologie. C'était vraiment un prétexte pour faire chier les gens normaux comme lui.

Il franchit un stop sans s'arrêter et tourna à droite pour prendre la direction de son fast-food préféré. Il imaginait déjà en salivant ce qu'il allait manger.

De bonnes protéines animales. C'était ce qu'il aimait par-dessus tout. Ça aussi, sa femme essayait de l'en détourner. Mauvais pour la santé. Augmentation du risque de cancers. Ravages provoqués par l'élevage intensif.

Merde, un flic.

Il bifurqua et changea de route. Il avait perdu les derniers points sur son permis. Un excès de vitesse. Ridicule. Il était seul sur la route et conduisait parfaitement bien. Une fois par mois, il faisait de la vitesse sur circuit. Les limitations, c'était vraiment pour les femmes et ceux qui ne savaient pas conduire. Saletés de radars. Il aurait dû s'inscrire à un stage de prévention routière pour récupérer ses points. Il allait plutôt contester l'amende. En attendant, il devait faire gaffe à ne pas se faire contrôler.

Un tintement attira son attention. Il regarda son téléphone.

Sa femme. Bien entendu.

Pas besoin de lire, il savait déjà ce qu'elle voulait. Les gosses avaient dû passer leur commande pour le dîner.

Soupir.

Il ne s'était pas encore remis des dix heures passées dans un bouchon quand ils étaient descendus sur la côte, pendant l'été. De la gifle aux gosses pour les faire taire, de l'engueulade monumentale avec sa femme. Depuis, c'était tendu entre eux. Il songeait sérieusement à se tirer. La petite Sabrina du bureau lui plaisait bien. Il n'était pas dupe. Elle ne lui faisait ses yeux de biche que parce qu'il était son supérieur et qu'elle voulait son CDI. Mais s'il la jouait finement, il devrait pouvoir la mettre dans son lit.

Il se regarda dans le rétroviseur. Certes, il avait un

crâne dégarni et un début de double menton. Et il était bedonnant. Mais il n'avait pas le temps de faire du sport. Toutefois, il était un vrai mec. Il pouvait faire jouir une femme mieux que quiconque, ça oui.

Il attrapa son paquet de cigarettes dans la boîte à gants. Il essayait de réduire, mais c'était dur. Pareil avec l'alcool. Un pichet de vin tous les midis avec les collègues et son pack de bières le soir devant le foot.

Putain, ce monde le stressait. Partout, des injonctions : vivez sainement, protégez la planète. Il n'avait pas l'intention de renoncer à ce qu'il aimait. De toute façon, les autres ne le feraient pas. Alors il n'allait pas se faire couillonner en étant le seul imbécile à faire des efforts. Et puis, une seule personne, qu'est-ce que ça changerait ?

Le monde devient fou.

Il ne pouvait plus allumer sa télé sans tomber sur un reportage culpabilisant. Heureusement qu'il y avait le foot. Mais il fallait bien s'occuper les soirs où il n'y avait pas de match. Alors parfois, il regardait un de ces reportages. Ceux qui prétendaient que la planète allait mal. Toujours la même musique : si on ne change pas notre façon de vivre, on va tous crever. Il n'y croyait pas. Encore une manipulation des politiques. Et même si c'était vrai, il serait mort avant que ça pète.

Oui, Steven Lafargue se foutait de tout : de sa santé, de l'écologie, de la planète.

Il avait vaguement conscience d'avoir régressé au stade de tube digestif, mais ça ne le dérangeait pas. Tant qu'on lui laissait ses habitudes.

Il arriva aux abords du McDrive et s'engagea derrière la file des voitures. *Ne pas oublier la bouffe des mômes.* Il passa commande par l'interphone et retira ses sacs en papier quelques mètres plus loin. Il décida de s'accorder une pause et alla se garer sur le vaste parking de l'établissement qui était désert. Il avait besoin de passer ses nerfs sur la bouffe.

Les enfants pouvaient bien attendre dix minutes.

Il déballa en salivant un hamburger et y croqua à pleines dents, faisant gicler du ketchup qui se répandit sur son T-shirt déjà imbibé de sueur grasse.

Il termina son sandwich en quatre bouchées, puis s'empressa de lamper de grandes gorgées du soda. Il commençait à se sentir mieux. Il se jeta sur les nuggets. Il expédia la boîte entière en quelques minutes. Les morceaux de poulet glissaient dans sa gorge huileuse, lui procurant à chaque fois un bref moment d'euphorie. C'était comme une drogue. De la came alimentaire. Il ne savait pas résister.

Il alluma la radio qui retransmettait un match. Milan-Barcelone. Il s'enfonça dans son siège en soupirant d'aise.

Dissimulée derrière un arbre, la Sentinelle observait Steven Lafargue.

Hoffmann lui-même l'avait sélectionné. Lafargue était le candidat parfait. L'homme représentait tout ce qui allait de travers dans ce monde. Répugnant. Une vraie caricature.

La Sentinelle s'approcha de la voiture en vérifiant que personne ne pouvait le voir. Le parking était toujours désert. Lafargue ne le vit pas approcher. D'un geste vif, l'homme ouvrit la portière côté passager et s'engouffra dans la voiture.

Lafargue bondit sur son siège, la bouche pleine de frites.

— Qui êtes-vous ? marmonna-t-il en recrachant des morceaux.

L'homme en face de lui ne répondit pas.

Il le fixait de ses yeux noirs, le détaillant avec un mépris évident. Il n'était qu'un sous-homme à ses yeux.

— Le Guérisseur t'a choisi. Tu dois être soigné, lâcha-t-il avant de le frapper à la nuque.

Lafargue sombra sans avoir eu le temps de comprendre ce qui lui était arrivé.

La Sentinelle fit glisser son corps inerte sur le siège passager et prit la place du conducteur.

Tandis qu'il emmenait Lafargue vers une destination inconnue, un large sourire se dessina sur son visage.

L'expérience allait être absolument passionnante.

Lundi 22 novembre

« Ne faites surtout pas de régime. Une réserve de graisse vous sera utile. »

Viktor Kieffer, *Se préparer à l'effondrement*

32

— Évidemment que je me souviens d'Hoffmann.

Irina regardait l'homme qui se tenait en face d'elle.

Jean-Michel Blanco avait les cheveux courts et grisonnants, le visage buriné par le soleil. Un accent chantant et rocailleux trahissait ses origines pyrénéennes.

Elle avait d'emblée éprouvé de la sympathie pour le patron du RAID. Vêtu d'une chemise en lin largement ouverte, il portait un chèche bleu qui lui donnait l'air d'un vacancier élégant plutôt que le sérieux du patron des flics d'élite. Son apparente décontraction ne suffisait pas à effacer un charisme certain.

— Ce n'est pas le genre d'homme qu'on oublie facilement, ajouta-t-il. Que voulez-vous savoir ?

Irina avait décidé de se rendre en région parisienne pour l'interroger directement. En ce lundi matin, elle avait sauté dans le premier TGV pour Paris, puis dans le RER pour Bièvres, dans l'Essonne, où se trouvait l'unité centrale du RAID.

— Vous l'aviez recruté vous-même ? demanda-t-elle.

— Non, Hoffmann était déjà dans les effectifs depuis sept ans quand je suis arrivé. Mon prédécesseur ne tarissait pas d'éloges sur lui. C'était un élément exceptionnel, à tout point de vue. Pourtant, il n'était que gardien de la paix, avec trois années de maison, quand il a passé le concours. Il s'y préparait depuis toujours. Intégrer le RAID, c'était son rêve.

— À quel groupe était-il affecté ?

— Au groupe intervention. Le noyau dur.

— À quel type d'opérations a-t-il participé ?

— Du classique. Prises d'otages, tueries, lutte contre le terrorisme... Notre quotidien. Son rôle a souvent été déterminant.

— Pourquoi il a démissionné si tout était si merveilleux ?

Jean-Michel Blanco planta son regard gris dans celui d'Irina.

— Je pensais que vous le saviez. Hoffmann a été suspendu pour faute grave. Une procédure de licenciement avait été engagée. Il a préféré démissionner.

Elle ne fut pas vraiment surprise. Là-dessus aussi, Hoffmann avait menti.

— Qu'est-ce qui a mis fin à la lune de miel ?

Blanco soupira.

— Hoffmann a « pété un câble », si vous me passez l'expression. Je ne peux pas le dire autrement. Je n'ai jamais compris ce qui s'était passé. Comme vous le savez, l'admission au RAID obéit à des critères très stricts, y compris sur le plan psychologique. Tous les trois ans, les gars sont évalués. Je ne comprends pas comment les psys ont fait pour ne rien voir. Ce type n'était pas sain d'esprit. Il nous a bernés pendant des années.

Irina acquiesça. Encore une preuve de la duplicité extraordinaire d'Hoffmann.

— Il n'y avait pas eu de signes avant-coureurs ?

— Non, en tout cas aucun signe que j'aie su voir. Quand on est en intervention, il faut un sang-froid à toute épreuve pour résister au stress et au danger. Hoffmann n'a jamais failli. Vous pouvez interroger ceux qui l'ont connu ici. Ils vous diront tous la même chose. Il était d'une efficacité redoutable, un vrai rouleau compresseur.

Blanco roula les yeux vers le haut, comme pour mieux convoquer ses souvenirs.

— Il a commencé à agir en solo. Sa réputation d'efficacité avait fini par lui monter à la tête. Mais ici, on ne la joue pas perso. C'est le collectif qui compte. Et ça, Hoffmann avait de plus en plus tendance à l'oublier. Je le sentais sous pression. Alors, j'ai décidé de l'affecter à des missions « simples », de protection des personnalités. Bizarrement, c'est là qu'il a merdé. Alors qu'il était affecté à la protection de François-Xavier Vereecke. Lors d'un sommet.

— Le PDG de Total ?

— Lui-même. On avait été appelé en renfort. Vereecke était menacé par des groupes écolos. Il avait reçu des menaces de mort. Pour un élément comme Hoffmann, ça aurait dû être une mission sans difficulté.

Blanco laissa un silence s'installer.

— Un forcené s'est jeté sur Vereecke avec un couteau. Hoffmann était en première ligne. Il n'a pas réagi. En tout cas, pas tout de suite. Vous connaissez la suite. L'agresseur a eu le temps de trancher la gorge de Vereecke, qui s'en est sorti miraculeusement.

— Comment vous êtes-vous expliqué l'absence de réaction d'Hoffmann ?

Blanco haussa les épaules.

— Il a dit avoir eu un moment d'absence. Il n'a mis que cinq secondes à réagir, mais pour nous, c'est une éternité pendant laquelle le pire peut arriver. Il a été suspendu… et c'est là qu'il est devenu dingue.

— Dingue ? C'est-à-dire ?

— Il m'a soutenu que Vereecke était un criminel et qu'il méritait ce qui lui était arrivé. Que le RAID n'avait pas vocation à protéger des « enfoirés » comme lui. J'étais sous le choc. Nous n'avions plus le choix, nous devions nous séparer de lui. Finalement, sachant qu'il allait être licencié, il a préféré démissionner. Je sais qu'il s'est reconverti dans le privé. Voilà ce que je peux vous dire.

Blanco se pencha vers Irina, un sourire complice sur le visage.

— C'est donnant-donnant, capitaine. Dites-moi pourquoi vous en avez après lui…

Irina hésita un instant.

— C'est du off. Officiellement, je ne vous ai rien dit.

Elle ressentait confusément qu'elle pouvait faire confiance à cet homme.

— François Dampierre, lâcha-t-elle sans donner plus de détails.

— Ne me dites pas que c'est Hoffmann qui a tué Dampierre.

Elle ne confirma pas.

Ils restèrent silencieux un instant.

— Je n'aurais jamais pu imaginer ça, reprit Blanco après quelques instants.

— Vous ne pouviez pas, en effet. Comme beaucoup d'extrémistes, Hoffmann a su se fondre dans la masse. C'est un homme intelligent qui conserve une façade de « normalité » pour rester indétectable.

— Vous ne l'avez pas encore arrêté. C'est pour ça que vous êtes là.

— Oui, il a échappé à notre surveillance. Et on le soupçonne de préparer un autre coup. On doit absolument le retrouver avant qu'il ne passe à l'action. J'ai besoin de toutes les informations que vous pourrez me donner.

— Je vais demander qu'on vous fasse une copie de son dossier, mais je ne crois pas que cela puisse vraiment vous aider, capitaine Kowalski. La seule chose que je peux vous dire, c'est qu'Hoffmann est à la fois instable et surentraîné. Il est extrêmement dangereux. Quand vous l'aurez localisé, vous aurez besoin de notre soutien pour l'arrêter.

La grande horloge de la gare de Lyon indiquait midi quand Irina s'engouffra dans le bâtiment en sprintant, dans l'espoir d'attraper le TGV de 12 h 03 à destination de Lyon. Elle repéra la voie sur un panneau d'affichage et au pas de course zigzagua entre les groupes de voyageurs. Elle bondit dans le train à l'instant où la sonnerie retentissait sur le quai.

Quelques secondes plus tard, elle se laissa tomber sur son siège dans un soupir de soulagement. Elle était en train de s'éponger le visage avec un mouchoir, quand elle aperçut du coin de l'œil un homme qui s'installait à la place voisine.

— Bonjour, capitaine Kowalski.

— Commandant Sénéchal ? répondit-elle avec incrédulité, en se tournant.

Elle ne l'avait vu qu'une fois en visio, trois jours plus tôt, et se demandait si c'était bien lui.

— Désolé pour cette arrivée un peu théâtrale. Je vois que vous ne m'attendiez pas.

— Euh… non, en effet, lui répondit-elle.

— J'ai pensé qu'il serait utile de vous rendre visite à Lyon. Puisque nous sommes tous les deux à la recherche d'Hoffmann, cela faciliterait l'échange d'informations. J'ai appelé votre bureau. Votre adjoint m'a dit par quel train vous reveniez. Il m'a même donné votre numéro de place. J'espère ne pas vous déranger.

— Non, pas du tout… mentit-elle. Combien de jours restez-vous à Lyon ?

Tant pis pour la politesse, la question était sortie toute seule.

— Tout va dépendre de l'avancée de l'enquête.

— Je vois…

Elle lui adressa un sourire pincé.

Mais qu'est-ce qu'il fout là ?

Soit il voulait la contrôler, soit il ne supportait pas de ronger son frein à Paris, à attendre de nouveaux développements.

— Vous avez tiré quelque chose du patron du RAID ? la relança Ronan.

— Il n'a fait que confirmer ce que nous savions déjà. Hoffmann est obsédé par l'idée de faire payer les coupables de la destruction de la planète. Apparemment, cela s'est manifesté une première fois quand il était encore au RAID, alors qu'il était affecté à la protection de François-Xavier Vereecke.

— La tentative d'assassinat ?

— Tout juste. C'est Hoffmann qui était responsable de sa sécurité ce jour-là. Quand l'agresseur s'est jeté sur Vereecke, il n'a pas réagi. Il a justifié son attitude en expliquant que ce type était un criminel.

— Comme avec Dampierre…

— Exact. Je n'ai pas appris grand-chose d'autre. Si

ce n'est qu'Hoffmann était un élément exceptionnel aussi bien par ses capacités physiques qu'intellectuelles. Avec le pète au casque qu'il a, ce mec est un vrai bâton de dynamite.

Irina regarda son téléphone. Elle venait de recevoir un mail de Jean-Michel Blanco.

— J'ai le dossier d'Hoffmann. Je vais potasser ça pendant le voyage.

— Vous voulez de l'aide ? s'enquit aussitôt Ronan. On peut partager le travail.

— Entendu, je vous l'envoie.

— Merci. Quand l'autopsie des bébés retrouvés chez Hoffmann est-elle prévue ?

Ronan avait posé la question abruptement, ce qui surprit Irina.

Comme si c'était la question qu'il voulait lui poser depuis le début.

Comme si c'était la véritable raison de sa présence dans ce train.

33

Steven Lafargue revint à lui avec la sensation d'avoir le crâne dans un étau. Il releva la tête dans un grognement de douleur. Ses sens étaient engourdis et il n'avait aucune idée de l'endroit où il se trouvait. Il était allongé à même le sol. La pièce était plongée dans la pénombre. Il sentait le contact froid et dur du béton sous lui.

Merde, qu'est-ce qui a bien pu se passer ?

Ses muscles étaient ankylosés. Il avait l'impression qu'il ne parviendrait jamais à décoller ses quatre-vingt-dix kilos du sol. Il commença par remuer doucement ses extrémités. Mains et pieds. Flexion, extension. Tout semblait en ordre. Puis les bras et les jambes. Les tendons et les muscles se contractèrent.

Au moins, je ne suis pas blessé.

Il roula sur le côté avant de se soulever, cherchant à retrouver son équilibre à l'aveuglette. Il tenait à peine debout. Son corps était traversé par des décharges électriques à chaque mouvement.

Quand ses yeux s'habituèrent à l'obscurité, il constata qu'il était enfermé dans une pièce étroite, aux murs de pierres nues. Le sol était sale, couvert de poussière et de terre. On aurait dit une maison en ruine et abandonnée.

Putain, mais où je s uis?

Il tenta de se remémorer les derniers événements. Il était sorti de chez lui vers 20 heures. Il avait pris sa voiture pour acheter le dîner. Les souvenirs lui revenaient péniblement. Il se revoyait conduire jusqu'au restaurant et prendre sa commande. Puis il avait fait une pause sur le parking.

Que s'est-il passé ensuite?

Il ne visualisait qu'un grand noir.

Souviens-toi, souviens-toi.

Ce fut le visage de son agresseur qui lui revint en premier.

Un dingue, qui était entré dans sa voiture et l'avait assommé. C'était forcément lui qui l'avait emmené ici. Il avait dû le droguer, sa bouche était encore pâteuse.

Pourquoi il a fait ça? Je ne connais même pas ce mec.

Il se prit la tête entre les mains et ce qu'il sentit le glaça. Ses doigts venaient de heurter une surface dure.

Il palpa l'objet. C'était une sorte de casque en plastique. Pris de panique, il essaya de l'enlever avant de s'apercevoir qu'il était solidement accroché par une sangle qui lui enserrait le menton.

Steven essaya de retirer la sangle, mais la bande de cuir était si tendue qu'il ne pouvait pas glisser ses doigts en dessous.

C'est un cauchemar. Un putain de cauchemar.

Il regarda autour de lui, à la recherche d'un couteau ou de quelque chose de tranchant. La pièce était vide.

Je dois sortir. Trouver de l'aide.

La pièce n'avait pas de porte et donnait sur un couloir.

Steven eut une hésitation au moment de passer le seuil. Si ce malade l'avait enlevé, pourquoi n'était-il pas attaché ? Pourquoi n'y avait-il rien pour l'empêcher de quitter cet endroit ? Tout ça n'avait aucun sens.

Il passa prudemment une tête à l'extérieur, s'attendant à voir un garde.

Personne.

Juste un long couloir vide et sombre dans lequel il s'aventura à petits pas.

Le couloir desservait plusieurs pièces, toutes dans le même état que celle où il s'était réveillé. Des graffitis obscènes sur les murs montraient que l'endroit était abandonné depuis longtemps. Après quelques mètres, Steven se retrouva devant une porte en métal rouillé, percée de deux petites ouvertures à travers lesquelles le soleil s'engouffrait. Il poussa le battant, s'attendant à rencontrer une résistance.

La porte s'ouvrit sans effort, et la lumière l'éblouit. Il faisait grand jour. Le soleil était haut dans le ciel.

Steven estima qu'il devait être autour de midi.

Une vaste pelouse se déroulait devant lui, plantée

de quelques arbres. Le terrain était en pente, fermé par un haut mur.

Steven s'éloigna pour prendre du recul et mieux observer le bâtiment. Il s'agissait d'une construction de deux étages en pierre maçonnée, comportant deux tours aux angles. Il paraissait ancien. Il n'y connaissait rien en architecture, mais il aurait parié sur le XIXe siècle. L'ensemble était massif, les murs, particulièrement épais, comme un fort ou en tout cas un bâtiment à usage militaire.

Steven n'avait jamais vu cet endroit de sa vie. Il ne comprenait ni où il était, ni pourquoi il y était.

Désormais, il ne voulait plus comprendre où il était. Il voulait fuir.

Il s'avança à la recherche d'une sortie. Après une cinquantaine de mètres, il atteignit le mur d'enceinte. Au moins huit mètres de hauteur, à vue de nez. Impossible à escalader.

Il le longea. Il lui fallut cinq minutes pour en faire le tour et revenir à son point de départ. Il n'y avait aucune issue. L'endroit le plus vulnérable était une porte mais, contrairement au reste du lieu, elle avait été renforcée récemment. Sans outil, il était inutile de songer à la forcer.

Accablé, il se laissa glisser le long du mur.

Un malade l'avait enlevé, drogué et transporté ici. Dans cette espèce de forteresse d'où il était impossible de s'évader.

Ça n'avait aucun sens.

Une profonde lassitude l'envahit. Il avait soif, il avait faim. Surtout, il aurait tout donné pour une cigarette. Soudain, il se rendit compte qu'il n'avait pas vérifié ce qu'il avait sur lui. Il fouilla frénétiquement ses poches. Rien. Évidemment, son agresseur l'avait délesté de tous ses objets personnels. Il n'avait plus son téléphone.

Brusquement, il se figea. Il venait d'entendre un bruit. Son regard balaya les alentours. Cela provenait de sa droite. Un arbre se dressait devant lui. Quelqu'un était caché derrière, il en était certain.

— Eh là-bas ! Montrez-vous !

Il se releva et s'approcha. Quand il ne fut plus qu'à quelques mètres de l'arbre, une silhouette bondit de sa cachette et se mit à courir. Elle portait un casque identique au sien.

— Attendez !

Steven se mit lui aussi à courir. Il n'était pas un grand sportif, mais il rattrapa l'homme facilement et lui tomba dessus.

— Lâchez-moi ! cria le fuyard.

L'homme avait une voix étrangement aiguë.

Steven relâcha son étreinte et son prisonnier se retourna. Une jeune femme. Encore plus terrifiée que lui.

— Ne vous inquiétez pas, la rassura-t-il. Je veux juste savoir pourquoi je suis enfermé ici. Je m'appelle Steven, et vous ?

La femme se releva et s'écarta avec méfiance. Elle haletait. Steven la détailla. Elle devait avoir une trentaine d'années. Plutôt jolie si son visage n'avait pas été aussi sale.

— Anna, répondit-elle du bout des lèvres.

Il remarqua un petit objet noir sur son casque, un objet qui devait également se trouver sur le sien et dont la présence lui paraissait inexplicable. Une webcam.

Putain, c'est un jeu ou quoi ?

— Vous aussi, il vous a enlevé ? demanda Anna.

— Qui ça, « il » ?

— Je ne connais pas son nom… Cet homme… Il a dit que le « guérisseur » m'avait sélectionnée.

Steven ressentit une décharge électrique le long de sa colonne vertébrale en entendant le nom que son agresseur avait cité.

— Il m'a dit la même chose, confirma-t-il.

— Il vous a enlevé quand ?

— Hier soir. Il m'a drogué. J'ai repris conscience il y a peu de temps.

— Où avez-vous été enlevé ?

— À Lyon.

Anna baissa les yeux. Ils avaient vécu la même histoire.

— Où est-on ? murmura-t-elle, la voix tremblante.

— Je ne sais pas. On dirait une ancienne forteresse… J'ai fait le tour. Le mur d'enceinte est infranchissable.

— Comment on va faire ? Il n'y a rien ici.

— Vous avez fouillé le bâtiment ?

Elle secoua la tête.

— Non. On voit bien que c'est abandonné. Et vous venez de dire qu'on ne peut pas s'enfuir. On… on va crever ici.

Cette fois, elle se mit à pleurer, ce qui incommoda Steven.

Je vais devoir me débrouiller seul.

Il remarqua un escalier extérieur qui menait au toit du bâtiment.

— Eh ! Attendez-moi !

Il ignora Anna et se mit à grimper les marches quatre à quatre. Une fois au sommet, il put enfin voir ce qui se trouvait au-delà du mur d'enceinte. Et cela le laissa sans voix.

34

Irina ne parvenait pas à détourner son regard des petites boîtes en polystyrène. Il y en avait huit, alignées devant elle. Le médecin légiste les avait refermées.

Un silence d'église régnait dans la salle d'autopsie. Irina jeta un regard en coin à Ronan. Il était pâle comme un spectre.

Ceux qui avaient fait ça n'avaient plus rien d'humain.

Une balle en pleine tête serait encore trop douce.

— J'ai autopsié les huit corps, finit par lâcher Meslier d'une voix mal assurée qui semblait prête à se briser. Ils sont tous en période néonatale tardive, soit entre 8 et 28 jours.

Ronan sembla chanceler sous l'effet de la nouvelle.

— J'ai effectué des prélèvements et je les ai envoyés au laboratoire de fœtopathologie pour avoir confirmation de la cause du décès. Il ne fait guère de doute que, dans tous les cas, il s'agit de strangulations ayant conduit à la mort par asphyxie.

Ronan s'agrippa à une table d'autopsie.

— Seul un corps présente une ambiguïté de diagnostic, continua le légiste. On observe bien des traces de stigmates au niveau du cou, preuve qu'une forte pression a été exercée sur la trachée. En revanche, on ne relève aucune trace de pétéchies de cyanose ou d'ecchymoses sur la face, caractéristiques de l'asphyxie.

L'information interpella Irina.

— Qu'est-ce que ça signifie ?

— Il était déjà mort quand quelqu'un a comprimé

sa trachée. Je n'ai pas pu identifier la cause du décès à l'autopsie, il faudra attendre les résultats du labo.

— Ce qui indiquerait que quelqu'un a voulu faire *croire* qu'il avait été étouffé ?

Le légiste haussa les épaules.

— Ça, capitaine, c'est à vous de le découvrir.

Irina resta songeuse un instant tandis qu'elle recoupait des faits dans son esprit.

L'autopsie faisait émerger une nouvelle hypothèse. Marlot, s'il était bien l'auteur de ce faux crime, n'avait pas pu se résoudre à commettre l'acte barbare qu'Hoffmann avait exigé. C'était sans doute à ce moment précis, quand Hoffmann lui avait expliqué le rituel initiatique pour faire partie des Sentinelles, que Marlot avait compris qu'il avait mis les pieds au mauvais endroit. Mais il était trop tard pour partir, il en savait trop. Alors, il avait sans doute décidé d'entreprendre la seule chose qu'il lui restait à faire : infiltrer les Sentinelles, découvrir leur objectif et les dénoncer. Il avait mis au point un plan pour tromper Hoffmann : voler le corps d'un enfant mort-né dans un hôpital et simuler un étranglement. Pour une raison ou pour une autre, son plan avait échoué. Hoffmann avait découvert la supercherie, ce qui avait signé son arrêt de mort.

— Je veux en voir un, demanda Ronan qui était resté silencieux jusque-là.

Irina observa son collègue. Il semblait ailleurs, comme fasciné par le caractère glauque de la situation.

Qu'est-ce qui se passe dans ta tête, commandant ?

— Vous êtes sûr ? demanda-t-elle en lui posant la main sur l'épaule. Cela n'aide en rien notre enquête.

Elle avait parlé avec une voix douce, apaisante.

— Oui, je veux voir ce que ces enfoirés ont fait.

Irina ôta la main de son épaule et fit un signe à Meslier. Le légiste souleva le couvercle de la première boîte de la rangée. Ronan approcha de quelques pas et se pencha au-dessus du petit linceul. Meslier avait bien travaillé. La reconstruction avait été assurée avec soin, si bien qu'on devinait à peine les traces de l'autopsie. C'était un beau bébé, déjà plein de cheveux. Ronan eut presque l'impression qu'il dormait et cela l'apaisa.

Après quelques instants, il s'écarta et Meslier referma la plaque de polystyrène, plongeant le petit corps dans la nuit.

35

Des montagnes à perte de vue.

Le fort était perché sur une crête qui devait bien culminer à plus de 2 000 m d'altitude. Depuis le toit, Steven avait une vue dégagée à 360°. Il devina un chemin escarpé qui serpentait dans la montagne et menait au fort. Il devait rejoindre la vallée, mais il était inatteignable, à moins de trouver un moyen d'escalader ce foutu mur d'enceinte sans se rompre le cou.

— Mon Dieu. Mais où sommes-nous ?

Steven se retourna vers Anna qui venait de le rejoindre.

— On est dans la merde, voilà où on est.

Un bourdonnement attira soudain leur attention, comme si un essaim d'abeilles fonçait sur eux. Ils levèrent le nez et aperçurent un drone. L'appareil s'approcha d'eux.

— Il a une caméra ! s'exclama Anna en faisant de

grands signes. À l'aide ! Nous sommes prisonniers, appelez des secours !

L'appareil resta en vol stationnaire quelques instants, puis descendit encore un peu plus. Il était maintenant à deux mètres au-dessus d'eux.

Anna tressaillit quand elle entendit une voix en sortir. Un homme à la voix grave et menaçante.

— Je vois que vous avez fait connaissance. Parfait. À partir de maintenant, vos destins sont liés. Vous allez participer à une expérience, tous les deux. Comme vous l'avez constaté, vos casques sont équipés d'une caméra. Vous êtes filmés en permanence. Le monde entier pourra voir comment vous allez vous en sortir.

Anna hurla vers l'appareil.

— Vous voulez quoi, espèce de taré ?!

Insensible, la voix déroula son discours.

— Après l'effondrement, l'humanité devra survivre sans le secours du système artificiel auquel vous vous accrochez comme des drogués. La plupart d'entre vous en sera incapable. Et c'est ce que vous allez démontrer. Grâce à cette expérience, vos congénères vont se faire une idée de ce qui les attend. Vous allez contribuer à éveiller les consciences, à rééduquer les hommes. À les guérir.

Anna et Steven ne songeaient même plus à crier tant ce qu'ils entendaient leur paraissait invraisemblable.

— L'expérience est simple. Elle ne comporte que deux règles. Règle n° 1 : ne jamais ôter le casque, ne jamais désactiver la caméra. À défaut, des explosifs placés sous le casque vous feront sauter la cervelle. Règle n° 2 : survivez, par tous les moyens. Vous devez survivre *tous les deux*. Si l'un d'entre vous meurt, cela déclenchera automatiquement les explosifs de l'autre. Cela devrait vous inciter à perdre vos pitoyables habitudes individualistes.

La voix marqua une pause avant de reprendre.

— Dans une pièce de la forteresse, vous trouverez un peu de matériel, c'est tout ce que vous aurez à votre disposition. Si vous survivez une semaine, vous gagnerez votre liberté. La porte s'ouvrira automatiquement à l'issue de ce délai. D'ici là, personne ne vous viendra en aide. Personne ne sait où vous vous trouvez. Et ce lieu est suffisamment isolé pour que personne ne vous trouve par hasard. Je ne doute pas que vous allez mourir. Mais survivez, si vous le pouvez.

Le drone s'éloigna dans un bourdonnement. Steven se dirigea vers l'escalier.

— Vous allez où ?

— Chercher le matériel, marmonna-t-il.

— Attendez-moi.

— Faites ce que vous voulez. Je ne vous attends pas.

— Pitié ! s'exclama Anna en l'attrapant par le bras.

Steven se dégagea de son étreinte et se retourna. Son regard était noir.

— Vous avez entendu ce qu'il a dit ? On doit survivre une semaine. Alors à partir de maintenant, c'est chacun pour soi !

— Mais enfin, c'est tout le contraire de ce qu'on doit faire ! On doit s'entraider.

Steven l'ignora et Anna se mit à courir après lui.

— On doit en parler. Réfléchir.

Steven la repoussa une nouvelle fois.

— Écoutez, je ne sais pas qui vous êtes. Rien ne me dit que vous n'êtes pas une complice de ce taré. Alors, c'est mieux si on reste chacun de notre côté.

Elle se plaça devant lui pour lui barrer la route.

— Je ne suis pas sa complice. Merde, vous voyez bien que j'ai un casque comme vous !

— Laissez-moi passer.

— Pas avant qu'on ne décide d'un plan.

Irrité, Steven contourna Anna en la bousculant.

— Connard ! cria-t-elle avant de fondre en larmes.

Steven était déjà en train de descendre les escaliers en courant. Il devait trouver le matériel avant elle, c'était la seule chose qui comptait.

Il entra dans le fort par l'étage supérieur et se retrouva dans une vaste salle qui avait dû être la chambrée des soldats en garnison. La pièce était vide. Il passa à la suivante. Les anciennes latrines, vides aussi.

Les sons résonnaient dans le fort, Steven entendait Anna qui explorait les pièces voisines. Il accéléra la cadence. Certaines salles contenaient des armoires qu'il devait ouvrir pour vérifier leur contenu. Cela lui fit perdre du temps. Quand il eut la certitude qu'il n'y avait rien à l'étage, il reprit l'escalier pour se rendre au niveau inférieur. Devant lui, Anna se dirigeait déjà vers le rez-de-chaussée. Elle avait de l'avance.

S'il le faut, je lui prendrai le matériel par la force. Elle ne fait pas le poids.

Soudain, par une fenêtre, il remarqua une petite construction sur le terre-plein qui entourait le bâtiment. Cela ressemblait à une remise, sans doute l'ancienne réserve de poudre à canon.

Il eut une intuition. Il abandonna la fouille du fort et se rua vers la dépendance.

À l'intérieur, la lumière filtrait à travers le toit affaissé. Steven remarqua tout de suite la malle. Il se jeta dessus et l'ouvrit fébrilement.

36

Il était 18 heures quand les deux policiers quittèrent l'IML.

— Ça vous a bien secoué, dit Irina à Ronan tout en s'allumant une cigarette sur les marches du bâtiment.

Ronan avait repris quelques couleurs en quittant la salle d'autopsie, mais il était encore fébrile.

— Moi aussi, ça me fout la rage, continua Irina. C'est pour des moments comme ça qu'on est devenus flics, non ? Lutter contre le mal.

Ronan acquiesça mollement. Prise d'une intuition, Irina se décida à lui poser une question personnelle.

— Vous avez des enfants ?

— Oui, un garçon.

— Quel âge ?

— Six jours.

— Bordel, Sénéchal, vous êtes sérieux ? explosa Irina. Qu'est-ce que vous foutez là si vous êtes père depuis six jours ? Vous n'aviez qu'à envoyer votre adjoint ! Vous devriez être auprès de votre femme et de votre fils. Et pourquoi vous imposer une scène pareille alors que vous avez un bébé ? Vous êtes maso.

Rouge de colère, elle jeta son mégot par terre et s'alluma aussitôt une autre cigarette tandis que Ronan gardait le silence.

Elle a raison, qu'est-ce que je fous là ?

Il perdait les pédales. La naissance de son fils au moment précis où débutait l'enquête avait agi sur son esprit comme un cocktail explosif. Même sa femme ne le reconnaissait plus. Et ça lui foutait une trouille pas possible. C'était pour ça qu'il avait sauté dans le premier train pour Lyon. Les propos d'Irina le ramenaient soudain à l'absurdité de sa situation. Fuir était inutile. Ses démons le suivraient où qu'il aille.

— Vous êtes toujours avec moi ?

Irina le fixait.

— Oui… Pardonnez-moi, j'ai besoin de repos.

Ronan avait désormais l'air perdu, ce qui fit descendre la colère d'Irina d'un cran. Elle y était allée un peu fort, elle voulait se faire pardonner.

— Vous avez surtout besoin d'un remontant.

Elle regarda sa montre.

— La journée est finie. Venez, je vous invite.

— Où ? répondit Ronan mécaniquement.

— Dans un bar, comme les gens normaux.

Ronan hésita, puis finit par afficher un demi-sourire. Après tout, pourquoi pas ? Il avait besoin de se vider la tête.

— Ma voiture est juste là.

Il suivit Irina jusqu'à son véhicule de service.

— Je connais un endroit pas trop mal dans le centre, lança-t-elle en s'installant au volant.

Quelques minutes plus tard, ils étaient devant un bar d'où s'échappait une musique latino tonitruante. Le rade s'appelait *El Nopal* et se prétendait mexicain. Les deux policiers se frayèrent un chemin entre les groupes et les caisses de bières et s'attablèrent dans un box mal éclairé, à la décoration surchargée, mêlant guirlandes lumineuses et statuettes de Vierges multicolores.

Une serveuse d'une vingtaine d'années couverte de piercings et de tatouages s'approcha de leur table tandis que la voix stridente et distordue d'un chanteur de reggaeton s'échappait de la sono.

— Tequila, commanda Irina d'autorité.

Le capitaine de police se vautra sur la banquette.

— Ce soir, on picole, Sénéchal.
— Dans ce cas, appelle-moi Ronan.
— Comme tu veux, commandant. Sale journée, non ?
— C'est le moins qu'on puisse dire.

Depuis leur arrivée à Lyon, les mauvaises nouvelles s'enchaînaient. Pour commencer, le dossier d'Hoffmann communiqué par le RAID était à moitié caviardé. Secret défense. Impossible d'en tirer quoi que ce soit.

Ensuite, la perquisition d'Agogé avait été un fiasco. Les membres de l'association avaient été prévenus, le ménage avait été fait. Les policiers avaient bien embarqué quelques cartons de documents et de matériel pour la forme, mais ils savaient déjà que le contenu de leur saisie se révélerait inutile. Hoffmann avait bien dressé ses troupes, elles avaient été efficaces.

Mais tout cela n'était rien en comparaison des quelques minutes atroces qu'ils venaient de passer à l'IML.

La serveuse revint, déposa un plateau avec huit petits verres pleins à ras bord. Irina glissa un billet sur la table qui disparut entre les mains de la jeune fille.
— Gardez la monnaie.

La serveuse sourit et s'éloigna.
— Ne le prends pas mal, mais… qu'est-ce que tu es venu faire ici ? reprit Irina en vidant cul sec un verre de tequila.
— Je suis désolé si je te donne l'impression de m'imposer. Ce n'est pas ce que je souhaite.

Il décida de jouer la transparence.
— La vérité, c'est que j'avais besoin de quitter Paris quelques jours. L'enquête n'a rien à voir là-dedans. Je ne suis pas particulièrement fier de cette décision.

Irina dodelina de la tête, surprise par cette confession.

— Je comprends, lâcha-t-elle après quelques secondes, faute de trouver une réponse plus appropriée.

Ronan leva son verre à son tour, regarda le liquide ambré avant de l'ingurgiter d'un coup. La brûlure de l'alcool lui fit du bien.

— Quel est ton sentiment sur l'enquête ? demanda Irina pour briser le silence qui commençait à s'installer, tout en regrettant de reparler du boulot.

— Je me demande si on est de taille pour résoudre cette affaire, répondit-il laconiquement.

— Il nous faut du temps, mais on est en train de cerner Hoffmann. On est sur la bonne piste.

Elle se pencha vers lui.

— Au début, je ne voulais pas de cette enquête, lâcha-t-elle sur le ton de la confidence. J'étais même prête à démissionner. Un nouveau cas d'homicide, ça ne m'intéressait pas. Mais cette affaire… c'est exactement pour ça que je suis devenue flic !

Irina vida un nouveau shot et reposa bruyamment son verre sur le plateau.

— C'est à cause de ton fils que ça te perturbe autant ?

— Peut-être… Tu as des enfants ? enchaîna Ronan, pressé de changer de sujet.

— Non. Pas d'enfant ni de mari. Je suis un loup solitaire.

— Alors quoi ? Pas d'aventure sérieuse ? J'ai du mal à te croire, la relança Ronan, trop heureux de ne plus être le centre de la conversation.

Irina commençait à être légèrement ivre. Elle était prête à se confier.

— Si une fois. Ça s'est mal terminé. Alors j'ai laissé tomber. Plus de temps à perdre avec des conneries.

— Qu'est-ce qui s'est passé ?

— Il va me falloir un nouveau verre si tu me lances sur le sujet, dit-elle avant de joindre le geste à la parole.

Elle passa la langue sur ses lèvres pour lécher les cristaux de sel qui s'y étaient déposés. Ronan l'imita.

— En fait… je ne nous ai pas donné une chance, souffla-t-elle. Une histoire d'enfant. Je n'ai pas voulu, c'était une situation… compliquée.

Elle resta évasive. Elle ne se sentait pas encore prête à expliquer que cette histoire, elle l'avait vécue avec une femme.

— Je crois que j'ai eu… peur. Tout simplement. Fonder une famille, c'est tellement… dingue, quand on y pense ! Il faut oser se jeter dans le vide, dans l'inconnu. Je n'ai pas pu. J'ai fait une croix là-dessus, ce n'est pas pour moi.

Irina, pourquoi tu te mets à parler du passé, comme ça ? Tu veux te faire mal ou quoi ?

Ronan écoutait Irina avec attention. Lui aussi commençait à être ivre. Il sentait la chaleur de l'alcool se diffuser dans son corps. Il avait besoin de lâcher prise. De parler d'autre chose que de l'enquête. Et le capitaine Kowalski lui plaisait de plus en plus. Il appréciait sa personnalité entière et singulière. Il posa les coudes sur la table et se pencha vers elle.

— Je vais te dire un secret. J'étais comme toi. Avant. Une vraie caricature de flic qui traînait avec lui toutes les tensions de son boulot. Je me suis enfilé tous les cachetons possibles et imaginables. J'ai été blessé si souvent, intérieurement et extérieurement…

— Puis tu as rencontré l'amour, le vrai, et tout a changé ?

— Quand tu le dis, ça a l'air débile, mais oui.

L'amour d'une femme m'a sauvé. C'est grâce à elle que je suis en face de toi, sur mes deux jambes.

Irina s'apprêtait à répondre par un sarcasme, mais elle se retint, constatant que le regard de Ronan débordait d'émotion. Son intensité la désarçonna.

Merde, ne va pas chialer.

— Je ne pensais pas que c'était possible, continua-t-il. J'étais convaincu que la vie me refusait le bonheur.

— Qu'est-ce qui te faisait penser ça ?

— Mes parents ont été assassinés quand j'avais dix ans.

Irina encaissa l'information.

— Un cambriolage qui a mal tourné. Les voleurs croyaient la maison vide. Ils n'étaient pas masqués. Ils ont eu peur d'être identifiés.

— C'est pour ça que tu es devenu flic ?

— Oui. Je ne voyais pas d'autre option. Trouver un boulot tranquille et fonder une famille, ce n'était pas pour moi. J'avais trop peur qu'on m'arrache mon bonheur à nouveau. Mais je n'avais pas renoncé à faire quelque chose de la vie. Je voulais me rendre utile. Et j'avais le profil parfait pour la Crim'…

Ronan resta silencieux quelques instants, perdu dans ses souvenirs.

— Et toi, pourquoi tu es devenue flic ? reprit-il.

— L'adrénaline de l'enquête. Mais je ne l'ai pas eue depuis longtemps.

— Pourquoi ?

— Parce que le monde a changé et la police aussi, tu le sais bien. Depuis la chute de Neyret, une époque est morte. Celle des vrais flics. Ceux qui connaissaient la rue, les planques de nuit, les interpellations au petit matin, les indics. Ceux qui ne craignaient pas de frayer avec le monde interlope des caïds, des prostitués et des trafiquants.

Elle marqua une pause pour descendre son dernier verre.

— On sort deux minutes ?

Ils traversèrent la salle pour se mêler aux jeunes qui fumaient en riant dans la rue.

Irina alluma sa cigarette et tendit son paquet à Ronan.

— Tu fumes ?

— Je vais faire une exception.

Il prit une cigarette et s'approcha d'Irina qui l'alluma pour lui.

— Je comprends que la « grande époque » te manque, reprit Ronan, mais tout ça était plus que limite, non ?

— Oui, je sais… mais c'était aussi plus humain. Ça te prenait aux tripes, bordel ! Ce monde n'est pas pour moi.

— Alors ces histoires de fin du monde, ça doit te faire plaisir ? Tant mieux si tout s'effondre…

— Attention, commandant, ça sent la psychanalyse à deux balles. On va arrêter tout de suite les comparaisons avec ces toqués de l'apocalypse. Je ne veux pas la fin du monde. J'aimerais juste qu'il devienne moins inhumain. Qu'on renoue avec l'essentiel.

— T'es tout le temps aussi déprimante ou c'est juste ce soir ?

— Tu me fais trop parler.

Irina avait l'air gênée. Son visage avait changé. Comme si un voile de tristesse le recouvrait. Elle sentait une émotion monter, qui risquait de déborder. Cela n'avait duré qu'une seconde, mais Ronan avait eu le temps de le percevoir, ce tremblement dans ses yeux.

Qui es-tu Irina Kowalski? Que caches-tu derrière ton image de flic inébranlable?

Il l'étudia un instant. Son corps musclé, ses cheveux courts, son allure garçonne… un doute s'immisça dans son esprit, mais Irina coupa court à ses cogitations.

— Tu es d'attaque pour une autre tournée?

— Je vais être raisonnable, il est temps que je regagne mon hôtel.

— Tu rentres quand à Paris?

— Je vais partir demain matin par le premier train. Je n'ai rien à faire ici. On se tiendra au courant par téléphone.

Irina approuva d'un hochement de tête.

— Au moins, ta petite virée nous aura permis de faire connaissance, Sénéchal.

Il lui sourit.

— Tu ne veux vraiment pas m'appeler par mon prénom?

Elle secoua la tête.

— Désolée, c'est l'habitude.

— Alors bonne nuit, Kowalski.

Il lui adressa un signe de la main.

Irina le regarda s'éloigner. Il était grand et avait une carrure d'homme fort. Elle l'avait observé avec attention dans le bar. Pas franchement un canon, mais une vraie gueule.

La fin de la quarantaine rassurante et séduisante.

Elle se demanda à quoi pouvait ressembler sa femme. Et ce qu'elle avait bien pu faire pour redonner goût à la vie à ce flic brisé.

Elle écrasa sa cigarette et regarda sa montre. Il était encore tôt.

— Il est parti, votre copain?

Irina se retourna et reconnut la serveuse qui se tenait à côté d'elle, cigarette aux lèvres.

— C'est juste un collègue.

La jeune fille lui répondit par un sourire.

— Tu as fini ton service ? demanda Irina.

— Oui. Et pour toi, c'est quoi la suite du programme ?

Irina plongea son regard dans celui de la serveuse. Ses yeux brillaient d'excitation. L'invitation était évidente.

— Mon appart est juste à côté, se contenta de glisser la jeune fille.

Les deux femmes se mirent à marcher dans la nuit. L'appartement était effectivement tout proche.

— Comment tu t'appelles ? demanda Irina dans l'escalier du vieil immeuble.

— Maryam.

Elle ne posa pas la question en retour.

La jeune fille occupait un minuscule studio au dernier étage. Elle tira un rideau afin de les protéger de la vue des voisins.

Maryam glissa sa main droite sous les vêtements d'Irina, s'aventurant de ses seins jusqu'à sa culotte. Irina était tellement excitée qu'elle sentait que l'orgasme serait rapide. Elle tira Maryam par la main pour lui indiquer de ralentir.

Soudain, des disques noirs se mirent à danser devant ses yeux. Sa vue se troubla et un violent mal de crâne l'assaillit. Irina ne connaissait que trop bien les symptômes. Ils étaient chaque fois plus violents.

— Ça va ? demanda Maryam.

Irina s'effondra avant d'avoir pu répondre.

Mardi 23 novembre

> « Comment se préparer ? Oubliez les stages de survie que des charlatans vous vendent à prix d'or, cela ne vaut pas mieux que d'aller faire du camping. Apprenez plutôt à vous battre à mains nues avec quelques voisins dans une cave. Apprenez à égorger, à étrangler, à fracturer la trachée de votre adversaire. Voilà qui vous sera utile. »
>
> Viktor Kieffer, *Se préparer à l'effondrement*

37

— L'archiduc François-Ferdinand d'Autriche est assassiné le 28 juin 1914 à Sarajevo. L'attentat contre le prince impérial déclenche le jeu des alliances entre les grandes puissances européennes. Cependant, la guerre n'aurait pas été déclarée s'il n'y avait eu des causes profondes au conflit. L'assassinat a été l'allumette qui a embrasé la poudrière, en quelque sorte.

Kylian réprima un bâillement. Comme toujours, Mme Lenoir avait l'art de rendre l'Histoire soporifique. Il détestait les mardis matin, avec ces deux heures de cours d'affilée, mais il fallait bien faire un effort.

Il tenta de se concentrer en prenant des notes sans conviction. Il jeta un coup d'œil à son voisin qui surfait sur Snapchat et réprima l'envie de consulter son smartphone.

— Cette guerre a des origines profondes qui doivent s'analyser sur le temps long. Parmi les raisons structurelles, la rivalité entre les puissances européennes alimentée par un nationalisme fort, la montée des impérialismes assortie de volontés expansionnistes, la recherche de débouchés économiques, la non-résolution des conflits antérieurs, et un système d'alliances diplomatiques complexe.

Cette fois Kylian n'y tenait plus. Il sortit discrètement son téléphone de sa poche et le posa sur sa table, devant sa trousse.

L'écran s'alluma sur les icônes des applications. Il lança Instagram. Immédiatement, une story attira son attention. Elle venait tout juste d'être postée par Yasmine. *Le* canon du lycée. Kylian chaussa discrètement son écouteur sans fil.

Les mecs, vous devez tous regarder. Le type s'appelle le Guérisseur. Vous en pensez quoi ? Dingue ou génie ? Donnez-moi votre avis !

Un lien vers un *live* Instagram. Kylian cliqua dessus, intrigué.

Le Guérisseur, c'est qui ça?

Il se connecta au compte qui était public. Le *live* était toujours en cours. Quand l'image apparut, Kylian eut un mouvement de recul instinctif. Un homme masqué était en train de lire un texte. Cela lui rappela tout de suite les images de ces terroristes qui décapitaient des otages après avoir lu leur déclaration. L'homme se tenait devant un fond neutre, un simple mur blanc.

Bordel, Yasmine, c'est quoi ce truc?

Il écouta les paroles de l'homme quelques instants.

… Vous êtes tous coupables. Chacun d'entre vous est coupable. Les activités humaines, quelles qu'elles soient, infligent des blessures incurables à la planète. Les systèmes économiques et politiques actuels

polluent l'air que nous respirons, l'eau que nous buvons et la terre nourricière. Le monde est détruit sur l'autel du capitalisme et de l'exploitation outrancière de ses ressources à des fins marchandes. Une extinction de masse des espèces est déjà en cours. Tous les organismes vivants sont menacés et nous ne faisons pas exception.

Bien sûr, vous avez conscience qu'il va falloir changer. Mais vous pensez que la transition sera douce et graduelle, que vous ne vous en rendrez même pas compte, qu'elle ménagera les habitudes de chacun. Rien n'est plus faux. L'effondrement est imminent ! Et pourtant, vous continuez à vous accrocher à ce qui a fait de vous des junkies des choses superficielles. Vous ne vous tournez pas vers l'essentiel : des vies saines, équilibrées, qui feraient sens et nous relieraient entre nous.

Ne comprenez-vous pas que vous allez payer au centuple le prix de votre méprisable confort ?

Au jour de l'Effondrement, l'immense majorité d'entre nous ne survivra pas.

Puisque vous refusez de voir, je vais vous fournir la preuve irréfutable. Et vous donner l'ultime occasion d'ouvrir les yeux et de vous guérir.

Un lien apparut à l'écran quelques secondes, et l'image vidéo s'éclipsa.

Kylian n'était pas certain d'avoir tout compris, mais ça le chamboulait. Rien à voir avec les publications habituelles sur les réseaux. Cette fois, c'était du sérieux.

Les commentaires s'affichaient par dizaines, la plupart, positifs.

« Merci de nous ouvrir les yeux ! Il est peut-être encore temps de nous sauver. »

« L'humanité est incapable de faire le nécessaire, on va tous crever. »
« On doit mettre fin à ce monde qui offre l'abondance à quelques-uns et la misère au plus grand nombre. »
« Les dirigeants sont corrompus par des intérêts financiers, on ne peut pas leur faire confiance. »

— Monsieur Boyer, je peux savoir ce que vous regardez ?

Kylian leva les yeux de son téléphone pour se retrouver nez à nez avec le visage creusé de rides de Mme Lenoir. À travers ses lunettes à double foyer, il devinait son regard courroucé.

— Vous connaissez la règle, monsieur Boyer.

Elle tendit la paume de sa main.

— Votre téléphone, je vous prie.

Kylian soupira. Il connaissait le tarif. Une semaine de confiscation. Il s'apprêtait à lui donner le smartphone quand une idée lui vint. C'était un peu fou, mais ça pouvait marcher. À moins qu'il ne finisse chez le proviseur…

— J'attends, monsieur Boyer.

Kylian prit son courage à deux mains.

— Désolé madame, mais il se passe un truc… dingue. Tout à l'heure, vous nous disiez qu'il y avait eu des signes précurseurs de la Première Guerre mondiale : crise économique, vote aux extrêmes…

— Vous avez au moins écouté d'une oreille, commenta l'enseignante. Mais ça ne vous dispensera pas de me donner votre téléphone.

— Je… je crois qu'il se passe quelque chose qui annonce un événement aussi important, quelque chose de terrible !

L'enseignante ne répondit pas, lassée des excuses

farfelues de ses élèves. Kylian comprit qu'il allait devoir être plus convaincant.

— Tous, écoutez-moi : connectez-vous sur YouTube. Cherchez la chaîne qui s'appelle « Le Guérisseur ».

Mme Lenoir se rembrunit devant l'insolence de son élève.

— À quoi jouez-vous, monsieur Boyer ? Si vous persistez dans votre attitude, vous risquez trois jours d'exclusion.

Mais il était trop tard. Déjà, le chahut avait gagné la classe. Les élèves sortaient leur téléphone pour vérifier les propos de leur camarade.

— Rangez vos téléphones ou je vous colle ! s'égosilla Mme Lenoir.

Plus personne ne regardait l'enseignante. Ce qui se passait était bien trop captivant. Une rumeur montait parmi les rangs.

De rage, l'enseignante arracha un téléphone des mains d'un élève. En voyant l'écran, elle resta interdite. Elle s'attendait aux habituels échanges de vidéos virales qu'affectionnaient les jeunes. Mais pas cette fois.

Un simple texte défilait, sur un fond noir.

Voici le sujet n° 1.

La photo d'un homme au volant d'une grosse voiture apparut quelques secondes.

Cet homme est manager dans un centre d'appels.

Il passe ses journées à gueuler sur des salariés précaires qui doivent supporter sa tyrannie sans rien dire. Tout ça pour vendre des saloperies à des gens qui n'en ont pas besoin.

Il ne se déplace qu'avec sa grosse voiture polluante. Il ne prend jamais les transports en commun.

Il mange dans les fast-foods et consomme de la viande à tous les repas.

Il fume. Il ne trie pas ses ordures.

Il se fout de l'écologie. De la planète. La seule chose qui l'intéresse, c'est son misérable petit confort

Du portrait statique de l'homme, assis dans sa voiture, on passait à un contexte totalement différent. Il tentait d'escalader un haut mur, sans y parvenir. Il était débraillé, ses habits étaient déchirés. Il avait la peau luisante de sueur.

Le texte se remit à défiler.

Voici le sujet n° 2.

Photo d'une jeune femme souriante devant un ordinateur.

Cette femme travaille pour une entreprise informatique spécialisée dans le big data et l'analyse des données personnelles.

Habitudes, préférences, modes de vie. Officiellement, c'est pour améliorer l'expérience utilisateur. En fait, l'exploration de nos données sert à notre profilage. Un seul objectif : nous asservir.

Elle vend à prix d'or nos profils. Ses chères données ne lui sont plus d'aucune utilité désormais.

Sans transition, le visage de la femme, traits tirés. Manifestement dans le même lieu que l'homme et elle aussi dans un sale état.

J'ai choisi ces deux personnes pour mon expérience.

En apparence, ce ne sont que des gens ordinaires. Mais ce sont aussi des pollueurs inconscients, des consommateurs effrénés, des idolâtres de notre ère numérique inhumaine. Ce sont des êtres dégénérés.

Ils sont les parfaits représentants de ce que la majorité d'entre vous est devenue.

Ils sont actuellement retenus prisonniers dans un lieu secret.

Leur mission est simple : survivre, par tous les moyens, durant une semaine.

S'ils y parviennent, ils gagneront leur liberté.

Leurs conditions de vie sont hostiles, mais ce n'est rien en comparaison de ce qui vous attend après l'effondrement.

Chaque jour, je posterai une vidéo afin que vous puissiez les observer.

Regardez-les bien.

Car très bientôt, vous serez à leur place.

Après quelques secondes d'écran noir, un dernier message s'afficha.

Les autorités tenteront de me faire taire. Alors je les avertis : si mes comptes sont fermés, je ferai sauter les charges explosives logées dans les casques des deux otages.

À moins que vous ne vouliez les voir se transformer en confettis, je vous conseille de ne rien tenter.

Puis la vidéo prit fin.

Le téléphone glissa lentement de la main de Mme Lenoir. Elle était blême. L'enseignante avait totalement oublié la sanction promise un instant plus tôt.

Elle se dirigea vers la porte, attirée par la rumeur qui montait de l'extérieur. Dans le couloir, les élèves criaient et s'invectivaient, leur téléphone à la main. Elle ne pouvait pas entendre les conversations qui se perdaient dans le brouhaha ambiant. Seul un mot ressortait nettement : le Guérisseur.

38

Irina regarda sa montre. 9 h 30. Vingt minutes qu'elle poireautait dans le hall d'accueil de Prometheus. Elle avait pourtant pris la peine d'annoncer sa venue et de prendre rendez-vous avec le PDG. S'il voulait lui faire comprendre qu'il était très occupé, c'était réussi.

Elle décida de tuer le temps en regardant les spots à la gloire de l'entreprise, diffusés sur des écrans géants. Celui qui venait de commencer présentait un projet baptisé StratoShield. D'après ce qu'Irina comprenait, cela consistait à diffuser du soufre à très haute altitude afin de bloquer les rayons du Soleil et refroidir la Terre.

Un parasol géant en gros. Les scientifiques ne vont pas chercher leurs idées très loin.

La vidéo faisait le parallèle entre ce projet de bouclier stratosphérique et l'éruption d'un volcan qui avait refroidi la Terre de 1 °C pendant une année. C'était ce qu'expliquait une jeune scientifique en blouse blanche immaculée, identifiée comme étant une salariée de Prometheus.

Un juron s'échappa des lèvres d'Irina.

Marre de ces conneries.

Elle était d'une humeur exécrable. Son malaise de la veille l'avait ébranlée. Elle avait repris connaissance rapidement, ce qui n'avait pas empêché son amante de paniquer et d'appeler les pompiers. Elle avait renvoyé les secours, assurant qu'elle avait l'habitude de ces malaises. Même si au fond d'elle-même, elle savait qu'elle mentait. C'était la première fois qu'elle s'évanouissait. La maladie progressait, elle ne pouvait pas le nier. En repoussant l'opération préconisée par les médecins, elle jouait avec le feu. Mais quand elle était sur une enquête, elle devait être disponible à 100 %.

Je dois penser à autre chose.

Irina s'apprêtait à bondir de son siège pour aller enguirlander la fille de l'accueil quand une femme à l'imposante crinière blonde et à l'âge indéfinissable, à l'évidence passée entre les mains de plusieurs chirurgiens esthétiques, apparut devant elle.

— Blandine Barbosa, directrice de la communication, se présenta-t-elle d'une voix rocailleuse de grande fumeuse.

Elle continua sans attendre de réponse.

— Je vais vous conduire dans le bureau de M. Rohr. Suivez-moi.

Irina se retint de demander à la directrice de la communication si elle était aussi glaciale dans l'objectif de lutter contre le réchauffement climatique. Elle se leva et lui emboîta le pas. Elle ne put s'empêcher de laisser son regard glisser sur ses épaules nues et blanches qui s'échappaient de sa robe noire moulante.

Elle chassa l'image de ses pensées et regarda autour d'elle. Un dédale de couloirs. Irina aperçut des open spaces, des salariés qui travaillaient ou échangeaient avec animation. Une certaine agitation régnait. Chez Prometheus, on cogitait et on voulait le montrer.

Enfin, elle arriva au bout d'un couloir où le silence régnait.

Le saint des saints.

La directrice de la communication introduisit Irina dans une petite pièce qui s'avéra être une salle d'attente meublée de façon neutre.

— M. Rohr pourra vous recevoir dans un instant.

Irina s'apprêtait à répondre qu'elle n'avait pas l'intention d'attendre, mais la porte s'était déjà refermée. Elle prit place sur un canapé gris en maugréant.

Elle décida de mettre l'attente à profit pour se renseigner plus en détail sur son interlocuteur. Elle sortit son smartphone et tapa le nom du PDG dans le moteur de recherche : *Élie Rohr.* Le premier lien était une page Wikipédia qu'elle parcourut en diagonale. L'homme était présenté comme un ingénieur brillant aux projets novateurs, mais qui n'avaient jamais abouti. Ce qui ne l'avait pas empêché de fonder Prometheus pour développer des solutions d'ingénierie climatique. Aucune n'avait encore eu d'application concrète. Irina se demanda comment cette boîte pouvait se permettre d'engloutir des millions en recherche et développement et d'avoir des locaux aussi tape-à-l'œil sans jamais rien vendre. Des investisseurs avaient dû y laisser quelques plumes.

Elle revint à son smartphone et cliqua sur *Images* dans le moteur de recherche. À sa grande surprise, elle n'en trouva aucune. Elle tapa cette fois *Elie Rohr + photo* et tomba sur un article qui précisait que l'homme refusait systématiquement d'être photographié.

Super, un original.

Vingt minutes plus tard, la directrice de la communication refit son entrée, le visage toujours dénué de la moindre expression.

— M. Rohr va vous recevoir.

Elle se dirigea vers une porte au fond de la pièce qui donnait directement dans le bureau du grand patron.

— Vous avez dix minutes, dit-elle en ouvrant la porte.

Irina passa devant elle sans lui adresser un regard. Elle marcha vers le bureau, prête à sermonner Rohr, mais se ravisa.

Celui dont aucune photo ne circulait, le PDG de Prometheus, ne devait pas avoir trente-cinq ans. Un look d'adolescent attardé. Surtout, l'homme aux traits juvéniles se tenait dans un fauteuil roulant. Son corps produisait une impression étrange, comme s'il était de guingois. Sa tête était un peu trop grosse et ses mains déformées par l'arthrite.

Irina chercha à masquer sa surprise tant bien que

mal. Elle fixa son regard sur un étrange tableau, au-dessus de lui, afin de dévier ses yeux du métal du fauteuil.

— Bonjour, capitaine. Prenez place, je vous en prie, dit Rohr en lui désignant un siège.

Elle s'exécuta en silence.

— Je vois que vous admirez mon tableau. *Le matin après le déluge,* un Turner. Une toile remarquable, une véritable explosion de lumière. Mais je suppose que vous n'êtes pas venue pour parler de peinture. Que puis-je faire pour vous ?

— Nous enquêtons sur Ludovic Hoffmann.

— Je vois, répondit Rohr sur un ton neutre.

— Quand l'avez-vous vu pour la dernière fois ?

— Eh bien... nous sommes sans nouvelle de lui depuis jeudi dernier. Que se passe-t-il, capitaine ? Vous savez où il se trouve ?

— Ludovic Hoffmann est aujourd'hui notre principal suspect dans deux affaires d'homicide. Il se sait recherché et il est en fuite.

Le teint déjà pâle d'Elie Rohr sembla devenir encore plus crayeux.

— Des homicides... Vous voulez dire qu'Hoffmann aurait tué deux personnes ?

— Je ne peux pas vous donner de détails, mais je peux vous assurer que nous avons des indices solides de son implication. Sa fuite ne fait que renforcer nos soupçons.

Rohr tourna son fauteuil vers la baie vitrée qui courait tout le long de son bureau.

— Pardonnez-moi, je suis sous le choc.

— Vous le connaissiez personnellement ? enchaîna Irina.

— Ludovic Hoffmann est l'un de mes plus proches

collaborateurs. Il est aussi membre du comité de direction de l'entreprise. Ce que vous m'apprenez est… inqualifiable.

Irina laissa passer la réponse convenue du PDG et en vint au vif du sujet.

— Monsieur Rohr, je vais être directe, car le temps presse. Nous avons besoin de tous les éléments possibles concernant Ludovic Hoffmann. Avez-vous la moindre information sur sa possible localisation actuelle ?

L'homme secoua la tête. Il avait l'air d'un enfant effaré.

— Bon, répliqua Irina avec contrariété. Il s'occupe de quoi exactement, au sein de votre entreprise ?

— Il est… était responsable de la sécurité. Nous prenons très au sérieux le risque d'espionnage industriel.

Irina détenait déjà cette information, mais elle préférait reprendre du début.

— Nous devons accéder à son dossier, ainsi qu'à son ordinateur et son téléphone portable professionnels.

— Je vais demander qu'ils vous soient remis.

Irina s'attendait à plus de résistance. Rohr semblait réellement hébété et désireux de collaborer.

— Vous n'avez jamais eu de soupçons au sujet d'Hoffrnann ? continua-t-elle. Des comportements étranges ? violents ?

— Non, je connais son passé au RAID bien entendu, c est même pour cela qu'il a été embauché.

— Et son côté survivaliste ?

— Vous savez, nous sommes tous un peu survivalistes ici.

— Comment cela ?

— Je vois que vous ne connaissez pas notre activité, répondit Rohr dans un sourire.

Il sembla se réjouir d'avoir l'opportunité de changer de sujet.

— Hoffmann me l'a rapidement expliquée. Il vous a sans doute dit que nous nous sommes rencontrés mercredi dernier…

— Je n'étais pas au courant.

— Vous contrôlez le climat, c'est ça ?

Cette fois, Rohr rit franchement.

— Nous sommes encore loin de contrôler le climat, capitaine. Nous pratiquons ce que nous appelons la géo-ingénierie. Notre objectif est plutôt de corriger le climat que de le contrôler.

Irina eut du mal à dissimuler son incrédulité.

— C'est un peu fou, non ?

— C'est un projet prométhéen en effet… d'où notre nom. Nous avons des détracteurs, qui considèrent que géo-ingénierie présente de trop grands risques. Mais vous n'êtes pas sans savoir que le dérèglement climatique est une menace considérable pour l'humanité. C'est peut-être même l'enjeu le plus important de notre temps. Nous pensons que le risque le plus grand serait de ne rien faire.

— Et Hoffmann dans tout cela ? recadra Irina.

— Je l'ai recruté, car il est convaincu par ce que nous faisons. Je ne m'entoure que de gens qui partagent le même rêve que moi.

— Sauver la planète ?

— Je suppose qu'on peut le formuler ainsi.

— Rien que ça…

— Ne soyez pas si étonnée, capitaine. Après tout, l'humanité a toujours façonné la Terre selon ses besoins, dès l'invention de l'agriculture. Notre environnement a toujours été et sera toujours ce que nous en faisons.

OK, grand malade, on va changer de sujet.

— Le nom d'Agogé vous dit quelque chose? enchaîna Irina sans se soucier de ménager Rohr.

— Pas que je sache, répondit-il sèchement, contrarié d'avoir été coupé dans son élan lyrique.

Irina le scruta.

— Pourtant, votre entreprise a versé de l'argent à cette organisation.

Elle y allait au bluff. Elle n'avait aucune preuve en dehors des dires d'Hugo Celik.

— C'est possible. L'entreprise verse des subventions à des associations. Nos bonnes œuvres en quelque sorte. De quoi s'agit-il?

— Une école paramilitaire pour jeunes, tendance facho.

Rohr écarquilla les yeux. Il resta silencieux un instant et se racla la gorge avant de reprendre la parole, gêné.

— Ce n'est pas vraiment le genre d'associations et de valeurs que nous défendons.

La porte s'ouvrit et Blandine Barbosa refit son apparition.

— Les dix minutes sont écoulées.

— Je vous prie de m'excuser, mais le devoir m'appelle, capitaine.

— Attendez, répliqua Irina qui n'avait aucune intention de bouger. L'association a été créée par Hoffmann.

Rohr réfléchit un instant tandis que Barbosa s'impatientait.

— Alors je comprends mieux, finit par lâcher le PDG. Chaque membre du comité de direction dispose d'une enveloppe qu'il peut attribuer à l'association de son choix. Je ne contrôle pas ces œuvres. Pouvez-vous m'en dire plus sur… comment avez— vous dit ? Agogé ?

— Désolée, je ne peux pas révéler des éléments sur une enquête en cours.

Rohr acquiesça, pressé d'en finir.

— Bien sûr, je comprends. Mme Barbosa vous communiquera toutes les informations dont vous avez besoin, conclut-il en lui désignant la porte. Et vous remettra le dossier d'Hoffmann.

— Tout sera prêt d'ici deux heures, déclara Barbosa mécaniquement, après avoir reçu les instructions de Rohr.

— Très bien, une équipe passera récupérer le tout.

En sortant du bâtiment, Irina eut l'impression étrange que plusieurs heures s'étaient écoulées. Elle avait pourtant passé moins d'une heure chez Prometheus.

Le ciel était devenu sombre et la lumière pâle d'un soleil moribond donnait l'impression que la nuit allait tomber alors qu'il était à peine 10 heures du matin.

Elle consulta son téléphone. Un SMS d'Alexandre contenait un lien vers une vidéo YouTube. Irina cliqua. Un texte sur fond noir se mit à défiler.

Voici le sujet n° 1.

39

Une annonce retentit dans le train, annonçant l'arrivée imminente à Paris, gare de Lyon. Ronan se mit dans la queue formée devant la porte du TGV qui commençait à ralentir.

Il avait pris l'un des premiers trains de la journée. Kowalski avait raison. Il n'était pas utile à Lyon. L'enquête était au point mort, sa place était aux côtés de sa femme et de son fils. Il avait eu un moment d'égarement, c'était derrière lui.

Une petite sortie de route momentanée, rien de plus.

Fuir était inutile. Il devait affronter la situation.

Il allait faire le nécessaire pour protéger sa famille. Et sans sombrer dans des délires survivalistes. Comme un père normal.

Le train stoppa, et les voyageurs se déversèrent sur le quai. Ronan gagna le parking souterrain où il avait laissé sa moto la veille.

En débouchant dans la rue de Lyon, il se trouva coincé dans une file de voitures. La circulation était si dense qu'il était impossible de se faufiler. Il se tordit le cou, mais il ne pouvait pas voir où le bouchon s'arrêtait. Autour de lui, les esprits s'échauffaient. Un concert de klaxons s'éleva. Il interpella un gardien de la paix qui passait à côté de lui en lui montrant sa carte.

— C'est quoi ce bordel ?

-Un collectif bloque la place de la Bastille.

— Qu'est-ce qu'ils veulent ?

— C'est le Mouvement pour l'extinction volontaire de l'humanité.

— Le quoi ?!

— C'est une espèce de secte. En gros, ils pensent que la meilleure chose que l'humanité puisse faire, c'est de disparaître petit à petit.

Ronan vit passer un groupe de manifestants qui portaient des T-shirts « Merci de ne pas vous reproduire ».

— Ils soutiennent ce type… le Guérisseur, continua

le policier. Celui qui a publié cette vidéo dont tout le monde parle. Vous l'avez vue ?

— Quelle vidéo ?

Ronan ne comprenait rien à ce qui se passait.

— Vous revenez de Mars, commandant ? Tout le monde l'a vue !

— Je sens que je ne vais pas tarder à la découvrir, répondit Ronan en grimaçant.

Il fit demi-tour et emprunta le boulevard Diderot pour remonter jusqu'à la place de la Nation, d'où il se dirigea vers le périphérique. Le trajet représentait un détour important et il lui fallut près de quarante minutes pour regagner le Bastion.

Arrivé dans son bureau, il appela David.

— Tu m'expliques ce qui se passe ? demanda-t-il à son adjoint. C'est quoi ce bordel dans Paris, de bon matin ? Et cette histoire de vidéo ?

— C'est Hoffmann. Il a pris deux personnes en otages. Un homme et une femme. Hier, il a mis en ligne leur vidéo. C'est… une sorte de jeu. Ils doivent survivre une semaine en contexte hostile.

Ronan n'en croyait pas ses oreilles.

— Attends. Tu es en train de me dire qu'Hoffmann organise un *Koh Lanta* sur YouTube ?

— *Koh Lanta* version psychopathe. Un tribunal, en quelque sorte. Il considère que ces pauvres gens sont coupables. Ils gagneront leur liberté s'ils tiennent pendant une semaine. Mais c'est une mascarade. Ils n'ont aucune chance de s'en sortir. D'après les images, ils sont déjà dans un sale état.

Ronan se massa les tempes.

— Et comment on est sûr que c'est Hoffmann ?

— Évidemment, il n'a pas dit son nom, mais c'est dans la droite ligne de ce qu'on sait de lui. Et les deux victimes ont été enlevées près de Lyon. La PJ de Lyon a mis en place une cellule de crise. Les techniciens sont en train d'effectuer une comparaison avec son empreinte vocale de référence pour le confirmer.

— Il faut demander la fermeture de tous ses comptes sur les réseaux.

— Ce n'est pas si simple. Si on coupe ses accès, on prend le risque qu'il mette sa menace à exécution.

— Quelle menace ?

— Tuer les otages.

Un silence passa.

— On ne peut pas arrêter ce cirque, ajouta David. Pas si on veut avoir une chance de sauver ces gens.

— Pourquoi Hoffmann fait-il ça d'après toi ?

— Pour faire parler de lui. C'est typique de ce genre de profil criminel. Il a dû se retenir pendant des années de montrer sa véritable identité, surtout au RAID, où il devait s'en tenir à une rigueur toute militaire. Il doit vouloir hurler au monde entier qui il est et ce qu'il pense. Pour qu'on sache bien à quel point il est supérieur, qu'il voit ce que les autres ne voient pas. C'est pour ça qu'il prend autant de risques. Qu'il s'est donné ce nom, le « Guérisseur ». Qu'il a mis en place ce… jeu. Hoffmann est rongé par un désir de reconnaissance. Et on finit toujours par pincer les énergumènes dans son genre à cause de ça.

Ronan écoutait l'analyse de son adjoint sans conviction.

— Je crois qu'il est temps que je voie cette fameuse vidéo à mon tour, répondit-il.

— Tu ne peux pas la rater, elle est partout.

Ronan pianota sur son clavier et la trouva effectivement dans les premiers résultats de son moteur de recherche. Les deux otages étaient bien amochés. Ces deux urbains étaient complètement désorientés. Hoffmann les avait choisis à dessein pour ne leur laisser aucune chance.

— Merci, David. On refait le point plus tard.

L'adjoint quitta la pièce et Ronan continua ses recherches. Il frémit en constatant que la vidéo comptabilisait déjà cinq millions de vues. Puis il surfa sur quelques sites d'actualité et découvrit qu'Hoffmann avait réussi à lever une véritable vague. Plusieurs associations écologistes, plus ou moins radicales, avaient sauté sur l'occasion pour manifester et faire parler d'elles. Dans plusieurs villes de France, et notamment Paris, des blocages et autres actions coups de poing étaient en cours.

Aussi insensé que cela pût paraître, Hoffmann avait des soutiens. Officiellement, la condamnation était de mise, mais, au-delà des discours de façade, nombreux étaient ceux qui, encouragés par l'anonymat d'Internet, n'hésitaient pas à soutenir l'homme. Sa barbarie n'échappait à personne, mais tout combat avait ses victimes. Et le combat du Guérisseur n'était-il pas le plus important qui soit ? Sauver la planète pouvait justifier quelques dommages collatéraux.

Ronan fut pris d'accablement. Il devait appeler Kowalski pour se coordonner avec Lyon.

Mais avant, je dois faire quelque chose.

Il sortit son téléphone et sélectionna le numéro de sa femme. Il hésita un instant avant de déclencher l'appel.

Elle va me prendre pour un dingue.

La sérénité qu'il avait cru retrouver un bref instant avait subitement disparu. Le poison de l'angoisse coulait à nouveau dans ses veines, encore plus fort qu'avant. Quelque chose d'incontrôlable et d'imprévisible était en train de se mettre en marche, il le sentait. Quelque chose qui n'impacterait pas que quelques personnes, mais la population entière. Y compris sa propre famille.

Je dois le faire.

D'une pression du doigt, il déclencha l'appel.

— Comment vas-tu mon amour ? demanda Nathalie en décrochant, insouciante.

Elle n'était plus en colère contre lui.

C'est déjà ça.

— Bien. Je suis rentré à Paris ce matin. Je serai avec toi dans la soirée. Vous deux, ça va ?

— Oui… Que se passe-t-il ? Tu as une drôle de voix.

— Ça va. Je suis…

Les mots refusaient de sortir.

Viens-en au fait !

— Tu as entendu parler de la vidéo qui circule depuis ce matin ? finit-il par lâcher.

— Non. Tu sais bien que je ne suis pas du genre à regarder les infos, surtout en ce moment.

— Le mec que je recherche a posté une vidéo qui a déclenché des manifestations dans Paris. C'est un peu le bazar. Rien de grave, mais…

Dis-le !

-… par sécurité, je préférerais que tu restes à la maison.

— De toute façon, avec Gaspard, je ne comptais pas trop m'absenter. Mais tu ne vas pas me dire ce qui se passe ?

— Je ne veux pas t'inquiéter pour rien. On est en train d'enquêter. Promets-moi juste de rester à la maison jusqu'à mon retour. Je t'expliquerai ce soir.

— Comme tu veux.

— Je dois y aller. À ce soir. Je t'aime.

Il raccrocha en soupirant.

Pour le naturel, tu repasseras.

Les heures qui suivirent furent comme nimbées d'irréalité. Ronan eut l'impression d'être comme un spectateur distrait de sa propre vie. La frontière entre le réel et ses fantasmes se troublait. Des flashs s'imposaient à lui dans lesquels il voyait sa femme et son fils pris au piège du Guérisseur, luttant pour leur survie dans un décor aride. Il ne parvenait pas à se concentrer sur son enquête, ses pensées revenaient sans cesse à sa famille.

Il dut se faire violence pour rejoindre les autres membres de son groupe. La priorité était désormais d'aider les policiers lyonnais dans l'analyse des vidéos d'Hoffmann pour essayer d'identifier le lieu où les otages étaient retenus.

Après avoir briefé ses adjoints, il se rendit dans le bureau de son supérieur. À nouveau, Ronan résuma les dernières heures. Joseph Brunner, le patron de la Crim', prit aussitôt la mesure de la situation. Il convoqua une réunion pour le lendemain matin. L'affaire dépassait désormais les compétences de la brigade criminelle. D'autres services allaient devoir intervenir.

La perspective de passer le relais apaisa Ronan. L'ampleur et les multiples ramifications de l'affaire menaçaient de le submerger. Il avait l'impression de devoir gérer dix choses à la fois.

Une question l'obsédait en particulier. Pourquoi Hoffmann s'était-il lancé dans cette opération de communication insensée? Ronan ne croyait pas au désir de reconnaissance avancé par David. C'était autre chose. Hoffmann était un calculateur. Il ne s'exposerait pas ainsi par pure mégalomanie. Cette médiatisation avait un rôle bien précis. Elle n'était que le prélude à autre chose, Ronan en était convaincu.

Le pire était à venir.

40

Alexandre chaussa son casque et lança l'application de streaming musical de son téléphone. Il était plus de 19 heures. Les policiers étaient encore sur le pont. La musique l'aidait à se concentrer.

Irina lui avait demandé d'analyser les vidéos des deux otages postées par Hoffmann. La première vidéo n'avait pas tardé à être complétée de nouveaux épisodes. Le Guérisseur maîtrisait les codes des réseaux sociaux et alimentait ses followers. Les techniciens décortiquaient les images, mais Irina voulait un autre regard. Le regard d'un flic de terrain. Les prises de vues devaient forcément contenir des indices. Quelque chose.

Le policier se connecta à YouTube. La plateforme avait officiellement condamné l'usage qui était fait d'elle, en ces circonstances. Cependant, comme les autres réseaux sociaux, elle n'avait pas voulu fermer le compte du Guérisseur et prendre le risque d'être à l'origine de la mort des otages.

Alexandre visionna une nouvelle fois la dernière vidéo postée. Le montage mettait encore et toujours l'accent sur l'incapacité des deux otages à survivre, en particulier l'homme. Leur méconnaissance des techniques basiques de survie et la rivalité mortifère qui les opposait étaient montées en épingle, comme dans une émission de téléréalité morbide. Le message était clair : dans une situation identique, vous ne feriez pas mieux que ces deux imbéciles qui n'ont, à l'évidence, aucune chance de s'en sortir.

Le regard d'Alexandre glissa sur les commentaires. La plupart étaient positifs. En tout cas, pas franchement négatifs. Comme si la fin justifiait les moyens. Comme si la cause d'Hoffmann était si importante qu'elle justifiait un crime.

Soudain, un commentaire attira l'attention d'Alexandre. Contrairement aux autres, il ne s'agissait pas d'un avis à l'emporte-pièce, mais d'une série de chiffres.

Des coordonnées géographiques ?

Alexandre vérifia immédiatement son hypothèse en effectuant un copier-coller des chiffres dans Google Maps. Il s'attendait à un message d'erreur. Au lieu de cela, le site lui renvoya un résultat. Un ancien fort dans les Alpes.

Ça ne pouvait tout de même pas être les coordonnées du lieu où étaient retenus les otages, c'était trop simple.

Alexandre revint au commentaire mystérieux. Il avait été publié sous le pseudo LaVéritéEstAilleurs.

La vérité est ailleurs… Un fan de X-Files *?*

Alexandre scrolla à la recherche d'autres commentaires publiés sous le même pseudo. Il ne tarda pas à en trouver un. Encore une série de chiffres. Il effectua la même manipulation et obtint un résultat. À nouveau une construction fortifiée dans les Alpes, côté suisse cette fois.

Merde.

Alexandre persévéra, et recensa cinq autres commentaires postés par LaVéritéEstAilleurs. Tous renvoyaient à d'anciens ouvrages militaires en montagne, côté suisse et côté français.

Les hypothèses s'enchaînaient dans l'esprit d'Alexandre. Ça pouvait n'avoir aucun sens. Peut-être était-ce un mec qui avait cru reconnaître les lieux et en indiquait les coordonnées. Mais pourquoi faire ça ? Pour attirer l'attention de quelqu'un ? Et si oui, qui ? Et si c'était un message pour Hoffmann ? Une façon de communiquer discrètement avec lui ?

Une seule certitude : cette personne savait quelque chose. Ou croyait savoir quelque chose. Alexandre ne pouvait toutefois pas mobiliser les moyens de la police sur un simple soupçon. Il devait d'abord essayer d'en savoir plus. Et pour cela, il n'y avait qu'une seule solution : identifier qui se cachait derrière ce pseudonyme.

Comment identifier un anonyme sur Internet ?

La piste lui sembla se refermer aussi vite qu'elle s'était ouverte. Cela fit enrager le policier. Il détestait cet aspect du métier. La frustration faisait partie du lot quotidien des flics de la PJ.

Soudain, une idée lui vint.

Si ce type, LaVéritéEstAilleurs, avait des infos, c'était sans doute qu'il connaissait Hoffmann. Il devait faire partie de son cercle de connaissances. Alexandre exclut dans un premier temps les anciens collègues d'Hoffmann au RAID. S'il avait des infos, un flic d'élite ne s'amuserait pas à les distiller sur YouTube. Sauf si Hoffmann avait un complice dans la police, piste qu'Alexandre mit de côté. Il exclut aussi la piste de l'ami. Hoffmann était un solitaire. LaVéritéEstAilleurs pouvait être une connaissance professionnelle, probablement de Prometheus.

Il consulta les informations que l'entreprise leur avait communiquées. Elles étaient maigres. Hoffmann avait détruit le disque dur de son ordinateur avant de prendre la fuite, et supprimé la mémoire de son téléphone professionnel. Prometheus n'avait pu communiquer à la police que quelques documents administratifs.

Alexandre s'empara d'une liste qui recensait les membres de l'équipe d'Hoffmann. Il la parcourut en espérant qu'un nom fasse écho au pseudonyme. Il ne trouva rien.

Tu pensais quoi? Qu'un type allait s'appeler Fox Mulder?

Il ne lui restait qu'une seule chose à faire : les appeler. Un par un. Il avait conscience que tout ça reposait sur des spéculations oiseuses, mais il lui fallait tenter le coup. De toute façon, il n'avait rien d'autre.

L'équipe sécurité de Prometheus comptait une vingtaine de personnes. Au moins, ce ne serait pas trop long.

Alexandre commença par le premier nom sur la liste. Robin Huet. Il composa le numéro du portable professionnel qui était indiqué. L'homme décrocha rapidement. Le policier se présenta et demanda à son interlocuteur s'il connaissait Hoffmann.

— Bien sûr, c'est mon patron, répondit l'homme, de la méfiance dans la voix.

Alexandre lui expliqua qu'une enquête était ouverte pour meurtre, ce qui sembla éteindre quelque peu la réticence de son interlocuteur.

— Avez-vous une idée de l'endroit où se trouve Ludovic Hoffmann aujourd'hui? demanda le policier une fois son explication terminée.

— Aucune. C'est vous qui m'apprenez sa disparition, s'étonna l'homme.

— Avez-vous vu la vidéo de l'homme qui se fait appeler le Guérisseur ?

Alexandre n'aimait pas dévoiler son jeu si vite, mais il n'avait pas le choix. Et être direct était encore la meilleure façon de voir si on allait lui raconter des salades.

— Quel rapport avec Hoffmann ?

— Je ne peux pas vous le dire.

— Oui, je l'ai vue. Comme tout le monde.

— Avez-vous laissé un commentaire ?

— Mais pourquoi vous voulez savoir ça ?

— Répondez, s'il vous plaît.

— Non, pas de commentaire… Même si je suis assez d'accord avec ce mec.

Alexandra lui posa encore deux ou trois questions sans intérêt pour noyer les questions importantes et raccrocha. Le type ne savait rien. Il en restait dix-neuf à appeler. Il interpella Vincent qui revenait de la machine à café.

— Faut que tu me files un coup de main !

— T'es toujours sur la perquisition d'Agogé ?

— Non, c'est sans intérêt. Je suis sur une autre piste.

Alexandre lui montra les commentaires qu'il avait repérés et à quoi ils correspondaient. D'abord rétif, Vincent finit par s'asseoir et l'écouter attentivement en sirotant son café.

— Je pense que ce mec bossait chez Prometheus avec Hoffmann et qu'il sait quelque chose. Ça te paraît dingue ? conclut Alexandre.

Il doutait que son collègue le suive.

— Non, je crois que tu as raison. Ce type…

—… LaVéritéEstAilleurs…

— Ouais, lui, il semble savoir quelque chose, mais ne veut pas contacter la police.

— Pourquoi, d'après toi ?

— Je ne sais pas. Peut-être qu'il est impliqué ?

— Alors, pourquoi poster un commentaire que tout le monde peut lire ?

— Il a des remords ? Tu sais comme moi qu'on voit des trucs pas possibles quand on enquête. Des mecs qui ne peuvent pas se taire, mais qui n'iront jamais voir les flics. Alors ils lancent une bouteille à la mer. À nous de la repêcher.

Alexandre avait ferré son collègue.

— On se divise la liste en deux ?

Vincent acquiesça et Alexandre déchira le listing en deux parties égales.

Les appels reprirent. Les deux policiers posaient les mêmes questions et recevaient les mêmes réponses. « Je ne sais pas. » « Je ne peux pas vous aider. » « Le Guérisseur ? Ça, c'est un mec qui a des couilles ! »

Deux heures plus tard, ils avaient fait le tour de la liste. Ils durent se rendre à l'évidence. Si LaVéritéEstAilleurs était l'un d'entre eux, il n'avait rien laissé paraître.

Alexandre se renversa dans son siège.

— Au moins, on aura tenté le coup.

— On ne peut pas demander à YouTube de nous donner le nom associé au compte ? tenta Vincent.

— Tu rigoles ? Ils ne voudront jamais. Et le juge ne nous accordera pas une commission rogatoire pour ça. Si on ne l'identifie pas par nous-mêmes, c'est mort.

— On pourrait répondre à son commentaire et mettre une URL de tracking pour identifier son adresse IP.

— Ça m'étonnerait que le mec tombe dans le panneau… Je ne vois pas ce qu'on peut faire de plus.

— Il y a ce mec, dans la liste, qui n'a pas de numéro. Édouard Gimenez.

Les yeux d'Alexandre se mirent aussitôt à briller.

— Et tu ne me dis ça que maintenant ? J'appelle notre contact chez Prometheus.

Alexandre composa le numéro de Blandine Barbosa à qui il expliqua, sans détails, qu'il voulait entrer en contact avec Gimenez.

— J'ai besoin d'un numéro où le joindre.

— M. Gimenez a quitté l'entreprise, lui répondit la directrice de la communication.

Un frémissement parcourut Alexandre.

— Depuis quand ?

— Il y a un mois. Nous l'avons autorisé à faire son préavis chez lui, c'est pour cela que son nom apparaît encore dans le listing que je vous ai communiqué.

— Pourquoi a-t-il démissionné ?

— Je ne le sais pas exactement. Pour raisons personnelles, je crois.

— Vous avez un numéro de téléphone ?

— Non. M. Gimenez a toujours refusé de le donner. Pour tout vous dire, je ne suis même pas certaine qu'il ait le téléphone. C'est un original. J'ai seulement une adresse. Je vous la communique par mail immédiatement.

Alexandre remercia son interlocutrice et raccrocha.

— Bingo ! fit-il en se tournant vers Vincent. Gimenez a démissionné il y a un mois. C'est notre homme, j'en suis sûr.

Vincent se plongea dans le dossier du salarié.

— Il occupait un poste d'informaticien. Spécialiste en cyber-sécurité.

— Ça pourrait coller.

Alexandre scrutait sa boîte mail, attendant le message de Barbosa.

— Allez ! s'exclama-t-il en cliquant frénétiquement pour rafraîchir la page.

Enfin, le mail parut.

— J'ai l'adresse. Gimenez habite à Planay.

Alexandre saisit l'adresse dans son navigateur.

— C'est une petite commune de la Vanoise, constata-t-il. Maintenant je dois trouver un téléphone. C'est à trois heures de route, je ne voudrais pas y aller pour rien.

— Si le type habite un coin isolé, il a forcément une voiture, suggéra Vincent.

Alexandre acquiesça et appela son contact au fichier des cartes grises. Gimenez avait bien un véhicule enregistré. Un numéro de téléphone fixe figurait dans son dossier. Alexandre le nota et remercia son contact.

— J'ai un numéro ! clama-t-il en brandissant le bout de papier.

— Et tu vas lui dire quoi ? Le mec ne va pas se mettre à table comme ça…

— Regarde et admire, répliqua Alexandre qui refusait que l'on douche son enthousiasme.

Il composa le numéro. Après quelques sonneries, quelqu'un décrocha, mais resta silencieux. Alexandre entendait simplement le bruit d'une respiration.

— Allô ? Monsieur Gimenez ?

Silence.

— Monsieur Gimenez ? Vous êtes là ?

— Qui vous a donné ce numéro ? finit par lâcher l'homme au bout du fil.

— Je m'appelle Alexandre Roche et je suis de la police judiciaire de Lyon. Je mène une enquête sur un homicide. Dans ce contexte, j'aurais des questions à vous poser sur Ludovic Hoffmann.

Bruits de souffle dans le combiné.

— Je ne peux pas vous répondre. Je ne travaille plus avec Hoffmann. J'ai quitté Prometheus.

— Est-ce que votre démission a un lien avec Hoffmann ?

— Non. Je dois raccrocher.

— Attendez !

Alexandre joua son va-tout.

— Je sais que vous êtes LaVéritéEstAilleurs.

Nouveau silence. Alexandre crut d'abord que l'homme avait raccroché, mais, après quelques secondes, il entendit a nouveau son souffle.

— Monsieur Gimenez, avez-vous quelque chose à dire à la police ?

Pas de réponse.

— Si vous savez quelque chose sur Hoffmann ou sur la prise d'otages en cours, vous devez parler.

— Pas au téléphone.

— Où alors ?

— Chez moi. Si vous avez mon téléphone, je suppose que vous avez mon adresse.

— Oui.

— Demain. Venez seul.

Alexandre s'apprêtait à ajouter quelque chose, mais l'homme avait déjà raccroché. Il reposa le combiné lentement.

— Alors ? demanda Vincent.

Alexandre se tourna vers son collègue, les yeux brillants d'excitation.

— C'est lui !

— Qu'est-ce qu'il t'a dit ?

— Rien, mais j'ai rendez-vous chez lui demain.

— Tu vas y aller ? C'est peut-être un piège.

Alexandre étira ses bras.

— Je ne crois pas. De toute façon, cette enquête ne se résoudra pas le cul sur une chaise.

41

Impossible de trouver le sommeil. La morsure du froid le faisait grelotter. Il s'était réfugié à l'intérieur du bâtiment mais, même ici, la température était à peine positive durant la nuit.

Et ce silence. Profond. Assourdissant pour qui ne parvenait à s'endormir qu'avec le bruit rassurant des voitures dans la rue et de la télé en sourdine dans la chambre.

Steven se retourna dans son sac de couchage. Il sentait le sol dur et humide sous lui. Il avait découvert le premier le matériel caché par leur ravisseur. Un sac de couchage, un réchaud et quelques pommes. Voilà tout ce qu'ils avaient pour survivre.

Il avait littéralement fondu sur le maigre butin, comme un rapace, prêt à ne rien laisser à Anna. Malheureusement, dans la précipitation, il avait perdu le plus important. Un paquet de cigarettes. Ce malade ne leur laissait pratiquement rien à bouffer, mais il leur fournissait des clopes.

Taré.

N'empêche qu'il aurait tout donné pour une dose de nicotine. Il trouverait un moyen de reprendre le paquet à Anna demain. En attendant, il devait surtout se méfier d'elle. Qu'elle ne vienne pas le dépouiller durant la nuit.

Steven palpa sa poche pour vérifier que le dernier

objet qu'il avait prélevé dans la malle était toujours là. Le contact du couteau à travers le tissu le rassura. Il le sortit pour le regarder. C'était une dague de chasse avec un manche en bois et une épaisse lame d'acier qui brillait dans la nuit.

Soudain, un vent glacial s'engouffra dans le bâtiment, provoquant un bruit étrange, comme une voix. Steven se frotta le torse pour se réchauffer, en vain. Le froid commençait à ankyloser ses membres.

Et ce n'est même pas mon plus gros problème.

Il n'avait rien bu depuis son arrivée. Sa langue était dure et gonflée. Une soif inextinguible le tenaillait. Il pensait la faire taire durant son sommeil, mais c'était raté. Il n'était pas expert en techniques de survie, mais il savait tout de même qu'on pouvait rester plusieurs jours sans manger, pas sans boire.

Pas le choix, je dois trouver de l'eau. Et le mieux est encore de le faire maintenant, protégé par l'obscurité.

Il s'extirpa du sac de couchage en grelottant. Bon Dieu qu'il faisait froid. Il dissimula le sac dans une cavité du mur, à un endroit où des pierres s'étaient déjointées.

Il réfléchit. Des soldats avaient occupé ce fort durant des années. Il y avait nécessairement un point d'eau quelque part qui les avaient alimentés. Il n'avait pas vu de puits dans la cour, ce qui signifiait qu'un système d'adduction d'eau devait arriver à l'intérieur du bâtiment. Et il ne pouvait être qu'au rez-de-chaussée, où se trouvait Steven.

Après quelques minutes de recherche, il trouva ce qu'il cherchait. Une grande roue métallique équipée d'une poignée, reliée à un tuyau qui s'enfonçait dans le sol d'un côté et qui se déversait dans une citerne de l'autre.

Une pompe !

Il devait y avoir une source sous le fort. Fébrile, Steven se précipita sur la roue et tenta de l'actionner. Le mécanisme était grippé et refusa de bouger d'un millimètre. Une voix derrière lui le fit sursauter.

— Te fatigue pas, elle ne marche plus. J'ai déjà essayé.

Steven fit volte-face. Anna se tenait dans un angle de la pièce, dissimulée par l'obscurité.

— Tu n'as pas assez de force, répliqua-t-il sans se laisser démonter.

Il essaya de nouveau d'actionner la roue en poussant des gémissements d'effort. Après quelques minutes, il finit par comprendre qu'il n'y arriverait pas seul.

— Aide-moi ! lança-t-il à contrecœur à Anna.

Elle se releva lentement et se plaça à côté de lui. Elle était pâle comme un spectre. Elle posa sa main glacée sur la poignée, touchant celle de Steven.

Anna était au plus mal, mais cela ne lui inspira aucune pitié. Au contraire, il pensa qu'un animal n'est jamais aussi dangereux que quand il est blessé.

— On y va, dit-il.

De nouveau, ils tirèrent avec acharnement, espérant voir couler l'eau sans laquelle il ne leur restait que quelques heures à vivre. Le mécanisme refusa obstinément de s'enclencher d'un millimètre.

— Merde ! rugit Steven. On va crever de soif.

— Pas forcément, répliqua Anna avec un calme et une détermination qui ne plurent pas à Steven.

— Tu as trouvé de l'eau ? l'interrogea-t-il avec un air mauvais.

Il serra son couteau dans sa poche. Il était prêt à s'en servir s'il le fallait.

— Oui.

— Où ?

Anna se replaça dans l'angle de la pièce sans répondre. Cette fois, Steven sortit le couteau.

— Où ? Réponds ou je te saigne !

Anna se laissa glisser le long du mur.

— J'ai faim à en crever, lâcha-t-elle.

Elle ne semblait même pas avoir entendu la menace de Steven.

— Tu sais à quoi je pense depuis tout à l'heure ? À un petit déjeuner. Cet été, on avait réservé dans un palace sur la côte amalfitaine avec mon copain. Je n'avais jamais vu un buffet pareil. Des montagnes de viennoiseries, de gâteaux, de fromages, de charcuteries, de fruits… Rien que d'y penser, j'en salive. J'imagine un croissant bien chaud qui fond dans ma bouche. Je ne pense qu'à ça. Mon organisme le réclame… Je ne pensais pas que la faim pouvait engendrer une telle douleur. Je n'ai envie de rien d'autre que de manger. Mon métabolisme ralentit déjà, je le sens. Si je ne mange pas, je ne passerai pas la nuit avec ce froid.

Steven hésita un instant. Il était inutile de la menacer, il devait changer d'approche.

Il sortit une pomme de sa poche et la lui tendit.

— Tiens, prends ça.

Anna se rua sur le fruit mais, au dernier moment, il le lui retira brusquement de la main.

— Mais avant, dis-moi où est l'eau.

— Non. La pomme d'abord.

— Je finirai par la trouver sans toi.

— Peut-être. Ou peut-être que tu ne la trouveras pas à temps.

— Ne joue pas avec moi.

— Je ne joue pas. Et de toute façon, il te manque quelque chose.

— Quoi ?

— L'eau. Elle n'est pas potable. Il faut la faire bouillir d'abord.

— J'ai le réchaud.

— Mais pas de gaz, imbécile !

Un flash. Steven se revit en train de courir avec son butin. Il n'avait pas seulement oublié les cigarettes. Il avait aussi abandonné les bonbonnes de gaz, pensant qu'il n'en aurait pas besoin. Anna avait dû les planquer quelque part.

Mais quel con !

Il n'avait pas le choix, il devait collaborer.

— Tiens.

Il tendit la pomme à Anna qui la croqua avec appétit. À la première bouchée, au contact de la chair juteuse, son visage se transfigura.

— Maintenant, montre-moi où est l'eau, enchaîna Steven sans même attendre qu'elle ait fini.

— Suis-moi, répondit-elle entre deux bouchées.

Ils empruntèrent l'escalier extérieur qui montait sur le toit. La lune était presque pleine, la nuit claire. Une fois en haut, Anna se dirigea vers l'une des deux tours qui en occupaient les angles du bâtiment. Un escalier étroit permettait d'accéder au sommet. Au centre, le sol avait été creusé par des décennies d'intempéries. Une flaque d'eau d'une dizaine de centimètres de profondeur s'y était formée.

— De l'eau de pluie, à moitié croupie, commenta Anna. On va devoir la filtrer et la faire bouillir avant de la boire.

— Comment on s'y prend ? répliqua Steven avec un air de dégoût devant le liquide marronnasse.

— On va la filtrer avec un tissu, un vêtement par exemple. Puis on la fera bouillir sur le réchaud, expliqua posément Anna qui avait déjà eu le temps d'analyser la situation.

Steven n'y aurait pas pensé, mais le plan d'Anna lui semblait pertinent. Il partit chercher le réchaud et les deux bols en métal qui allaient avec. Il préleva de l'eau avec l'un avant de la verser dans l'autre récipient à travers le bout de tissu qu'Anna avait arraché à son T-shirt. Ils répétèrent l'opération plusieurs fois. Puis Anna alluma le réchaud.

— Ça va mettre environ vingt minutes à bouillir, expliqua-t-elle.

— Comment tu sais tout ça ?

— Je fais du bivouac en montagne. Je connais deux ou trois trucs.

Steven hocha la tête, pensivement. Sans elle, il aurait bu l'eau directement et se serait peut-être intoxiqué. Mais il ne devait pas laisser transparaître qu'il avait besoin d'elle.

Ils s'assirent autour du réchaud. La flamme bleue dansait dans la nuit. Ils avaient moins froid, l'exercice les avait réchauffés.

— On pourrait se présenter ? proposa Anna.

— T'as d'autres idées à la con ?

— De toute façon, on doit attendre que l'eau bout, puis qu'elle refroidisse.

— Ce n'est pas le moment de papoter, tu ne crois pas ? Je préfère réfléchir à comment je vais sortir d'ici.

— Je ne veux pas papoter. Je me disais que peut-être on avait un point commun, quelque chose qui expliquerait pourquoi ce malade nous a choisis. Tu ne veux pas comprendre ce que tu fais là ?

— Comprendre quoi ? On n'enlève pas les gens

pour les laisser agoniser dans une prison sans explication !

— Il nous a donné une explication.

— Ça n'a aucun sens. Ce mec est malade. Il a dû péter un câble parce qu'il a perdu son boulot ou sa femme, un truc dans ce goût-là.

— Bon, fais comme tu veux, moi je me lance. Je m'appelle Anna. J'ai trente-deux ans. Je suis *data scientist.* Je travaille dans une grosse boîte informatique qui développe des algorithmes qu'on vend à des sociétés pour qu'elles exploitent leurs données clients. J'habite avec mon copain, il s'appelle François…

Steven restait muet. Elle décida de s'arrêter là.

— Et toi ? relança-t-elle.

— Je n'ai rien en commun avec toi, grommela Steven. Rien. La seule chose qui compte, c'est de s'enfuir.

— Tu penses encore à ça ? À t'enfuir ?

— Pas toi ?

Anna poussa un soupir exaspéré.

— Si bien sûr, mais ce n'est pas la priorité, reprit-elle. Tu as l'air d'oublier que si on ne s'organise pas pour lutter contre le froid et avoir de quoi boire et manger, on n'aura même pas la force de tenter quoi que ce soit. Regarde dans quel état on est au bout d'une journée. Si on ne fait pas le nécessaire, on va crever. Ce n'est qu'une question de temps.

Steven dut reconnaître qu'elle avait raison. Il se sentit un peu idiot de ne pas l'accepter.

— Pour manger, on a quelques pommes, dit-il. Ça devrait nous permettre de tenir deux ou trois jours, le temps de trouver une autre source de nourriture.

— Et pour l'eau, nous avons une réserve suffisante. Il y a d'autres flaques sur le toit, on n'en manquera pas.

— Le gaz ?

— On a deux bonbonnes, de quoi tenir trois ou quatre jours.

— Et après ?

— On ne pourra pas boire cette eau sans tomber malade, mais on pourra boire notre urine.

— Tu plaisantes ?

— Je n'ai aucune envie de plaisanter. Il y a beaucoup d'eau dans l'urine. Ça ne te tuera pas, contrairement à la déshydratation.

— Jamais.

— Tu changeras d'avis quand tu seras complètement déshydraté. Quand l'envie de vivre te fera oublier le dégoût que tu ressens maintenant et que ce sera notre seule solution pour tenir quelques jours de plus.

Steven la regardait d'un air malveillant, sans desserrer les dents.

— Et pour le froid ? enchaîna-t-elle.

— Il y a un seul sac de couchage et il est fin, il protège à peine. C'est le principal problème dans l'immédiat.

— Alors, il n'y a qu'une seule solution, répliqua Anna.

— Laquelle ?

— D'après toi ? On va dormir dans le même sac.

Steven la regarda comme si c'était l'idée la plus farfelue qu'il ait jamais entendue. Il préféra changer de sujet.

— Tu as les cigarettes ?

Anna hocha la tête.

— Donne-les-moi, exigea Steven.

— Et toi, tu me donnes quoi en échange ?

— Qu'est-ce que ça peut te faire? Tu ne fumes pas, non?

— J'ai arrêté il y a deux ans, dit-elle en sortant le paquet de sa poche.

Les yeux de Steven brillèrent à la vue du précieux tabac.

— Mais je crois que je vais reprendre, ajouta Anna. Au point où j'en suis…

Elle ouvrit le paquet, tendit une cigarette à Steven et alluma la sienne à la flamme du réchaud.

— Tu ne devrais pas, dit Steven. Développer une addiction maintenant ne va pas vraiment t'aider.

Anna toussa à la première bouffée.,

— Si je dois finir mes jours ici, ce ne sera pas à cause de la cigarette, dit-elle avec un sourire triste. Et puis, ça nous fait quelque chose en commun, non? Puisque tu ne veux rien me dire de toi.

Steven regarda sa cigarette avec gourmandise avant de l'allumer à son tour. La nicotine l'apaisa immédiatement.

— Je m'appelle Steven Lafargue. Ma vie n'a rien d'extraordinaire. Je suis manager dans un centre d'appels. Je suis marié depuis quatorze ans, j'ai deux enfants et un chien. J'ai une vie tranquille. Je n'ai fait de mal à personne. C'est ça que tu veux savoir?

— Je m'en contenterai…

Anna laissa passer un silence avant de reprendre.

— Tu sais, Steven, si on ne s'entraide pas, on va mourir ici.

— Tu proposes quoi?

— D'abord on essaie de dormir un peu et de reprendre des forces. Puis, demain, on va creuser un tunnel.

— Où?

— Sous le mur d'enceinte. Il est trop épais pour qu'on essaye de le percer et trop haut pour l'escalader. On doit pouvoir creuser sous le mur.

— L'autre malade va faire sauter les charges explosives !

Anna baissa le regard.

— Peut-être... Mais je ne vois pas d'autres solutions. Je refuse de mourir ici sans rien tenter.

— On peut trouver mieux.

— Voilà ce que je te propose : on commence à creuser le tunnel dès demain matin, tant qu'on a encore de la force. Mais on ne sort pas. Pas tout de suite. Tant qu'il nous reste de l'eau et de la nourriture, on attend. Et quand on n'aura plus d'autre option, on tentera le coup.

— Et on explose, ajouta Steven en mimant la scène. Tu veux finir en petits morceaux ?

— Et si toute cette histoire d'explosifs, c'était du bluff ? Et même si c'est vrai, comment les contrôle-t-il ? Où sont les émetteurs ? Peut-être qu'une fois dans le tunnel, il ne pourra plus les contrôler.

— Il va comprendre ce qu'on trafique tout de suite.

— On peut essayer de modifier l'orientation des caméras sur nos casques.

— Ça ne changera rien. Il y a des caméras partout dans les arbres. Et des drones !

— Il ne fera rien. Il veut aller au bout de son expérimentation. Je le sens.

L'eau bouillait. Anna coupa le réchaud.

— On va la laisser refroidir un moment. Je peux avoir une autre pomme ?

Steven secoua la tête.

— On doit se rationner.

— « On » ou seulement moi ? Tu en as mangé combien ?

— Peu importe. On va rationner ce qui reste. Je gère les pommes, tu gères les cigarettes, OK ?

L'estomac d'Anna gargouilla. Ses intestins vides la faisaient atrocement souffrir. Elle avait bien conscience que le marché que lui proposait Steven était inéquitable, mais elle n'avait aucun levier de négociation pour le moment. Elle ne devait surtout pas briser le fragile équilibre qui commençait à s'instaurer entre eux.

Une dizaine de minutes plus tard, l'eau avait suffisamment refroidi pour être buvable.

Anna en versa la moitié dans l'autre bol qu'elle tendit à Steven. Ils burent en silence, attentifs à cette sensation, qui n'avait désormais plus rien de banal, de l'eau qui descendait dans leur gorge pour se répandre dans leur corps et en hydrater chaque cellule.

— On doit essayer de dormir maintenant, dit Anna. On aura besoin d'être en forme demain. Pour le tunnel.

Ils redescendirent par l'escalier extérieur et regagnèrent le bâtiment du rez-de-chaussée. Une fois dans leur « chambre », Steven sortit le sac de sa cachette.

— À toi l'honneur, lança-t-il.

Anna se glissa lentement dans le sac froid. Le tissu était fin et le contact avec le sol, inconfortable.

— Demain, on fabriquera une paillasse pour amortir, suggéra-t-elle.

Steven se glissa à son tour dans le sac. Ils étaient collés l'un à l'autre. La chaleur humaine réchauffa un peu leurs deux carcasses fatiguées.

— Bon… eh bien, bonne nuit, souffla Anna.

— Bonne nuit, répondit Steven sans conviction.

Puis il lui tourna le dos. Voilà des années qu'il n'avait pas dormi si proche de sa femme. Qu'il n'avait pas senti la chaleur d'un corps autre que celui des stagiaires ou des prostituées.

Contre toute attente, il se mit à bander.

Mercredi 24 novembre

> « La première manifestation de l'effondrement, ce sera la guerre que l'anticipation de la catastrophe va entraîner. »
>
> Viktor Kieffer, *Se préparer à l'effondrement.*

42

Ronan gara son véhicule devant la Résidence. Les deux plantons chargés d'en garder l'entrée le saluèrent. Il leur adressa un vague signe et s'engouffra dans l'ascenseur qui l'attendait.

Quelques secondes plus tard, il était dans l'appartement de Dampierre. Le silence était total. Rien à voir avec l'agitation qui avait suivi la découverte du corps. Seule la présence des scellés indiquait qu'il s'agissait d'une scène de crime.

Ronan contempla quelques instants la neige qui tombait à travers les fausses fenêtres. Tous les systèmes étaient restés actifs depuis l'assassinat.

Le policier se dirigea vers la chambre principale. Celle où était dissimulé le Sarcophage. C'était la raison de sa visite. Il ignorait ce qu'il cherchait au juste. Une force inconnue l'y ramenait. Il était passé à côté de quelque chose la première fois.

Il pressa son doigt sur le lecteur d'empreintes digitales. Les deux écrans pivotèrent, libérant l'accès. Le lit, la table et la chaise avaient été emportés par les techniciens à des fins d'analyse. La pièce était vide.

Ronan fit un pas en avant. La lumière blanche l'aveugla. Si bien qu'il ne remarqua pas tout de suite la boîte posée au centre de la pièce. Son pied buta sur le paquet. Intrigué, il se pencha pour le ramasser. Il avait la taille d'une boîte à chaussures. Surtout, il n'était pas là la fois précédente.

Peut-être les gars de la Scientifique qui l'avaient oubliée ? Un tel manque de rigueur ne leur ressemblait pas.

Il observa la boîte. Elle était en polystyrène et pesait relativement lourd. Il l'ouvrit. Son contenu était dissimulé sous un morceau de drap blanc. Il le souleva lentement, dévoilant le visage sans vie de son fils.

Ronan hurla. La boîte lui échappa des mains et chuta au sol.

— Pourquoi avoir fait un enfant ? C'est irresponsable.

Le policier fit volte-face.

Ludovic Hoffmann se tenait à l'entrée du Sarcophage.

— Adieu, commandant…

Avant qu'il n'ait eu le temps de réagir, les portes du Sarcophage se refermaient sur l'homme au regard glacial.

Ronan se réveilla en haletant.

Il repoussa les draps trempés de transpiration, respirant à grandes goulées et revenant petit à petit au réel.

Ce n'était qu'un cauchemar. Ce n'était qu'un cauchemar.

Il se leva et vérifia que Gaspard dormait dans son berceau. Un soulagement indescriptible le parcourut. Son fils allait bien. Lui, en revanche, ne pouvait pas en dire autant. Cela faisait deux fois en une semaine qu'il rêvait qu'Hoffmann s'en prenait à lui. Le meurtrier l'obsédait. Il ne parvenait plus à séparer sa vie personnelle et l'enquête. Il approchait dangereusement de son point de rupture.

Il jeta un œil au réveil. Il n'était pas encore 6 heures. Il ne se rendormirait pas. Sans bruit il se glissa dans la salle de bains et prit une douche rapide. L'eau chaude lui fouetta la nuque et acheva de le réveiller. Il s'habilla et quitta une maison endormie.

Il arriva au Bastion un peu après 7 heures, largement en avance. La réunion de service commencerait dans une heure. L'avenir de l'enquête allait s'y jouer.

Il jeta son casque sur une chaise vide et s'assit à son bureau. Malgré la fatigue, il se sentait parfaitement lucide. Il devait passer la main. Avant qu'il ne soit trop tard. Avant de faire une vraie connerie. À tout prix.

Ronan entra dans la salle de réunion à 8 heures pile, remonté à bloc. Joseph Brunner, le chef de la brigade criminelle, était déjà là. Ronan le salua et s'assit en face de lui. Un instant après, Serge Dussart, le patron de la DRPJ, fit son entrée. Il alluma un écran. Trois visages apparurent en visioconférence. Le préfet de police de Paris, le directeur de la PJ et le directeur de la Police nationale. Ronan sentit une boule dans sa gorge. Il ne pensait pas que ça remonterait si haut.

Il ne manque plus que le ministre de l'Intérieur.

Au moment où il formulait cette pensée, un quatrième visage apparut. Le directeur de cabinet du ministre.

Merde.

Serge Dussart ouvrit la discussion.

— Bonjour messieurs, commença le patron de la DRPJ. Merci à tous de votre présence ce matin. Nous sommes réunis afin de faire le point sur l'affaire Ludovic Hoffmann.

Il se tourna vers Ronan.

— Le commandant Sénéchal dirige l'enquête depuis le début. Vous avez reçu ses rapports. Il serait utile qu'il nous fasse un résumé de la situation.

Chacun acquiesça. Ronan prit la parole.

— Tout d'abord, je dois signaler que plusieurs avancées majeures dans l'enquête ont été rendues possibles grâce au groupe du capitaine Kowalski de la brigade criminelle de Lyon.

Il s'étonnait qu'Irina n'ait pas été conviée. Il n'avait pas l'intention de passer son rôle sous silence.

Puis il énuméra les éléments clés.

Premier acte : le meurtre de Dampierre dans son bunker, le message gravé sur le corps et le coup de publicité du tueur sur BFM. Deuxième acte : la découverte des cheveux de Nicolas Marlot dans le Sarcophage, qui avait finalement conduit les policiers à Ludovic Hoffmann. Ronan s'arrêta un instant sur le profil de l'homme, son expérience au RAID et son instabilité psychologique. Troisième acte : la prise d'otages, la vaste opération de déstabilisation du pays orchestrée par le Guérisseur, qui n'était autre qu'Hoffmann, même si rien ne le prouvait encore formellement.

— Nous ne sommes plus du tout dans le cadre d'un « simple » homicide, conclut-il. Cette affaire ne relève plus des compétences de la brigade criminelle.

Il avait mis toute la conviction dont il était capable dans cette dernière phrase.

Ses interlocuteurs l'avaient écouté attentivement,

le visage grave, sans l'interrompre. Ce fut le directeur de la Police qui prit la parole en premier.

— Merci, commandant, pour ces précisions. J'entends votre point de vue. Néanmoins, la seule chose absolument certaine est que Ludovic Hoffmann est le meurtrier de François Dampierre, comme le prouve la vidéosurveillance de la Résidence. Le reste ne repose que sur des hypothèses. Des hypothèses que je qualifierais de légères, voire fantaisistes. En définitive, l'idée qu'Hoffmann est le Guérisseur ne se fonde que sur votre intime conviction et sur celle du capitaine Kowalski, Ce n'est pas suffisant.

Ronan fut bien obligé d'acquiescer. L'analyse de la voix du Guérisseur n'avait pas pu établir de façon certaine qu'il s'agissait bien d'Hoffmann. Ces bureaucrates se fichaient pas mal de son instinct de flic.

— Oui, monsieur, c'est exact, répondit Ronan à contrecœur. Néanmoins, Hoffmann est notre principal suspect. Il est le point central qui relie entre eux tous les éléments de cette affaire. La priorité absolue, c'est de le localiser et de l'arrêter. Or, nous savons qu'il bénéficie de complicités. Tout cela est trop gros pour qu'il soit seul. La brigade criminelle n'est pas compétente.

Un silence glacial accueillit ce dernier développement de Ronan.

Ce fut finalement le directeur de cabinet du ministre de l'Intérieur qui prit la parole.

— Je ne suis pas d'accord avec vous, commandant. Vous l'avez dit vous-même : tout cela est trop gros pour être le fait d'un seul homme. Même s'il est impliqué, cela ne signifie pas qu'Hoffmann soit le cerveau. Il pourrait tout aussi bien n'être qu'un simple exécutant. Il convient donc de mener deux enquêtes en parallèle.

D'un côté, l'enquête criminelle visant à arrêter Ludovic Hoffmann pour le meurtre de François Dampierre et, selon toute vraisemblance, pour celui de Nicolas Marlot. Enquête que vous mènerez conjointement avec la BC de Lyon. De l'autre, l'enquête concernant la prise d'otages et les troubles qui l'entourent. Enquête qui sera dirigée par la Sous-direction anti-terroriste. La DCPJ coordonnera le tout. Vous lui rendrez compte régulièrement des faits nouveaux.

Ronan fulminait.

— Mais les deux enquêtes vont conduire à rechercher le même homme : Hoffmann. Nous allons nous marcher sur les pieds !

Brunner fusilla son subordonné du regard.

— Non, reprit calmement le directeur de cabinet. Encore une fois, rien ne prouve qu'Hoffmann soit l'homme derrière la prise d'otages. Si vous obtenez la preuve qu'Hoffmann et le Guérisseur sont une seule et même personne, alors nous repenserons l'organisation. En attendant, que chaque équipe analyse l'affaire de son point de vue, avec ses indices et ses pistes. C'est tout l'intérêt du dispositif. Et bien entendu, nous allons travailler en étroite collaboration, en échangeant des informations. Je comprends que vous n'ayez pas l'habitude des affaires de cette ampleur, commandant Sénéchal, et que cela puisse vous effrayer, mais faites-moi confiance, tout va bien se passer.

Le directeur de cabinet s'était exprimé avec une condescendance qui irrita Ronan. Ce connard d'énarque n'avait jamais quitté son bureau et n'avait pas la moindre idée de ce qu'était une enquête de police. Sa vision idyllique des services collaborant main dans la main était totalement irréaliste, et c'était la meilleure façon de planter l'enquête.

— Est-ce que les directeurs de la Police et de la PJ sont d'accord avec moi ? relança le directeur de cabinet.

Les deux hommes approuvèrent. C'était le ministre qui s'était exprimé à travers son collaborateur, ils n'avaient pas l'intention de s'opposer à sa volonté.

— Dans ce cas, messieurs, je vous souhaite une bonne journée.

Le directeur de cabinet coupa sa caméra, aussitôt imité par ses interlocuteurs.

L'écran redevint noir. Ronan se retrouva seul avec son chef et le directeur de la DRPJ.

— Sénéchal, je sais que ce n'était pas ce que vous souhaitiez. Mais je partage l'avis du ministère, essaya de le calmer Brunner.

Tu parles, tu ne vas pas prendre le risque de te faire mal voir et de freiner ta carrière.

— Il faut examiner cette affaire sous tous les angles possibles, chacun avec son expertise et son savoir-faire.

Le directeur de la DRPJ intervint.

— Cette enquête reste prioritaire. Si vous avez besoin de renfort, il suffit de le demander. Je vais prévenir le groupe de Mortier qu'il passe sous votre direction. Et les services de l'IJ traiteront vos demandes en priorité.

Il planta son regard dans celui de Ronan.

— Commandant Sénéchal, c'est open bar, vous me comprenez bien ? Imaginez la fierté pour la PJ parisienne si c'est nous qui arrêtons Hoffmann !

Ronan approuva, sans conviction, pour mettre fin à la discussion.

— Très bien. En avons-nous terminé ?

Les deux hommes acquiescèrent. Ronan se leva et quitta la salle sans les saluer.

En regagnant son bureau, il croisa David dans le couloir.

— Alors ? l'interrogea son adjoint.

— Alors, on reste sur l'enquête, lâcha Ronan dépité, tout en continuant à marcher.

— Tu avais l'air confiant, pourtant…

— Oui, mais j'avais sous-estimé la capacité de Brunner et du grand patron à se comporter comme des carpettes devant le ministère.

Une fois dans son antre, il ôta sa veste et arracha sa cravate d'un geste brusque.

— Ils ne pensent qu'à cirer les pompes du ministre et à se faire bien voir. Ils veulent qu'on arrête Hoffmann parce que l'affaire est médiatisée, et espèrent que ça rejaillira positivement sur leur carrière. Putain, ça me dégoûte ! Fait chier !

— On va trouver une solution. Un café en attendant ?

Ronan se massa les tempes, une expression contrariée sur le visage.

— Je te rejoins dans une minute à la machine.

Cette enquête le rongeait de l'intérieur.

En cet instant, il eut la conviction qu'il n'y survivrait pas.

43

Anna ouvrit les yeux avant de les refermer aussitôt. Un rayon de soleil l'aveuglait. L'espace d'un instant, les sens engourdis par le sommeil, elle crut être chez elle, pelotonnée sous sa couette et que la lumière matinale inondait sa chambre.

En distinguant les murs de pierre qui l'entouraient, la mémoire lui revint subitement.

Je suis en prison.

Elle se tourna et constata qu'elle était seule dans le sac de couchage. Steven était déjà réveillé. Elle s'extirpa du sac maladroitement, à quatre pattes, le corps endolori par la nuit éprouvante qu'elle venait de passer à même le sol.

Elle se redressa et une douleur foudroyante explosa dans ses entrailles. Elle se plia en deux en gémissant. La faim la tenaillait. Elle devait manger quelque chose. Immédiatement.

Où Steven avait-il caché les pommes ? Alors que son regard parcourait la pièce pour identifier une cachette possible, elle se figea avec stupeur. Trois trognons avaient été abandonnés dans un coin de la pièce. Il ne restait plus un gramme de chair juteuse. Aussitôt, elle sentit la colère fuser en elle au point de lui faire oublier la douleur. Elle fourra les preuves dans ses poches et partit à la recherche de son compagnon d'infortune.

Le soleil était déjà haut dans le ciel. Elle avait dormi plus longtemps qu'elle ne l'aurait cru. Elle emprunta l'escalier extérieur et monta sur le toit. Elle y trouva Steven en train de faire bouillir de l'eau.

— Tu m'expliques ça ? lança-t-elle en lui mettant ses restes sous le nez.

— J'avais faim, répondit-il laconiquement sans que sa voix n'exprime une once de culpabilité.

— Je croyais qu'on devait se rationner ? Comment on va faire si tu bouffes tout ?

Il haussa les épaules.

— Tu mangeras moins.

— Pardon? s'écria Anna, outrée.

— Tu es une femme et tu pèses quoi? Cinquante kilos? J'en pèse quatre-vingt-quinze. C'est normal que je mange plus. Je prendrai trois pommes par jour et toi une.

— Va te faire foutre! rugit-elle en se ruant sur lui.

Surpris, Steven chuta lourdement, renversant le réchaud et le bol d'eau. Anna se jeta sur lui. D'un geste vif, elle sortit le couteau de sa poche qu'elle appuya contre la jugulaire de Steven.

— Tu as vraiment cru que je dormais cette nuit? lança-t-elle en lisant la haine dans son regard. J'ai attendu que tu t'endormes, et je me suis levée discrètement. Tu ronflais comme un porc. Je t'ai parlé, pour voir. Tu n'as pas réagi. Alors, j'ai récupéré tout ce que j'ai pu, à commencer par ton précieux couteau. Je n'ai pas trouvé les pommes, sinon tu ne les aurais jamais revues. Où sont-elles?

Steven lui répondit par un ricanement.

— Vas-y, égorge-moi. On doit survivre ensemble. Si je meurs, tu meurs.

— Ah oui, tu te souviens de ce que je disais hier? Et si c'était du bluff? répliqua-t-elle en accentuant la pression.

Elle devina la panique qui s'installait en lui. Il ne s'attendait pas à pareille détermination.

— Tu vas arrêter de me prendre pour une conne!

— Putain, Anna, arrête! Je vais te les filer. Ce sont juste des pommes.

— Facile à dire pour toi, tu t'es empiffré!

Elle était d'une force étonnante pour quelqu'un qui n'avait pratiquement pas mangé depuis deux jours.

Elle appuya un peu plus sur la lame. Une goutte de sang perla sur son cou.

— Ne te fous pas de moi, tu n'es pas innocente non plus ! contre-attaqua Steven.

— De quoi tu parles ?! s'exclama Anna.

— Tu joues les femmes fragiles, mais tu es drôlement douée en survie. T'en connais un rayon, on dirait.

— Je ne connais que deux ou trois trucs de base. C'est ton ignorance totale qui est étonnante.

— Moi je crois plutôt que tu n'es pas celle que tu prétends !

— Je suis dans la même situation que toi.

— Qui me dit que tu n'es pas là pour me surveiller ?

— Ça n'a aucun sens ! T'es vraiment trop con.

Steven profita d'un moment de distraction d'Anna pour se retourner, la déstabiliser et la faire tomber à la renverse. Elle lâcha le couteau. Il le ramassa en un éclair avant de le fourrer dans sa poche.

Anna se releva et se jeta sur lui comme une furie.

— Rends-le-moi !

Il la saisit par les poignets et l'immobilisa.

— Calme-toi.

Elle continua à se débattre et réussit à le griffer aux mains. De douleur, il relâcha brusquement son étreinte, mais reprit aussitôt le contrôle. Le coup partit, puissant. Sonnée, Anna recula de quelques pas.

— Je peux te mettre en pièces, si je veux, la menaça-t-il.

Anna constata qu'un filet de sang coulait au coin de ses lèvres.

— On ne peut pas continuer comme ça, souffla-t-elle. Ça fait seulement deux jours qu'on est là et on est déjà sur le point de s'entretuer.

Elle pointa un doigt accusateur sur lui.

— Par ta faute ! Si ça continue comme ça, ce n'est pas la soif ou la faim qui nous tuera.

— Je suis d'accord. J'ai une proposition à te faire.

Qu'allait-il encore inventer ?

— On partage tout en deux : les pommes et les cigarettes. Et chacun gère son stock comme il l'entend.

Elle ne répondit pas. Ce changement d'attitude soudain n'augurait rien de bon.

— Tu ne me crois pas, constata Steven.

— Tu penserais quoi à ma place ?

Il hocha la tête en guise de réponse. Puis, sans dire un mot, il prit l'escalier et disparut du champ de vision d'Anna.

Il revint quelques minutes plus tard, les bras chargés de pommes. Il posa les fruits devant Anna.

— Il en reste 16. Ça fait 8 chacun. Vas-y, sers-toi.

Anna esquissa un sourire, presque malgré elle. Une pomme dans sa main, elle l'admirait comme s'il s'agissait de la vie même.

— Et dire qu'en temps normal, ça ne vaut que quelques centimes, murmura-t-elle. On se bat pour faire toujours plus de fric sans même réaliser la chance que nous avons. Et maintenant, c'est l'inverse. Ces pommes sont notre bien le plus précieux. Je donnerais tout ce que j'ai pour en avoir d'autres.

— C'est très joli tout ça. Maintenant fous-toi à poil.

Un silence glacial accueillit son ordre. La trêve n'avait pas duré longtemps.

— Tu plaisantes ?

— Je suis très sérieux.

Il se campa face à elle, menaçant. Il la dominait largement. Sans arme, elle n'avait aucune chance.

— Tu vas me violer ?

Il balaya la main d'un air irrité.

— Je veux juste voir si tu caches quelque chose sur toi.

— Qu'est-ce que je pourrais cacher ?

— Je ne sais pas. Un émetteur pour communiquer avec le dingue qui nous retient ici, par exemple.

— Tu ne me fais pas confiance.

— Je ne fais confiance à personne. N'y vois rien de personnel.

— C'est ton problème si tu es parano. Je ne me mettrai pas nue devant toi.

— Arrête de te plaindre et fais-le. Je dois juste vérifier. Dans deux minutes, ce sera fini.

— Jamais.

— Tu refuses parce que tu as quelque chose à cacher.

— Non, je ne veux pas me foutre à poil devant un type que je ne connais pas.

Il la jaugea du regard.

— Je ne te demande pas ton avis.

— Ça rime à quoi ? Je me fous à poil et ensuite ? Tu vas me suivre quand je vais aller pisser ?

— Je devrais peut-être, non ? Je te rappelle que tu m'as détroussé pendant la nuit !

— Parce que tu refusais de partager ! Je veux juste qu'on se fasse confiance !

— Alors, tu sais ce qu'il te reste à faire.

Anna bouillonnait. Subitement, elle ôta son pull, puis son T-shirt et son pantalon, sans réfléchir.

Autant en finir avec ces conneries.

Elle grelottait en soutien-gorge et en culotte. Steven laissa son regard balayer son buste, ses jambes.

— Enlève tout.

— Tu te fous de ma gueule ?

Elle planta son regard dans le sien. Elle reconnut sans peine cette petite lumière qu'il avait au fond de l'œil et cela la terrassa. Comment ce type pouvait-il avoir du désir en un moment pareil ? Elle savait qu'elle avait un corps plutôt bien foutu, mais, après deux jours ici, elle devait être repoussante : visage crasseux de poussière et de terre séchée, cheveux lourds de saleté, beauté dissoute par le désespoir.

Elle se mordit les lèvres, gercées par le froid, pour ne pas pleurer et elle s'exécuta.

— Tourne-toi, lui intima-t-il une fois qu'elle fut totalement nue.

Elle obéit. Pétrifiée.

— Tu peux te rhabiller, lâcha-t-il, soulagé qu'elle ne cachât pas un émetteur. On va aller creuser ce tunnel maintenant.

Elle était frigorifiée. Le contact des vêtements ne suffit pas à la réchauffer. Elle avait encore la chair de poule. Ce n'était pas le froid, mais l'humiliation qu'elle venait de subir. Et qu'elle ne laisserait pas impunie.

44

L'Alpine A110 bleu électrique négocia à grande vitesse le virage en épingle à cheveux sans difficulté, ce qui arracha un sourire de satisfaction à son conducteur. Une dépense folle au regard de son salaire de fonctionnaire, mais il ne regrettait rien.

Il arriva à destination quelques minutes plus tard. Avec ses ruelles abruptes et ses maisons accrochées à la pente, Planay, commune de quatre cents habitants, s'étageait en quatre villages à des altitudes différentes. Édouard Gimenez était domicilié dans le plus haut, Le Chambéranger, à 1 200 m, perché sur un éperon rocheux.

Alexandre se gara sur un petit parking à l'entrée du hameau. Le domicile de son témoin n'était qu'à quelques mètres. C'était un chalet savoyard traditionnel dont la partie basse avait sans doute été une grange ou une étable. Il frappa à la porte de l'habitation et regarda sa montre. 12 h 45. Le soleil était haut dans le ciel et il faisait chaud pour la saison.

La porte s'ouvrit sur un petit homme laid entre deux âges. Il portait un pantalon de survêtement usé et un marcel constellé de taches. Le type avait un gros nez et de petits yeux de fouine enfoncés dans un visage dissimulé par une barbe de trois semaines mal entretenue. Il ne devait pas recevoir beaucoup de visites, à en juger par le drôle de regard qu'il lança à Alexandre en le découvrant sur le seuil. Comme s'il avait soudain un peu honte de son relâchement en face du jeune policier élégant.

— Monsieur Gimenez ? demanda Alexandre en faisant un pas en avant.

— C'est vous le flic ? répondit l'autre en restant dans l'encadrement de la porte.

La question était empreinte d'étonnement. Alexandre avait l'habitude. Avec sa veste en daim de bonne coupe et ses lunettes de soleil à la fine monture en écaille, il ne ressemblait pas au stéréotype du policier.

Il sortit sa carte tricolore, que son témoin examina avec suspicion. Pas de réaction.

— Le temps presse, je vous en prie.

L'homme finit par s'écarter. Alexandre entra dans

la maison. Les murs en épicéa embaumaient la grande pièce d'une odeur agréable. L'endroit était plus propre et organisé que l'apparence du propriétaire des lieux. Celui-ci s'assit derrière une lourde table en bois et fit signe à Alexandre de prendre place face à lui.

— LaVéritéEstAilleurs, c'est vous ? demanda Roche sans préambule.

Le type déboucha une bouteille de vin de la région. Il se remplit un verre sale.

Le déjeuner des champions.

— Vous en voulez ? proposa-t-il.

— Non merci. Les commentaires que vous avez postés sur les vidéos du Guérisseur, ce sont des coordonnées ? enchaîna Alexandre, qui voulait aller droit au but.

Gimenez vida son verre d'un trait avant de se resservir immédiatement.

— Oui.

— Pourquoi avoir fait ça ?

— Je ne sais pas…

— Il y a une raison. Vous avez cherché à attirer l'attention ?

— Peut-être. Quand j'ai vu ça… les vidéos des otages, j'ai tout de suite pensé à des choses que je savais. Je me suis dit que quelqu'un comprendrait.

— Qu'est-ce que vous savez ?

Un nouveau verre se remplit et se vida.

T'as raison, picole, tu seras plus bavard.

— Ces coordonnées sont celles d'anciens forts dans les Alpes.

— Ça, je le sais aussi.

— Ce que vous ignorez, c'est qu'ils ont un propriétaire.

— Prometheus ? tenta Alexandre.

— Oui… Enfin, je crois.

— Vous n'en êtes pas certain ?

— Il n'y a pas de nom sur la porte d'entrée. Ce serait trop simple. J'ai dû creuser un peu pour découvrir à qui ils appartiennent vraisemblablement. C'est un montage complexe de filiales et de sociétés écrans. Si on remonte les liens, on trouve Prometheus. Au sommet de la pyramide.

— OK, admettons. Pourquoi avoir acheté ces terrains en secret ?

L'homme ricana.

— Parce que Prometheus a beaucoup de secrets. De choses à cacher. Et quoi de mieux que des forts abandonnés pour mener des expériences en toute discrétion ?

— Sauf que j'ai insisté auprès des gendarmes locaux. Ils ont envoyé un drone et n'ont relevé aucune activité. Il n'y a rien.

L'homme resta songeur un moment devant cette contradiction.

— Je ne connais pas tous les lieux. Prometheus a acheté des centaines d'hectares, se justifia-t-il.

— Qu'est-ce qu'ils y fabriquent ? Et d'où leur vient tout ce fric ?

La bouteille était presque vide. Gimenez versa ce qui restait dans son verre.

— L'argent n'est pas un problème.

— Je ne comprends pas. Officiellement, votre boîte ne fait que de la recherche et développement. Ça coûte du fric, ça, non ? D'où vient-il ?

L'homme fixa Alexandre.

— Vous connaissez Cosmos ?

— Évidemment.

Alexandre ne comprenait pas ce coq à l'âne.

Cosmos était une des entreprises les plus connues au monde. Au même titre que Google, Facebook ou Amazon… La petite start-up des débuts, fondée par un entrepreneur américain d'origine sud-africaine, Wail Sariak, était devenue un empire et son propriétaire, milliardaire. Depuis une vingtaine d'années, il investissait tous azimuts dans des domaines aussi divers que l'aéronautique, les énergies renouvelables, les nanotechnologies ou encore l'intelligence artificielle.

Alexandre n'avait pas suivi la carrière du petit génie, mais il se souvenait que Sariak avait déclaré à plusieurs reprises que, malgré la variété des activités de son groupe, sa colonne vertébrale et son objectif principal étaient la lutte contre le changement climatique et, d'une manière générale, la réduction des risques pesant sur l'avenir de l'humanité.

— Quel rapport avec Prometheus ?

D'un geste agacé, Gimenez lui fit signe de patienter.

— La dernière lubie de Wail Sariak est le contrôle du climat.

— C'est le domaine à investir, c'est sûr, approuva Alexandre. Mais ça ne répond pas à ma question.

— Sariak a commencé à s'intéresser à Prometheus il y a cinq ans, continua Gimenez. Il a injecté de l'argent. Un peu d'abord, puis beaucoup. Il est actionnaire majoritaire de l'entreprise aujourd'hui.

— Pourquoi investir dans une boîte qui ne sort jamais rien de concret ?

— C'est ce que vous croyez. Prometheus a réalisé des avancées considérables. Ce genre de recherches coûte cher. Très cher. Prometheus a le savoir-faire et Cosmos le pognon. Et là, on parle d'un compte en banque crédité de dizaines de milliards de dollars.

— Comment se fait-il que personne n'en parle, que cela ne se sache pas, par les médias ?

— Parce que Cosmos n'a pas investi directement dans Prometheus, mais à travers une multitude de sociétés écrans. Les capitaux transitent par des coins plutôt sympas, comme les îles Caïmans. Si je suis parvenu à percer ce financement opaque, c'est que j'ai trouvé un premier fil. Tout est parti de ce document que je n'aurais jamais dû voir. Après, il ne me restait plus qu'à tirer sur la pelote. Ça m'a pris des mois…

— Admettons. Qu'est-ce que ça change ? Ce genre d'entreprise passe son temps à en acheter et en vendre d'autres.

— Oui, bien sûr. Rohr n'a pas seulement accepté l'argent de Sariak, il a fait un pacte avec le diable.

— Comment ça ?

Gimenez commençait à l'irriter avec ses formules mystérieuses.

— Sariak est un illuminé. Rohr n'est pas mal dans son genre, mais là c'est vraiment le niveau au-dessus. Ce type se prend pour Dieu. Et il n'est plus très loin d'y parvenir.

Alexandre affichait une mine dubitative et agacée.

— C'est très simple, se lança Gimenez. Imaginez un pays en situation de sécheresse depuis des mois. Plus de récoltes, plus de nourriture. Maintenant, supposons que quelqu'un puisse résoudre ce problème en faisant pleuvoir. Vous ne pensez pas qu'il serait en position presque divine ?

Alexandre resta interdit un moment. Gimenez exagérait, inventait cette histoire à dormir debout, pour se venger de son ancien employeur.

— C'est du délire. Personne ne peut faire ça.

— Détrompez-vous. C'est amusant de voir que la

plupart des gens pensent que le contrôle du climat relève de la science-fiction.

Gimenez affichait désormais un air satisfait tout en lissant ses ignobles cheveux gras.

— La géo-ingénierie climatique est un secteur plus que prometteur, continua l'homme. L'une des plus anciennes de ses techniques consiste à ensemencer les nuages.

— C'est-à-dire ?

— On envoie des particules dans le ciel qui provoquent la condensation de la vapeur d'eau, et donc de la pluie. Malgré tout, cette technique est très lourde en équipements. Il faut soit d'énormes canons au sol, soit des avions qui doivent voler pendant des heures sur une même zone. Le rendement reste faible : tout ça pour une augmentation de la pluie d'environ 10 %. Et encore, ça ne marche pas toujours. Il y a des aléas : il faut choisir les bons nuages, au bon moment. Si les conditions atmosphériques ne sont pas réunies, ça ne fonctionne pas.

— Pourquoi vous me racontez ça ?

— Je vous expose le contexte. Prometheus a mis au point une technique révolutionnaire d'ensemencement des nuages. Développée et testée dans le plus grand secret. C'est à ça que lui servent ces forts en montagne. Rohr a réussi à résoudre la plupart des problèmes qui limitaient cette technique.

— Concrètement, qu'est-ce que peuvent faire Rohr et Sariak avec leur joujou ?

— *Concrètement*, ils peuvent faire pleuvoir où ils veulent, quand ils veulent. Ils peuvent déclencher le déluge si ça leur chante ! Ou bien empêcher de pleuvoir. Ils peuvent prendre le contrôle du climat. Ils peuvent changer le monde ! Transformer le Sahel en prairies ou transformer des plaines fertiles en désert. Ils ont l'argent et ils sont suffisamment tarés pour jouer les apprentis sorciers, avec les conséquences dévastatrices que ça pourrait avoir.

Alexandre avait mal au crâne.

— Bon, c'est du délire. Comment vous savez tout ça ?

Le policier était à deux doigts de partir.

— Parce que j'ai consulté des dossiers qui ne devaient pas passer entre mes mains. Je travaillais à la sécurité de Prometheus avec Hoffmann. Mon poste me donnait accès à des données sensibles, du moins certaines.

— Qu'est-ce qui vous a mis la puce à l'oreille ?

— Un mail. Il parlait d'une opération.

— Quelle opération ? le relança Alexandre sèchement.

— Il n'y avait pas d'objet... Juste un nom. Rainmaker.

Alexandre se figea.

Rainmaker. Le fichier crypté dans l'ordinateur de Nicolas Marlot.

— Au début, j'ai cru que c'était un projet de recherche secret, un nouveau prototype... Mais dans ce document, il y avait aussi des coordonnées. Par curiosité, j'ai regardé à quoi elles correspondaient. Il s'agissait de forts dans les Alpes. J'ai interrogé Hoffmann. Il m'a dit que c'était sans importance et d'oublier ça. Il a supprimé le document de mon ordinateur lui-même. Le lendemain, quand je suis revenu au bureau, mon poste avait carrément disparu. J'avais été réaffecté.

— Où ?

— À un poste administratif. Un placard, quoi. Je

n'avais plus accès au système d'information de l'entreprise. J'ai enquêté comme je le pouvais. Je suis un ancien hacker, c'est même pour ça que Prometheus m'avait recruté.

— Comment Hoffmann a-t-il agi ensuite?

— Il a dû découvrir ce que je faisais. Parce qu'un soir, je suis rentré chez moi. Et mon chien était allongé dans le salon, mort.

La voix de Gimenez semblait proche de se briser.

— Le signal était clair. J'ai démissionné. J'ai mis mon appartement de Lyon en location et je suis venu m'installer ici. Dans l'ancienne maison de mes parents et…

Gimenez s'interrompit et se précipita à la fenêtre qui donnait sur le devant de la maison.

— Vous avez entendu?

L'homme jeta des regards soupçonneux à l'extérieur.

— Il y a eu un bruit, comme un craquement.

Gimenez transpirait abondamment.

Alexandre l'observa un moment. L'homme était brisé. Sa peur n'était pas feinte. Pour la première fois depuis le début de l'entretien, il pensa qu'il n'essayait pas de le mener en bateau.

— Sans doute un animal, supposa le policier.

— Non, non. Quelqu'un s'est approché. A monté les marches.

Alexandre se plaça à côté de Gimenez, à la fenêtre. À l'extérieur, la ruelle était déserte.

— Qu'il s'agisse d'un homme ou d'un animal, il est parti.

Gimenez sembla se calmer et alla s'affaler dans le canapé.

— Et alors, Rainmaker? De quoi s'agit-il d'après vous? demanda Alexandre en restant debout.

— Quand on lance un nouveau produit, il faut d'abord s'assurer que le besoin existe.

— J'en ai marre de vos énigmes, Gimenez. Parlez clairement.

— Sariak et Rohr ont un produit à vendre : un bouclier climatique.

— Parce qu'ils comptent se faire du fric avec leur invention?

— Évidemment. Quand on a un tel pouvoir, ce serait con de ne pas en profiter, non? Mais la situation n'est pas encore assez dramatique pour qu'ils puissent le mettre sur le marché. S'ils se mettaient à démarcher les États demain, ils passeraient pour des illuminés. Or, ils n'ont l'intention d'attendre ni trente, ni vingt, ni même dix ans.

— Alors quoi? Ils vont dérégler le climat eux-mêmes?

Gimenez ne répondit pas. Il se contenta de fixer Alexandre avec intensité.

— C'est insensé! Vous vous foutez de ma gueule!

— Sariak peut régler le thermostat de pays entiers. Pour lui, c'est simple. Nul ne saurait qu'il en serait le responsable s'il déclenchait des catastrophes climatiques. Une fois les États et leurs populations terrifiés, il proposera ses services et passera pour un sauveur.

— Vous divaguez. Et même si c'était un scénario vraisemblable, les États ne laisseraient pas faire. Cosmos est peut-être une société puissante, mais pas autant que l'Europe ou les États-Unis!

Alexandre était furieux. Cet enculé l'avait fait venir pour rien.

— Je ne veux vous dire qu'une chose. Quand le dérèglement climatique atteindra son paroxysme, que les températures seront intenables, que des zones entières se désertifieront, les États n'auront que deux solutions. Ou se condamner à la misère et à la mort ou faire appel à la seule entreprise qui pourra les en sortir. Quand la Terre sera au bord de l'asphyxie, personne n'aura plus de pouvoir que Sariak.

Gimenez marqua une pause. Il regardait Alexandre avec un sourire triomphant, comme s'il s'apprêtait à abattre sa carte maîtresse.

— Vous ne trouvez pas que la météo a été complètement déréglée ces derniers mois, depuis l'été ? On n'avait jamais vu autant de flotte tomber, de rivières en crue, de glissements de terrain. Un vrai déchaînement de la nature. Sariak et Rohr testent leur invention. Localement. Et comme vous avez pu le constater, elle fait ses preuves.

— Vous êtes malade. Vous êtes en plein délire paranoïaque.

Gimenez se leva brusquement. Il se dirigea vers une imposante armoire en bois près de la cheminée. Instinctivement, Alexandre plongea la main vers son holster, prêt à dégainer.

— Pas de geste brusque.

L'homme semblait ne pas l'entendre.

Alexandre s'approcha pour voir l'intérieur de l'armoire. Gimenez avait ouvert un coffre-fort et en sortait un carton de documents. Il le jeta au sol.

— Vous ne me croyez pas ? Alors lisez ça.

— De quoi s'agit-il ?

— Je sais ce que vous pensez. J'ai une sale gueule. Je n'inspire pas confiance. Alors, voici des preuves. Une partie des documents que j'ai réunis chez Prometheus. Lisez. Et tirez-en vous-même les conclusions.

Au moment où Alexandre allait ramasser le paquet, Gimenez mit le pied dessus.

— Juste un dernier conseil. Faites attention. Ils sont très bien organisés. Ils ne laisseront personne se mettre en travers de leur route. Un jeune type comme vous, si propre sur lui… ce serait dommage qu'il vous arrive quelque chose. Pour Cosmos, vous n'êtes qu'un insecte. Si vous les ennuyez, ils vous écraseront.

45

— « L'eau potable a été empoisonnée, il ne faut boire que de l'eau en bouteille… » Celle-ci n'est pas mal non plus : « Le gouvernement a quitté Paris, ils nous abandonnent ! »

— Conneries.

— Et encore, ce n'est qu'un florilège. Ces rumeurs se répandent comme une tramée de poudre sur les réseaux sociaux. De plus en plus de gens commencent à paniquer sérieusement.

Ronan repoussa le plateau-repas posé sur son bureau. Il n'avait pas faim. La situation lui avait coupé l'appétit. Depuis plusieurs heures, les actions de déstabilisation se multipliaient dans plusieurs grandes villes. Ça partait dans tous les sens : voitures brûlées, barrages routiers sauvages…

Peur sur la ville.

Pire, les réseaux sociaux agissaient comme une gigantesque caisse de résonance, amplifiant rumeurs et *fake news* plus folles les unes que les autres, comme celle prétendant que l'eau potable avait été empoisonnée à Paris et à Lyon, ce qui avait déclenché aussitôt des cohues dans plusieurs supermarchés. Les médias relayaient, les chaînes d'info en continu ressassaient, créant un climat de psychose que les annonces officielles du gouvernement, des préfets et des maires ne parvenaient pas à éteindre.

— Je crois que le pire, c'est cette histoire de cercles verts. Les gens flippent comme des malades avec ça, ajouta David en croquant dans son sandwich.

L'affaire des cercles verts, apparaissant un peu partout dans le pays, était connue maintenant depuis plusieurs jours. Ils étaient peints pendant la nuit sur des maisons ou des immeubles. Personne ne savait qui en était l'auteur. Le phénomène, a priori sans gravité, continuait d'intriguer les médias.

Quelques heures auparavant, le même message avait été diffusé sur plusieurs réseaux sociaux, immédiatement reposté par des centaines de milliers de personnes. Le Guérisseur aurait établi une liste. Une liste des complices de la destruction de la planète. Et ces cercles verts étaient le signe qui les désignait aux yeux de tous. Le signe qui devait les vouer à la vindicte populaire. Une étoile jaune version Eco freaks.

Peu d'incidents avaient été encore recensés. Toutefois, des personnes avaient suivi à la lettre les consignes du Guérisseur et s'en étaient prises aux coupables désignés. Une fois leur action de justiciers accomplie, ils n'hésitaient pas à poster sur Twitter les photos des visages couverts d'ecchymoses de leurs victimes. Une véritable fatwa écologique.

— Hoffmann est malin, commenta David. Il a attiré les projecteurs sur lui avec cette prise d'otages. Il a préparé les esprits. Maintenant, il délègue. M. et

Mme Toutlemonde n'ont pas de casier et sont inconnus de nos services.

— Je ne comprends pas, répliqua Ronan. Les gens ne sont tout de même pas influençables à ce point ?

— Il faut croire que si. On a tous besoin d'une cause à défendre. De sens.

— Et quand on l'a trouvé, on devient aveugle à tout le reste, approuva Ronan.

— Hoffmann est extrêmement bien organisé. J'ai trouvé un document, qu'il diffuse sur les réseaux sociaux. « Le guide du Guérisseur ». Ironique, non ?

— Ça raconte quoi ?

— Que chacun d'entre nous peut agir, sauver le monde en le secondant dans son action. Manifestement, il s'est inspiré des méthodes d'associations écolos radicales qui procèdent comme ça depuis des années. Tout est décentralisé, il n'y a pas de tête, ce qui les rend quasi intouchables. Tout est expliqué dans le guide : quelles actions mener, avec quel matériel, comment éviter la police et que faire si on se fait arrêter. Les mecs sont très bien préparés. Quand on en attrape un, on finit par le relâcher au bout de quelques heures. Individuellement, ils ne commettent rien de très grave.

— Si on additionne, ça devient un sacré bordel, conclut Ronan.

La porte de son bureau s'ouvrit à la volée sur le visage de Samia.

— On en a chopé un !

— Un quoi ? demanda Ronan.

— Un des mecs qui foutent le bordel.

— Il a fait quoi, celui-là ?

— Un gros poisson. On l'a arrêté près du réservoir d'eau potable de Montsouris. Il essayait d'y entrer.

— Pour empoisonner l'eau ?

— Possible. Il n'avait rien sur lui, mais il a peut-être planqué le nécessaire à proximité. Une équipe fouille les alentours.

— Et alors? Ce n'est pas à nous de gérer ça.

— Tu vas comprendre : il dit qu'il a été recruté par Hoffmann.

Ronan bondit de son siège.

— Putain, il a cité Hoffmann?

— Non, mais il nous a parlé d'un mec. Précisément. Il l'a fréquenté, cela semble assez certain. Il nous a dit à la fin que son type se fait appeler le « Guérisseur ». C'est pour ça que c'est remonté à nous.

— Il est où maintenant?

— Juste ici, dans une salle d'interrogatoire.

Ronan sortit de son bureau à la vitesse d'une balle. Si ce mec avait la preuve que le Guérisseur et Hoffmann étaient la même personne, il y avait une chance pour que sa hiérarchie accepte enfin de le décharger de l'enquête.

David et Samia emboîtèrent le pas à Ronan et les trois policiers entrèrent dans la salle.

Un gardien de la paix surveillait le suspect. Ronan fixa l'homme. C'était un grand type maigre et barbu qui portait un nombre incalculable de couches de vêtements. Cheveux sales et gras, barbe hirsute.

Un SDF.

Ronan s'assit en face de lui. Une odeur âcre le prit à la gorge.

— Tu prétends connaître ce mec. Le Guérisseur.

L'homme fit un signe de la tête. Il avait l'air parfaitement lucide. Un léger sourire se dessinait sur son visage. Comme s'il se réjouissait d'être le centre de l'attention. De ne plus être un invisible.

— Qu'est-ce qui me prouve que tu dis la vérité?

— Qu'est-ce que ça change ? rétorqua l'homme que la situation semblait amuser.

— Pas mal de choses. Si tu as des informations intéressantes, je toucherai un mot au juge pour toi. Sinon, la suite risque d'être nettement plus déplaisante.

— Je n'ai rien à perdre, vous savez. La rue ou la prison, c'est pareil pour moi.

L'homme resta silencieux un instant.

— Je veux une cigarette.

— Il est interdit de fumer, répliqua le gardien de la paix.

Ronan se tourna vers lui.

— Christophe, tu peux nous laisser un instant ?

Le jeune homme regarda ses collègues d'un air interrogateur avant de quitter la pièce.

Ronan se leva et désactiva le détecteur de fumée. David lui tendit une cigarette déjà allumée, qu'il prit de ses mains menottées.

L'homme tira longuement avant de laisser s'échapper la fumée grise, un air de volupté sur le visage.

— C'est le Guérisseur qui m'a recruté, reprit-il après quelques instants.

— Quand ?

— Il y a environ six mois. Puis je ne l'ai plus vu pendant des semaines. Je devais attendre.

— Comment il a pris contact avec toi ?

— Il est venu me trouver, moi et d'autres sans-abris. Porte de la Chapelle. Il n'était pas seul. Il y avait d'autres hommes avec lui. Il les appelait ses sentinelles.

— Que voulait-il ?

— Nous redonner de l'espoir.

Ronan fixa l'homme.

— Tu te fous de moi ?

— Non, je ne me fous pas de vous, monsieur le policier.

— Commandant.

Le SDF mima un salut aristocratique outré.

— Évidemment, vous ne pouvez pas savoir ce que c'est de vivre dans la rue, *commandant*. J'étais comme vous avant. J'avais un métier, une femme, une maison. Vous ne me croiriez pas si je vous disais à quelle vitesse j'ai tout perdu. Je n'attendais plus rien quand le Guérisseur est venu me trouver.

Il avait terminé sa cigarette qu'il déposa dans un gobelet en plastique où David avait mis un fond d'eau.

— Qu'est-ce qu'il t'a dit ?

L'homme se pencha vers Ronan qui eut un mouvement de recul instinctif.

— Que la fin était pour bientôt. La grande chute... L'effondrement !

— L'effondrement de quoi ?

— De tout ! Du monde évidemment !

L'homme ricana. Ronan le considérait avec un peu de condescendance. Pourtant, avant Nathalie, il n'avait pas été si loin de l'état de délabrement de son interlocuteur.

— Vous ne comprenez pas, commandant. Avant la visite du Guérisseur, je n'étais plus rien. La mort aurait été un soulagement au point où j'en étais. Mais cet homme nous a offert un rêve.

— La fin du monde ? C'est un rêve pour toi ?

— Pourquoi pas ? Pour vous, ce serait un cauchemar. Mais pour nous ? L'effondrement ne nous fait pas peur. Le monde s'est déjà effondré pour nous. Vivre sans rien, on sait faire.

— Désolé, je ne comprends toujours pas ce qui te donne de l'espoir là-dedans.

— C'est pourtant évident. Notre heure va venir, enfin ! Les gens comme vous, quand tout se sera effondré, nous serons là pour les guider dans le nouveau monde. Demain, les rôles seront inversés. Je serai le maître ! Et vous, vous ne serez plus rien qu'un pauvre homme pleurnichant sur ce qu'il aura perdu.

Ronan resta silencieux un moment. Le plan d'Hoffmann prenait de l'ampleur. Pour mener à bien son opération de déstabilisation, il avait besoin de relais. De beaucoup. Il avait dû imaginer qu'à un certain stade, ses Sentinelles ne lui suffiraient plus. Il avait fait ce qu'aurait fait n'importe quel chef d'entreprise en pleine croissance : recruter. Son choix s'était porté sur ceux auxquels personne ne prêtait attention. Ces mecs faibles étaient un terreau parfait pour les sectes en tout genre.

Hoffmann se serait donc constitué une armée de pauvres. Le pauvre, l'homme de demain.

— Combien de mecs comme toi il a recruté ?

— Je ne sais pas. Le Guérisseur m'a recontacté il y a une dizaine de jours. Il nous a réunis. Moi et d'autres mecs de la rue. On était nombreux.

— Et il vous a demandé quoi en échange de ses belles promesses ?

— De l'aider. À précipiter la chute. On a reçu chacun des missions précises.

— Comme empoisonner l'eau potable ?

Le SDF garda le silence. Hoffmann l'avait bien briefé. Il était bavard, mais savait quand il devait se taire.

— Et c'est ça qui va causer la fin du monde ? relança Ronan. Vos petites missions ?

— Oh non. Notre rôle est plutôt de provoquer la

panique. Ça fait partie du plan. C'est ce que j'ai compris. Je ne sais pas grand-chose.

L'homme ricana, et se reprit.

— Si, je sais quelque chose. Je ne sais pas quand ça se produira, mais je sais comment.

Les policiers le regardèrent.

— Le déluge, murmura l'homme sur un ton dramatique, comme s'il venait de leur révéler un grand secret.

— T'es sûr que t'as pas un peu abusé des substances illicites ? Le déluge, c'est dans la Bible.

— Non, vous ne comprenez pas. Cet homme, il a le pouvoir d'un dieu ! Et vous allez bientôt en avoir la preuve.

Il se mit à rire, dévoilant sa dentition pourrie. Ronan frissonna. Les paroles de l'homme auraient dû lui paraître folles. Inconcevables. Et pourtant, son instinct lui disait qu'il ne mentait pas.

Il fit signe à Samia qui déposa deux photos d'Hoffmann sur la table devant lui.

— C'est lui le Guérisseur ? demanda Ronan.

— Peut-être. J'ai la mémoire qui flanche. Faudrait que je sois certain que vous allez parler au juge pour moi, ça m'aiderait.

— Ne pousse pas le bouchon trop loin. Réponds d'abord. Tu reconnais le mec sur les photos ?

Le SDF ignora la question.

— Je peux avoir une autre cigarette ?

Ronan lui adressa un sourire carnassier.

— Bien sûr.

Il saisit une cigarette et l'alluma, soufflant la fumée dans le visage du suspect.

— Voilà ta clope.

Ronan attrapa brutalement la main du SDF, la

plaqua sur la table et y écrasa la pointe brûlante de la cigarette, arrachant un cri de douleur à l'homme.

— Putain, Ron, arrête ! cria David.

Ronan maintint son emprise. La cigarette s'était éteinte. Il écrasait la plaie à vif. Le clochard hurla de plus belle.

— Parle ! Ce type, c'est lui qui t'a recruté ?

— Oui, c'est lui ! rugit l'homme.

— Tu témoigneras ?

— Espèce d'enculé !

Ronan accentua encore la pression.

— Oui ! Lâchez-moi, putain !

David revint à la charge.

— Il a parlé. Ça suffit, arrête.

Ronan s'exécuta. L'homme retira sa main blessée en gémissant.

— Maintenant, tu vas me dire où est le Guérisseur.

Ronan fit le tour de la table et se plaça derrière le suspect.

— Tu fais quoi, là ? demanda David, inquiet.

Ronan l'ignora.

— Il s'appelle Ludovic Hoffmann. Et je veux savoir où il se trouve. Tout de suite.

— Je ne sais pas.

— Je m'en fous.

— Vous êtes malade ! Je veux un avocat.

Le SDF s'adressa à David et Samia.

— Restez pas là à rien faire. Aidez-moi. Il est pas bien, votre collègue.

Les policiers hésitèrent. Leur supérieur avançait sur la ligne jaune.

— Parle, répéta Ronan. Et tu sors d'ici en un seul morceau.

— Mais bordel, je vous dis que je ne sais pas où il est.

Soudain, Ronan passa son bras autour du cou de l'homme et se mit à serrer.

— Parle !

— Arrête ! hurla Samia.

David se précipita sur Ronan qui le repoussa violemment.

— Vous m'étouffez, parvint à articuler le SDF qui suffoquait.

— Je sais, connard.

Il accentua la pression. David revint à la charge.

— Arrête tout de suite.

— La mémoire te revient ?

Le type marmonna quelques mots inintelligibles. Ronan insista encore.

— Je comprends pas.

Un mince filet de voix, proche du râle, sortit de sa bouche.

— Je sais quelque chose.

— Je t'écoute.

— Je ne sais pas où est Hoffmann. Mais je connais l'adresse d'une Sentinelle.

Ronan retira son bras.

— Tu vois, quand tu veux.

Il balança une tape amicale dans le dos du mec qui crachait ses poumons. Puis se rassit de l'autre côté de la table.

— Je m'en contenterai pour le moment.

L'homme se frottait le cou. Ses yeux étaient rouges et larmoyants.

— Je ne connais pas son nom. Mais il était avec le Guérisseur, articula-t-il avec difficulté.

— Comment tu connais son adresse ?

— Par hasard. J'en avais marre de squatter porte de la Chapelle. Les migrants nous piquent tout. Je m'étais arraché pour le Xᵉ arrondissement. Et un jour, je l'ai vu sortir d'un immeuble.

— Il ne t'a pas reconnu ?

— Non. Vous non plus, vous ne feriez pas attention à moi si vous me croisiez dans la rue demain.

Ronan hocha la tête.

— Il ne faisait peut-être que passer par là.

— Non. Je l'ai vu plusieurs fois. Il habite là. C'est au 2, passage Delessert.

— On va vérifier ça.

Ronan se tourna vers David.

— Tu mets tout ça par écrit et tu lui fais signer le PV.

Il s'était exprimé avec calme, comme si la scène qui venait de se dérouler était normale.

Encore sous le choc de l'accès de violence de son patron, David ne répondit pas.

— Vous devriez voir vos gueules, continua Ronan sur un ton léger. On croirait que vous n'avez jamais bousculé un suspect !

Il se leva et quitta la pièce.

Alors qu'il allait refermer la porte, le SDF l'appela de sa voix rauque.

— Commandant, vous allez dire quelque chose au juge pour moi ?

Ronan se retourna et plongea son regard dans celui de l'homme. Il regarda un instant ses yeux chassieux injectés de sang.

— Crève.

46

— Comment on s'y prend ? demanda Steven.

Anna jeta deux pierres plates par terre.

— Avec ça. Ça fera comme une pelle.

— Tu as déjà tout prévu ?

Elle ignora la question et fit le tour de la muraille jusqu'à l'endroit où la terre lui parut suffisamment meuble.

— On va creuser ici, décida-t-elle.

Les deux otages se mirent au travail. Anna grattait avec acharnement, cherchant à évacuer sa colère. L'humiliation infligée par Steven l'avait profondément blessée. Elle se sentait souillée.

Le travail se révéla rapidement harassant. La terre était dure et pleine de cailloux. Les pierres glissaient entre leurs doigts, ils s'entaillaient les mains. Au bout de dix minutes, ils étaient déjà en nage et n'avaient dégagé qu'un ridicule monticule de terre.

— C'est un sacré boulot, hein ? lâcha Steven.

— Comme tu dis.

— Je fais une pause.

Il s'éloigna et s'assit contre un arbre où il alluma une cigarette. Anna continua à gratter quelques minutes avant de s'apercevoir que Steven ne revenait pas. Elle tourna la tête et vit qu'il était toujours adossé à l'arbre. Il s'était endormi.

Ce type ne pense décidément qu'à sa gueule.

Elle ne pouvait pas lui faire confiance. Elle avait plus de chance de s'en sortir seule.

Une pensée s'imposa à elle : elle pourrait se débarrasser de lui. Là tout de suite. Un coup bien ajusté, et il ne se relèverait pas.

Elle chassa ces pensées. Elle ne pouvait pas le tuer,

sinon elle allait mourir, elle aussi. Elle devait plutôt le neutraliser. Elle pourrait l'enfermer dans l'une des pièces et en bloquer la porte avec un bout de bois. C'était jouable.

Mais ce connard n'allait pas se laisser faire. Elle allait devoir l'assommer d'abord. Et elle avait intérêt à ne pas rater son coup. Le casque protégeait son crâne. Elle devait le frapper à la nuque, c'était la seule option. Elle serra la pierre dans sa main et s'approcha de Steven. Si elle y allait trop fort, elle risquait de le tuer et de signer son propre arrêt de mort. Pourtant, elle ne ressentait aucune peur. En temps normal, elle n'aurait jamais pu envisager un tel geste. La terreur l'aurait paralysée.

Mais ça, c'était avant de devenir un animal traqué.

Son animalité primaire avait fendu la carapace de ses inhibitions. Elle leva le bras pour frapper. Elle n'avait plus un homme en face d'elle, mais un obstacle à abattre.

Elle se concentra sur le cou. Elle allait frapper là. Au moment où sa main allait s'abattre, Steven ouvrit brusquement les yeux. De surprise, Anna lâcha la pierre tandis qu'il se relevait.

— Tu croyais vraiment que je dormais ? Je me doutais bien que tu allais tenter quelque chose. Je n'allais pas commettre deux fois la même erreur.

Il se jeta sur elle. Prise de panique, elle moulina des bras dans l'air. Il l'étranglait. Elle étouffait. Cette fois, il allait la tuer.

Soudain, un éclair de lucidité.

Le couteau !

Elle tendit la main en gémissant vers la poche du pantalon de Steven sans pouvoir l'atteindre.

— Tu vas me le payer, sale pute ! Je savais que tu étais de mèche avec ce malade.

Anna suffoquait. Il ne lui restait plus longtemps avant de perdre connaissance. Elle fit un effort surhumain pour tendre un peu plus la main. Enfin, elle sentit quelque chose de dur. Encore quelques millimètres et elle put saisir le manche du couteau.

L'instant d'après, elle brandissait l'arme sous son nez.

Il n'eut même pas le réflexe de se protéger quand elle lui entailla la joue profondément.

Il poussa un rugissement. Elle vit son visage se mettre à saigner. Il lâcha Anna pour porter la main à sa blessure. Elle tomba lourdement au sol, le souffle coupé par la violence du choc.

— Je vais te tuer !

Déjà Steven fondait à nouveau sur elle. Dans un réflexe, elle envoya le couteau le plus loin possible. Il ne s'en aperçut pas. Leurs deux corps roulèrent sur le sol dans une lutte acharnée.

Soudain, Steven s'immobilisa. Sa main cherchait frénétiquement quelque chose dans son dos. Ses yeux étaient révulsés. Anna en profita pour se dégager et se relever. Elle se recula, horrifiée, en comprenant ce qui venait de se passer. Steven avait roulé sur le couteau qui s'était fiché dans son dos, jusqu'à la garde. Il émettait un sifflement plaintif en respirant. Il la fixait, la bouche ouverte, comme un poisson agonisant hors de l'eau. Ses dents étaient pleines de sang.

Anna hésita un instant, avant de comprendre qu'il n'y avait rien à faire.

Si je retire le couteau, il va se vider de son sang. Si je le laisse, il va mourir. Dans les deux cas, je suis baisée.

Elle jeta un dernier regard à Steven qui gémissait,

implorait son aide, puis elle s'éloigna sans dire un mot.

Elle emprunta l'escalier et monta sur le toit du fort. Ses jambes endolories la portaient à peine. Là, elle s'assit en tailleur et contempla les montagnes environnantes. C'était beau. Steven lui avait cassé le nez, elle pissait le sang, mais elle s'en foutait, perdue dans ses pensées.

Si leur ravisseur avait dit vrai, elle allait crever. Sans savoir pourquoi, simplement parce qu'elle avait eu le malheur de croiser le chemin de ce malade. C'était ça, le pire. Mourir sans raison.

Elle avait compris dès qu'elle s'était réveillée ici que ses chances de s'en sortir étaient minces. Mais tout de même, elle ne pensait pas que ça irait si vite.

— Pourquoi tu ne te montres pas maintenant ? hurla-t-elle. La partie est finie !

Tout ça n'avait aucun sens. Elle essaya d'arracher le casque qui lui enserrait le crâne, sans y parvenir. C'était donc en bombe humaine qu'elle finirait à trente-deux ans. Elle cogna des poings contre le sol et expulsa un long cri animal.

Combien de temps lui restait-il avant que leur ravisseur ne mette sa menace à exécution ? Quelques secondes ? Quelques minutes ? Allait-elle mourir sur le coup ou agoniserait-elle de longues heures ?

Comme tout le monde, elle s'était déjà demandé quelle était la pire façon de mourir. Aujourd'hui elle savait. Rien ne surpassait en horreur le fait de connaître comment et quand on allait mourir.

Elle pensa à François. Où était-il en ce moment, la cherchait-il ? Elle aurait tant voulu le serrer une dernière fois sans ses bras.

Hébétée, elle alluma une cigarette. Elle était loin d'imaginer que François suivait ses moindres faits et gestes presque en direct.

47

— Même un avocat commis d'office va se faire une joie de crier à la bavure ! Mais qu'est-ce qui t'a pris ?

David ne décolérait pas. Sa conduite, nerveuse, s'en ressentait.

— Je m'en branle, répondit laconiquement son patron, assis à côté de lui. Les huiles veulent une preuve formelle qu'Hoffmann est le Guérisseur. On l'a. Et si on chope cette Sentinelle, on pourra remonter jusqu'à lui. Avec un peu de chance, mec suffira à nous débarrasser de cette enquête.

— C'est une avancée importante, je suis d'accord, mais ce n'est pas une raison pour casser la gueule des témoins.

— C'est tout ce que méritait cette ordure.

— Ce n'est pas la question. Tu sais comme moi que ça peut planter l'enquête. Cette fois, c'est moi qui mène la danse.

— Si tu y tiens.

La voiture de police banalisée longeait le canal Saint-Martin. La nuit était en train de tomber et, malgré le froid, des grappes de jeunes restaient accrochées sur les quais, buvant et fumant.

David tourna à droite dans le passage Delessert et stoppa un peu après le n° 2. Les deux policiers se dirigèrent vers l'immeuble, un édifice en briques quelconque.

Dans le hall, David chercha un nom sur les boîtes aux lettres.

Après avoir consulté le TAJ, il avait identifié le suspect potentiel. Remy Jourdain. Un petit génie de l'informatique, tendance hacker, qui mettait ses talents au service de l'écologie. Il avait commencé avec l'association Extinction Rébellion pour laquelle il avait réalisé une vidéo truquée du ministre de l'Environnement. Il lui avait fait déclarer qu'il s'engageait à convoquer une assemblée citoyenne, donnant tous les pouvoirs au peuple devant l'imminence du péril climatique. La vidéo, troublante de réalisme, était rapidement devenue virale et avait fichu un joli bazar en conseil des ministres. L'enquête avait mené à Jourdain, ce qui lui avait valu d'être fiché et avait permis aux policiers de recouper les informations avec le témoignage du SDF.

Pas d'ascenseur. Les deux hommes empruntèrent l'escalier jusqu'au septième étage où un long couloir desservait une dizaine de chambres de bonnes. Il y flottait une odeur rance de nourriture. La peinture était décrépie. Ça puait le dortoir miséreux, certainement vendu à prix d'or.

Aucun nom sur les portes. David frappa au hasard. Une jeune fille lui ouvrit. Une étudiante, plutôt jolie. Il lui sortit son plus beau sourire.

— Salut. Je cherche un pote. Remy. Je ne suis jamais venu. Tu sais où est sa piaule ?

— Oui, c'est au fond, dit-elle en désignant une porte.

David la remercia. Les policiers se dirigèrent vers l'endroit indiqué. David écouta à la porte. Un mince filet de musique s'en échappait.

— Il est là.

Il frappa. Ronan resta en retrait, son arme à la main.

La porte s'ouvrit sur un type d'une vingtaine d'années au physique chétif, presque maladif. Ronan remballa son arme. Il n'en aurait pas besoin.

— Police, annonça David en brandissant sa carte.

Il repoussa le jeune homme et entra dans l'appartement, suivi par Ronan qui referma la porte derrière eux.

— Toi, assis, ordonna David à Jourdain en désignant le fauteuil de gamer qui trônait devant une table chargée de matériel informatique.

Jourdain s'exécuta sans dire un mot.

— T'es drôlement équipé, constata Ronan en observant le suspect.

Le gosse n'était pas un guerrier. Rien à voir avec Marlot. C'était plutôt un binoclard rachitique qui n'avait pas dû s'éloigner de plus de cinq mètres de son ordinateur depuis des semaines.

Ronan lui mit une photo d'Hoffmann sous le nez.

— Tu le connais ?

Pas de réponse.

— On va l'interroger au Bastion, insista David.

— Je lui pose juste deux ou trois questions. Appelle la Scientifique, qu'ils viennent saisir les ordinateurs.

Il se retourna vers Jourdain.

— Donc ?

— Je ne dirai rien sans mon avocat.

Le mec avait une voix aiguë, mal assurée.

— On va l'appeler, ton avocat, ducon. Mais d'abord, il faut que tu me donnes du biscuit. C'est donnant-donnant.

Ronan désigna les ordinateurs.

— Qu'est-ce que tu fabriques avec tout ce matos ? Qu'est-ce qu'Hoffmann t'a demandé ?

Jourdain ne répondit pas, mais une expression malsaine se dessina sur son visage. Comme s'il jubilait intérieurement.

— T'es muet ? Attends, je vais essayer de deviner, continua Ronan. Tu es un petit génie de l'informatique, non ? C'est pour ça qu'Hoffmann t'a recruté, je parie.

— Je ne sais pas de quoi vous parlez.

— Arrête ton baratin. Un témoin t'a identifié formellement. Tu as été vu avec Hoffmann. On sait que tu es allé recruter des clodos porte de la Chapelle pour foutre le bordel dans Paris.

Le type afficha un sourire torve.

— Je m'en fous de tes preuves, *sale flic.*

Jourdain avait retrouvé ses esprits. Il irradiait la confiance. Malgré son physique de poulet malade, il n'avait pas l'air moins allumé qu'Hoffmann et les autres Sentinelles.

— Tu peux m'arrêter, ma mission est déjà remplie.

— Ah oui ? Et c'était quoi ?

— Tu verras bientôt, *sale flic.* Très bientôt.

Ronan soupira d'une façon théâtrale.

— Tu joues avec ma patience, là. Où est Hoffmann ?

— Je ne sais pas.

Le coup partit sans prévenir. Le poing de Ronan jaillit dans la gueule de Jourdain, brisant ses lunettes et lui écrasant une joue.

— Oups, fit Ronan. Désolé. Un réflexe quand on se fout de ma gueule.

David s'interposa.

— Arrête. Cette fois, je ne te laisserai pas faire.

— Comme tu veux.

Ronan sortit un mouchoir de sa poche et essuya le sang sur le visage de Jourdain.

— Tu as de la chance. Mon collègue est à cheval sur le règlement. Jourdain cracha du sang par terre, une odeur ferreuse dans la bouche.

— Tu vas regretter ce que tu viens de faire.

— Des menaces ? T'es bien sûr de toi, avec ton physique d'oiseau tombé du nid.

Le deuxième coup fut plus violent que le premier. Jourdain ne cria pas, il n'en eut pas le temps. Il s'écroula sur le plancher, son petit corps agité de spasmes.

— Arrête ! cria David. Sinon je balance tout à Brunner.

Ronan adressa un sourire mauvais à son adjoint.

— Tu crois que tu peux prendre ma place ? Si tu parles à Brunner, je ferai le nécessaire pour que toute la police sache que tu es une balance. Tu vas devenir très populaire.

David se raidit. Il s'approcha de Ronan, contractant ses muscles sous sa veste en cuir.

— Ne dépasse pas les bornes.

Les deux hommes se jaugèrent. David était à deux doigts de cogner son patron. Il n'avait pas peur de lui. Mais il ne voulait pas foutre sa carrière en l'air.

— J'en étais sûr, conclut Ronan.

Il attrapa un tabouret, souleva Jourdain et l'assit de force.

— Il n'y a qu'Hoffmann qui m'intéresse. Et j'ai une folle envie de lui défoncer la gueule. Tu pourrais faire l'affaire aussi. À toi de choisir.

— Je ne te dirai rien. Envoie-moi en taule si tu veux. Je suis prêt à me sacrifier. Tu n'attraperas jamais Hoffmann.

— Je n'en serais pas si sûr, à ta place. Qui sait ce

qu'on va trouver dans tes ordinateurs ? dans ton téléphone ? Tu as été en contact avec lui et avec d'autres Sentinelles. Hoffmann, on le talonne. Il ne nous échappera plus très longtemps.

Jourdain lui lança un regard terrifiant.

— Hoffmann avait raison.

— De quoi tu parles ?

— De toi. Tu es un coriace. Tu ne renonces pas. Même si tu mets ta famille en danger.

Ronan se figea.

— Qu'est-ce que tu viens de dire ?

— Tu devrais dire à ta salope de femme de faire attention à elle et à ton fils.

Ronan fixa Jourdain. Il eut un flash. Le visage d'Hoffmann se superposa à celui de la Sentinelle. Il le vit, étranglant son fils.

— Laisse mon fils tranquille !

Ronan se jeta sur Jourdain, renversant sa chaise. Il l'étranglait de ses deux mains.

Cette fois, David n'avait plus le choix. Ronan allait le tuer s'il ne l'arrêtait pas. Il passa ses bras sous les aisselles de son patron et le tira violemment vers lui. Emporté par l'élan, il tomba à la renverse. La carcasse de Ronan s'écrasa sur son bras droit.

David se dégagea en poussant un cri de douleur. Il se traîna jusqu'à Jourdain qui avait assisté à la scène, médusé. Il le menotta et l'accrocha au radiateur. Puis il rampa jusqu'à Ronan.

Sénéchal avait le front en sang. Sa tête avait dû cogner en tombant. Ses mains étaient posées sur son cœur, comme s'il avait des palpitations. Tout son corps tremblait.

David reconnut les symptômes. Attaque de panique.

— Ça va, Ron ?

Le commandant mit quelques secondes à s'apercevoir de la présence de son collègue. Sa bouche finit par s'ouvrir pour émettre des mots inintelligibles.

— Quoi ? le fit répéter David.

— Pardon.

Il avait murmuré.

— Pardon. Pardon. Pardon.

48

— Il vient de poster une nouvelle vidéo.

Ronan haussa un sourcil en guise d'acquiescement.

Il se leva de son bureau et suivit son adjoint d'un pas lourd. Une migraine carabinée refusait de le lâcher depuis l'intervention chez Jourdain. Mais ce n'était rien en comparaison de la honte qu'il ressentait. Il avait merdé. Merdé grave même. Ce qu'il avait fait cet après-midi pouvait lui coûter son poste. Tout allait dépendre du témoignage de David. S'il le soutenait, il s'en sortirait. Dans le cas contraire, il était mort.

Salle de réunion. Le reste du groupe l'y attendait. Ronan la balaya d'un regard circulaire. David, Samia, Martin et Cécile. Ils étaient tous là.

Attirés par l'odeur du sang comme les chiens qui accourent pour la curée.

Il s'assit sans dire un mot, les mâchoires serrées, un masque de colère froide sur le visage. Comme le reste de la population, son groupe semblait pris d'une fascination morbide pour les vidéos mises en ligne le Guérisseur.

Il tourna son regard vers l'écran au mur. Pour le moment, la vidéo était figée, en mode pause. Seul le compteur dénombrant les vues s'emballait.

En ce moment même, il y avait des chauffeurs de taxi qui s'étaient arrêtés sur le bas-côté pour regarder ce spectacle insoutenable. Il y avait des mères de famille qui se cachaient de leurs enfants pour assister à l'horreur absolue en jetant discrètement des coups d'œil à leur smartphone. Et parmi ces personnes, il y avait, à n'en pas douter, les proches des otages, suivant quasiment en direct le calvaire de leur conjoint, de leur ami, de leur voisin, de leur collègue.

— Je lance la vidéo, dit David d'une voix basse.

— Attends, l'interrompit Ronan.

Il s'empara de l'ordinateur et pressa lui-même la touche. Sa main resta suspendue au-dessus du clavier, prête à interrompre la diffusion.

« *Tu m'expliques ça* ? »

La voix d'Anna Salmon résonna dans la pièce. Elle brandissait des trognons de pommes sous le nez de Steven Lafargue. Il était facile de comprendre qu'ils étaient en conflit au sujet de la nourriture. Comme dans une émission de téléréalité, les spectateurs connaissaient désormais la personnalité des protagonistes. Et il n'avait échappé à personne que Lafargue était le maillon faible du binôme. Anna était portée par une vague de sympathie pour son sang-froid et son pragmatisme. Même si, Ronan en était convaincu, l'immense majorité de la population aurait agi comme Steven : guidée par ses instincts primaires de prédation et de violence.

Ses yeux revinrent sur l'écran.

« *Va te faire foutre !* » rugit Anna en se jetant sur Steven.

Les policiers regardaient la scène avec consternation. Comme dans les vidéos précédentes, le montage soulignait les temps forts du conflit entre les deux otages et leur incapacité à collaborer dans leur propre intérêt. L'abjecte expérience d'Hoffmann visait à montrer à celui qui en doutait que l'homme est un loup pour l'homme. Son pire ennemi.

Anna venait de sortir un couteau de sa poche, menaçant de trancher la gorge de Steven.

« *Vas-y, égorge-moi. On doit survivre ensemble. Si je meurs, tu meurs.* »

Ronan soupira. Depuis le début, les deux otages semblaient faire exactement ce qu'ils auraient dû éviter, se déchirant et précipitant l'heure fatidique de leur mort.

« *Maintenant, fous-toi à poil.* »

Cette fois, Steven avait repris la main et obligeait Anna à se déshabiller, l'accusant d'être une complice de leur ravisseur et d'être équipée d'un émetteur.

— Ce type est vraiment un abruti, laissa échapper Cécile.

Sa remarque se perdit dans le silence qui régnait, mais en leur for intérieur, tous approuvèrent.

Les images montraient désormais les deux otages qui tentaient de creuser un tunnel. Leur collaboration fut de courte durée. Déjà la jeune femme cherchait à assommer l'homme. Steven la déjoua aussitôt. Et ils se battaient.

« *Je vais te tuer !* » s'exclama Steven.

Tous dans la pièce pressentaient le drame à venir. Imminent. L'issue de la situation était certaine.

Ronan préféra fixer le sol, mais il entendait les cris que les otages poussaient dans la lutte. Puis un grand silence. Il releva les yeux vers l'écran pour voir avec effroi le gros plan sur l'homme : il avait un couteau fiché dans le dos.

Cette fois, c'est la fin.

Un message s'afficha, en surimpression :

2 jours et 8 heures.

Le temps qui s'était écoulé depuis le début de l'« expérience ».

Un râle plaintif s'échappa des haut-parleurs. L'homme agonisait. Il était seul désormais, la femme avait disparu. Comme dans un mauvais film d'horreur, le réalisateur avait zoomé sur le visage de Steven Lafargue.

Sa bouche était pleine de sang et il peinait à respirer. Après quelques instants, il rendit son dernier souffle.

Ronan allait interrompre la vidéo quand la femme réapparut à l'image. Elle fumait une cigarette, le regard dans le vide. Elle paraissait s'être résignée à son sort.

Un nouveau message s'afficha.

Seule, elle n'a aucune chance de survie. Elle a échoué.

La consternation s'abattit sur le groupe de policiers. Hoffmann allait mettre sa menace à exécution.

Soudain, la vidéo se figea sur le visage d'Anna.

— Si vous voulez regarder la suite, ce sera sans moi.

Ronan attendit une réponse qui ne vint pas. Il balaya la salle du regard et ne rencontra que des visages fermés et des regards fuyants. Il poussa un soupir, se leva d'un coup, en renversant sa chaise, et quitta la pièce sans se retourner.

— On fait quoi ? demanda Samia.

— Si quelqu'un veut sortir, c'est le moment, répondit David. La suite risque de ne pas être jolie à regarder… Je dois rester jusqu'au bout. Il faudra bien quelqu'un pour faire le rapport.

Après quelques secondes, Cécile se leva sans un mot et quitta la salle, la tête basse.

— Et toi, Martin ? interrogea David.

Le jeune policier hésita un instant, puis renonça à son tour.

— Désolé.

La porte se referma dans un déclic sur eux deux.

— Tu veux rester ? demanda David à Samia.

Elle eut un haussement d'épaules, avant de parler.

— Ce boulot va nous détruire, tu le sais ?

David la fixa quelques secondes sans lui répondre.

— Oui, ce boulot va nous détruire. S'il ne l'a pas déjà fait.

Il remit la vidéo en marche en retenant sa respiration.

Le visage d'Anna s'anima quelques secondes avant de disparaître dans un effet de fondu. De nouvelles images, manifestement filmées par un drone, en plongée, occupèrent l'écran. On voyait le toit du fort. Et un corps, étendu, baignant dans une mare de sang.

— C'est fini, lâcha David.

Pendant plusieurs minutes, les deux policiers n'osèrent pas parler. Un silence pesant s'installa, celui qui faisait courber les échines et coupait les respirations. Ils ruminaient leur échec. Tout était allé trop vite. Tout avait été trop bien préparé.

L'impuissance les écrasait. Leur donnait la nausée.

Soudain, un bruit fit sursauter Samia. David venait de casser son mug. Il tremblait de rage.

— On a fait le maximum, essaya-t-elle de le calmer.

Il s'apprêtait à lui répondre lorsqu'un son sortit des haut-parleurs.

— La vidéo n'est pas terminée ! s'exclama Samia.

Hoffmann entra dans le champ, masqué, comme la première fois.

« *Vous avez été nombreux à suivre mon expérience,* commença-t-il d'une voix calme et ferme. *Vous en connaissez désormais la conclusion. Ces deux sujets ont échoué encore plus vite que je ne l'avais prévu. Vous pensez peut-être que vous auriez fait mieux qu'eux? Vous vous trompez.*

Certains parmi vous me prennent pour un criminel. Je n'ai pourtant pas tué ces deux personnes. Leur incapacité à collaborer et leur méconnaissance des techniques de survie les ont tuées. »

L'œil bleu d'Hoffmann brillait d'excitation.

« *Très bientôt, la France et le monde vont connaître une rupture violente de la normalité. Plus de banques, de magasins, de cartes de crédit, de transports et de services publics.*

Il vous reste très peu de temps pour vous préparer.

Ce jour est proche, bien plus proche que vous ne le croyez.

Le déluge arrive. »

Samia crut qu'Hoffmann en avait terminé avec sa sombre prophétie, mais il ajouta encore une phrase.

« *Si vous ne me croyez pas, regardez donc ce qui va suivre.* »

Hoffmann disparut, laissant la place à une nouvelle séquence. L'image tremblait légèrement, comme s'il s'agissait d'une vidéo volée, filmée discrètement avec un téléphone portable. Un homme parlait, que l'on ne voyait pas.

— Je connais cette voix, dit Samia sans parvenir à l'identifier.

— Moi aussi, ça me…

David s'interrompit au milieu de sa phrase, car

le visage de l'homme venait d'apparaître en ombre chinoise, le laissant le souffle coupé.

49

La nuit était tombée quand Alexandre franchit le seuil de son deux-pièces, tenaillé par la faim. Il n'avait pas voulu s'arrêter sur la route pour déjeuner, trop pressé de rentrer chez lui afin de prendre connaissance du contenu du dossier de Gimenez.

Il mit la bouilloire en marche et, en attendant que l'eau soit chaude, il se connecta à une application de livraison à domicile. Des sushis feraient l'affaire. Il versa l'eau frémissante dans un mug et ajouta un sachet de thé aux fruits rouges avant de se laisser tomber dans son canapé.

Il avait appris la mort des otages à la radio, sur le trajet du retour depuis Planay. La nouvelle lui avait fait un choc. Il savait que les chances de les sauver étaient minces. Malgré tout, il s'en voulait.

Arrête de ruminer. Tu as du pain sur la planche.

Sa rencontre avec Édouard Gimenez n'avait fait que soulever de nouvelles questions et elles étaient vertigineuses. S'il avait dit vrai, la police n'avait fait qu'effleurer la surface d'une opération bien plus vaste. Cosmos, ce géant de la tech, avait-il vraiment l'intention de prendre le contrôle du climat mondial ? Ça paraissait inconcevable, absurde.

Il sortit les documents de leur carton. Des milliers de pages à consulter. Et Gimenez avait pourtant dit n'avoir conservé que l'essentiel.

Il lui faudrait la soirée pour les comprendre.

Alors qu'il finissait son thé, il entendit le moteur

de la mobylette du livreur à l'extérieur. Il récupéra sa commande, regagna son canapé et dévora le poisson cru tout en s'attachant à la première liasse de feuilles. Elle était constituée de documents comptables qui décrivaient un système complexe de participations. Prometheus était dirigé par une holding qui regroupait plusieurs actionnaires, dont son président Elie Rohr, qui détenait 10% du capital. Les 85% restant étaient détenus par une multitude d'actionnaires, particuliers ou entreprises. Wail Sariak, le PDG de Cosmos, ne détenait officiellement que 5%.

Alexandre tiqua sur les chiffres. 10%. Rohr était donc largement minoritaire. Les autres actionnaires n'étaient pas non plus majoritaires individuellement… sauf si la même entité était derrière chacun d'entre eux. C'était ce travail de recherche harassant qu'avait mené Gimenez. Pour découvrir des montages en cascade. Derrière chaque actionnaire, une société, elle-même détenue par une autre société. À chaque fois que Gimenez avait pu remonter le fil, c'était la même conclusion : au sommet de la pyramide, il y avait toujours Wail Sariak ou Cosmos.

Alexandre étala les feuilles par terre. Il fouilla dans un tiroir à la recherche d'un feutre pour identifier les passages les plus significatifs. Pendant de longues minutes, il surligna, noircit des pages de notes, rapprocha les documents pour comparer des chiffres. Cosmos s'était donné un mal de chien pour dissimuler sa prise de participation au capital et la gouvernance de Prometheus. À ce niveau, ce n'était plus de la discrétion mais de la dissimulation. Sur ce point, Gimenez avait raison. Mais il pouvait y avoir une explication rationnelle. Cosmos souhaitait sans doute développer ses activités sans que ses concurrents n'en sachent rien. En soi, ça ne prouvait pas grand-chose.

Alexandre goba le dernier sushi, puis passa à la série de documents suivante. Il soupira en constatant qu'il s'agissait cette fois de titres de propriété, dont la lecture serait tout aussi rébarbative.

Il retrouva les mêmes montages complexes. Cette fois, Prometheus avait cherché à dissimuler des achats de terrains dans les Alpes suisses et françaises. Une fois de plus, cela pouvait se justifier par une volonté de rester sous les radars des concurrents. Mais s'il s'agissait d'autre chose ? Et si Prometheus avait réellement quelque chose à cacher ? Des expériences secrètes, comme le soutenait Gimenez.

Alexandre reposa les feuilles qu'il venait de parcourir, où il avait surligné les passages qui avaient attiré son attention. Il voulait aller jusqu'au bout en une seule fois, sans s'arrêter. Il y reviendrait pour les détails.

Il débuta la lecture de la dernière série de documents. Ceux relatifs à l'opération Rainmaker. Cette fois, il n'était plus question de documents officiels. Gimenez avait rassemblé des échanges de mails assez vagues, ce qui était peu probant. La seule chose qu'on pouvait en conclure était qu'il semblait bien exister une opération du nom de Rainmaker chez Prometheus, mais rien ne permettait d'en connaître le contenu et encore moins d'accréditer les hypothèses folles de Gimenez. Certes, le projet semblait de première importance puisque tous les mails ayant en objet Rainmaker étaient destinés à Elie Rohr, ou bien adressés par lui, et que leurs auteurs évitaient d'y placer la moindre information concrète. Mais ce n'était pas parce qu'on s'exprimait en langage codé qu'on avait quelque chose de répréhensible à cacher. Encore une fois, l'entreprise ne cherchait sans doute qu'à se protéger au cas où des concurrents parviennent à espionner les échanges.

Seul le dernier document troubla Alexandre. Un mail d'Elie Rohr adressé à deux collaborateurs. Alexandre vérifia leur identité sur Internet : il s'agissait de deux membres du comité de direction. Des huiles. Le mail ne contenait qu'une seule phrase.

« Début de l'opération Rainmaker le 28 novembre à 18 heures. »

C'était dans quatre jours.

Si Gimenez a raison, on ne va pas tarder à le savoir.

Alexandre se leva du canapé pour contempler son œuvre. Les feuilles s'étalaient sur la majeure partie de son séjour, formant une sorte de tableau au sol. Il réprima un bâillement. Il avait besoin de sommeil pour digérer toutes ces informations. Mais avant, il devait vérifier une dernière chose.

Il tapa dans la barre de recherche de son portable : Wail Sariak + climat.

De nombreux résultats s'affichèrent. Sariak s'était beaucoup exprimé sur le sujet, essentiellement pour alerter sur les dangers du changement climatique. En revanche, il n'évoquait jamais un quelconque projet industriel. Après une heure de recherche, Alexandre finit par exhumer une déclaration plus intéressante. Sariak l'avait prononcée lors d'une conférence dans une université devant un petit groupe d'étudiants. L'événement n'avait pas été filmé officiellement. Un étudiant avait capté la conférence avec son portable, la vidéo s'était retrouvée sur YouTube. 152 vues. Autant dire confidentiel. Sariak y faisait une déclaration plutôt étonnante. Alexandre repassa le passage concerné afin de le noter.

Le dérèglement climatique est le plus grand danger pour l'avenir de l'humanité. Toutes les actions menées aujourd'hui sont insuffisantes et ne changeront en rien la trajectoire. La seule solution pour éviter des dommages irréversibles sur la biosphère serait un effondrement rapide et radical du système actuel, qui est à l'origine de ce dérèglement. Ensuite, nous pourrions mener le projet le plus ambitieux de l'humanité depuis l'invention de l'agriculture : une reconstruction générale du monde, pilotée par une géo-ingénierie absolue. La Terre, ainsi que tout ce qu'elle contient, écosystèmes et organismes, humains et non humains, peut et doit être réformée. Notre devoir est de régénérer une Terre post-naturelle, une Terre 2.0 si vous préférez.

Alexandre dut écouter le discours une nouvelle fois pour bien le comprendre. Son anglais était un peu rouillé. Ce que disait Sariak semblait difficile à croire tant cela ressemblait à un discours de grand méchant dans un *James Bond*. Mais le nouveau visionnage ne fit que confirmer ce qu'Alexandre avait compris dès la première fois. Sariak appelait bel et bien de ses vœux un « effondrement rapide et radical ».

Le déluge.

Alexandre repensa aux propos de Gimenez. Il avait raison au moins sur une chose : Sariak se prenait pour un dieu.

Alexandre poursuivit ses recherches quelques minutes encore. Il saisit « géo-ingénierie + climat » dans son moteur de recherche. Une foule de résultats s'afficha.

« La géo-ingénierie peut-elle nous sauver ? »
« Le pari fou de la géo-ingénierie »
« Les apprentis sorciers du climat »

Il parcourut quelques sites au hasard. Gimenez n'avait pas menti. On pouvait contrôler le climat, au moins un peu. Il passa en revue un grand nombre de techniques, dont les principes étaient plutôt simples : particules diffusées dans la stratosphère pour réfléchir une partie des rayons solaires, agissant comme autant de minuscules miroirs ; ensemencement des nuages, par aérosols de dioxyde de carbone ou d'iodure d'argent. Un article apprit à Alexandre que la première expérimentation majeure avait eu lieu pendant la guerre du Vietnam : l'armée américaine avait réalisé des milliers de sorties aériennes pour provoquer des pluies artificielles afin de couper la piste Ho Chi Minh. cela avait marché. Les troupes ennemies s'étaient embourbées.

50

— Il nous faut un plan B.

Ronan resta muet de stupéfaction.

— Tu es sûre de toi, Nathalie ?

— Oui, j'ai bien réfléchi.

Ronan regardait sa femme fixement. Son regard ne la lâcha pas durant plusieurs secondes.

Elle était sincère. Il pouvait lire l'urgence dans ses yeux.

Quelques instants plus tôt, elle lui avait demandé de la rejoindre dans le salon. Elle l'avait fait asseoir en face d'elle d'une façon si solennelle que Ronan eut peur de ce qu'elle allait lui annoncer. Elle allait le quitter, ou bien…

Mais les mots qui sortirent de sa bouche furent tout autres.

— Je ne comprends pas, dit Ronan. Il y a quelques jours, quand tu as découvert que je lisais un bouquin sur le survivalisme, tu étais en colère. Et maintenant, tu veux qu'on s'en inspire, qu'on prévoie.

Nathalie laissa passer un silence. Elle hésitait.

— Avec tout ce qui se passe… j'ai compris que je ne pouvais pas faire l'autruche. Évidemment, c'est plus facile de se dire que tout ira bien. Mais l'avenir est incertain. On ne peut pas le nier. Quand tu commences à faire la liste de toutes les menaces et tirer le fil, tu es embarqué. J'ai fini par avoir peur. Pour Gaspard, pour mes parents, pour nous.

Elle marqua une nouvelle pause.

— Je suis tombée sur un sondage tout à l'heure. Les deux tiers des Français ont peur de l'effondrement… Je suppose que j'en fais partie désormais.

Ronan était stupéfait par le revirement soudain de sa femme.

— C'est la mort des otages qui t'a secouée comme ça ? lui demanda-t-il.

— Comment rester indifférente à une horreur pareille ? Mais c'est surtout la vidéo du Président qui m'a effrayée.

— C'est un montage, un faux.

— Comment tu peux en être sûr à 100 % ?

— Parce que j'ai interrogé ce mec, cet après-midi. Le type est un spécialiste des effets spéciaux et des détournements politiques. Le labo est en train d'examiner son ordinateur : ils ont trouvé des échantillons de voix de ministres et du Président. Des modélisations en 3D du Salon doré, à l'Élysée, de la salle des Quatre Colonnes à l'Assemblée nationale…

Comme des millions de personnes, Nathalie avait vu la vidéo diffusée sur les réseaux sociaux après la mort des deux otages. Elle montrait le président de la République, à l'Élysée, en réunion avec des interlocuteurs non identifiés. Il tenait des propos terrifiants, évoquait une catastrophe climatique imminente et brutale. Bien que l'authenticité de l'enregistrement ait été immédiatement démentie par le service de presse de la Présidence, les images avaient créé une onde de choc. Ce soir, le sujet était dans tous les foyers.

Le bruit de la télévision attira leur attention. Ils l'avaient laissée allumée afin de suivre les derniers développements de cette folle journée. La chaîne d'information en continu était en édition spéciale.

« Mouvements de panique dans plusieurs grandes villes de France » titrait un bandeau.

Le présentateur résumait la situation des dernières heures.

Après la mort des otages, le ravisseur a diffusé une vidéo dans laquelle le président Maillard affirme que les événements climatiques extrêmes des derniers mois ne seraient que les prémices d'un dérèglement d'une intensité inouïe, annonçant un déluge.

Des mouvements de panique ont éclaté dans plusieurs grandes villes, notamment à Paris, Lyon, Toulouse et Marseille.

L'Élysée a formellement démenti l'authenticité de la vidéo. Il s'agit d'un deepfake : *une technique de trucage avancée qui permet de produire de fausses vidéos extrêmement réalistes. Mais le mal semble être fait. Le Président doit s'exprimer dans la soirée pour calmer les esprits.*

Ronan coupa la télé.

— On doit arrêter de regarder ça. C'est du délire.

— Je ne suis pas naïve, Ronan. Je vois bien que ce mec, le Guérisseur, est dingue et qu'il manipule l'opinion. Mais ça ne veut pas dire que le constat est faux. Le climat est complètement déréglé. Il ne se passe pratiquement pas une journée sans qu'un phénomène extrême se produise quelque part dans le monde. Tout peut basculer. C'est toi qui avais raison.

— Tu te souviens de ce que tu m'as dit quand Gaspard est né ? Le monde a toujours été fou. Ce n'est pas nouveau.

— Évidemment, d'autres avant nous ont affronté des situations terribles, la guerre, ou des conditions épouvantables. Les gens comme toi et moi, nous n'avons jamais connu que la paix et le confort. On vit dans une bulle. Et quand elle éclatera, que fera-t-on ? C'est ça qui rend la situation si spéciale. L'effondrement ne changera rien pour une grande partie du monde. Mais nous, pauvres enfants gâtés de l'humanité, comment va-t-on se débrouiller ? On ne tiendra pas une semaine. Comme ces pauvres otages.

Nathalie semblait aux bords des larmes.

— Les prévisions sont implacables, continua-t-elle. On fonce droit dans le mur, plus personne n'ose prétendre le contraire. Et je ne te parle pas des dingues qui pullulent sur YouTube et qui te disent de te barricader, un fusil à la main. Je parle des sources sérieuses. Je ne suis pas une scientifique et je ne suis pas capable de tout comprendre. Mais tout de même. Beaucoup commentent encore le dernier rapport du GIEC : il prédit ni plus ni moins l'apocalypse. Et c'est signé par les gouvernements de tous les pays membres de l'ONU !

Ronan fit un geste d'apaisement. Nathalie avait donc lu tout ce qui lui était tombé sous la main au sujet de l'effondrement. Il savait à quel point l'expérience était violente pour l'avoir vécue quelques jours avant. C'était comme si on lui avait arraché un voile des yeux, et qu'il voyait enfin le monde tel qu'il était. Au bord du gouffre.

— C'est normal d'avoir un effet d'effroi, reprit-il. On parle potentiellement de la fin du monde tel que nous le connaissons.

— Toi, tu ressens quoi ?

— Je crois que je ne le sais même pas. C'est ça le pire : on ne peut avoir aucune certitude. On ignore totalement de quoi sera fait notre avenir, et on doit vivre avec cette ignorance.

— Alors on fait quoi ? On ne va quand même pas attendre que ça nous tombe sur le coin de la figure.

Ronan glissa tendrement un doigt sous le menton de Nathalie et plongea son regard dans le sien.

— On va affronter cette épreuve ensemble. On ne doit pas se laisser déborder par nos sentiments.

Nathalie acquiesça, sans conviction.

— D'après Kieffer, il y a deux priorités, continua Ronan. Il faut évaluer notre situation : nous habitons dans une zone urbaine dense. En cas de problème, on ne pourra pas rester ici, ce sera rapidement l'anarchie. Il faudra évacuer. Notre première action doit être de déterminer un point de chute.

— Chez mes parents ? En zone rurale.

— Je suis d'accord. De plus, ils sont autonomes. Ils ont des panneaux solaires pour l'électricité et une source pour l'eau.

— Mais comment on va s'y rendre ? Les routes seront vite saturées.

— On doit connaître par cœur au moins trois itinéraires. Par les grands axes, mais aussi par les petites routes. On doit savoir aussi s'y rendre à pied.

Un silence passa. Nathalie ne fit aucun commentaire. Les images qui lui venaient à l'esprit la terrifiaient.

— Et la deuxième priorité ? demanda-t-elle.

— On doit avoir un sac d'évacuation toujours prêt. Si on doit partir chez tes parents, on ne sait pas combien de temps ça nous prendra. On pourrait mettre plusieurs jours, surtout si on doit marcher.

— Et on met quoi dans ce sac ?

— Le nécessaire pour tenir 72 heures. De quoi boire et manger, de quoi s'habiller et de quoi construire un abri.

— On le rangera où ? demanda Nathalie.

— Dans l'armoire de notre chambre. Comme ça, en cas de souci, on est prêt en quelques instants.

— C'est fou de dormir avec un sac d'évacuation à côté de son lit… Tu sais à quoi ça me fait penser ? C'est comme la fable de la cigale et la fourmi. Je croyais que j'étais une cigale. Mais je ne veux pas finir comme elle. La fourmi est moins amusante, mais au moins, elle est prête quand l'hiver arrive.

Quelques instants plus tard, quand il se coucha, Ronan repensa à l'image utilisée par sa femme.

Il s'endormit sur cette pensée. Oui, ils étaient deux fourmis.

Deux petites fourmis survivalistes qui se préparaient à la catastrophe.

Jeudi 25 novembre

> « Après l'effondrement, le monde sera dominé par une nouvelle élite : ceux qui se seront préparés. »
>
> Viktor Kieffer, *Se préparer à l'effondrement*

51

Le vrombissement des pales de l'hélicoptère brisa la tranquillité des cimes et fondit sur le village de Chambéranger. L'appareil se posa sur un terre-plein, aire d'atterrissage improvisée. Deux silhouettes en bondirent, pliées en deux, avant de s'en éloigner à petites foulées.

Alexandre frappa à la porte du chalet d'Édouard Gimenez. Irina redressa ses lunettes Aviator et jeta un regard circulaire autour d'elle. C'était bien la première fois qu'elle interrogeait un témoin capital dans pareil trou paumé. Après les incroyables éléments fournis par son adjoint, elle avait tenu à rencontrer Gimenez elle-même. Elle avait l'intention d'y aller étape par étape. S'il tenait la route, elle était prête à le traîner à Lyon par la force pour qu'il fasse une déposition en bonne et due forme, et elle n'hésiterait pas à le pousser à bout.

— C'est bizarre, on dirait qu'il n'est pas chez lui, s'étonna Alexandre avant de frapper de nouveau.

Toujours pas de réponse. Il avait pourtant prévenu

Gimenez de leur arrivée. Et il était peu probable que leur témoin soit parti faire un jogging.

Après quelques instants, Alexandre se décida à tourner la poignée.

— C'est ouvert, constata-t-il.

Il passa une tête à l'intérieur.

— Monsieur Gimenez?

Le salon était plongé dans l'obscurité et le silence.

— On entre, fit Irina.

— Monsieur Gimenez? répéta Alexandre.

Une mouche bourdonnait dans la pièce.

— Tu perds ton temps, fit Irina. Regarde.

Elle désigna une traînée rouge qui maculait le plancher.

— C'est du sang, murmura Alexandre. Merde.

Le corps de Gimenez était allongé derrière le canapé dans une flaque d'hémoglobine.

— Il s'est ouvert les veines, constata Irina. Ou tout du moins, c'est ce qu'on veut nous faire croire.

Elle se pencha et examina ses bras. Une zone plus claire au niveau des poignets confirma ses soupçons.

— Des poils ont été arrachés. On a dû lui lier les poignets avec de l'adhésif. C'est une mise en scène. Sortons. On ne va pas contaminer la pièce, ajouta-t-elle.

Les deux policiers refermèrent la porte derrière eux.

— Pas très difficile d'imaginer ce qui s'est passé, commenta Irina, en descendant les marches du chalet.

— Prometheus a su qu'il avait parlé aux flics, compléta Alexandre.

— C'est du travail d'amateur. Même un débutant pourrait voir que ce n'est pas un suicide. Ils ont agi dans la panique.

— Ce type n'était pas parano. Il était réellement en

danger. Si j'avais su, regretta Alexandre. J'aurais pu le mettre sous protection.

Il s'assit sur un muret en pierres, jeta un œil à sa montre. Dix heures du matin. La journée commençait mal.

— Ne te torture pas, lui dit Irina. Il a mené son enquête seul, il connaissait les risques. On appelle les Cotons-tiges. Tu t'en occupes ? Pendant ce temps, je vais faire un point avec Sénéchal. J'espère que les Parisiens ont du neuf.

Elle s'éloigna de quelques pas pour passer son appel.

— C'est dingue, s'exclama Ronan après avoir écouté attentivement sa collègue, qui venait de lui résumer l'identification de Gimenez grâce à ses commentaires des vidéos du Guérisseur et le dossier qu'il avait constitué. Tu crois ce mec ? Ça sent l'ancien salarié frustré, non ?

— C'est ce que je pensais aussi. Jusqu'à maintenant.

— Pourquoi ?

— Gimenez est mort. Je voulais l'interroger moi-même. Je viens de débarquer dans son chalet avec Alexandre Roche. Un meurtre mal maquillé en suicide.

— Merde.

— Comme tu dis. Ça donne un sacré poids à son témoignage.

— Je suis d'accord avec toi, mais tout de même… En gros, Gimenez prétend que Cosmos et Prometheus ont l'intention de provoquer un déluge pour ce dimanche. Grâce à une technologie secrète. C'est bien ça ?

— J'en ai peur.

— Personne ne va prendre au sérieux l'annonce d'un cataclysme de cette ampleur. Tu as quoi comme éléments de preuve ?

— Pas grand-chose d'exploitable. Si ce n'est que, dans nos deux affaires, tout ramène au climat. Depuis le début. Le message sur le cadavre de Dampierre : il parlait de déluge. La fausse vidéo du président Maillard : il y est question de déluge aussi.

— Le procureur ne déclenchera jamais une information judiciaire sur cette base.

— Je sais, on va devoir creuser. Et de ton côté ?

— On a arrêté une Sentinelle. Remy Jourdain. Un informaticien d'Hoffmann. La fausse vidéo de Maillard, c'est lui.

— Il peut vous mener à Hoffmann ?

— Peu probable. Son matériel informatique est passé au peigne fin. Le mec s'y connaît, il a effacé toute trace de contact avec Hoffmann.

— Il ne parlera pas ?

— Non, c'est un fanatique. Du moins, pas dans un court délai. Il dit préférer croupir en prison plutôt que de mettre les plans d'Hoffmann en péril.

— Fait chier ! vitupéra Irina. On a l'impression de progresser alors qu'on fait du surplace.

— Cette affaire nous met en échec, Irina. Je voulais te dire… Je vais passer la main, dès que possible. Tu devrais en faire autant.

— Hors de question. Je veux aller au bout.

— Reconnais-le, on est coincé. Tu vas faire quoi ? En parler à ta hiérarchie ? Ils vont te prendre pour une dingue. Personne n'oserait se mouiller avec des hypothèses aussi délirantes.

— Je vais trouver une preuve.

— Comment ? Tu vas cuisiner Rohr pour lui

demander si, par hasard, il aurait des projets machiavéliques ?

— Non, évidemment.

— Alors quoi ?

Irina soupira.

— Je n'en sais rien, Sénéchal. Je n'en sais foutrement rien.

Elle raccrocha, furieuse.

Deux heures plus tard, Irina écoutait le topo du chef de l'équipe de la police scientifique. Appuyée contre le capot de la fourgonnette, elle fumait une cigarette en regardant les allées et venues des techniciens. Alexandre s'entretenait avec le médecin légiste.

— On a une estimation de l'heure de la mort. Ça s'est passé dans la nuit, résuma-t-il à Irina.

Elle acquiesça sans réagir. L'information ne présentait guère d'intérêt.

— On va attendre qu'ils emportent le corps, finit-elle par répondre. Puis, on va fouiller l'intérieur de la maison. On va peut-être trouver de quoi nous aiguiller. Des documents qu'il ne t'aurait pas donnés ou un ordinateur…

Deux techniciens passèrent devant eux, le cadavre emballé dans une housse en plastique.

Le chef de l'équipe fit signe à Irina. Les prélèvements étaient terminés.

Alexandre et Irina entrèrent à nouveau dans le salon. La pièce était presque vide. Ils passèrent dans la suivante, qui devait servir de bureau. Un tiroir était ouvert et des papiers avaient été éparpillés. Un tableau avait été jeté au sol, le portrait d'une vieille femme qui ressemblait vaguement à Gimenez.

— Le tueur est passé avant nous, constata Alexandre.

Irina se dirigea vers le coffre-fort encastré dans le mur. Sa porte était entrouverte.

— Il a été fracturé.

— Il n'y a ni ordinateur, ni documents. Le tueur a bien fait le nettoyage. Et merde ! s'emporta Alexandre.

Il regarda sa patronne.

— On fait quoi, Irina ? On dirait bien que notre piste s'arrête ici.

— Il faut perquisitionner Prometheus.

— Je suis d'accord, mais on n'aura jamais l'autorisation.

— On a le dossier de Gimenez, non ?

— Je te l'ai dit, la seule chose que prouvent ces documents, c'est que Prometheus mène ses affaires en toute discrétion, ce qui est son droit.

— Et Gimenez ?

— Rien ne permet de lier son meurtre à Prometheus ou à Hoffmann.

Irina resta songeuse. Il avait raison.

— On va se passer de la procédure, finit-elle par lâcher.

— Tu veux perquisitionner Prometheus sans commission rogatoire ? Hors de question.

— C'est ça, ta solution ? On laisse tomber ? Putain, je suis la seule à vouloir aller au bout de cette enquête !

— Ce n'est pas ce que j'ai dit.

Irina se tourna vers son adjoint. Elle n'avait jamais eu un regard aussi dur.

— Moi, je ne lâche pas. Je continuerai seule s'il le faut. Et tant pis pour les emmerdes… Toi, tu es jeune. Tu dois penser à ton avenir, je comprends. Moi, je m'en fous.

— Irina, ne gâche pas tout.

La policière resta silencieuse quelques instants. Elle semblait émue et Alexandre remarqua que ses yeux s'embuèrent légèrement.

— Tout est déjà gâché, murmura-t-elle.

— De quoi tu parles? demanda Alexandre sans comprendre ce qui arrivait à sa supérieure.

— Je vais démissionner, Alex. Dès la fin de cette enquête.

Le jeune homme se figea.

— Pourquoi?

Le secret qu'elle portait depuis des mois lui apparut soudain comme un fardeau. Elle n'avait personne à qui en parler.

— Je vais devenir aveugle.

Alexandre resta muet de stupéfaction.

— Depuis quand tu le sais? finit-il par balbutier.

— Depuis quelques semaines… quelques mois, en fait.

— Et… tu ne peux rien faire?

— Il y a une opération qui peut ralentir la progression de la maladie, mais pas la stopper. Il me reste quelques mois ou quelques années.

Alexandre chercha les mots justes sans parvenir à les trouver.

— Je suis désolé… Je ne savais pas.

— Tu ne pouvais pas savoir, répliqua Irina qui reprenait déjà le contrôle d'elle-même, Je ne te demande qu'une seule chose. Tu gardes tout ça pour toi.

— Bien sûr…

Il hésita un instant, puis décida d'ajouter quelque chose.

— J'ai changé d'avis. Je vais t'aider. Je viens avec toi chez Prometheus.

— Merci, Alex, mais non. C'est toi qui as raison.

Je vais remuer un sacré paquet de merde. Reste à distance. C'est à moi d'aller au bout.

— Tu ne peux pas y aller seule. Tu risques plus qu'une soufflante du boss. Tu as vu ce qu'ils ont fait à Gimenez.

— Je sais que je ne suis qu'un simple flic face à une énorme machine. Mais c'est pour ces moments-là que je suis entrée dans la police.

— Oublie tes rêves de gloire. Ce n'est pas le moment.

— Ce n'est pas un rêve de gloire, Alex. C'est le sens de ma vie. Et c'est ma dernière chance de le trouver.

52

— Tu as tout compris ?

— Oui. Et c'est impossible. Personne n'a jamais réussi un coup comme ça.

Ludovic Hoffmann jeta un regard froid à son interlocuteur. Il n'aimait pas que l'on contredise ses ordres.

— Ce flic ne va jamais mordre à l'hameçon. Il va tout de suite comprendre ce qui se passe, objecta la Sentinelle.

Hoffmann balaya l'argument d'un revers de main. La colère montait en lui. Il avait cependant besoin de cette Sentinelle pour sa mission. Alors, il prit sur lui et s'efforça d'être convaincant.

— Non, il ne comprendra pas, reprit-il. Je vais lui faire tellement peur qu'il va galoper dans tous les sens. Il ne verra pas le coup venir.

— Mais pourquoi lui ? Et pas cette sale flic de Lyon ?

— Parce qu'on n'a aucun moyen de pression sur elle. Sénéchal a une faille que l'on va exploiter.

Kowalski est dépressive. Cette enquête est sa planche de salut, elle ira jusqu'au bout. On ne peut rien contre elle.

— Les animaux blessés sont les plus dangereux Je peux l'exécuter.

— Je te l'interdis.

Hoffmann avait haussé le ton, imperceptiblement.

— Si on tue un flic, on en aura dix fois plus après nous. Il faut frapper un grand coup. Après ce qu'on va faire à Sénéchal, plus aucun flic de France n'acceptera de reprendre l'enquête. Et même si quelqu'un était assez fou pour prendre la relève, le temps qu'il le fasse, il sera trop tard.

— Pourquoi passer à l'action maintenant ? La police n'a encore aucune idée de la suite. Ça va attirer l'attention sur nous.

— C'est notre stratégie depuis le début. Comme les magiciens, nous attirons l'attention pour faire diversion et agir en toute tranquillité. Nous allons obliger les flics à regarder au mauvais endroit.

Il marqua une pause avant de reprendre.

— Rohr a été formel. L'opération Rainmaker est la priorité. Tout ce que nous avons fait l'a été dans ce seul but. On ne doit prendre aucun risque. Pas si près du but.

— Justement, la police n'a rien sur Rainmaker. Et sans preuve, personne ne se risquera à poursuivre une hypothèse qui semble folle.

— Nous n'en savons rien. Cet enfoiré de Gimenez nous a bien baisés. Et les flics ont arrêté Jourdain.

Convaincue, la Sentinelle approuva.

— Il y a juste un petit détail, ajouta le type.

— Lequel ?

— Je vais devoir prendre un risque énorme.

Hoffmann lui sourit.

— C'est pour ça que je t'ai choisi. Le dispositif à Paris est prêt, tu n'as plus qu'à l'actionner. Maintenant. Tu es ma meilleure Sentinelle. Je sais que tu réussiras. Et si tu survis, tu seras récompensé. Rohr et Sariak sauront être reconnaissants.

Le type sourit à son tour.

Même si la stratégie d'Hoffmann lui échappait, il allait exécuter ses ordres. Il le suivrait jusqu'en enfer s'il le lui demandait.

53

Prometheus. Cosmos. Rainmaker.

Ronan se répétait mentalement les trois mots comme un mantra.

Prometheus. Cosmos. Rainmaker.

Il ne voyait même plus la route qui défilait devant lui. Ni son compteur qui excédait largement la vitesse autorisée. Il conduisait, en pilote automatique, incapable de faire décrocher ses pensées des dernières informations que venait de lui rapporter Irina.

Si Prometheus et Cosmos étaient réellement impliquées, la situation était plus grave qu'il ne l'avait imaginé. Il ne s'agissait plus de se battre contre un homme seul, aussi dangereux soit-il. Il s'agissait d'affronter un empire économique aux ressources financières et technologiques illimitées.

Ronan klaxonna une voiture qui ne se rabattait pas à son approche. La conductrice réagit *in extremis*, effrayée par ce motard masqué.

Il ralentit en débouchant dans sa rue et arrêta la moto devant sa maison. Les lumières du salon étaient allumées. Sa femme et son fils l'attendaient. Cela le calma un peu.

Au moment d'ouvrir le portail, il se figea.

Putain, c'est pas mai.

Il resta immobile, contemplant ce qui lui paraissait impossible.

Était-ce une plaisanterie? Si oui, elle était de très mauvais goût.

Il se dirigea vers la maison voisine, pour voir si elle était concernée. Et celle d'en face aussi. Mais non. Il n'y avait que la sienne.

Dans la rue, c'était la seule à l'entrée de laquelle avait été peint un petit cercle.

Un cercle vert.

Ronan se prit la tête entre les mains. Ces malades l'avaient mis sur leur liste sinistre. Le message était clair : on va s'en prendre à ta famille.

Attaque de panique fulgurante.

Tout devint flou autour de lui. Il mit quelques secondes à comprendre d'où provenait la vibration dans sa poche. Hagard, il saisit son téléphone.

Numéro inconnu. Il décrocha.

— Je vois que vous avez trouvé mon message, commandant.

— Qui êtes-vous?

— Vous le savez très bien.

Cette voix… C'était celle des vidéos du Guérisseur.

— Hoffmann! Comment osez-vous menacer ma famille?

Ronan tremblait de colère. Il serrait les poings à s'en faire exploser les phalanges.

— Et vous, comment osez-vous vous en prendre à mes Sentinelles?

— Ce sont des criminels, comme vous. Et je vous arrêterai aussi.

— Ne vous mettez pas en travers de mon action, commandant. Ou vous en paierez le prix.

— Je ne suis pas seul. Vous comptez faire quoi ? Menacer tous les flics de France ? Vous ne pourrez pas vous planquer éternellement.

Un silence menaçant lui répondit.

— Souvenez-vous que c'est vous qui m'aurez obligé à commettre l'irréparable.

Ronan déglutit.

— Pourquoi avoir mis au monde un enfant ? ajouta Hoffmann. Notre planète supporte déjà bien trop de pression.

Ronan sentit la rage monter en lui.

— Si tu touches à un cheveu de mon fils, je te fais la peau !

Il avait hurlé dans le vide.

Hoffmann avait déjà raccroché.

Ronan regarda l'écran de son téléphone. Sa tête explosait. Il ne tenait plus debout. Il s'agenouilla.

Ses pires craintes se concrétisaient.

Partir. Tout de suite.

Il se releva brutalement et courut vers la maison.

Nathalie…

Dans la cuisine, elle tourna vers lui un visage serein.

— Que se passe-t-il ? Tu fais une de ces têtes.

— Hoffmann, le type que je recherche… bredouilla-t-il, il vient de m'appeler.

— Quoi ?

— On doit partir. Tout de suite. Il faut vous mettre en sécurité, toi et Gaspard.

Nathalie chercha une autre réponse dans les yeux de son mari, mais elle n'y trouva que de la peur.

— Quand ? demanda-t-elle simplement.

— Maintenant. Prépare les bagages. Uniquement le strict minimum : le sac d'évacuation et quelques vêtements.

Pendant que sa femme rassemblait quelques affaires, Ronan appela David pour lui faire part de sa situation. Il contrôlait mal l'inquiétude dans sa voix.

— Ça ne donnera sans doute rien, mais essaie de tracer l'appel d'Hoffmann. Il faut choper cette ordure à tout prix, c'est la seule façon d'en finir, conclut-il.

— Je m'en occupe. Putain, Ron, ça va trop loin. Moi aussi, j'ai du nouveau. Le labo n'en a pas encore terminé avec l'ordinateur de Jourdain, mais ils ont découvert un truc plus que troublant.

— Quoi ?

— D'autres échantillons de voix… nos voix.

— Comment ça, « nos » voix ?

— Jourdain avait des échantillons de ta voix, Ron. De la mienne. De Samia. De Kowalski.

Ronan hésita un instant avant de formuler la demande qui lui brûlait les lèvres. Comment David, après leurs échanges tendus des derniers jours, allait-il entendre ce qu'il lui demandait ?

— Jourdain doit parler. Par tous les moyens.

Ronan se mit au volant. Nathalie avait installé Gaspard dans son siège bébé. À 21 heures, ils prirent la route en direction de l'ouest.

Ils traversèrent des rues inhabituellement agitées. Le quartier, si tranquille en temps ordinaire, était pris d'une fébrilité anormale. Ils virent plusieurs familles charger leur coffre. Étaient-ce les événements des derniers jours qui les effrayaient, au point de fuir à la nuit tombée? En y prêtant plus attention, Ronan vit de nombreuses maisons vides, aux volets fermés et lumières éteintes.

— Appelle ta mère pour la prévenir, demanda-t-il à Nathalie, sans quitter la route des yeux.

— Je lui dis quoi? Je ne veux pas l'inquiéter. Mes parents ne supporteraient pas ça.

— Dis-leur que c'est une simple mesure de précaution. Ne t'étale pas.

— Je ne sais pas si je vais y arriver.

Quand sa mère décrocha, elle crut qu'elle allait fondre en larmes, mais elle parvint à se contrôler. Elle récita ce que Ronan lui avait dit, sans entrer dans les détails. Sa mère comprit qu'il se passait quelque chose de grave.

— C'est fait, murmura Nathalie en raccrochant.

Le téléphone lui glissa des mains sans qu'elle ne s'en rende compte. Elle fixait la nuit dans le rétroviseur, absente. Un terrible pressentiment l'assaillit en regardant défiler la route qu'ils laissaient derrière eux. Ils partaient pour ne jamais revenir. Et s'ils revenaient, plus rien ne serait comme avant.

Nathalie avait récemment appris l'expression « rupture de la normalité » que survivalistes et collapsologues affectionnaient. Elle l'avait trouvée un peu abstraite, voire ridicule. Désormais, elle voyait les choses tout à fait différemment. Il n'avait fallu que quelques minutes pour que son monde s'effondre.

Oui, c'était une putain de rupture de la normalité, on ne pouvait pas le nier

La voiture traversa la forêt de Meudon, masse sombre et menaçante où les phares peinaient à repousser l'obscurité. Puis, ils se dirigèrent vers le plateau de Saclay et l'entrée de l'autoroute. À la hauteur des Ulis, Ronan aperçut devant lui une file de lanternes rouges. Des centaines de voitures étaient à l'arrêt.

— C'est quoi, ce foutoir?

— C'est l'exode… balbutia Nathalie dans un souffle.

— Allume la radio.

Elle sélectionna France Info. Le bulletin avait déjà débuté.

… les rumeurs les plus folles courent depuis plusieurs jours. Depuis ce soir, un vent de panique souffle dans plusieurs quartiers et villes. Des associations écologistes radicales sont pointées du doigt. Aucun des faits colportés n'est avéré. La confusion la plus totale règne.

Le ministre de l'Intérieur vient de prendre la parole, dans une allocution improvisée, pour exhorter la population à ne pas céder à la panique.

De gigantesques bouchons se sont formés très rapidement et…

Ronan coupa la radio et resta silencieux un moment, contemplant avec incrédulité ce décor de fin du monde.

Il devait essayer d'emprunter les axes secondaires, mais les voitures étaient pare-choc contre pare-choc, empêchant d'aller plus loin.

Tant pis, je n'ai pas le choix.

Il sortit son gyrophare et le colla sur le toit. Puis, il entama une marche arrière sur la bande d'arrêt d'urgence, frôlant les voitures. Certaines se décalaient juste à temps. Un conducteur n'eut pas le réflexe et Ronan enfonça sa portière dans un bruit de tôle froissée.

— Attention! cria Nathalie, terrorisée.

Les secousses réveillèrent Gaspard qui se mit à pleurer.

— Merde, Nathalie, occupe-toi de lui !

Les yeux rivés sur la route, tendu et en nage, Ronan arriva enfin au bout de la file de voitures. Il écrasa la pédale de frein et effectua un demi-tour brusque, manquant de percuter un motard qui arrivait en sens inverse.

Il remonta la route à contresens, ébloui par les phares et dans un concert de klaxons.

Après quelques centaines de mètres, il atteignit l'embranchement avec la D988 et s'engouffra sur la départementale.

— C'est terminé, s'excusa-t-il une fois en sécurité.

Nathalie ne l'entendit pas. Elle essayait de faire cesser les pleurs de Gaspard en se contorsionnant pour atteindre le siège bébé à l'arrière. Ronan configura le GPS afin qu'il lui indique un itinéraire évitant les autoroutes et les nationales pour le Perche, à proximité de Nogent-le-Rotrou.

Une aube blafarde pointait à l'horizon quand la voiture stoppa devant la demeure des parents de Nathalie, six heures plus tard. Une belle bâtisse, avec un haras. Ils étaient les éleveurs de chevaux les plus réputés de la région. Retraités depuis plusieurs années, ils n'avaient pas totalement cessé leur activité.

Après une nuit cauchemardesque sur la route, ce tableau avait quelque chose d'étrangement idyllique.

— Vous serez en sécurité ici.

Ronan prit sa femme dans ses bras et la serra contre lui un long moment.

— Cette histoire touche à sa fin. Je le sens, murmura-t-il.

Puis, sans attendre, il remonta en voiture. Derrière lui, la maison des parents de Nathalie rapetissa dans son rétroviseur. Il ne restait plus dans son champ de vision que la bande d'asphalte noire qui le conduisait tout droit vers l'enfer.

Vendredi 26 novembre

« “Qu’est-ce que l’effondrement concrètement ?” me demandez-vous souvent. La réponse est simple : “L’effondrement, c’est la perte de tout ce que vous avez construit et entretenu.” »

Viktor Kieffer, *Se préparer à l’effondrement*

54

Ronan ouvrit brusquement les yeux. Son regard se posa sur l’horloge du tableau de bord. Neuf heures. Il avait dormi deux heures et avait le dos en vrac. Son téléphone sonnait. C’était David.

— Ron, où es-tu ?

— En chemin, je devrais être au Bastion vers 11 heures.

— Nathalie et Gaspard sont en sécurité ?

— Oui, je les ai déposés ce matin.

Et en cet instant, il luttait contre lui-même pour ne pas faire demi-tour. Il était encore tout près du Perche. Il avait cru pouvoir regagner Paris d’une traite, mais la fatigue l’avait rattrapé.

— David, j’ai un service à te demander. Deux gars. Il me faut deux gars qui viennent surveiller la maison des parents de Nathalie. Prends-les dans le groupe de Mortier.

— Tu penses que c’est vraiment nécessaire ? osa David.

— Si c’était ta famille qui était menacée, tu penserais quoi ?

Ronan avait posé la question sur un ton qui ne souffrait pas la contradiction.

— Pardon, je me suis mal exprimé. Je vais voir ce que je peux faire.

— Quarante-huit heures, David, c'est tout ce que je demande. Le temps que ça se tasse un peu.

Ronan lui dicta l'adresse et raccrocha en priant pour que David s'acquitte de sa mission le plus rapidement possible.

Il redémarra et laissa tourner le moteur tandis qu'il programmait le GPS. Il lui restait environ deux heures avant de regagner Paris par les départementales.

Il roula une quinzaine de minutes, il ne croisa personne. Soudain, il aperçut une colonne de fumée au loin. Il crut d'abord qu'un agriculteur brûlait des végétaux dans un champ avant de comprendre que cela provenait de la route elle-même. Ronan plissa les yeux pour mieux voir.

Il pila en comprenant ce qui se passait. Une imposante Mercedes était en flammes, quelques mètres plus loin. Les corps des trois passagers étaient étendus sur le bitume. Un cercle vert avait été peint à la bombe sur la carrosserie de la voiture.

Horrifié, Ronan se gara sur le bas-côté et s'approcha des corps. Les passagers de la Mercedes avaient été exécutés d'une balle dans la tête.

Une fillette serrait encore une peluche contre elle. L'homme et la femme, ses parents à l'évidence, avaient la quarantaine. Habillés avec des vêtements de valeur. L'homme portait encore une montre Patek Philippe au poignet. On ne les avait pas tués pour l'argent. Le véhicule était immatriculé dans les Yvelines.

Les Sentinelles d'Hoffmann... C'était signé. Ils avaient suivi la Mercedes et l'avaient interceptée ici, sur cette petite route de campagne, où ils avaient froidement exécuté ses occupants.

Les coupables paieront.

La sombre prophétie d'Hoffmann s'accomplissait.

Ronan appela la gendarmerie de Nogent-le-Rotrou pour leur signaler le meurtre. Puis, sans attendre les enquêteurs, il reprit le volant, tenaillé par l'angoisse. Des Sentinelles patrouillaient à proximité de sa femme et de son fils.

Il roula à tombeau ouvert. Le vert cèda la place au gris. La bretelle de béton qui rejoignait le périphérique lui donna l'impression que sa voiture plongeait dans le vide. Vertige. Oreilles qui bourdonnent.

Deux heures après, il déboulait dans l'open space de son groupe, hagard. Seuls David et Samia étaient présents. Leurs regards se fixèrent sur lui. Il était blanc comme la craie.

Il s'écoula sur le siège.

— Tu as trouvé deux hommes ? lança-t-il à David.

Son adjoint le regarda avec surprise.

— De quoi tu parles ?

— Les deux gars pour surveiller Nathalie et Gaspard...

David écoutait Ronan sans comprendre.

— Je ne suis pas au courant.

— On en a parlé ce matin. Quand tu m'as appelé.

Le visage de David se décomposa.

— Ronan... je ne t'ai pas appelé ce matin. Ce n'était pas moi.

55

Irina pénétra dans le bureau d'Elie Rohr. Cette fois, le PDG de Prometheus l'avait, sans délai, fait entrer. Comme si sa visite était attendue.

Comme s'ils savaient que je sais tout.

Durant le court trajet entre l'hôtel de police et le siège de l'entreprise, Irina avait mis au point sa stratégie pour questionner Rohr. Maintenant qu'elle était en face de lui, elle avait un doute.

— Que puis-je faire pour vous, capitaine?

Rohr la regardait avec son air affable d'étudiant un peu simplet. Incapable de faire du mal à une mouche. Un geek dans un fauteuil roulant. Les questions se bousculaient dans l'esprit d'Irina. Et si Gimenez les avait contaminés avec ses histoires folles? Et si ce type était juste un parano qui s'était fourré dans de sales draps? Et si son assassinat n'avait rien à voir avec Rohr et Prometheus?

Irina sentit sa respiration s'emballer. Le sang puisait dans ses tempes.

Je suis dans le bureau d'un PDG pour l'accuser de manipuler le climat mondial et d'avoir assassiné ceux qui se sont mis en travers de son chemin. Tout ça en association avec une des plus grandes entreprises du monde.

Rohr la fixait, intrigué par son silence.

— Capitaine?

Irina s'éclaircit la voix.

— Nous avons découvert hier matin le corps d'un de vos anciens salariés. Édouard Gimenez. Il a été assassiné.

— C'est une nouvelle tragique, répliqua Rohr, sans

montrer la moindre trace d'ébranlement. En quoi puis-je vous aider?

Irina sut qu'il était temps de mettre les pieds dans le plat.

— Je crois que vous le savez, monsieur Rohr.

— Que je sais quoi? Je ne vous suis pas, capitaine.

— Gimenez avait découvert des choses sur Prometheus, que vous auriez préféré garder secrètes.

Rohr sourit.

— Il va falloir être plus précise.

— Gimenez détenait les preuves que vous avez acheté des terrains dans les Alpes. Que votre entreprise appartient en réalité à Cosmos. Et que vous menez conjointement un grand projet d'ingénierie climatique aux finalités douteuses.

Rohr leva un sourcil amusé, comme s'il s'agissait d'une plaisanterie.

— Un projet pour lequel vous avez fait tuer, ajouta Irina. Nicolas Marlot. François Dampierre. Édouard Gimenez. Et ces deux otages, Anna Salmon et Steven Lafargue.

À présent, Rohr ne souriait plus.

— Vous m'accusez de meurtres, capitaine Kowalski?

— Je sais que Ludovic Hoffmann travaille pour vous, enchaîna Irina. Il est votre bras armé. Et nous avons des preuves que vous êtes le commanditaire de ces assassinats.

Rohr esquissa une moue méprisante.

— Dans ce cas, pourquoi ne pas procéder à mon interpellation et à ma mise en examen? pourquoi êtes-vous seule?

Il fit lui-même la réponse.

— Parce que vous n'avez aucune preuve. Je suis curieux de savoir ce qui a pu vous conduire à tenter ce coup de bluff désespéré. Votre enquête est-elle à ce point en difficulté que vous vous arrogiez le droit de venir accuser n'importe qui ? Il y a des limites.

Quelque chose avait changé dans la physionomie de Rohr. Son expression joviale était devenue grave et sa voix rugueuse.

Il n'avait plus du tout l'air d'un étudiant. Il se tenait droit et une flamme brillait dans ses yeux.

Irina décida d'y aller franco. Le tout pour le tout.

— Vous êtes très doué pour mentir, monsieur Rohr. Mais vous ne me baiserez pas la gueule.

Rohr regarda froidement Irina sans répondre.

— Je suis au courant de tout. Et j'ai des preuves. Gimenez nous a donné des documents. Le tueur que vous avez envoyé chez lui, il n'a rien trouvé, je parie ? C'est parce que tout est chez nous. Nos analystes travaillent, recoupent les informations. C'est une question d'heures avant que la cavalerie ne débarque.

Cette fois, Rohr accusa le coup. Il ne put dissimuler sa stupéfaction.

— Dans ce cas, je vous repose ma question : que faites-vous seule ici si vous êtes si sûre de vous ?

Irina approcha son visage à quelques centimètres de celui du PDG.

— Pour que vous me disiez la vérité tant qu'il est encore temps. Le juge en tiendra compte.

— Je ne comprends rien à ce que vous me racontez.

— Oh que si, vous comprenez. Moi, ce que je ne comprends pas, c'est que vous ayez cru arriver à vos fins.

— Vous avez lu trop de romans, capitaine Kowalski. Prometheus protège le secret de ses affaires, rien de plus, rien d'illégal.

— Prouvez-le, asséna Irina.

— Je ne partagerai pas ma stratégie avec vous, capitaine. Vous ne la comprendriez pas. Je ne doute pas que vous soyez une policière remarquable, mais vous vous fourvoyez.

— C'est une menace ?

— Non, un avertissement. Dans votre intérêt.

Il la fixa longuement, comme pour la contraindre à baisser les yeux.

— Cet entretien est terminé. Sortez de ce bureau.

Irina ne bougea pas d'un millimètre.

Elle se pencha par-dessus le bureau et attrapa la main de Rohr avec fermeté.

— Lâchez-moi tout de suite, exigea-t-il, un air dégoûté sur son visage.

Irina ne l'écouta pas.

— Je suis au courant pour l'opération Rainmaker, lui souffla-t-elle. Je vous laisse une heure pour me rappeler et tout avouer de votre plein gré.

Elle maintint la pression quelques secondes encore avant de se reculer. Rohr retira vivement sa main endolorie.

— Vous allez regretter ce que vous venez de faire.

— Je ne crois pas. Et à tout hasard, s'il m'arrivait malheur, j'ai laissé un dossier en lieu sûr, qui serait transmis aussitôt aux principaux médias.

Irina n'attendit aucune réponse de Rohr à son mensonge. Elle n'avait laissé aucun dossier. Elle se dirigea vers la porte, le cœur battant à tout rompre.

La directrice de la communication surgit d'une pièce contiguë et dut presque courir après elle pour l'escorter jusqu'à l'accueil de l'entreprise.

Irina lui jeta son badge visiteur à la figure.

Elle venait de donner un grand coup de pied dans

la fourmilière. Il ne restait plus qu'à espérer que Rohr commette une erreur.

— Tu es devenue folle, Irina ?

La policière n'avait pas eu à attendre longtemps pour constater les effets de son coup de poker. Dès son retour à l'hôtel de police, son supérieur l'avait convoquée.

Il fulminait.

— Je vois que Rohr n'a pas perdu de temps, constata-t-elle. Qui a-t-il appelé pour te mettre dans cet état ?

— Ce n'est pas la question. Tu as agi seule, en dehors de toute instruction. Rohr est furieux et il a raison. Prometheus est une des entreprises les plus importantes de la région. Et tu l'as accusé de meurtres ?

— C'est pour faire progresser l'enquête.

— En quoi ça la fait progresser ?

— Le juge a refusé la perquisition chez Prometheus. Alors que tout conduit vers eux.

— Trouve des preuves, et le juge l'autorisera, plutôt que d'agresser Rohr ! Bordel, Irina, avec un client de la qualité de Rohr, on ne peut pas se permettre le moindre écart avec la procédure.

— Tu sais très bien qu'on n'a pas le temps d'attendre la paperasse.

Le chef de la criminelle lyonnaise garda le silence, hésitant sur la suite à donner à cet entretien.

— Irina, tu fais chier.

— Je sais, et toi tu sais que je suis la seule à pouvoir aller jusqu'au bout. Tu me connais, je peux être un vrai pitbull.

— OK, je te laisse quarante-huit heures. Mais choisis tes prochains mouvements avec le plus grand soin.

Sinon, je te décharge de l'enquête. Maintenant sors, avant que je change d'avis.

56

Le visage de David se décomposa.

— Je ne t'ai pas appelé ce matin. Ce n'était pas moi.

Ronan saisit son téléphone et fit défiler l'historique.

— J'ai reçu l'appel un peu après 9 heures.

Il tendit son appareil à David qui constata qu'il s'agissait bien de son numéro.

— Il n'y a qu'une seule explication. Mon téléphone a été piraté. Je me suis fait piéger, balbutia-t-il.

— Quelqu'un m'explique ? intervint Samia.

— Ce matin, j'ai reçu un appel de David. Plus exactement d'un type qui se faisait passer pour David. Bon Dieu, c'était tellement bien fait…

— Tu veux dire que c'était un… imitateur ?

— Non pas un imitateur. Sûrement un *deepfake*. Comme la fausse vidéo du Président…

— Les échantillons de voix qu'on a trouvés dans l'ordinateur de Jourdain, c'était pour ça, compléta David. Ils ont recréé nos voix informatiquement. Ils peuvent faire dire n'importe quoi à n'importe qui !

Samia écarquillait les yeux. Les conséquences étaient vertigineuses.

— Et tu ne t'es aperçu de rien ?

— Non. De toute façon, même si j'avais posé des questions précises, ils avaient certainement des réponses déjà prêtes.

— Tu lui as dit quoi exactement ?

— Je lui ai demandé d'envoyer deux hommes pour surveiller la maison. J'ai donné l'adresse… J'ai jeté mon fils directement dans la gueule du loup. Je dois appeler Nathalie. Tout de suite.

Il saisit son téléphone en tremblant, puis se ravisa et utilisa le poste téléphonique fixe le plus proche. L'attente lui parut interminable.

Répondeur.

— Décroche, Nathalie.

Il appela de nouveau, sans succès. Il renouvela l'opération avec sa belle-mère, puis son beau-père. Puis Nathalie de nouveau. Personne ne prit son appel.

Ronan sentit l'horreur s'abattre sur lui. Il s'adossa au mur, prêt à flancher.

— On y va. Je vais conduire, dit enfin David.

Un pas maladroit. Puis un autre. Comme un zombie, Ronan suivit son adjoint jusqu'à l'ascenseur.

Ils montèrent dans la voiture personnelle de David, un petit bolide.

Un instant plus tard, le véhicule surgissait de la rampe du parking dans un rugissement mécanique. David atteignit le périphérique où il parvint à se frayer un chemin au milieu des bouchons à grand renfort de sirène, gyrophare et coups de klaxon. Il conduisait pied au plancher, poussant son moteur au maximum dès qu'il fut sur l'autoroute.

De temps à autre, il jetait des coups d'œil discrets à Ronan qui ne lâchait pas un mot. Il avait suffi de quelques secondes, de quelques mots pour ruiner tout ce qu'il avait patiemment construit. Après avoir surmonté des épreuves qui auraient brisé bien des hommes, il était parvenu à retrouver une vie normale. Lui aussi aurait droit à sa part de bonheur, après tout.

Et maintenant tout était foutu. Tout ça finirait dans la douleur, les larmes et le sang. Il avait envie de hurler, de s'arracher la peau du visage. N'importe quoi pour faire cesser ce foutu cauchemar.

Après seulement une heure trente, David quitta l'autoroute pour emprunter les petites routes qui menaient jusqu'à la maison des parents de Nathalie. Enfin, le moulin apparut.

David passa les deux ponts tandis que Ronan retenait son souffle, en apnée totale sur les derniers mètres. Il pila juste devant la maison.

Sur le côté était stationné un véhicule de la gendarmerie. Ronan bondit de la voiture.

— Nathalie ! hurla-t-il.

Il déboula dans la maison. Il trouva un des gendarmes qu'il avait eu au téléphone le matin même.

— Commandant Sénéchal ? s'étonna l'homme.

— Je suis le mari de Nathalie Vasseur. Où est-elle ? Où est mon fils ?

Désemparé, le gendarme chercha sa réponse. Ce fut suffisant pour que Ronan comprenne. Il se rua dans les autres pièces de la maison.

— Nathalie !

À travers une fenêtre, il aperçut d'autres gendarmes dans le parc. Ils étaient regroupés à proximité des abris des chevaux. Les parents de Nathalie étaient là également. Sa belle-mère portait Gaspard dans ses bras. Il allait bien. Elle avait les yeux rougis par les pleurs.

Ronan se mit à courir. Hors d'haleine, il arriva à leur hauteur.

— Où est Nathalie ?

La femme fut incapable de répondre. Une crise de larmes la secoua, si violente que son mari dut prendre Gaspard dans ses bras.

Ronan n'insista pas. Il avait compris.

Il pénétra dans le bâtiment en bois. À l'intérieur, les chevaux attendaient paisiblement dans leur box. Ronan croisa le regard d'un vieux mâle qui semblait le fixer. Ils s'observèrent de longues secondes.

Puis, il remonta le couloir à petits pas. Dans le dernier compartiment, un corps était étendu sur la paille, dissimulé sous un drap.

Ronan sentit le sol se dérober sous ses pieds. Aspirées par un grand vide, ses jambes le lâchèrent.

Au sol, lentement, il souleva le drap.

Soudain, les bruits environnants cessèrent. Comme si une force inconnue avait fait taire la nature et s'abattre un silence infini sur le monde.

Il caressa le visage de sa femme avec délicatesse. Il la regarda d'abord avec un sourire triste, puis émit une sorte de cri étouffé, comme un sifflement sous lequel perçait une détresse aiguë. Une bombe avait explosé dans son cœur en lambeaux, et des millions de gouttelettes le ravageaient de l'intérieur.

— Je suis tellement désolé de ne pas avoir été là, balbutia-t-il.

Cette fois, il s'effondra totalement.

À l'extérieur, David avait rejoint le beau-père de Ronan.

— Que s'est-il passé ?

Le vieil homme trouva la force de lui répondre.

— Un homme est entré dans la maison. Nous n'avons rien vu. Il est allé dans la chambre où Nathalie dormait avec Gaspard. Il a essayé de prendre l'enfant. Nathalie a réussi à s'enfuir avec lui. Elle a couru dans le parc, son fils dans les bras, et a cherché à se réfugier dans l'abri. L'homme l'a poursuivie. Il a tiré. Elle est morte sur le coup.

David posa sa main sur l'épaule du vieil homme quelques secondes. Puis alla retrouver Ronan dans l'abri.

Il hoquetait comme un animal blessé qui attendait la mort, se maudissant d'avoir été si faible. Il aurait voulu crever là, sur place, mais son cœur s'obstinait, il pompait toujours, un sang noir gluant de dégoût et de culpabilité.

Samedi 27 novembre

« Un effondrement brutal qui forcerait l'humanité à revenir à l'essentiel ne me semble pas regrettable.

L'effondrement est une opportunité. »

Viktor Kieffer, *Se préparer à l'effondrement*

57

— Capitaine Kowalski, je ne pensais pas vous revoir si vite.

Le survivaliste suisse adressa un large sourire à la policière. Irina fut soulagée de constater que Viktor Kieffer ne semblait pas lui tenir rigueur de la façon dont s'était conclu leur dernier entretien.

— Je vous dois des excuses. Je me suis trompée sur votre compte, dit-elle en s'avançant dans la maison.

— Et moi sur le vôtre. Je vous croyais incapable de changer d'avis.

Irina avait téléphoné à Kieffer la veille au soir, prise d'une intuition. Pour comprendre les criminels, il fallait penser comme eux. C'était la même chose avec les suravalistes. Et pour penser comme un survivaliste, Irina ne voyait pas de meilleur conseiller que Kieffer.

Elle lui avait tout expliqué ou presque. Au diable la confidentialité. Elle n'avait pas le choix, elle devait jouer cartes sur table. Et cela avait marché, l'homme avait accepté de la recevoir en urgence.

Il était son dernier espoir. Elle ne pouvait pas compter sur le soutien de sa hiérarchie. Elle devait aller jusqu'au bout. Seule. Prometheus avait pris ses précautions après son esclandre dans le bureau de Rohr. Mieux valait rester sous les radars. Même si elle mourait d'envie de débarquer dans leurs locaux avec cinquante hommes et de mettre un flingue sur la tempe de Rohr.

Kieffer l'invita à s'asseoir autour de la table en verre. Un feu crépitait dans la cheminée.

— Je serai directe, commença Irina. Le temps nous est compté.

Elle se pencha et sortit de son sac une carte qu'elle déplia sur la table. Des croix rouges avaient été tracées à plusieurs endroits.

— Prometheus a acheté des terrains dans les Alpes françaises et suisses, expliqua Irina. En toute discrétion. Je suis convaincue qu'ils y cachent quelque chose.

— Une idée ?

— Non justement. Les gendarmes n'ont relevé aucune activité. Ce sont des terrains vierges. Il n'y a rien, à part quelques marmottes près de bâtiments abandonnés. Prometheus ne les a pas achetés par hasard. Quelque chose de capital nous passe sous le nez.

Kieffer se pencha et examina attentivement la carte.

— Ce site est tout proche d'ici, constata-t-il en pointant son index sur la carte.

— Moriez, lut Irina.

Kieffer resta pensif un moment.

— J'ai peut-être une idée. Allons vérifier sur place.

Moriez se nichait au bout d'interminables routes de montagne. C'était une jolie bourgade où les maisons étaient disposées de part et d'autre d'un torrent. Le terrain acheté par Prometheus, à en croire les documents de Gimenez, se trouvait légèrement en dehors du village.

Ils descendirent de voiture à l'adresse indiquée. Devant eux, une vaste étendue d'herbe, à flanc de montagne. Et un chalet isolé, d'apparence banale, un peu délabré. Presque une cabane.

— Vous êtes certaine que c'est la bonne adresse ? demanda Kieffer.

— Oui, en tout cas d'après notre témoin. Je me serais plutôt attendue à un bâtiment à la Fort Knox avec barbelés, miradors, caméras et gardiens en vigie.

Kieffer prit un air entendu. Contrairement à elle, l'aspect du lieu ne bétonnait pas.

Irina interpella un homme qui passait par là.

— Vous êtes du village ? demanda-t-elle.

L'homme acquiesça.

— Vous savez qui habite ici ?

— J'aimerais bien le savoir, répliqua l'homme. On ne voit jamais personne… enfin sauf la nuit parfois.

Un courant électrique parcourut Irina.

— La nuit ? Que s'y passe-t-il la nuit ?

— Des allées et venues. Des gens très discrets. Mais personne ne vit ici. Ce chalet n'est pas habité, pourtant il est entretenu. J'ai toujours trouvé ça un peu bizarre.

— Quoi ?

— Eh bien, c'est comme si le propriétaire faisait exprès de lui donner l'air abandonné. Un peu comme un décor de cinéma.

Kieffer s'était déjà éloigné d'eux.

— Eh, attendez-moi, lança Irina.

Elle remercia son témoin et suivit Kieffer qui

marchait en direction d'un gros rocher, situé à quelques mètres de la maison.

Une fois devant le bloc, il entama un étrange manège. Il ausculta la pierre avec circonspection, lui donnant de petits coups, comme on le ferait sur un mur pour savoir s'il est creux.

— À quoi vous jouez ?

Kieffer se retourna vers Irina, un air triomphant sur le visage.

— Ce type a raison. C'est un décor.

— Un décor ? Je ne comprends pas.

— Ce rocher, il est faux.

— Comment ça, faux ?

— Voyez vous-même.

À son tour, Irina frappa de petits coups contre la pierre. Ça sonnait creux. Le rocher n'était qu'une imitation, dans un matériau moins dense que la pierre, pâtiné à la peinture grise et aux pigments.

— Qu'est-ce que ça veut dire ? demanda Irina avec incrédulité.

— Ce leurre a été construit pour camoufler quelque chose… Camoufler une arme.

Irina eut un mouvement de recul instinctif.

— Probablement un canon, ajouta Kieffer. Mais rassurez-vous, s'il y a eu une batterie de missiles ici, elle a été démantelée il y a des années. Nous ne risquons rien.

— Mais de quoi parlez-vous ?

— Tout est faux, capitaine Kowalski. Ce rocher n'est pas un rocher. Ce chalet n'en est pas un. Et vous pensez qu'il n'y a rien ici, ce qui est aussi une illusion.

Irina croisa les bras sur sa poitrine et fixa son interlocuteur.

— Dites, Kieffer, on arrête avec les devinettes ?

L'homme afficha un large sourire.

— Comme je vous l'ai dit lors de notre première rencontre, en Suisse, nous sommes tous survivalistes. Jusqu'au gouvernement.

— Et ?

— Sous vos pieds se trouve une toute petite partie du plus grand bunker jamais construit au monde. Ce que certains appellent le « gruyère » suisse. Le Conseil fédéral a fait construire des fortifications dans les Alpes à partir des années 1930, et surtout pendant la Seconde Guerre mondiale pour nous prémunir contre le Reich allemand. Des centaines de kilomètres de galeries souterraines blindées, des bases aériennes souterraines, des arsenaux et des abris antinucléaires. Ces équipements militaires ont été habilement dissimulés dans la montagne. Les accès aux souterrains ont souvent été aménagés dans de faux chalets, de fausses granges…

Irina n'en revenait pas. Un bunker dans tout le pays.

— Alors comment se fait-il qu'une entreprise ait pu acheter ces terrains, s'ils sont militaires ?

— Une bonne partie du « gruyère » a été abandonnée au début des années 1990, à la fin de la guerre froide. Trop coûteux, et obsolète, d'après le Conseil fédéral. Une mauvaise décision, si vous voulez mon avis. Certaines parties ont été transformées en musées et se visitent. Et d'autres ont été vendues pour financer l'entretien de celles qui sont encore en activité.

Prometheus n'avait pas acheté des terrains vierges, mais d'immenses installations souterraines.

Irina n'avait pas regardé au bon endroit.

La vérité se cachait dans les profondeurs.

58

Des images du passé. Un passé heureux et pas si lointain. Tout proche même.

Elles revenaient à Ronan, le berçaient. Il se souvenait des premières semaines avec Nathalie, quand ils sillonnaient Paris sur sa moto, collés l'un à l'autre, en riant. Il se souvenait de la naissance de Gaspard. Le cadeau du ciel. Ils avaient formé une famille. Cela avait duré si peu, mais ils avaient formé une famille. Une cellule parfaite. Il pensait alors que cette harmonie durerait toujours.

Dans son empressement, il avait oublié un petit détail.

Rien ne dure.

Tôt ou tard, le malheur ressurgit.

Le bonheur n'est qu'une pause entre deux drames atroces. Toujours.

Ronan ferma les yeux. Il eut une pensée pour son fils. Il l'avait confié à ses beaux-parents, désormais sous bonne garde de la gendarmerie. Leur séparation était comme s'enfoncer un poignard en plein cœur, mais il n'avait pas le choix. Tant que l'enquête ne serait pas terminée, Gaspard ne serait pas en sécurité avec lui.

Personne n'avait osé le lui dire franchement, mais tout le monde le pensait, il était celui par qui la mort de Nathalie était venue. C'était cette enquête, son job, qui avait fait entrer le mal absolu dans leur vie. Ronan était d'accord. Il acceptait leur sentence. Il était coupable. D'une faute qu'il ne pourrait jamais expier.

Il avait eu au téléphone le psychologue de la PJ,

L'homme ne lui avait été d'aucun secours. Arrêt maladie et anxiolytiques. Voilà tout ce qu'il lui avait dit. Le néant chimique. Il lui avait parlé de temps, du temps nécessaire pour se relever.

Mais Ronan n'avait aucune envie de se relever. La mort de Nathalie était une explosion nucléaire. Et sur cette terre irradiée, plus rien ne repousserait.

La suite de l'histoire était écrite.

Il était fini.

Une seule chose le faisait encore tenir debout. Une pulsion fulgurante. L'envie irrépressible d'éclater le mec qui avait fait ça à sa femme. De lui faire regretter d'être venu au monde.

Hoffmann ne vivrait plus longtemps. Ronan allait s'en assurer.

Pour cela, il devait le retrouver. Et il savait comment.

Il sortit son téléphone de sa poche et le contempla.

Hoffmann l'avait appelé pour le menacer. Et l'assassin de sa femme l'avait également contacté en se faisant passer pour David. Il serait peut-être possible de retracer les deux appels de la veille et les localiser. Ronan savait que la probabilité que ça réussisse était mince.

Il lui fallait des moyens dont il ne disposait pas, et il ne pouvait plus se pointer au bureau pour solliciter l'aide de ses collègues qui l'imaginaient être terré chez lui, accablé de douleur.

Non, alors je vais devoir emprunter un chemin de traverse.

Ce qu'il s'apprêtait à faire.

Il prit une profonde inspiration et frappa à la porte devant laquelle il attendait depuis quelques minutes.

Elle s'ouvrit sur le visage de David.

— Mais qu'est-ce que tu fais là ? lâcha-t-il dans un réflexe.

— Je peux entrer ? répondit simplement Ronan.

David s'écarta, gêné.

— Qui est-ce ? fit une voix féminine.

— Tu n'es pas seul ? s'étonna Ronan, qui savait son adjoint célibataire.

Il comprit en voyant Samia débouler dans l'entrée. Figée de stupeur.

Ronan observa un moment ses deux collaborateurs. *Comme quoi, le monde continuait à tourner sans moi.*

— Je suis heureux pour vous deux.

Il esquissa un sourire qui ressemblait plus à une grimace.

— Comment te sens-tu ? demanda Samia.

— Mal. Plus mal que je ne peux le dire.

Samia baissa les yeux. *Question à la con. Mais que dire à quelqu'un qui vient de vivre l'horreur absolue ?*

Le silence reprit ses droits. La gêne était palpable. Les deux policiers attendaient que Ronan se décide à leur expliquer la raison de sa présence.

— J'ai besoin que vous me rendiez un service, finit-il par expliquer.

Il brandit son téléphone.

— Il faut le faire analyser. Voir si on peut localiser l'appel d'Hoffmann ou celui du mec qui s'est fait passer pour David.

— Je croyais que tu avais perdu ton téléphone, répliqua ce dernier.

Ronan l'avait repris quand, au Bastion, il avait compris qu'il avait été le piège, puis avait prétexté l'avoir égaré pour éviter que la police ne le saisisse pour les besoins de l'enquête.

— Comme tu vois, ce n'est pas le cas. Je dois retrouver Hoffmann. Coûte que coûte. Et c'est le seul élément dont je dispose pour le moment.

Samia s'approcha doucement de son patron.

— Ron, tu devrais laisser faire la police. Tu n'es pas en état.

— Ne me dis pas ce que je peux faire ou pas.

— Je sais que tu vis l'enfer. Mais tu es un flic. Tu sais que tu ne peux pas te faire justice toi-même.

— Je ne suis plus un flic, lâcha Ronan.

Il marqua une pause.

— Je ne suis plus un mari, plus un père. Je ne suis plus rien. La seule chose qui me reste, c'est de faire payer ceux qui ont fait ça. Et j'irai jusqu'au bout. Avec ou sans vous. Si vous voulez m'aider, vous prenez ce téléphone et vous le filez au labo sous le prétexte de votre choix. Personne ne doit savoir que c'est le mien. J'ai juste besoin d'un bornage.

Samia et David se regardèrent quelques secondes.

— Désolée, Ron, lâcha Samia avec un sourire triste.

— On aimerait t'aider, compléta David, mais ce n'est pas possible. C'est pour ton bien. Pour te protéger de toi-même.

Brusquement, Ronan saisit David par le col de son T-shirt. Son poing était prêt à s'abattre sur son visage. David ne réagit pas. Que son patron lui casse la gueule si ça pouvait le soulager.

Il maintint son poing en l'air quelques secondes. Son bras tremblait. Il poussa un cri et relâcha David, qui manqua de tomber à la renverse.

Ronan fit volte-face et disparut par l'ouverture de la porte.

Samia tenta de le rattraper dans l'escalier, mais il était déjà presque en bas.

Ronan avait raison, songea Samia en le regardant s'éloigner. Il n'était plus un flic. Il était un bloc de haine. Un bloc de haine lancé dans un périple vengeur.

La nuit était tombée. Le ciel était noir, à peine taché par quelques étoiles qui semblaient suffoquer.

Ronan enrageait contre ses deux adjoints. Il lui restait cependant une solution. Une ultime carte à jouer.

Il saisit son téléphone et écrivit un SMS.

On peut se voir ce soir ?

Il réfléchit un moment, puis effaça le texte pour en saisir un nouveau.

Je serai là dans 30 minutes.

Le SMS partit. Ronan ne savait pas si l'homme accepterait de l'aider. Il lui forcerait la main si nécessaire.

Il reprit sa moto et se rendit à la banque la plus proche. Là, il tira tout le liquide qu'il pouvait en espérant que ce serait suffisant. Puis il reprit sa route, traversant des rues désertes dans une banlieue endormie. Après quelques minutes, il bifurqua dans une ruelle qui se terminait en impasse. Il immobilisa la moto au bout de l'allée devant un petit immeuble tranquille. Aucune lumière aux fenêtres.

Ronan jeta un regard rapide autour de lui. Personne. Il composa le code, entra dans l'immeuble, traversa le couloir et ressortit dans la cour. Il se planta devant une porte fermée par un volet en métal.

Nouveau SMS.

Je suis là.

Après quelques secondes, les volets s'écartèrent dans un grincement métallique.

Un studio à l'unique pièce encombrée. Le propriétaire des lieux se tenait en face de lui, silencieux. Le type avait la trentaine et un physique à la limite de la difformité. Personne ne savait qu'il vivait ici. Même ses voisins ne le croisaient jamais et ignoraient son identité.

Ronan, lui, connaissait son nom et suffisamment de choses pour l'envoyer en cabane. Comme tous les flics, il savait tirer son parti de certaines relations. Il taisait parfois ce qu'il savait. Pour avoir ses obligés. L'homme lui rendait des services. Ce soir, il allait lui rendre le plus grand.

Ronan lui tendit l'argent qui disparut dans la poche du survêtement de l'homme.

— Allons-y, dit-il simplement.

Ils se dirigèrent vers le fond de la pièce. L'homme déplaça une pile de cartons. Puis il empoigna un panneau de bois qui semblait faire partie du mur, mais s'avéra amovible. Un passage. Une petite salle se trouvait derrière. Deux mètres de largeur sur trois mètres de profondeur. Des ordinateurs partout. Des câbles en pagaille au sol.

Ronan lui tendit son téléphone. Il avait ouvert le journal des appels et pointait du doigt celui d'Hoffmann et celui de l'homme qui s'était fait passer pour David.

— J'ai besoin d'une localisation sur au moins l'un des deux.

L'homme hocha la tête.

— C'est la dernière fois, se contenta-t-il de dire.

Ronan ne répondit pas. Il n'y aurait pas de prochaine fois, en effet.

L'homme s'assit dans un fauteuil à roulettes. Il relia le téléphone à son ordinateur par le câble adapté et commença à pianoter sur un clavier.

Des lignes se mirent à défiler sur plusieurs écrans.

Un flot de caractères sans interruption et sans logique apparente.

— Voilà, on y est, dit l'homme après quelques instants. C'est mort pour le premier appel.

Ronan plissa les yeux sur l'écran.

— Tu es sûr ?

— Je ne me trompe jamais. La ligne n'a servi qu'une seule fois pour t'appeler. Elle a été coupée depuis. La carte SIM a été détruite. Impossible d'obtenir une localisation.

Ronan pesta intérieurement. Hoffmann avait pris toutes les précautions nécessaires. Il lui restait une deuxième chance.

— Et l'autre appel ?

L'homme se remit à pianoter sur son clavier.

À l'extérieur, un orage avait éclaté et la pluie cinglait la ville. D'énormes craquements ébranlaient l'immeuble. Ronan avait le sentiment que le sol allait s'ouvrir sous ses pieds pour l'engloutir. Et cette fureur n'était pas pour lui déplaire.

— Même topo, constata l'homme. Le téléphone n'a servi qu'une seule fois. Il est resté éteint depuis…

Ronan sentit un profond abattement le gagner. Il n'avait pas d'autre atout dans sa manche. La piste allait s'arrêter là.

-… enfin, jusqu'à ce matin, continua le geek. Il a borné quelque part dans les Alpes.

Montée d'adrénaline.

De nouveau, Ronan porta son regard à l'écran.

Une carte était apparue. Un point bleu y clignotait.

— Cet imbécile ne s'est pas débarrassé de son téléphone.

Ronan ne dit pas un mot.

Il fixait le point bleu, hypnotisé.

Une onde de détente le parcourut. Il avait ce qu'il était venu chercher.

Ce point bleu marquait la fin du périple.

C'était là qu'il aboutirait, dans une explosion finale qui emporterait tout sur son passage.

59

Irina ouvrit le mail d'Alexandre. Comme toujours, son adjoint avait été d'une efficacité redoutable. Après avoir découvert l'existence du « gruyère » dans les Alpes suisses, elle lui avait demandé de s'en procurer un plan précis afin de le rapprocher de la liste des terrains acquis par Prometheus.

Alexandre avait réussi en un rien de temps à se procurer auprès du département suisse de la Défense le plan du « réduit national », tel était son nom officiel. Tout du moins les parties qui avaient été démilitarisées, puis vendues ou transformées en musées.

Elle transféra les fichiers sur une clé USB et se rendit à l'accueil du petit hôtel genevois où elle avait élu domicile. Elle demanda au réceptionniste, un binoclard qui devait avoir vingt ans, s'il pouvait lui imprimer les fichiers. Il acquiesça poliment et lui prit la clé USB.

— Au format A3, ajouta Irina.

Le jeune homme disparut un moment dans le bureau situé derrière l'accueil.

Durant son attente, la policière se mit à inspecter le hall du regard. Elle n'aurait pas su dire pourquoi, mais elle se sentait épiée. Comme si Prometheus suivait ses moindres faits et gestes. Elle observa un moment les autres clients qui prenaient un verre au bar, dans la salle contiguë. C'était l'heure de l'apéritif, une dizaine de personnes étaient présentes. Essentiellement des hommes seuls qui semblaient voyager pour des raisons professionnelles. Elle chercha à déceler une présence suspecte, en vain.

Le réceptionniste revint avec les documents. Irina le remercia et regagna sa chambre. Elle fixa les deux cartes au-dessus du bureau sur lequel elle avait installé son ordinateur. À droite, une carte des terrains achetés par Prometheus. Et à gauche, la carte des ouvrages désaffectés du réduit national. Il lui fallut quelques instants pour recouper les informations. Après une vingtaine de minutes, elle arriva à la conclusion que Prometheus avait acheté quatre anciens bunkers du « gruyère ». Celui de Moriez, qu'elle avait exploré avec Kieffer, celui de Pré-Maroz, celui de Chaillet et celui de Dayllon. En examinant les cartes de plus près, elle nota que le dernier semblait le plus vaste.

Elle saisit le nom du bunker dans son navigateur Internet pour en savoir plus. Un site de passionnés de l'histoire militaire suisse lui apprit que le site de Dayllon avait été construit à la fin du XIXe siècle, puis modifié à plusieurs reprises au cours du XXe siècle. Il s'agissait d'un fort d'artillerie et d'infanterie déclassé une quinzaine d'années auparavant. Avec ses vingt kilomètres de galeries creusées dans la roche, il était l'un des plus grands ouvrages militaires du pays.

Les deux autres bunkers étaient de taille bien plus modeste. Irina décida donc de s'en désintéresser pour le moment. Quant aux terrains achetés par Prometheus dans les Alpes françaises, ils ne dissimulaient rien dans leur sous-sol, d'après les vérifications effectuées par Alexandre. Conclusion : si Prometheus cachait quelque chose, c'était vraisemblablement à Dayllon.

Irina entra les coordonnées sur Google Maps. Le fort se situait dans les Alpes vaudoises, au-dessus du village de Dorcles, à une bonne heure de route de Genève, et à dix kilomètres à vol d'oiseau de la frontière avec la France.

Il faisait déjà nuit, ce qui ne faciliterait pas les recherches.

Elle regretta de ne pas pouvoir parler de l'enquête avec Ronan. Elle était au courant du drame qui avait frappé le commandant. David Ortiz l'avait appelée pour l'en informer. Elle était restée muette de stupéfaction. Cet assassinat ignoble était un signal. Prometheus ne reculait devant rien. Et l'opération Rainmaker était censée débuter le lendemain.

Elle attrapa ses clefs, dévala les escaliers, traversa la réception et sortit de l'hôtel.

Sur le parking, elle crut distinguer un homme assis derrière le volant d'un gros SUV noir à l'arrêt. Comme s'il la guettait. Elle démarra et quitta le parking en trombe pour vérifier qu'elle n'était pas suivie.

Fausse alerte.

Elle prit la direction du sud. Il lui fallut près de deux heures pour arriver au village de Dorcles. Le GPS la mena jusqu'au fort par une route qui finit en un simple chemin de terre à l'assaut de la montagne.

Irina se mit à rouler doucement, phares éteints sur les derniers mètres pour ne pas se faire repérer. Elle s'arrêta une centaine de mètres du fort. Elle termina à pied jusqu'à atteindre une grille qui barrait le passage, avec un panneau « Propriété privée ».

Elle regarda autour d'elle. Personne. La grille était facile à escalader.

Elle retourna à sa voiture, ouvrit le coffre et en sortit une puissante lampe torche qu'elle garda éteinte.

Elle revint devant la grille et jeta la lampe par-dessus avant de l'escalader avec agilité.

De l'autre côté, elle regarda de nouveau autour d'elle. Ses yeux commençaient à s'habituer à l'obscurité. Elle distingua plusieurs bâtiments dans la nuit. Elle avait lu sur Internet que l'installation comptait six casemates, dissimulées derrière des façades de chalets dont elle devinait la silhouette à travers les sapins. Mais là n'était pas l'essentiel. La plus grande partie du fort était creusée sous la roche et c'était ce qui l'intéressait.

Irina avança dans le sous-bois à la recherche du puits d'entrée qui conduisait trente mètres sous terre. Protégée par les arbres, elle alluma sa torche. Le cône de lumière découpa une bande dans la nuit, faisant blanchir sur son passage les racines, écorces et herbes hautes.

Elle balayait le sol de son faisceau, à la recherche de traces de pneus ou de pas susceptibles de lui indiquer le chemin à suivre. Elle finit par identifier ce qui ressemblait à un passage : des feuilles écrasées et des branches brisées. Mais la piste était difficile à suivre. Elle se perdit à plusieurs reprises, devant revenir sur ses pas pour étudier à nouveau les traces.

La nuit était noire et fraîche. Une faune nocturne commençait à s'agiter. Des bruits remplissaient le sous-bois. Irina sursauta à plusieurs reprises en entendant des buissons qui s'agitaient tout près d'elle.

Soudain, elle entendit une branche craquer derrière elle. Machinalement, elle fit volte-face et sortit son arme.

Rien.

Il ne s'agissait que d'animaux, songea-t-elle pour se

rassurer sans tout à fait y croire. Elle prit une profonde inspiration pour se calmer et reprit sa progression.

Tu es en train de faire une énorme connerie. Si Prometheus cache quelque chose ici, tu es en train de te jeter dans la gueule du loup.

Elle pouvait sentir presque physiquement l'hostilité de l'environnement. Elle n'aurait pas pu l'expliquer, mais l'air lui paraissait chargé d'une menace latente. À plusieurs reprises, elle crut voir des ombres tapies dans l'obscurité qui l'observaient. Une force inconnue la poussait pourtant vers l'avant.

Après vingt minutes d'un jeu de piste angoissant, elle atteignit une paroi rocheuse, au pied de laquelle les traces s'arrêtaient. Irina leva les yeux. Elle se trouvait devant une porte métallique. Le puits d'entrée devait se trouver derrière.

Des traces de pneu récentes marquaient le sol. Des camions à en juger par leur largeur. Comment étaient-ils arrivés jusqu'ici ?

Irina continua à fouiller l'obscurité encore quelques instants avant de décider de revenir à la voiture. Elle avait la preuve qu'il y avait eu du passage.

Mais que faire de cette information ?

Une chouette, moqueuse, lui répondit en hululant depuis la hauteur des arbres.

De retour à son véhicule, Irina se sentit seule. Horriblement seule, perdue dans la montagne, pourchassant une chimère. Au fond, elle n'avait aucune idée de ce qu'elle cherchait, tout en ayant la conviction de ne jamais avoir été aussi proche de la vérité.

Putain, c'est là sous mon. nez.

Son supérieur attendait son rapport. Il lui avait donné quarante-huit heures. Et elle n'avait rien.

La suite était écrite. Langlois allait l'écouter, lui dire diplomatiquement qu'elle pouvait se coller ses hypothèses farfelues au cul et la décharger définitivement de l'enquête.

Elle sentit sa détermination faillir.

Elle regarda vers le ciel étoilé.

Il lui aurait fallu un signe pour lui indiquer la direction à suivre.

Un putain de signe.

Dimanche 28 novembre

60

« L'effondrement se fera en cinq stades. Stade 1 : effondrement financier. Les banques font faillite. Vos placements sont réduits à néant. Stade 2 : effondrement commercial. Les magasins sont vides… »

Viktor Kieffer, *Se préparer à l'effondrement*

— Alors, tu l'as trouvé ?

David secoua la tête.

— Je suis allé chez lui. J'ai sonné plusieurs fois, personne n'a répondu. Aucun mouvement derrière les fenêtres. Je me suis même planqué au bout de la rue pour faire croire que j'étais parti et voir s'il allait sortir. Mais rien. Sa moto est là, mais pas la voiture.

Samia répondit par une moue contrariée, puis but une gorgée de café. Elle était mal réveillée. Il était bien trop tôt pour être debout un dimanche matin et elle avait à peine dormi après la visite surprise de Ronan. La soirée romantique en avait pris un coup. David, lui, n'avait carrément pas fermé l'œil et avait fini par se rendre à Sèvres à 6 heures du matin.

— J'ai un mauvais pressentiment, ajouta David. Hier, il était… flippant.

— Il a pu aller retrouver son fils chez ses beaux-parents ? tenta Samia.

— Non, je les ai appelés. Ils n'ont aucune nouvelle non plus.

— Alors il avait peut-être juste envie de quitter la région parisienne. Pour faire son deuil dans un coin tranquille.

— J'aimerais que tu aies raison. Ronan n'a plus qu'une seule pensée en tête : se venger de ceux qui ont tué Nathalie. Et c'est ça qui me fait peur.

— L'idée lui a forcément traversé l'esprit, approuva Samia. Mais sans les moyens de la police, il est coincé. Il va ruminer son plan quelques jours, et il finira par se rendre compte qu'il ne mène nulle part.

— Détrompe-toi. Ronan est un flic exceptionnel. Un vrai limier qui suit une piste comme personne. Et cette piste a l'odeur du sang.

David gratta sa barbe naissante, puis s'assit sur une chaise de la cuisine devant Samia.

— Il va chercher à localiser l'appel du type qui s'est fait passer pour moi, c'est sa seule piste.

— Et comment il va faire ça sans avoir accès au labo ?

— Il doit avoir des contacts qui lui sont redevables. Il a dû trouver un moyen. J'ai deux ou trois noms en tête, mais pas vraiment le temps d'aller les voir si on veut le retrouver à temps.

— Admettons. Il a une localisation. Et après ?

— Il prend son flingue et il va buter cette ordure.

— Merde, c'est quand même un flic, pas un justicier solitaire.

— Crois-moi, reprit David. Il a exactement le profil de l'homme prêt à tout pour se faire justice lui-même. Y compris s'il doit y rester.

David resta silencieux un instant.

— On doit le retrouver, conclut-il. En tant qu'amis. Et en tant que flics aussi. Il peut faire foirer toute l'enquête.

— On essaye un bornage de son téléphone ?

— Peine perdue. Il connaît nos procédures. Il sait qu'on commencera par là. Il s'en est forcément débarrassé.

— Comment faire alors ?

— On sait deux choses. Il se déplace en voiture. Et il cherche Hoffmann, dont on suppose qu'il est du côté de Lyon.

Samia comprit où David voulait en venir.

— L'autoroute A6.

Dix minutes plus tard, les deux policiers fonçaient vers la porte de Gentilly. Si Ronan était parti de Sèvres, il était entré sur l'autoroute à ce niveau.

Au bout d'une heure, ils arrivèrent en vue du premier péage de l'autoroute du Soleil à Fleury-en-Bière. David gara la voiture devant une construction particulièrement laide, de couleur grisâtre, qui semblait avoir été posée là par hasard.

Il bondit à la porte du poste de surveillance en regardant autour de lui. Un homme au ventre proéminent, à l'allure négligée, mais à la moustache parfaitement coupée, lui ouvrit… Il ne lui laissa pas le temps d'ouvrir la bouche et brandit sa carte.

— Brigade criminelle. Je viens consulter la vidéosurveillance de la nuit.

L'homme ne sembla pas impressionné outre mesure par le dépositaire de l'autorité publique. Il hésita, se frottant la moustache avec une lenteur exaspérante. Il était manifestement confronté pour la première fois à la police.

— Monsieur ? le relança Samia.

L'employé se dandina encore quelques instants, puis finit par s'écarter et les guida vers un réduit aveugle, occupé par une table, un ordinateur et deux écrans. Samia grimaça à la vue du lieu, qui lui rappela les longues heures passées dans la salle de contrôle de la Résidence, à visionner les vidéos des caméras de surveillance. Et l'humiliation cuisante qui en avait résulté.

L'homme commença à leur expliquer le fonctionnement du logiciel, mais David le coupa.

— Est-ce qu'on peut filtrer par plaque d'immatriculation ?

— Ben oui, répondit le moustachu nonchalamment.

Il ouvrit le moteur de recherche. David entra le numéro de la plaque de Ronan. Aussitôt, un résultat s'afficha. Une photo de l'arrière du véhicule, avec un horodatage.

— Il a passé le péage cette nuit à 2 h 51 du matin, lut David. Direction Lyon.

— Maintenant on va pouvoir le tracer.

David se retourna vers l'employé.

— Comment on fait pour avoir les images des autres péages ?

— Ce n'est pas possible ici. Il faut appeler le central.

— Et vous pouvez faire ça ?

— Oui… mais vous ne devriez pas avoir un papier ou quelque chose ?

L'homme se remit à triturer sa moustache. Samia s'approcha de lui et lui posa la main sur l'épaule.

— Vous avez raison, nous devrions avoir un papier du juge. Mais la vie d'un homme est en jeu. D'où cette procédure peu régulière. Nous n'avons pas le temps pour la paperasse. Vous comprenez ?

L'homme fit onduler sa moustache de droite à gauche, témoignage d'une intense réflexion. Puis, sans rien dire, il décrocha le téléphone posé sur le bureau. Une fois en ligne avec son collègue, il fit signe à David de lui dicter l'immatriculation. L'homme attendit la réponse quelques instants, remercia son interlocuteur, puis raccrocha.

— Il a quitté l'autoroute par la sortie 39 b, à la hauteur de Lyon ce matin, à 6 h 30.

David regarda sa montre. Il était 10 heures.

Ronan avait de l'avance sur eux, mais ils pouvaient encore le rattraper.

Les deux policiers remercièrent leur informateur et quittèrent les lieux.

— Il faut consulter les caméras de surveillance de Lyon, lâcha David en remontant dans la voiture. On sait exactement à quelle heure il est sorti de l'autoroute, on doit pouvoir retracer son parcours.

— J'appelle le bureau.

Pendant que David conduisait, Samia appela Cécile Josse qui était de permanence. Elle informa sa collègue de la disparition de leur patron et de leur inquiétude. Cécile appréciait Ronan et voulut les aider. Samia lui résuma ce qu'ils avaient fait et appris durant la matinée. Puis, elle lui demanda de se mettre en rapport avec le central de vidéosurveillance de la métropole lyonnaise pour continuer à suivre Ronan. Cécile leur promit de s'y mettre sans attendre.

Quand David et Samia franchirent la porte du Bastion, une heure plus tard, Cécile avait de nouvelles infos.

— J'ai pu retracer son parcours, leur expliqua-t-elle dès qu'elle vit ses collègues. Après avoir quitté l'autoroute, il est allé dans le parking de la gare Part-Dieu. Puis plus rien. J'ai regardé les vidéos des caméras positionnées aux différentes sorties de la gare. Jusqu'à maintenant il n'a pas réapparu. Nulle part.

— Il a pu louer une voiture, prendre un train, le métro... On ne peut plus le retrouver, déplora David.

— Il nous reste une piste, dit Samia.

— Laquelle ?

— Kowalski. On a refusé d'aider Ronan. Alors il va sans doute se tourner vers elle.

David acquiesça et sortit son téléphone pour appeler Irina. Quand elle décrocha, il constata que la liaison était mauvaise, comme si elle se trouvait dans un lieu isolé, en zone blanche.

— Avez-vous eu des nouvelles du commandant Sénéchal hier ou aujourd'hui ? l'interrogea David.

— Aucune.

— Il se trouve à Lyon. Et nous pensons qu'il pourrait tenter de vous contacter.

— Pour quelle raison ?

— Il a très certainement localisé Hoffmann.

Irina manqua de s'étrangler.

— Comment est-ce possible ?

David lui résuma les derniers événements.

— À l'heure qu'il est, Ronan ne doit plus être loin d'Hoffmann, conclut-il. Peut-être même l'a-t-il déjà retrouvé.

— S'il tue Hoffmann, je ne le regretterai pas, répondit Irina.

— Moi non plus. Mais Hoffmann est le seul qui peut faire tomber Rohr et Sariak.

David marqua une pause.

— S'il vous contacte, je vous en prie, faites tout ce que vous pouvez pour l'arrêter et prévenez-nous.

— Vous avez ma parole. Mais je ne vais pas me contenter d'attendre.

— Qu'avez-vous en tête ?

— Cette enquête n'est pas très populaire dans les hautes sphères. Pas assez de preuves concrètes, sauf en ce qui concerne Hoffmann. Si nous retrouvons Sénéchal, nous logeons Hoffmann aussi. Alors ma hiérarchie ne pourra plus me refuser des renforts. Je compte bien mettre le paquet.

— Merci, capitaine. Le temps presse.

— Je sais. Alors on va compter sur notre chance. J'espère que Sénéchal va nous laisser un indice, même un tout petit.

61

> « Stade 3 : effondrement politique. Le gouvernement perdra sa légitimité et son pouvoir. Il ne sera plus un recours. »
>
> Viktor Kieffer, *Se préparer à l'effondrement*

Ludovic Hoffmann laissa son regard glisser sur le corps allongé à côté de lui. De profil, le jeune homme avait les traits fins d'un guerrier. Il s'attarda quelques instants sur le cou tendre et descendit sur le corps nu et musculeux.

Le mec s'était inscrit chez Agogé trois mois auparavant. Hoffmann l'avait immédiatement repéré. Un magnifique chien de guerre. C'était fou ce qu'il y avait comme types de vingt ans en pleine forme et prêts à tout pour une cause ayant vaguement du sens.

Comme pour ses précédentes recrues, il avait commencé par l'observer patiemment. Puis, quand il avait estimé que le jeune avait le potentiel suffisant, il l'avait bousculé un peu pour tester sa résistance et ses convictions.

Hoffmann procédait toujours ainsi. À ce stade, il éliminait en général 95 % des candidats. Quand le prétendant avait franchi les premières étapes, il le faisait venir dans un lieu isolé que Prometheus mettait à sa disposition.

Là, il testait le mec avec un entraînement digne des troupes d'élite. Il le faisait courir vingt kilomètres avant de l'obliger à se battre au couteau. Certains s'écroulaient. Alors Hoffmann les raccompagnait à la gare, sans rancune. De toute façon, ils ne savaient pas qu'ils avaient été pressentis pour intégrer un groupe secret.

Pour les rares élus venait l'ultime épreuve. Prendre une vie. À ce stade, il n'était plus possible de reculer. Soit le mec s'exécutait, et il faisait partie des Sentinelles. Soit il refusait, et Hoffmann s'assurait qu'il n'aille jamais raconter à personne ce qu'il savait. Le mec qui était dans son lit avait réussi l'épreuve.

Hoffmann lui avait confié la mission de tuer le fils de Sénéchal. Il avait échoué, mais il venait tout de même de tuer la femme d'un flic. Hoffmann l'avait invité à se réfugier avec lui. Il avait intérêt à rester sous les radars quelque temps.

Hoffmann ne pensait pas qu'il aurait accepté de coucher avec lui. Il n'avait rien forcé, cela s'était fait naturellement.

De nouveau, il laissa son regard parcourir le corps aux proportions idéales. Il aurait aimé que ce jeune homme, incarnation parfaite, intègre les Sentinelles. Son groupe de surhommes, entraînés et totalement dévoués à la cause la plus noble qui soit. Régénérer l'humanité en éliminant la vermine qui gangrenait la planète.

Hoffmann, lui, faisait partie des élus, il le savait. C'était pour cette raison qu'il avait accepté de rejoindre Rohr et Sariak et d'être leur bras armé. C'était pour cette raison qu'il avait pris tous les risques pour éliminer Dampierre dans la Résidence.

Il sortit doucement du lit afin de ne pas réveiller son amant et se dirigea vers le frigo où il attrapa une bouteille d'eau.

Il ouvrit la porte du chalet et marcha pieds nus sur l'herbe grasse, dans le froid hivernal, en observant les montagnes qui l'entouraient. Cela faisait une semaine qu'il était coincé ici, dans cet alpage isolé.

Il avait pris la fuite après l'interrogatoire d'Irina Kowalski. Hoffmann avait eu du mal à masquer sa stupéfaction en apprenant que la police avait retrouvé le corps de Marlot. Ce traître qui s'apprêtait à les dénoncer et qu'il avait massacré de ses propres mains.

Hoffmann s'en était voulu. Il avait commis une erreur. Mais il n'en commettrait pas d'autre. Il s'était mis au vert pour le début de l'opération Rainmaker. Hors de question de compromettre ce pour quoi il se préparait depuis des mois.

Il regarda le ciel où le soleil brillait. Rien ne laissait soupçonner ce qui était sur le point de se passer.

Soudain, le craquement d'une branche tira Hoffmann de ses pensées. Il tourna la tête en direction du bruit, juste à temps pour voir la crosse d'un revolver s'abattre sur sa tempe.

Hoffmann reprit connaissance quelques minutes plus tard avec l'horrible sensation qu'il était en train de se noyer et qu'on l'avait tiré de l'eau juste à temps.

Il était trempé.

Sénéchal se tenait devant lui, un seau vide entre les mains qu'il jeta par terre en constatant que son prisonnier était réveillé.

Il l'avait assis sur une chaise, nu, les mains attachées dans le dos.

Hoffmann tourna la tête vers le lit. Les draps étaient ensanglantés.

— Tu n'aurais pas dû le tuer.

Hoffmann défia Sénéchal du regard. Le policier était méconnaissable. Son visage était couvert d'une barbe grise. Ses traits étaient creusés, son regard, durci. Il paraissait dix ans de plus. Le feu intérieur qui lui ravageait le cœur laissait des traces.

— Il ne savait pas ce qu'il faisait, ajouta Hoffmann. Il a agi sur mes ordres. C'est moi qui ai tué ta femme, Sénéchal. Moi seul.

Un sourire sadique se dessina sur son visage, comme s'il exultait. Il voulait que Sénéchal sache. Il était peut-être à sa merci, mais ça ne l'empêcherait pas de remuer le couteau dans la plaie.

— Comment tu m'as retrouvé ?

— Demande au type dans ton lit.

Au tour de Ronan d'esquisser un sourire sadique.

— Cet imbécile n'a pas balancé son portable. Tu as été imprudent de faire appel à un débutant.

Hoffmann se tortilla sur sa chaise, le torse entravé et les poignets liés par les épaisseurs d'adhésif.

— Tu ne feras rien, Sénéchal. Si tu sais où je suis, tes collègues le savent aussi. Ils ne doivent pas être loin. Alors, cette petite mise en scène est inutile. Tu veux me faire peur, c'est ça ? Tu penses que je vais me pisser dessus parce que tu me joues le numéro du mec qui n'a plus rien à perdre ? Tu penses que je vais tout te balancer en te suppliant de ne pas me tuer ?

— Je suis seul. Personne ne sait où je suis. J'ai demandé le bornage à un contact, une personne de confiance qui ne dira rien. Officiellement, je suis en arrêt maladie, chez moi, à me bourrer de cachetons.

Ronan fixait Hoffmann. Il voulait qu'il voie dans son regard qu'il disait vrai. Qu'il abandonne tout espoir.

Hoffmann comprit que le policier ne bluffait pas. Il allait mourir. Cela faisait partie des règles pour les gens comme lui.

— Je ne te demande qu'une seule chose. Pas de souffrance inutile.

Ronan esquissa un sourire mauvais.

— T'es mal tombé. Le pardon des offenses, c'est pas mon truc.

Ronan disparut un instant du champ de vision d'Hoffmann. Il ouvrit plusieurs tiroirs dans la cuisine avant de trouver ce qu'il cherchait. Quand Hoffmann le vit réapparaître, il tenait un tournevis à la main droite.

— Je vais morfler, on dirait, dit-il, refusant de montrer sa peur.

La réaction de Sénéchal fut immédiate. La pointe de métal fendit l'air et vint se planter dans le genou d'Hoffmann. Un craquement atroce résonna dans la pièce. Le prisonnier se tordit sous l'effet de la douleur, mais ravala son cri. Puis Ronan retira brusquement le tournevis qui arracha des morceaux d'os en ressortant. Cette fois, Hoffmann ne put réprimer un hurlement bestial.

— Enfoiré !

— Tu n'as encore rien vu. On va s'amuser tous les deux.

Ronan fixait le tournevis ensanglanté, comme s'il s'agissait d'un objet magique, doté du pouvoir d'infliger de la souffrance. Il l'empoigna fermement et enfonça la pointe dans le genou valide d'Hoffmann. L'outil avait pénétré jusqu'au manche et ressortait de l'autre côté de la jambe. Il avait perforé la rotule de part en part. Un filet de sang dégoulinait sur le sol.

— Putain, mais tu veux quoi ? hurla Hoffmann.

En guise de réponse, Ronan se mit à fourrager dans la blessure. Un bruit visqueux répugnant accompagnait chaque mouvement, que couvraient les cris de douleur. Une grosse veine palpitait sur le front d'Hoffmann, prête à exploser. Soudain, ses yeux roulèrent dans leur orbite et il perdit connaissance. Une grande claque le ramena à lui. Une gerbe de sang s'écrasa par terre.

— Tu as gagné. Je vais parler.

Hoffmann n'avait pas d'autre solution. Il devait faire cesser cette souffrance. Personne ne pouvait y résister. De toute façon, Sénéchal ne parviendrait pas à contrecarrer les plans de Rohr et de Sariak. Il était trop tard. Un homme seul et brisé ne pouvait rien contre la puissance de feu de leur organisation.

— Parle tant que tu veux, je m'en fous.

— Conneries ! Je suis au courant de toute l'opération Rainmaker. C'est pour cette raison que ta femme est morte. Et tu ne veux pas savoir ?

— Non.

— Merde, tu es flic !

— Je ne suis plus flic.

— Alors quoi ? Tu es venu uniquement pour me torturer ?

— Tu as tout compris.

L'esprit de l'ancien du RAID tournait à toute vitesse. Il tenta une nouvelle approche.

— Tu peux me découper en morceaux, Sénéchal. Non seulement ta vengeance ne te ramènera pas ta femme, mais elle te déshonorera. Tu ne seras ni plus, ni moins qu'un assassin. Tu es prêt à vivre jusqu'à la fin de tes jours en sachant que tu aurais pu m'arrêter, mais que tu as préféré suivre ton envie de vengeance ?

— Ferme-la !

Ronan fit surgir un sécateur entre ses mains et l'actionna dans le vide sous les yeux écarquillés d'Hoffmann. Il approcha lentement l'outil du pavillon de son oreille. Le morceau de chair sauta d'une simple pression, comme un vulgaire bout de viande.

Hoffmann hurla comme un possédé.

— Je vais continuer avec l'autre oreille. Puis le nez. Et pour finir, je vais te couper la queue.

Au milieu des éclairs de douleur, Hoffmann songea aux espions qui dissimulaient une capsule de cyanure dans une dent creuse au cas où ils seraient faits prisonniers par l'ennemi. Il aurait dû en prévoir une. Il le savait, ça pouvait durer des heures. Ce flic n'en était manifestement pas à sa première séance de torture. Il savait faire souffrir sans tuer.

— J'ai déjà buté des mecs comme toi. Personne n'en a jamais rien su. Des pourritures que la justice avait lâchement laissées en liberté.

Hoffmann releva la tête. Il lui restait une carte à jouer.

— Rohr. Je sais où il est.

— Ta gueule.

— Non, écoute-moi.

Hoffmann puisait dans ses dernières forces.

— Tu veux mourir, c'est ça ?

Il vit dans le regard de Sénéchal qu'il avait visé juste.

— Tu vas me tuer, et après, tu vas faire quoi ? Tu vas te tirer une balle dans la tête, comme un lâche ?

Ronan ne répondit pas. Alors Hoffmann continua.

— J'ai une proposition à te faire. Si tu me termines proprement, je te dis où sont Rohr et ses hommes. Il y a des armes dans mon 4 × 4. De quoi faire un joli carton. Tu y resteras bien sûr, mais c'est ce que tu veux, non ? Au moins, tu partiras dans un sacré feu d'artifice. Je ne te demande qu'une seule chose en échange. Une balle dans la tête.

Ronan resta silencieux un long moment. Hoffmann avait raison. Il était venu jusqu'ici, guidé par une pulsion de meurtre irrépressible. Mais après ? Il savait que l'horreur des derniers jours lui reviendrait en pleine gueule. Cette fois, il ne se relèverait pas. Il avait plongé trop profondément dans l'abîme. Alors, pourquoi ne pas en finir, comme le disait Hoffmann ? Dans un grand déchaînement de bruit et de fureur. En emportant un maximum de ces fils de putes avec lui.

Il devait choisir comment mourir.

— C'est d'accord.

Un soulagement parcourut Hoffmann.

— Une balle dans la tête ? insista-t-il.

— Tu as ma parole.

— La localisation est enregistrée dans le GPS du 4 × 4. Il y a un mot de passe pour l'allumer : TEOTWAWKI.

Hoffmann marqua une pause. Parler lui était difficile, la souffrance était intolérable à chaque mouvement.

— Tu ne peux pas te tromper, c'est la seule destination enregistrée, continua-t-il. Arrête-toi un kilomètre avant l'entrée pour échapper aux caméras sur la route. Tu pourras progresser à couvert sous les arbres. L'entrée est située dans la grange. Il y a deux gardes. Descends-les et récupère le badge qu'ils ont sur eux. Avec ça, tu pourras descendre jusqu'aux installations de Rohr. Là, il ne te restera plus qu'à vider tes chargeurs jusqu'à ce que tu te fasses descendre. Voilà, je t'ai tout dit. Maintenant, finissons-en.

Ronan se leva, lentement. Parcourut la pièce comme s'il cherchait quelque chose. Finit par s'arrêter devant la cheminée et saisit le tisonnier. Puis il se plaça devant Hoffmann.

— Tu avais dit une balle dans la tête.

— J'ai menti.

Ronan enfonça la tige d'acier avec une violence inouïe dans la poitrine d'Hoffmann. Si fort que le métal ressortit dans le dos. Le corps s'affaissa sur la chaise, uniquement retenu par les couches d'adhésif. Il n'était pas encore mort.

— Je viens de te perforer un poumon. Tu ne vas pas mourir tout de suite, mais très lentement. Il paraît que cette douleur est indescriptible.

Pendant qu'Hoffmann agonisait, Ronan prit son temps pour fouiller le chalet et emporter tous les éléments importants : le portefeuille du gars qu'il avait descendu, les clefs de voiture d'Hoffmann et les deux portables.

Il saisit un bidon dont il versa le contenu sur la tête d'Hoffmann. Des effluves d'essence se répandirent dans la pièce.

— Tu vas rôtir comme un poulet.

Puis il sortit une photo de sa femme de sa poche.

— Regarde-la. Je veux que ce soit la dernière image que tu aies vue avant de partir en enfer.

Ronan posa la photo contre le mur, face au prisonnier. Puis il s'approcha de la porte et craqua une allumette qu'il jeta par terre. Aussitôt, Hoffmann s'embrasa. Ronan attendit un instant. Quand il vit la peau de son visage craquer et se disloquer, il quitta le chalet sans se retourner.

Le 4 × 4 était garé à quelques mètres du bâtiment, au bord d'un chemin de terre. Ronan y prit place et alluma le GPS. Il rechercha dans l'historique des destinations. Hoffmann n'avait effectué que peu de déplacements ces derniers jours. Toujours le même en fait, comme il l'avait dit. Un lieu perdu dans les Alpes, à la frontière entre la France et la Suisse.

Si Hoffmann n'avait pas menti, c'était là que Rohr et ses sbires s'activaient.

C'était là que tout finirait.

Il démarra et se mit en route vers le dernier acte de cette tragédie.

Il suivit la route de montagne aux multiples virages pendant près de deux heures, sans croiser aucun véhicule. Environ un kilomètre avant sa destination, il gara le 4 × 4 sur le bas-côté comme Hoffmann le lui avait indiqué. Il mémorisa la carte du GPS, sortit de la voiture, fourra plusieurs armes dans un sac à dos et s'engagea sur le sentier qui s'enfonçait dans une forêt de sapins.

Il marcha une vingtaine de minutes, attentif à tout ce qui l'environnait, à la recherche d'éventuelles caméras dans les arbres. La forêt céda bientôt la place à une prairie herbeuse. Pour continuer à progresser à couvert, il s'efforça d'avancer plié en deux, se dissimulant autant que possible derrière les rochers. Enfin, il arriva en vue d'une sorte de grange abandonnée. Jusque-là, les indications d'Hoffmann s'étaient avérées exactes.

Ronan chercha un poste d'observation et opta pour un petit espace entre un rocher et un gros buisson d'où il pouvait voir sans être vu. Il s'allongea dans l'herbe et sortit les jumelles qu'il avait emportées. Vue de près, la grange n'était pas à l'abandon. Les portes et les fenêtres avaient été renforcées. Le toit était bardé d'appareils en tout genre : une antenne radar, une sorte de coupole sphérique et d'autres dispositifs dont il ignorait le nom, mais qui lui rappelèrent une station météo.

Il attendit ainsi deux heures dans l'herbe, durant lesquelles rien ne se passa. Seuls les croassements de gros choucas venaient briser le silence de temps à autre. Les oiseaux avaient repéré sa présence, ils le survolaient, se posaient sur le rocher. Ronan crut voir une lueur de sadisme dans leurs yeux noirs.

Soudain, la porte de la grange s'ouvrit. Deux hommes en sortirent. Les gardes, à en juger par leur accoutrement. Ils allumèrent une cigarette et entamèrent une discussion.

Ronan rampa discrètement derrière le rocher. Cette fois, le doute n'était plus permis. Ce que Prometheus cachait était là, devant lui.

Ronan respira à pleins poumons pour faire le vide.

Il sortit son Sig Sauer de son holster et contempla le métal chromé qui brillait.

Que tout se termine dans un putain de feu d'artifice.

La perspective de la mort l'apaisa. Il l'avait su à la seconde où il avait vu le corps sans vie de sa femme : il n'y aurait pas d'alternative. Il n'y avait qu'un seul responsable à cette tragédie : lui. Il était maudit. Il attirait le malheur comme un aimant. Sa mort serait un soulagement pour tout le monde. Mieux valait qu'il disparaisse maintenant. Son fils n'aurait aucun souvenir de lui et ce serait mieux ainsi.

Mais, au seuil du moment fatidique, sa conscience de flic refusait de le laisser en paix. Oui, il pouvait suivre jusqu'au bout sa pulsion destructrice. Il pouvait tout aussi bien communiquer les informations dont il disposait à ses collègues. Et contribuer à sauver des vies innocentes.

Il ouvrit son sac à dos et en tira un lapin en peluche qui ressemblait au Panpan de Disney. Il l'avait déposé dans le berceau de Gaspard le jour où Nathalie était rentrée de la maternité. Ronan contempla la peluche. Son petit nez retroussé, ses yeux ronds. Il passa la main sur son doux pelage auquel s'était accroché le souvenir des premiers jours de son fils.

Une larme coula sur sa joue.

Adieu, mon fils.

Il ne lui restait qu'une seule chose à faire, son dernier devoir de flic. Il fouilla encore dans son sac à dos et en sortit un téléphone satellite. Il manipula l'appareil quelques instants, puis le dissimula sous un tas de pierres.

Plus rien ne le retenait désormais. Il se saisit de son arme et jeta un coup d'œil aux gardes. Ils avaient disparu de son champ de vision.

Ronan se leva lentement et avança à pas feutrés en direction du bâtiment. Il se plaqua contre le mur. La porte d'entrée était toute proche.

Il se raidit en entendant le cliquetis sec d'un pistolet que l'on armait.

— Lâche ton flingue.

Ronan s'exécuta. Il jeta son arme au sol et leva les bras. Puis il se tourna vers l'homme qui l'avait surpris. Un des deux gardes se tenait devant lui et braquait son pistolet sur lui.

— Avance, lui intima l'homme.

Dans l'encadrement de la porte, l'autre garde apparut, lui aussi armé.

Il tenait une matraque à la main. Ronan eut juste le temps de la voir s'abattre sur lui avant de sombrer.

Il revint à lui avec la sensation d'avoir percuté un mur. Il prit une longue inspiration qui lui arracha un râle de douleur. Il devait avoir plusieurs côtes cassées.

Il leva les yeux et croisa le regard de l'homme qui venait de le gifler pour le faire revenir à lui. C'était un autre garde, habillé dans une tenue paramilitaire et armé.

Ronan regarda autour de lui. Il se trouvait dans une petite pièce aveugle et vide. Une cellule improvisée pour l'occasion. Il était assis sur une chaise, les bras attachés dans le dos à une canalisation qui courait le long du mur.

— Il est réveillé.

Le garde avait prévenu celui qui attendait à l'extérieur.

Un homme au physique maladif pénétra dans la pièce en fauteuil roulant.

— Vous ne manquez pas de culot de venir jusqu'ici, lança le PDG de Prometheus. Vous auriez dû oublier l'enquête. Pourquoi a-t-il fallu que vous vous entêtiez ?

Ronan lui jeta un regard noir pour toute réponse. Ce devait être Elie Rohr. Dont Hoffmann venait de lui parler. Il ne lui avait pas dit qu'il était paraplégique.

— Je suis curieux. Comment nous avez-vous trouvés ? enchaîna Rohr.

— Demandez à Ludovic Hoffmann.

Rohr hocha la tête d'un air entendu.

— Je suppose que M. Hoffmann n'est plus de ce monde.

Il n'attendit pas la réponse et poursuivit.

— Vous m'avez rendu un service, commandant Sénéchal. J'avais prévu d'éliminer M. Hoffmann dès le début de l'opération Rainmaker. Sa mission était terminée et il en savait trop pour rester en vie.

Rohr afficha un demi-sourire qui ressemblait plus à un rictus.

— Tout comme vous désormais. Mais avant de vous envoyer retrouver votre femme, nous devons éclaircir un point très important. Qui sait que vous êtes ici ?

— Vous avez la trouille ?

Les mains du PDG se crispèrent sur les bords métalliques de son fauteuil.

— Répondez.

— Personne n'est au courant.

— Je ne vous crois pas.

— Comment aurais-je prévenu quelqu'un ? Vos hommes m'ont fouillé. Je n'avais rien sur moi en dehors de mes armes. Je suppose que vous avez retrouvé la voiture que j'ai utilisée. Celle d'Hoffmann, pas la mienne.

— Vous avez pu prévenir quelqu'un avant de venir.

Ronan secoua la tête.

— Croyez-moi, Rohr. Je n'avais aucune envie de voir mes collègues débarquer pour m'empêcher de faire ce pour quoi je suis venu jusqu'ici. Allez donc voir dans quel état est Hoffmann.

Rohr sonda Ronan du regard. Il était crédible.

L'homme s'était lancé dans une opération suicide. Quant à Irina Kowalski, elle était sur une mauvaise piste. Ses hommes l'avaient repérée en train d'explorer leur base de Dayllon. Un simple entrepôt sans importance. Rohr avait décidé de ne rien faire. Mieux valait la laisser persévérer dans l'erreur.

— Je vais envoyer un homme vérifier le sort que vous avez réservé à ce pauvre M. Hoffmann, reprit Rohr.

— Demandez-lui une photo. Parce que vous allez finir comme lui très bientôt.

Ronan imagina le visage de Rohr en train de brûler.

— Je vais vous tuer. Comme j'ai tué Hoffmann. Vous allez payer ce que vous avez fait à ma femme. Et pour tout le reste.

Rohr secoua la tête, un air de contrariété sur le visage.

— Vous ne nous avez pas laissé le choix. Vous menaciez notre opération. Je l'ai autorisée avec tristesse, croyez-moi.

— Et vous pensiez que j'allais tout arrêter parce que vous aviez tué ma femme ? Vous êtes taré, Rohr. Ma vie n'a plus qu'un seul objectif : vous détruire.

La menace flotta dans l'air.

— Je suis admiratif, commandant. Vous allez mourir dans quelques instants et vous trouvez encore la force de me menacer. La plupart des gens seraient en train de supplier pour leur vie.

— Je n'ai pas peur de vous.

— Oh… mais je ne cherche pas à vous faire peur. Ni à vous, ni à personne.

— Alors, que faites-vous exactement ?

— Je rends service à l'humanité.

— Arrêtez votre baratin, Rohr. Je sais ce que vous

planifiez. Vous comptez extorquer de l'argent aux États en échange de votre bouclier climatique. Ne vous faites pas passer pour ce que vous n'êtes pas.

— Vous n'y êtes pas du tout, commandant.

Ronan le provoquait pour le faire parler et gagner du temps.

Rohr souriait. S'il en avait la moindre chance, Sénéchal le tuerait, mais le PDG de Prometheus ne résistait pas à l'envie de se confier. Pour une fois, il pouvait parler sans crainte. Le policier emporterait ses secrets dans la tombe.

— Avant de mourir, vous avez gagné le droit de connaître l'opération Rainmaker.

62

> « Stade 4 : effondrement social. Les institutions sociales ne rempliront plus leur rôle de protection. Stade 5 : effondrement culturel. Les êtres humains perdront leur bienveillance, leur honnêteté, leur charité. Pour redevenir des prédateurs. »
>
> Viktor Kieffer, *Se préparer à l'effondrement*

Alexandre sortit de l'hôtel de police, perdu dans ses pensées. Il avait sacrifié son dimanche en recherches sur les terrains acquis par Prometheus dans les Alpes françaises, tandis qu'Irina continuait son enquête côté suisse.

Il emprunta son parcours habituel en direction de la station de métro sans même en avoir conscience. Depuis qu'elle lui avait avoué le mal dont elle souffrait, l'inquiétude le tenaillait. Il n'avait aucune nouvelle d'Irina depuis la veille au soir. Il redoutait désormais pour elle, qu'elle aille mal ou qu'elle ne veuille en finir. Mourir sur le terrain, dans le feu de l'action. L'idée lui avait forcément traversé l'esprit.

Une ombre menaçante se répandit au sol et le tira de ses pensées. Il leva le nez. Le soleil avait disparu derrière d'épais nuages noirs. Il sentit une goutte de pluie lui toucher le crâne. La météo avait pourtant annoncé une soirée sans pluie. À l'évidence, les prévisionnistes avaient commis une erreur. Il pressa le pas.

Cinq minutes plus tard, tandis qu'il descendait les marches conduisant au métro, les grondements du tonnerre commençaient à se faire entendre. L'averse était déjà sur lui.

Il traversa un couloir, descendit des escaliers et rejoignit le quai, direction gare de Vénissieux. Il y avait du monde pour un dimanche en fin d'après-midi. La pluie avait incité les promeneurs à se réfugier dans les souterrains.

La rame orange arriva à quai. Alexandre monta dans le wagon de tête. Le train démarra dans un crissement métallique. Le policier s'assit à une place libre, chaussa ses écouteurs et s'isola dans la musique. Le métro atteignait déjà la station Monplaisir-Lumière. Quelques nouveaux passagers montèrent. Plusieurs étaient trempés et avaient manifestement été surpris par l'orage.

Le train quitta la station décorée en l'honneur des frères Lumière et pénétra dans le tunnel. À la station Grange-Blanche, les passagers furent encore plus nombreux. Et encore plus trempés. Plusieurs dégoulinaient. Un homme avait le visage en sang.

Alexandre enleva ses écouteurs pour entendre ce

qu'il disait. À travers le brouhaha du métro, il n'entendit que la fin de sa phrase.

-… des grêlons de la taille d'une orange! Je m'en suis pris un. Il m'a à peine frôlé, mais ça a été suffisant pour m'entailler la joue.

Le train repartit. Dans le tunnel qui menait à la station Laennec, Alexandre se sentit soudain projeté en avant. Le métro venait de freiner brusquement. La lumière grésilla, puis s'éteignit. Les passagers restèrent calmes. Rien de très inhabituel. Le silence régnait dans la rame. Les passagers étaient en attente d'informations. Seul le bourdonnement sourd de l'électricité qui passait dans le rail venait troubler l'atmosphère.

Soudain, la lumière revint et une voix sortit des haut-parleurs.

Un incident technique nous contraint à interrompre momentanément la circulation sur la ligne D. Ne tentez pas d'ouvrir les portes. La situation devrait revenir à la normale dans quelques minutes.

Alexandre se demanda qui venait de parler. La ligne D était automatisée. Il n'y avait pas de conducteur. Sans doute le centre de contrôle.

Quelques remarques acerbes accueillirent le message, fustigeant le manque de fiabilité des transports en commun. Puis le silence retomba.

Après une dizaine de minutes, et alors que les esprits commençaient à s'échauffer, la voix mystérieuse s'exprima de nouveau.

Mesdames et messieurs, un important orage a entraîné une inondation des voies. Le trafic doit être totalement interrompu. Nous allons rejoindre la prochaine station. Ce sera notre terminus.

Des protestations jaillirent à l'annonce de la

mauvaise nouvelle. Comme un seul homme, les passagers dégainèrent leur téléphone, quand il n'était pas déjà en main, pour envoyer des SMS ou passer des appels afin de prévenir de leur retard.

La rame s'ébranla et avança en direction de la station Laennec avec une lenteur exaspérante. Soudain, le train stoppa de nouveau et fut plongé dans la pénombre. Pendant quelques secondes, un silence total régna dans les wagons. Même le bourdonnement caractéristique de l'alimentation s'était tu. Il n'y avait plus d'électricité.

— C'est quoi, ce bordel ? clama un homme. Comment on va arriver à la prochaine station s'il n'y a plus de jus ?

— On est tout près. On peut marcher le long des rails, répondit un type à la carrure de rugbyman.

Une rumeur envahit le wagon, chacun donnant son avis sur la marche à suivre. Alexandre observait ses voisins sans s'inquiéter. La situation allait revenir à la normale. Inutile de s'énerver.

Le rugbyman joignit le geste à la parole et tenta d'ouvrir une porte. Il y mit toute sa force. Les deux battants refusèrent de s'écarter. D'autres personnes l'aidèrent, mais il fut rapidement évident que l'opération était vouée à l'échec.

— On est coincé ! s'exclama un homme qui avait observé leur tentative avec angoisse.

Un vent de panique gagna la rame, renforcé par l'obscurité. La plupart des passagers avaient allumé la torche de leur téléphone, dont les faisceaux balayaient le wagon en tous sens.

— L'eau, elle arrive !

Une femme avait crié. À travers une vitre, elle éclairait les voies.

Alexandre l'imita. Elle avait raison. L'eau recouvrait les rails.

— Merde, on se croirait dans un film catastrophe, lâcha un type que la situation semblait amuser.

Alexandre sentit les battements de son cœur accélérer. Ils étaient hors de danger pour le moment, mais la situation pouvait dégénérer rapidement. Il se souvenait avoir vu des images d'un métro inondé en Chine, quelques jours avant. L'eau était montée à une vitesse folle. Il y avait eu plusieurs morts.

— L'eau entre dans la rame!

Alexandre braqua la torche de son téléphone vers la porte la plus proche. Un filet d'eau marronnasse s'infiltrait dans le wagon. Le niveau dans la rame augmentait à vue d'œil. L'eau ne baignait plus seulement leurs semelles, elle atteignait les chevilles.

— Il faut casser les vitres et sortir! s'exclama un homme.

— Non surtout pas, répliqua un autre. Il y a des câbles sous tension dans le tunnel. On va s'électrocuter.

— L'électricité est coupée!

— Vous ne pouvez pas en être certain. Il faut attendre les secours.

— Ils ne seront jamais là à temps!

De nouveau, le brouhaha reprit. Cette fois, la panique était totale devant la menace qui se précisait de minute en minute.

Alexandre réfléchissait à toute vitesse. Pour le moment, ils étaient en sécurité à l'intérieur de la rame tandis qu'une évacuation semblait risquée. L'eau avait maintenant la violence d'un torrent sur les voies. S'ils évacuaient, ils pouvaient être emportés et se blesser gravement. Mais la rame pouvait aussi devenir un piège mortel si le niveau continuait à monter.

Un bruit de verre brisé interrompit sa réflexion. Un homme avait cassé une vitre à l'aide du marteau prévu à cet effet. Malgré les protestations de ses voisins qui tentaient de le dissuader, il enjamba la fenêtre et descendit sur la voie. Le flux était fort. Il chancela. Il tenta de s'accrocher au métro, le temps de se stabiliser. Mais sa main droite lâcha sa prise. Il vacilla. La puissance du courant l'empêcha de se redresser. Il chuta. Des cris terrifiés surgirent dans la rame. Impuissants, les passagers virent l'eau emporter l'homme qui disparut dans le tunnel obscur.

L'eau leur arrivait maintenant au-dessus des genoux. Les enfants auraient été immergés si leurs parents ne les avaient mis debout sur les sièges.

Alexandre sentit que la tête commençait à lui tourner. L'oxygène se raréfiait. Autour de lui, les autres passagers étaient très agités. Certains utilisaient leur téléphone pour filmer la scène. D'autres tentaient de joindre la police ou les pompiers. Il voulut faire de même, appeler l'un de ses collègues à l'hôtel de police. L'appel ne passa pas.

L'eau leur arrivait maintenant à la poitrine. La plupart des passagers étaient montés sur les sièges, mais il n'y en avait pas assez pour tout le monde.

Soudain, des bruits de pas résonnèrent sur le toit de la rame. Puis un visage à l'envers apparut à la fenêtre qui avait été brisée. Un homme casqué. Un pompier.

— Nous allons vous évacuer ! leur cria-t-il.

Tous se précipitèrent vers la fenêtre.

— Restez calmes ! Nous allons briser les autres fenêtres. Répartissez-vous dans la rame pour accélérer l'évacuation. Les personnes fragiles d'abord !

Les passagers se bousculèrent. Dans la confusion, des files se formèrent devant les fenêtres.

Alexandre se dirigea vers la plus proche. Les pompiers aidaient les personnes à enjamber la paroi, puis les faisaient monter sur le toit du métro.

À son tour, Alexandre fut évacué. Le sauveteur lui demanda de se diriger vers la queue de la rame. Le dernier wagon était stoppé au niveau d'un puits d'aération.

Il suivit les autres passagers jusqu'au point d'extraction. En contrebas, le courant ne faiblissait pas. Les flots noirs grossissaient encore.

Sous le puits d'aération, il attendit le signal pour monter à l'échelle. Après quelques mètres, il se retrouva sur une plateforme d'où partait un couloir. Le policier suivit le chemin balisé par des projecteurs portatifs. Au bout, une porte était ouverte. Un pompier l'attendait.

— Tout va bien, monsieur ?

— Oui, merci. Où sommes-nous ?

— Au niveau supérieur de la station Laennec.

— Comment se fait-il qu'il n'y ait pas d'eau ici ?

— L'eau s'engouffre directement dans le tunnel. C'est un mur de soutènement des voies qui a cédé.

— Comment est-ce possible ? L'orage n'avait éclaté que depuis quelques instants…

— Attendez de voir ce qui se passe dehors. L'orage… il est d'une violence inouïe. C'est… le déluge !

Alexandre fixa le pompier. Il lut de la peur dans son regard : il faisait front, mais la situation le dépassait.

— On ne peut pas sortir ?

— Pour le moment, on a ordre de rester dans la station. Les issues ont été fermées pour que ce niveau ne soit pas inondé. C'est la meilleure solution. Croyez-moi, vous êtes plus en sécurité ici que dehors.

Alexandre s'éloigna et s'assit à l'écart. Autour de lui, les autres passagers laissaient éclater leur émotion. Beaucoup pleuraient. D'autres, sous le choc, restaient mutiques. Seuls les pompiers s'agitaient, portant assistance à ceux qui en avaient besoin. Plusieurs personnes s'étaient blessées en évacuant, mais cela semblait superficiel. Alexandre espérait surtout que personne d'autre n'avait été emporté par le courant.

Il sortit son téléphone et se connecta au site d'une chaîne d'info en continu. Cette fois, le réseau passait. Une édition spéciale était en cours :

« Orage d'une violence extraordinaire à Lyon ».

Les journalistes n'avaient pas pu dépêcher de caméras sur place, ils retransmettaient les images d'habitants qui filmaient, hébétés, les scènes de désolation depuis leurs fenêtres.

Alexandre resta saisi d'effarement devant la violence des éléments. Une pluie torrentielle s'abattait du ciel, traversée d'une multitude d'éclairs aveuglants. Un monstre furieux qui menaçait de détruire la ville.

Le Rhône était sorti de son lit. Des passants avaient été surpris par la brusque montée des eaux et avaient été emportés dans les rues inondées. Des voitures avaient été soulevées par les flots. Seuls leurs toits émergeaient des tourbillons écumants. Elles dérivaient comme des poissons morts au fil du courant.

Alexandre comprit tout de suite que le bilan humain serait lourd.

Il repensa à la prédiction de Gimenez. Il regarda sa montre. Il était 18 heures, le 28 novembre.

L'opération Rainmaker venait de commencer.

63

« Les trois conseils les plus importants pour survivre ? Soyez prêt. Soyez prêt. Soyez prêt. »

Viktor Kieffer, *Se préparer à l'effondrement*

Des écrans par dizaines. Des opérateurs concentrés devant leurs tableaux de bord. La salle de contrôle du projet Rainmaker n'avait rien à envier aux locaux de la NASA.

Les mains attachées aux accoudoirs de sa chaise, Ronan regardait les écrans sans comprendre ce qu'il voyait. À côté de lui, Rohr semblait exulter.

— Tout est prêt. Regardez bien, commandant, lui lança-t-il. Vous allez assister au spectacle le plus fascinant de votre vie.

Il désigna un écran.

— Ceci est une carte météo. Vous pouvez voir ici la région parisienne. Les conditions sont actuellement clémentes. Maintenant regardez ce qui va se passer.

Rohr fit signe à l'un de ses assistants qui effectua une opération sur un ordinateur. Quelques instants plus tard, une multitude de petits points blancs apparurent sur l'image météo, s'élargissant peu à peu. Ronan n'en croyait pas ses yeux. Des perturbations impressionnantes étaient en train de se former à une vitesse ahurissante. Quelques minutes après, la carte affichait une danse démente et chaotique de turbulences.

Alors, tu l'as vraiment fait, espèce de taré.

Malgré l'effroi et la fascination Ronan avait réellement envie de savoir.

— Comment vous produisez ça ?

— Ces points blancs que vous avez vus, ils résultent d'une substance à haut pouvoir réfrigérant, qui crée des zones de très basse température. L'écart de température avec la masse d'air voisine donne lieu à un phénomène plus ou moins fort, de la simple pluie à la tornade. Tout est une question de dosage. Cette technique est ancienne mais, jusque-là, elle était restée artisanale, et peu prévisible. Les modèles mathématiques que j'ai conçus me donnent une expertise inédite. Je peux identifier les masses d'air susceptibles de se changer en perturbations par ensemencement. Personne avant moi n'avait été capable de détecter ainsi les bonnes opportunités. Quand on sait identifier les conditions météorologiques appropriées, on peut produire des perturbations à la demande.

— Alors, vous avez le pouvoir de créer le déluge?

Rohr lui répondit par un sourire.

Il pianota sur un clavier. D'autres images apparurent sur les écrans. De la pluie, des trombes d'eau sur une ville, des inondations, une crue.

Ronan assista en direct à un glissement de terrain. Des tonnes de terre, des arbres arrachés et des coulées de boue, dévalèrent la pente, emportant des bâtiments et laissant une entaille profonde dans la colline.

Il frémit en reconnaissant, au sommet de la butte, la basilique de Fourvière.

— Mais… c'est Lyon! Vous êtes en train de détruire la ville.

— Les conditions climatiques étaient idéales. Comme je riens de vous le montrer, Paris devrait connaître aussi d'ici quelques minutes un épisode climatique intense. Et ce n'est qu'un début.

Ronan s'agita sur sa chaise. Il aurait voulu étrangler Rohr de ses propres mains.

— Votre technologie, si incroyable soit-elle, tue des gens et répand la terreur. C'est ça, votre puissance? Pour du fric? Vous êtes un monstre, Rohr. Une erreur de la nature.

Rohr regarda Ronan avec un air étonné.

— Détrompez-vous. L'argent ne m'intéresse pas. Pas plus que le pouvoir. Ce projet de commercialisation d'un « bouclier climatique » est l'idée de Sariak.

Un air de dégoût passa sur son visage en prononçant son nom.

— Cet homme est un philistin. Il ne pense qu'à amasser toujours plus d'argent. Il doit imaginer que cela lui vaudra une place dans les livres d'histoire.

— Vous vous êtes pourtant associé à lui.

— Parce que j'avais besoin des ressources illimitées de Cosmos, pour mener mes recherches à leur terme et créer ces installations. Pour convaincre Sariak, il fallait bien qu'il croie que son investissement serait un jour rentable. Il a été d'une facilité confondante à berner. Ce type est un imbécile. Il imagine qu'il va devenir l'homme le plus riche et le plus puissant du monde. Il ne comprend pas ma vision.

— Quelle vision? Vous allez jouer à être Dieu?

— Vous voyez ce fauteuil dans lequel je suis? C'est le diabète qui m'a cloué là-dedans. Une maladie de la modernité. L'humanité dégénère, commandant. Elle va bientôt mourir. Et elle a entraîné la planète dans sa déchéance. Si rien ne nous arrête, nous laisserons une Terre morte. Et notre agonie n'en sera que plus terrible. Que pensez-vous qu'il se passera quand de larges régions du globe deviendront inhabitables à cause du climat? Ou qu'il n'y aura plus assez de nourriture pour tout le monde? Des conflits, des famines, la misère et une souffrance intolérable pendant des décennies, voilà ce qui nous attend. Alors pour vous répondre : non, je ne me prends pas pour Dieu. Au fond, je ne suis qu'un humaniste qui veut abréger les souffrances de ses frères. L'espèce humaine est condamnée. Personne ne souhaite consentir aux sacrifices nécessaires à nous sauver, contrairement à ce que nous nous plaisons à répéter à longueur de journée.

— Mais votre « bouclier climatique » pourrait nous sauver !

— Il n'y a pas de « bouclier » ! Ces installations ne permettent qu'une seule chose : créer des perturbations. Nous ne pouvons pas aller dans l'autre sens.

— Alors, quelle solution technologique aurait vendue Sariak ?

— Aucune. Il n'a rien à vendre. Nous ne pouvons pas contrôler le climat, c'est impossible. Tout juste peut-on légèrement l'influencer de façon locale. Nous savons provoquer un déluge artificiellement, mais il est impossible de nous protéger du changement climatique et de ses conséquences. Le projet de Sariak est une intox planétaire : causer des catastrophes climatiques dans le monde entier dont personne ne saurait que Prometheus en est à l'origine. Et quand un État aurait eu recours à nos services, nous aurions tout simplement stoppé les phénomènes de déluge artificiel… et serions passés pour des sauveurs. Sariak n'a aucunement l'intention de protéger l'humanité. Il veut organiser le plus grand racket qui soit.

— Je préfère encore ça à votre projet d'extermination. Vous n'avez aucune foi dans l'humanité. Vous n'êtes qu'un petit garçon en manque d'amour, Rohr. Personne ne vous a jamais aimé. Si vous aviez connu ce sentiment une seule fois dans votre vie, vous sauriez que vous vous trompez.

— C'est vous qui êtes naïf, commandant. Chaque jour confirme un peu plus que nous courons à la catastrophe. Il faudrait un sursaut collectif, être unis. Or, jamais l'humanité n'a été aussi individualiste. L'être humain est fondamentalement nombriliste et incapable de comprendre le monde qui l'entoure. C'est pour cela que nous ne savons pas prévoir les catastrophes. Aucun des événements qui ont bousculé notre monde n'avait été prévu : les guerres mondiales, la chute de l'URSS, le 11-Septembre…

— Et vous avez la clairvoyance absolue ?

— Non, je sais que je suis aveugle. Connaissez-vous la théorie de la dinde inductiviste, commandant ? Elle illustre à merveille cet aveuglement. Imaginez une dinde que l'on nourrit chaque jour dans le but de la manger à Noël. Du point de vue de la dinde, sa vie se résume à « on va me nourrir tous les jours jusqu'à ma mort naturelle et cela ne changera jamais ». Chaque jour qui passe semble confirmer son hypothèse alors même qu'elle se rapproche du jour de son exécution. Nous sommes comme cette dinde. Nous pensons que le lendemain sera éternellement la répétition du jour présent alors que nous ne cessons de nous rapprocher du gouffre.

— Et vous allez nous épargner ça en nous tuant tous ? C'est ça, votre plan ? Et ensuite ? Vous allez repeupler la Terre avec vos Sentinelles ?

Rohr ricana.

— Vous n'avez donc rien compris, commandant.

Ronan lui lança un regard où l'interrogation n'était pas feinte.

— Je ne survivrai pas non plus.

Ronan resta muet.

Il ne s'attendait pas à cette réponse.

Il fixa Rohr, cherchant à comprendre ce qui pouvait bien habiter cet homme pour le conduire à commettre le crime contre l'humanité le plus inimaginable qui soit. Pour la première fois, il le regarda comme un simple être humain et non comme un dangereux criminel. Il avait un physique banal. S'il l'avait croisé dans la rue, Ronan ne l'aurait même pas remarqué. Il portait un pantalon de toile et une chemise blanche de mauvaise coupe, sous lesquels on devinait ses membres atrophiés. Rohr était un petit homme blessé, handicapé par la maladie. Un petit homme qui en voulait à la Terre entière car, malgré tous ses efforts, il ne serait jamais celui qu'il avait voulu être.

— Et Hoffmann et ses Sentinelles ? Son projet de surhommes ?

— Allons, commandant, vous ne pensez tout de même pas que ces nazillons sont l'avenir de l'humanité.

— Mais pourquoi tout ça alors ? Pourquoi avoir tué Dampierre ? Pourquoi avoir tué ces deux otages ?

— Parce qu'il me fallait un prétexte pour faire croire à Sariak que je jouais le jeu. Il pensait qu'en répandant la peur sur la population, il préparait le terrain pour vendre ses services. De plus, ces histoires de Sentinelles et de Guérisseur qui châtient les responsables de la destruction de la planète étaient parfaitement plausibles dans ce monde de névrosés, prompts à culpabiliser. Hoffmann était l'homme parfait pour cette mission. Et il me fallait bien un prétexte pour le motiver. Un objectif noble à ses yeux. Cette fable du surhomme n'était qu'un argument pour motiver les troupes. Vous voyez, commandant, chacun place l'apocalypse dans ce qu'il veut : une occasion de faire de l'argent ou de régénérer l'humanité. Au fond, comme toujours, chacun ramène tout à soi, à son petit intérêt mesquin. Moi je ne veux rien pour moi.

— Vous ne laissez aucune chance à l'humanité ?

— Pourquoi ? Pour que les hommes du futur commettent les mêmes erreurs ?

— Alors, vous allez vraiment le faire ? Le déluge ?

Ronan n'en revenait pas. Il ne put s'empêcher de rire. Un rire amer. Son projet de vengeance perdait tout son sens face à la folie de Rohr.

— Vous vous rendez compte que vous allez aussi tuer tous les animaux ?

— Mais non, commandant. J'ai mon arche de Noé. Ici même, dans les profondeurs de la Terre, j'ai réuni une sélection d'espèces animales. Elles seront automatiquement libérées après le déluge.

Ronan se sentit soudain accablé. Il avait fait parler Rohr le plus longtemps possible, tout en essayant de détacher les serflex qui entravaient ses mains. En vain. Il était foutu.

Un garde s'approcha de Rohr et lui glissa un mot à l'oreille.

— Cette fois, il est temps pour vous de nous quitter. Mes hommes ont vérifié. Vous avez dit la vérité au sujet de Ludovic Hoffmann. J'espère que sa mort vous aura été d'un quelconque soulagement.

Rohr leva le bras. Sa main tremblait légèrement, le pistolet était trop lourd pour ses muscles malades. Mais une détermination sans faille perçait dans son regard.

— Adieu, commandant.

Ronan ferma les yeux. C'était la fin. La fin de ses souffrances.

Une détonation déchira le silence.

Mais ce n'était pas le bruit d'une balle. Ronan rouvrit les yeux brutalement.

Une explosion venait de se produire. La lourde porte blindée qui gardait l'entrée de la salle était éventrée. Les gardes couraient en tous sens.

— Empêchez-les d'entrer ! rugit Rohr.

Des grenades lacrymogènes explosèrent et une fumée âcre envahit la salle de contrôle. Les hommes de Rohr étaient pris de court. Des coups de feu éclatèrent, sans que Ronan ne puisse comprendre qui les tirait.

À travers le voile de fumée, il distingua les corps inertes de plusieurs gardes à terre. Les survivants prenaient leurs jambes à leur cou.

— Traîtres ! hurla Rohr, immobile dans son fauteuil, le visage déformé par la rage.

La voie était libre.

Ronan devina des silhouettes qui s'engouffraient dans la pièce. Des hommes en tenue d'assaut. Il crut lire les lettres RAID dans le dos de leurs gilets pare-balles.

— Rohr est ici, chopez-le ! cria une voix féminine qu'il reconnut immédiatement.

Rohr se retourna vers Sénéchal. Son regard n'avait plus rien d'humain. Il braqua le canon de l'arme vers le visage du policier. Puis il pressa la détente.

ÉPILOGUE

Irina s'emmitoufla dans l'épaisse couverture de laine et leva les yeux. Une mer d'étoiles scintillait, petits points brillants qui se détachaient dans le ciel nocturne à la couleur encre de Chine. Au loin, on distinguait à peine les lumières de la ville.

Elle porta le mug fumant à ses lèvres et but une gorgée de thé qui lui réchauffa le cœur. En fond sonore, de vieux standards de Bill Evans au piano s'échappaient depuis le salon jusqu'à la terrasse où elle s'était installée pour profiter du jardin.

Elle réprima l'envie de vérifier l'heure sur son portable. Elle était bien. Et elle ne voulait pas interrompre ce moment.

Elle avait élu domicile depuis deux semaines sur une île de l'archipel de Göteborg où elle louait une maison typiquement Scandinave en bois rouge. Elle jouissait pleinement de la beauté des îles suédoises. Ses journées étaient consacrées à la marche, à la lecture, à la contemplation.

Elle avait démissionné de la police après ce que les médias avaient baptisé l'affaire « Rainmaker ». Quand l'enquête avait démarré avec le cadavre de Nicolas Marlot, sorti d'un étang, elle était loin d'imaginer que cela l'entraînerait aussi loin. Elle avait cru ne pas être capable de mener cette enquête, ne plus en avoir la force.

Elle s'était trompée.

Non seulement, elle en avait été capable, mais l'affaire s'était révélée être la plus incroyable de sa carrière. À tel point qu'elle avait même songé à revenir sur sa décision de quitter la police, ce qu'elle n'avait finalement pas fait. Elle terminait sa carrière de flic en apothéose, avec décoration et remerciements du ministre en personne. Et c'était très bien ainsi. Le moment était venu, elle le savait.

Une question la taraudait néanmoins. Que se serait-il passé si elle n'avait pas mené l'enquête ? Un autre policier aurait-il pu lui aussi éviter le pire ? Ronan aurait-il pu mener l'enquête seul ? Aurait-il même jamais fait le rapprochement entre le meurtre de Dampierre et celui de Nicolas Marlot ?

Elle imagina ce qui aurait pu se passer si Rohr n'avait pas été mis hors d'état de nuire et fut parcourue d'un frisson à cette idée. L'opération Rainmaker avait été tuée dans l'œuf. Rohr avait tout de même pu utiliser sa machine infernale durant quelques heures et cela avait été suffisant pour causer des dégâts considérables à Lyon et à Paris, les premières cibles. Plusieurs centaines de morts étaient à déplorer et les dégâts matériels étaient colossaux, notamment à Lyon, où une partie de la colline de Fourvière s'était affaissée lors du glissement de terrain.

Après l'intervention qui avait permis de sauver Ronan in extremis, les installations du projet Rainmaker avaient été fouillées. Il avait fallu des semaines pour explorer les multiples salles souterraines reliées entre elles par des galeries sans fin, protégées par les

Alpes côté suisse, mais aussi côté français. Résultat, les deux gouvernements se battaient pour avoir le droit d'analyser les installations qui y avaient été découvertes.

Il aurait été plus sage de détruire ces machines de malheur plutôt que de les étudier, songea Irina.

En se repassant le film de l'enquête, tout lui apparaissait comme nimbé d'irréalité. Et pourtant, tout était bien réel. L'homme avait acquis le pouvoir de manipuler le climat, ce qui soulevait de formidables espoirs, mais surtout de terribles menaces. Pire, ces techniques étaient à la portée d'un État voyou ou d'un milliardaire sans scrupule. Or, la planète comptait de plus en plus de ces magnats richissimes qui se croyaient autorisés à jouer avec l'avenir de l'humanité.

Le danger était écarté pour le moment. Mais pour combien de temps avant qu'un nouvel Elie Rohr ne fasse son apparition ? Et ce jour-là, qui le mettrait hors d'état de nuire ?

Les pensées d'Irina se tournèrent vers l'autre acteur de cette enquête. Sénéchal. Elle l'avait sauvé d'une mort certaine. Mais était-ce ce qu'il souhaitait ?

Il lui avait tout de même envoyé sa localisation *via* son téléphone satellite. Elle se demanda encore pourquoi il avait eu ce geste. Ultime réflexe de flic ? Ou espérait-il inconsciemment que l'on vienne le sauver ?

La policière ne l'avait pas revu après l'intervention. Elle avait cherché à entrer en contact avec lui, mais il n'avait jamais répondu à ses messages. Elle avait appris par Samia qu'il avait sombré dans une profonde dépression. Personne ne savait où il se trouvait.

Rohr avait été abattu par un homme du RAID juste avant qu'il ne presse la détente pour abattre Ronan. Il n'aurait jamais à répondre de ses actes. Tout comme

Hoffmann qui demeurait introuvable. Deux corps calcinés avaient été découverts dans un chalet isolé à quelques kilomètres de la base de Rohr. Ils n'avaient pas pu être identifiés. Au fond d'elle-même, Irina savait ce qu'il s'y était passé.

Aux États-Unis, Sariak et Cosmos n'avaient pas été épargnés par l'onde de choc. Un procès international retentissant se préparait. Elle ne le suivrait pas. Sa hiérarchie irait témoigner à l'audience. Sa mission était terminée.

Comme elle se l'était juré, elle avait rompu avec son passé. Elle avait vendu l'appartement lyonnais. Plus d'attache, plus de contrainte. Et un compte en banque bien garni. De quoi voyager au gré de ses envies avec pour seul guide la recherche de la beauté.

Elle fit taire ses pensées pour se concentrer sur le chant des grillons autour d'elle. Voilà une chose qu'elle allait devoir apprendre. Arrêter de cogiter sans cesse. Refréner son envie d'action. Lâcher prise, enfin.

De nouveau, ses yeux se levèrent vers la voûte céleste. La nuit était magnifique. Les étoiles resplendissaient dans le firmament, comme autant de lucioles. C'était sublime.

Elle pria pour que tout ne s'arrête pas maintenant.

Elle avait été opérée des yeux deux mois avant. Le chirurgien considérait l'opération comme une réussite. Il était encore trop tôt pour savoir combien de répit cela lui laisserait. Elle n'avait jamais souhaité quelque chose aussi ardemment.

Une deuxième chance, c'était tout ce qu'elle demandait.

Cette affaire avait agi comme un électrochoc. Quand elle avait plongé dans le milieu survivaliste, elle s'était surprise à espérer que ces prophètes de malheur aient raison. Qu'on en finisse avec ce monde pourri.

Elle se rendait désormais compte à quel point elle avait eu tort. À quel point elle s'était trompée sur elle-même. Elle se croyait incapable de fendre l'armure qu'elle s'était constituée au fil des années et qui la protégeait de ses propres émotions.

Ne plus rien ressentir pour ne plus jamais souffrir. Et se priver du même coup de toute possibilité de bonheur.

Paradoxalement, cette affaire lui avait redonné de l'espoir. Certes, l'humanité était confrontée à des défis hors du commun, peut-être même jouait-elle sa survie. Peut-être que tout allait s'effondrer, comme certains le prédisaient. Mais elle était certaine d'une chose. Même si notre avenir collectif était sombre, il méritait que l'on se batte pour lui.

Aujourd'hui, elle était prête.

Prête à prendre des risques à nouveau.

À souffrir, à aimer, à pleurer, à jouir.

À vivre.

REMERCIEMENTS

Je remercie chaleureusement Anne-Christine et Alexandre pour leur lecture et leurs conseils. Cette histoire leur doit beaucoup.

DU MÊME AUTEUR

Aux Éditions Liana Levi

LE GRAND EFFONDREMENT, 2022 ; paru sous le titre *Minuit moins une* en Folio Policier (n°986).

Cet ouvrage a été achevé d'imprimer par
Dupliprint à Domont (95) en février 2023

N° d'impression : 2023020891

Imprimé en France